2007·23

(总第398-401期)

合订本

STORIES

上海故事会文化传媒有限公司　出品

(00129)

图书在版编目(CIP)数据

2007年《故事会》合订本.23/《故事会》编辑部编.
上海：上海锦绣文章出版社，2007.12
ISBN 978-7-80685-891-2

Ⅰ. 2… Ⅱ.故… Ⅲ.故事-作品集-中国-当代 Ⅳ. I 247.8

中国版本图书馆CIP数据核字（2007）第180523号

责任编辑：朱 虹
封面设计：李宝强

故事会2007年合订本23
（总第398-401期）
《故事会》编辑部 编
上海锦绣文章出版社出版
地址：上海绍兴路74号
网址：www.storychina.cn
中国图书进出口上海公司发行
地址：上海市广中路88号
电话:36357888
字数280,000
ISBN 978-7-80685-891-2/G·068

398
2007
SEMIMONTHLY
上半月版
9月
STORIES
欢迎登录本刊主办的"故事中国网"（www.storychina.cn）

故事会
—STORIES—
2007年9月
上半月·红版

主　编：何承伟
常务副主编：吴　伦
副主编：姚自豪（上半月·红版）
副主编：夏一鸣（下半月·绿版）
本期责任编辑：吕　佳
电子邮箱：lujia411@yahoo.com.cn
红版发稿编辑：
姚自豪　周　吟　郑继文　叶小萌（见习）
特约编辑：
范大宇　崔新三　申之珉
美术编辑：李宝强
电脑制作：郭瑾玮
通　联：归依玲
本社办公室电话：021-64375030
上半月刊编辑部电话：021-64332325
下半月刊编辑部电话：021-64336469
（上海市绍兴路74号 邮编：200020）
主管、主办：上海文艺出版总社

制作、发行总监：张　凯
电话：021-64313938
广告业务：上海故事会文化传媒有限公司
广告总监：张　淮
广告业务：021-34010383
广告投诉：021-64333738
广告经营许可证
沪工商广字3100320050022号
发行：中国图书进出口上海公司

·笑话·

人不可貌相

有个女孩长相朴实，考上了北京一所重点大学。在她的家乡，考上大学是极其光荣的事，更何况是北京的重点大学。发榜后女孩陪她妈上街买菜，卖菜的阿姨问女孩妈：“听说咱乡里有个丫头考上北京的重点大学了？是哪个啊，俊不？”

女孩妈一听很开心，说“就是我家丫头！”说着指了指身边的女儿，女孩也很开心，低眉顺眼等着卖菜的阿姨夸她。

这位阿姨也真给面子，大声夸道：“哦，就是这丫头啊，真是人不可貌相啊！”（逸　民）

（本栏插图：包丰一）

名　字

强盗执刀破门而入，只见一对夫妇坐在沙发上，两人见强盗进来，都吓得直哆嗦。强盗对女人说：“我刀下不死无名之鬼，你叫什么名字？”女人哆哆嗦嗦地答道：“美……美伶。”

强盗哼了一声，说“今天算你走运，我妈妈也叫美伶，我不杀你。”然后他转向男人，问：“你叫什么？”

男人颤抖着说：“我本名叫志强，但外号叫美伶……”

（琦　琦）

第一次坐飞机

阿明要去外地出差，来到机场乘飞机，因为机场很大，飞机停得比较远，要先坐摆渡车过去。

这时有个人，跟着阿明上了摆渡车。在车上，这个人狐疑地左顾右盼了很久，最后实在疑惑得不行了，忍不住悄悄地问阿明“这就是飞机啊？”

（晓　乐）

四层楼

有三位老同学，十年没见面了，一日在酒吧相聚。酒过三巡，张同学忍不住夸耀起自己的住所，他说："我盖了个小二层，住着舒服。"李同学也不示弱，说："我盖了个三层，住着舒坦。"

还有一位同学，家里有四间平房，没有楼房炫耀，但也不甘落后，他急中生智，说："我盖了个四层楼，横着的，住着舒心。" （单 斐）

股 跌

最近股市行情震荡，老王不幸被套牢，一人在家闷闷不乐。儿子放学回家，一进门就喊"爹"。老王听后气不打一处来："跌你个头！这股票就是被你叫坏的！"

"不叫你爹叫什么啊？"

"叫家长，我的股票要'加涨'！"

儿子吓得哭了起来，正巧老王的弟弟来串门，赶紧过来一边安慰小侄子，一边对老王说："哥，你这是干啥呢？"

老王勃然大怒："割你个头！股票再跌，我也决不割肉！"

"不叫你哥叫什么啊？"

"叫兄长！我的股票要'凶涨'！"

（徐 璟）

鉴 宝

强子花8万元买了个西周陶罐，特地请来专家进行鉴定，专家仔细看了一会儿，严肃地说："你这哪是西周的？这是上周的！"

（李长亮）

大家要像我一样

公司举办晚会，后勤科出的节目是大合唱，歌名是《我们都是一家人》。上台前，科长鼓励大家说"你们要像我一样镇定，不要紧张。"

于是，全科十几个人迈着整齐的步伐走上舞台。科长亲自报幕："下面我们科为大家献上一首大合唱，歌曲的名字是《我们一家都是人》……"

（紫 遥）

·笑话·

泰山三美

老李去泰山旅游，路经山腰一家餐馆小歇，他拿起菜谱，看见饮料栏第一行写着：泰山三美——30元。老李心想，来到旅游点就该吃些有当地特色的东西，便叫了一份。

过了一会儿，服务员送上来一杯白开水。老李奇怪地问：“我的泰山三美呢？”

服务员笑了笑，推开窗，指指外面的山，说：“山美。”再指指桌子上的白开水：“水美。”最后指向自己：“人美。这就是泰山三美。”

老李无语。

（王　斌）

觉得帅

一对年轻夫妻在家里看电视剧，剧中正播放古代两军士兵大战沙场，妻子疑惑地说：“古代人也这么自恋，他们真觉得自己有那么帅吗？”

丈夫不解：“你为什么这么说？”

妻子说：“你看他们手里举着的大旗，上面不明明写了个‘帅’字？”（彭　伟）

打　折

小区旁边新开了一家酒楼。小张说：“我有这家酒楼的贵宾卡，他们给我打八折。”

小李说：“我和老板是熟人，上回他们给我打了个五折。”

小王说：“我没有贵宾卡，跟老板也不熟，而且还忘带钱了，结果吃完饭后，他们给我打了个‘骨折’。”

（陈　蕾）

怜　悯

原始森林里，一只幼虎远远地看到一位野生动物专家，拿着放大镜，趴在地上观察它们的粪便，就对虎妈妈说：“他太可怜了，为了证明我们的存在，已经累成了那样。”

虎妈妈叹了一口气说：“我这不也是可怜他，才给他留下了一堆粪便，让他发表一篇论文吧。”

（唐　话）

送 礼

股民老赵想给同事小周送礼，他老婆很奇怪，问："你为啥要巴结一个刚毕业的小青年？"

老赵说："我主要考虑中长线投资：小周研究生学历，科班出身，属高科技板块；他虽年轻却成绩突出，深受各方好评，真正是盘小绩优；他老家在陕西，沾点儿西部概念；眼下他正与我们局长的女儿热恋，具有潜在的重组题材；听说他老爸在省里位高权重，等于控股大股东实力雄厚……如此多的利好集于一身，小周的仕途上涨空间广阔。我现在给他送礼，如同在低位吸筹。日后他一旦挂牌上市当了官，少不了给我分红派息或大比例转增股本！"

（刘　云）

威胁

一个新手去收高利贷，他把借条拿出来，狞笑着说："白纸黑字，明明白白写着你欠我100万！难道你想赖账？"

欠债的表示确实没那么多钱，新手威胁道："哼哼，别怪我没提醒你！明天再交不出钱来，你的房子就像它一样……"说着，为了加强威胁的效果，他掏出打火机，把借条烧了……　（李从渊）

支 招

一个卖豆腐的推着板车刚进村口，就看见一伙人围在一起下棋，他上前观战，还频频为黑方支招，结果黑方连连获胜。红方不干了，指着卖豆腐的就骂："你再瞎支招，我非把你的板车掀翻了不可！"卖豆腐的不敢吱声了。

片刻工夫，卖豆腐的又看出了一招妙棋，他推起车子就跑，边跑边大声喊："踩红方的马哟——"

（钱国洪）

本栏欢迎来稿，读者、作者可将有新鲜感、有精彩细节的笑话佳作投寄给我们。来稿一经采用，最高稿费为一则100元。本期责任编辑电子信箱：lujia411@yahoo.com.cn。

试卷上的眼睛

□王彦民

梁小娟是一名年轻的语文教师，由于各方面都很优秀，这年她被委以中考阅卷的任务。

梁老师负责评阅的是语文试卷的作文题，相比其他题目，作文题的打分工作量大、评分过程烦琐，可梁老师没有一点怨言，她有条不紊地给一张张试卷打出分数，突然，她在一张考卷上卡住了。

这是什么样的答卷呀？字迹就像一片片乱草，比有些大夫开的处方还难认，辨认了半天，梁老师仅仅看明白这个考生的作文题目——《男儿有泪不轻弹》。

这样下去，什么时候才能把整篇作文看完？梁老师有些着急，顺手把试卷翻到下一页。“啊？”梁老师大吃一惊，只见这篇作文的结尾，被考生用红色的笔画了一双大大的眼睛。

梁老师无奈地摇了摇头。按规定，试卷上不能做任何记号，否则整个试卷按零分处理。很显然，这是一个差生在故意自暴自弃，怪不得作文写得像“天书”似的。

梁老师拿着试卷，来到了阅卷小组的组长张老师面前，用手指着那张试卷上的眼睛，惋惜地说：“您看这学生画的，算不算违纪？”张老师顺着梁老师手指的地方看了看，问：“这张卷子怎么了？”梁老师愣了一下，索性把纤细的手指杵在试卷上，说：“这里，试卷上画了双眼睛，还是红色的。”

张老师戴上眼镜，简直要把脸贴

在试卷上，仔细看了半天，才笑着对梁老师说："梁老师，你是不是眼花了？啥也没有呀！"梁老师疑惑地揉了揉眼睛，这考卷上明明被考生画了双眼睛嘛！于是她拿着试卷给其他老师看，却引来一片笑声。一个同事开玩笑说："梁老师，你是不是累晕啦，出现幻觉了吧？"

梁老师满脸通红地回到自己的座位上。难道真的是幻觉？梁老师喝了杯茶，精神了许多，可她还是没信心把这乱七八糟的作文读下去，索性拿起笔，直接打了个5分的超低分值，然后自我安慰：反正不是什么好学生，要不怎么会把字写得这么难看。

打完分数后，梁老师禁不住好奇，又把试卷翻了过来，"天呀！怎么会这样？"只见那双眼睛不但还在老地方，而且还多出了两行泪，涂得红红的，看起来像流下了一滴滴血。

梁老师的惊叫声引来了其他老师，面对众人疑惑的目光，梁老师用手指着试卷说："看！那双眼睛流泪了！"其他老师看了看试卷，七嘴八舌地说："什么也没有呀！""梁老师是不是发烧了？"

梁老师太纳闷了，怎么回事？她不禁再次拿起这张试卷，仔细查看这个考生前面的答题。只见前面答题的字迹虽然稚嫩，但却十分清晰规矩，和作文的字迹有着天壤之别。更令梁老师惊讶的是，那些答题的正确率极高。

这究竟是个什么样的学生呀？在好奇心的驱使下，梁老师静下心来，一个字一个字认认真真地辨认起这篇作文的内容。

花了整整两个小时，梁老师终于把这篇作文顺下来了，读罢文章，她不由暗暗惊叹：这篇作文文笔优美，感情真挚，如果不是因为字迹方面的原因，得个满分也不为过。最后，梁老师重新给了一个分数：60分。

打完分数后，梁老师特地又一次去看考卷上的那双眼睛，可是这次她什么也没有看到，眼睛不见了！难道刚才的一切真是自己的幻觉？

一晃两个月过去，新学期开始了，梁老师这学期要教高一新生的语文课。第一堂课上，一个男生引起了她的注意。这名新生黑黑瘦瘦的，梁老师总觉得自己以前在哪见过他，却怎么也想不起来。点名时，梁老师得知这个男孩叫张小强，是今年全市的中考状元！梁老师很兴奋，这个尖子生竟分到了自己班里。

"祝贺你！"梁老师走到张小强面前，笑吟吟地看着他，一边伸手过去，张小强却没有伸出手，而是愣在那里不知所措。梁老师尴尬地把手收回来，张小强红着脸，有点不好意思地和梁老师对视了一眼。

对视的一刹那，梁老师心里猛地一颤，像！太像了！男生的眼睛和试

卷上画的那双眼睛一模一样：单眼皮，大眼珠儿，难怪自己觉得这孩子似曾相识……

放学后，梁老师把张小强叫到了办公室，她试探着问道："你中考作文的题目是什么？"张小强轻声回答："男儿有泪不轻弹。"

梁老师呆住了，难道真的这么巧？她接着问道："你有没有在试卷上画眼睛，做标记？"张小强抬起头，奇怪地问："什么眼睛？"梁老师没有回答，连忙转移话题，说："那你作文的字迹为什么那么潦草？"

"我，我……"张小强吭哧了半天，最后伸出了他的右手。梁老师仔细一看，大吃一惊，怪不得这孩子不愿和自己握手，原来他的右手只剩下了一个手指。

张小强告诉梁老师，他来自农村，父亲瘫痪在床，他每天放学后就帮妈妈干农活，中考前也不例外。可就在考试前几天，自己一边干活一边背书，铡草时一不小心，竟被铡刀切掉了四个手指。由于家境贫困，张小强没做接指手术，仅让大夫缝合了伤口，便坚持参加了中考。

第一科就是语文考试，张小强用左手答题，为了保证字迹清晰，答题速度就慢了许多，写作文的时候，时间已经所剩无几，无奈之下，张小强只好拼命赶时间，作文的字迹潦草得连自己都不一定认识。

听完张小强的叙述，梁老师半天没说话，最后她无比庆幸地说了一句："我差点埋没了一个人才。"

"什么？"张小强激动地问，"老师，我的卷子是你判的？"

梁老师点了点头，没想到张小强一下子流出了热泪："老师，家里根本供不起我上高中，我也想帮妈妈多分担点活计，可妈妈不同意，最后，我和妈妈商量好，如果考上重点我就继续上学，结果万没想到，我超了分数线整整54分……"

54分？梁老师不禁想到了自己一开始打的那个5分的超低分值，心中默算一番：如果按第一次给出的分数，这孩子将离重点分数线仅相差一分！

"老师，谢谢您耐心地把我的作文看完，要不我不可能考出这样的分数。"张小强给梁老师深深鞠了一躬，哽咽道："因为我考了全市第一，一家企业决定资助我完成学业……"

看着张小强饱含热泪的大眼睛，一瞬间，梁老师明白了自己出现"幻觉"的真正原因。

打这之后，梁老师每年都参加中考阅卷，她每次打分都一丝不苟，也再没看到过试卷上出现眼睛，因为她清楚：每一张试卷后面，都有一个寒窗苦读的学生，她的心中，装着一双双热烈期盼的眼睛。

（题图：安玉民）

天坑遭遇

□范大宇

狭路相逢

天麻乡三年前发生过一起凶杀案：一个刚刚从广州打工回来的女孩子被人杀死了，她带回家的钱也都不见了。这明显是一起劫财杀人案。谁干的呢？警方调查后得知，和女孩子一起回来的一个外地打工仔在案件发生后突然失踪了。于是，那个名叫成立文的青年成了重大嫌疑犯，公安部门悬赏三万元在全国通缉此人。

三年过去了，这个案件没有破，那个成立文也好像从人间蒸发了。

这天，天麻乡又发生了一起重大事件，一个放牛的孩子在路过一个“天坑”时，听到里面有人在喊“救命”，他急急地跑回去叫人。可大人们来了后也束手无策，没辙，只好打110报警。

警察来了，看了看，摇摇头。这里的人都知道，天坑是天麻乡一种特有的地貌，是千万年前形成的深不可测的坑洞，洞口雾气缭绕，就和《西游记》里的“无底洞”差不多，从来就没有人下去过。这时，天坑下却传来微弱的呼救声。怎么办？警察买回来好些绳子，将这些绳子连结起来，足足有二三百米长。警察对围观的人们喊：“我们在上面拉着绳子，谁愿意下去救人？”警察之所以这么安排，是因为当地的老百姓对天坑的地形比较了解，成功的几率较大。

人们纷纷往后退。警察又说：“谁肯下去帮助救人，给五百块钱！”

这下子，有人站了出来，而且一下子站出来两个，一个是刘名，一个

是张虎，两人都愿意下去。警察研究了一下，决定每人给三百块，都下去。这样，互相也有个照应。

刘名和张虎把绳子系在腰上，手握警察给的强光手电，一点点地滑了下去。

这天坑真是深啊，越往下越黑，越往下越凉。坑壁呈漏斗形，又滑又陡。刘名对张虎说："这小子命真大。这坑边要不是斜的，他掉下去还不得摔死了，还能活到现在？"

张虎嘿嘿一笑，说："是啊。"

也不知用了多长时间，两人终于到了天坑的底，就着手电光，两人看到有个人奄奄一息地躺在地上。

刘名摇了摇那个人，那人强睁开眼睛，眼里流露出求生的欲望。刘名对张虎说："快！给他系上绳子！把他吊上去！"

张虎"嗯"了一声，抖抖绳子就准备动手。谁知，突然间，张虎愣了，他揉揉眼睛，将那人又看了看，随后"呼"地一下子扳起那个人的脑袋，恶狠狠地说："原来是你！"

刘名问："谁呀，你认识？"

张虎说："他是成立文！就是那个杀死我妹妹的凶手！"原来三年前被杀的那个女孩正是张虎的亲妹妹。

一听说是那个通缉犯，刘名赶紧凑上前，用手电细细地照了照，是，没错，正是布告上的那个人。刘名笑了，说："我说这些天我怎么左眼老跳呢，该着咱哥俩发财！抓到了他，不是奖三万块吗？老天爷，谢谢了！"说着就要给成立文系绳子。

"慢！"张虎拦住了刘名，说，"就这么把他交给警察，太便宜他了。"

"怎么说？"

"你想，我妹妹白白死了，可他却好好地活着。到了公安那儿，顶多判他吃枪子儿，'嘎巴'一下子，齐活了。万一弄不好，判个死缓啥的，他还死不了，那我妹妹不太冤了？"

"那你——"

张虎把牙帮子咬得"嘎嘎"响，从

牙缝里挤出个声音:“就在这儿,把他弄死!”

刘名吓得打了个寒战,说“使不得!那你不也成了杀人犯?”

张虎一下子抓住刘名的脖领子,说:“这事儿,只有你知我知天知地知,你不说,鬼知道?兄弟,我求求你了,事成了,我把赏金全给你。反正警察要的是这个通缉犯,是活是死他们不管的。”

刘名还是把脑袋摇得像拨浪鼓,说:“不行不行!警察一查就查出来了。”

“呸!咱们把他的脑袋重重地往石头上一磕,就说是他自己摔的,嘿,谁能查得出?”

可不论怎么说,刘名就是不同意。这下子惹火了张虎,他狠狠地瞪着刘名,说“你要不干,你也得死!”

刘名打了一个冷战,他看了看张虎,张虎的脸已经扭曲了。刘名知道这小子急了,什么事也干得出来,便趁他不留神,一使劲,挣脱了出来,“嗖”地跳到一边,说:“你要是这样,我就喊了!”

这下子张虎傻了,他抬头看看坑口,那上边有好几十人正盯着坑底呢,刘名如果一喊,那可全玩完儿!他眼珠一转,笑了,说:“行了兄弟,我服了你,咱们公事公办还不行吗?”

于是,两人小心翼翼地给成立文系上绳子,然后向上面喊话,上面立刻就有人将绳子一点点地往上拉。就在这时,张虎突然把绳子狠狠地往坑壁上一扯,成立文的脑袋重重地磕在了石头上,他痛得大叫了一声,又昏迷了过去。

刘名惊叫起来:“你怎么……”

张虎冷笑道:“这还不便宜他呀。”接着,对刘名轻声说道,“上去后,先别跟警察说这小子就是成立文。”

“为什么?”

“不为什么。听我的,没错!晚上我请你喝酒。”

刘名和张虎二人上去后,警察给了他们辛苦费。张虎死死地盯着刘名,寸步不离,不让他说三道四。

成立文因伤势太重,被送到县医院抢救。

夜半惊魂

当天后半夜,县医院里,刚做完急救手术的成立文正在病房里熟睡,一个人从窗户翻入室内,三步并做两步地扑到病床前,掀起被子,二话不说,举起刀子就狠狠地劈下去。说时迟,那时快,眼看那刀就要落在病人身上,那病人一个鹞子翻身,从床上一跃而起,一把抓住了行凶的人。

屋里的灯一下子亮了,这行凶的不是别人,正是张虎,而那病人却不是成立文,而是一个警察。张虎傻了,

怔怔地看着警察，说：“我要杀了成立文，为我妹妹报仇！”

警察将张虎铐住，对他说：“没错，我们也要为你妹妹报仇啊！”

原来，在另一间病房里，警察早对经过抢救、苏醒过来的成立文进行了讯问。成立文说了一个令人难以置信的故事：三年前，他和打工认识的女友张雪一同回到她的老家，可是当天晚上，女友的哥哥张虎就因为她私订终身同她闹翻了。张虎逼着张雪和一个比她大二十岁的男人结婚，张雪不干，张虎就说：“你干也得干，不干也得干！”因为张虎已经拿了那男人的彩礼，并且已经赌光了。兄妹俩越说越僵，当天不欢而散。半夜里，成立文听到张雪的屋子里有动静，就过去看看，不料门虚掩着，一推就开，屋里张雪已经被人杀死了，鲜血流了一地，地上还有一把匕首。这时，张虎也赶到了，他看到这一切，将成立文的手抓住，让他攥住了那把杀人的匕首，恶狠狠地说：“好啊，你杀了我妹妹，你等着吃枪子吧！”说罢，就转身出门了。成立文越想越怕，趁着天不亮，急急地逃走了。

三年来，成立文东躲西藏，不知何时是个头。几天前，他思念张雪，要在她三周年时为她上上坟，就冒险来到了天麻乡，没想到一不留神掉入天坑中。

后来经过警方审讯，张虎终于承认了罪行。三年前的那个夜晚，他发现妹妹想要连夜逃走，就上前阻拦，争执之下他失手刺伤了妹妹，看到妹妹伤势严重，张虎一不做二不休，索性残忍地杀死了自己的亲妹妹，事后还搜走了她的钱财……张虎得到了应有的惩罚。

成立文临走之前，特意去感谢了刘名，刘名反倒不好意思了，说：“咱一个普通老百姓，不值得你谢！你放心吧，每年我会代你为张雪烧几张纸的。”

（题图、插图：安玉民）

说大事、小事,普通人的身边事
讲闲话、实话,老百姓的心里话

做好事

百姓话题

六十年代，一首儿歌曾经风靡全国：“我在马路边，捡到一分钱，交到人民警察叔叔手里边，叔叔拿着钱，对我把头点……”星移斗转，沧桑变迁，今天，马路上还是会有人遗落一分钱的，但是，小朋友会不会把这一分钱捡起来交给警察叔叔？警察会不会十分认真地接过这一分钱并按规定交公？人们又会如何评说这件事？这些，每个人都会有自己的思考和答案，但不管怎么说，拾金不昧、助人为乐、见义勇为、扶贫济困……这些都是我们民族的传统美德，无论到了什么年代，都是不会失去光彩的。

今天，我们就来讲几个“做好事”的故事……

•第一个故事•

有关驾驶证的问题

这天晚上十时左右，“大世界”迪厅发生了坍塌事故，好多人都流了血受了伤，救护车很快赶到现场。为了抓紧时间救治，救护车司机也下车帮忙，包扎伤口，往车上抬伤员。突然，发生了二次坍塌，救护车司机也被砸伤了。

医护人员一阵忙乱，已经把七个伤员抬到了车上，接下来搀扶的是最后一名伤员，也就是那个救护车的司机。医护人员搀扶着那司机从迪厅里出来的时候，意想不到的事发生了：停在门口的救护车不翼而飞了，连个

轮胎也没有留下，而车上还有七个伤员哪!

随车而来的医护人员从来没有经历过这种情况，顿时慌了:“这可怎么办呀？车上还有伤员，万一发生意外，后果非常严重！”于是他们赶紧打电话报警。

警察马上赶来了，弄明白了事情经过，也觉得挺奇怪的。约十分钟后，传来了消息，说是在医院里发现了被盗的救护车，于是警察赶到医院，一看，救护车停在医院的院子里，车上空无一人，伤员已在病房里接受治疗。看到救护车被追回，车上伤员也没有发生意外，警察松了一口气，可是，这车是怎么“飞”到医院的呢？还从来没有听说过救护车被偷的案子啊，于是警察走进病房，对伤员进行调查。

事情很快弄明白了：救护车是被一个民工开走的，这个民工在迪厅当保安，迪厅发生坍塌事故后，他也被砸得昏迷不醒，等他醒来，发现自己头上缠了绷带，躺在一辆车里，车上还有几个人也都受了伤，在呻吟着。那民工立刻想到了救人，他忘了自己也是伤员，挣扎着爬到驾驶座上，发动了救护车，把伤员拉到了医院，还把大家搀到了急诊室。

这时候，另一辆救护车把那个受伤的司机送到了医院，那司机听说是一个民工偷了救护车，气坏了，顾不得自己的伤痛，挣扎着站起来，找到了那个民工的病房，走到民工跟前，狠狠地给了他一拳头，接着又对随后赶来的警察嚷道：“这小子胆子也太大了，救护车也敢偷！你们该把他抓起来，依法惩处！”

这时候，病房里围了一堆人，有的是看热闹的，有的是关心那民工的，大家都想看看警察到底如何处理此事。

警察对司机说：“我们肯定是要秉公执法的，但是，他刚才的行为，是不是属于偷车还需要进一步调查，不过他的行为属于无证驾驶是肯定的……”

那民工听到要“秉公执法”，赶紧说：“我有驾驶证的，在我老家放着呢。”

警察说：“有证？你审验了吗？”

民工说“今年我才出来打工，以前我年年审验的。”

警察“哦”了一声，问了民工的名字、籍贯，随即掏出手机，给交警队打了电话，让交警队在网上查寻相关信息。

没多久，警察的手机响了，他接听了电话，听着听着，笑了。一会儿，警察挂了电话，对正在发火的救护车司机说：“他这行为……我看……”警察挠了半天头，说话吞吞吐吐的，“我看……够不上偷车，他主观动机是好的，甚至可以说是见义勇为，至于无证驾驶嘛……也够不上，因为、因为他有驾驶证，刚才我们交警队对他的驾驶证进行了‘网上调查’，是真的。”说完，警察走到那民工跟前，拍了拍他的肩膀，叫他出去说几句话，民工点了点头，跟着警察出去了。

他们走到病房外，警察看看四周没有人，笑着擂了民工一拳头，骂道：“好小子！你弄个拖拉机驾驶证，就敢开救护车？不要命了？”

•第二个故事•

我是女人我怕谁

这天子夜时分，一个刚下火车的漂亮女孩，随着人流走出了火车站。那女的十八九岁的样子，穿着黑色吊带裙，脚踩一双奶白色高跟鞋，肩挂一只坤包，在人行道上快步走着。她想拦一辆出租车，但拦下一辆，和司机说了没几句，司机就一踩油门，“呜”地开走了，连续几次，都是这样，怎么回事呢？

这时，一辆停在路边的出租车发动起来，飞快地开到那女的旁边停住，司机按了按喇叭，说：“嗨，美女，上哪？”

女的扭头一看，是个挺帅的“的哥”，短发，白净脸，还留着两撇漂亮的八字须。女的说：“我要去观前街，可是……我身上只有15块钱了。”

的哥明白了：从这到观前街，打表怎么也得40块钱，所以那些出租车不愿拉她，他想了想，说：“妹子，上来吧，15块钱我拉你去。”

女的高兴坏了，刚要上车，又犹豫了，心里想道：这的哥怎么这么好？不会是色狼想劫色吧？

的哥大概猜出了她的心思，认真地说：“妹子，上车吧！这黑灯瞎火的，你一个女孩子，真要步行到观前街去，不安全。哥哥我就算学雷锋做好事，积德行善吧！”

女的犹豫了一会儿，终于上了车，车子很快行驶了起来。一路上，那女的显得十分紧张，特别是最近城里的世纪广场要改造，有几个路段夜里12点到凌晨5点禁止通行，所以这一路上还要穿过几条小胡同，黑灯瞎火的，那女的吓得浑身直颤抖。你想想，在这个时候，在这种地方，如果出租车司机真要对那女的动点歪心思，那女的还能有啥办法?

咱简单地说吧，这车子出了胡同，七绕八拐，很快上了灯火通明的大马路，那女人也渐渐变得神态自若了，等到了观前街，车子在路边停下来后，那女的更加神色泰然了，而且还露出了怪怪的笑容。她并不急着付钱下车，而是阴阳怪气地说："的哥，看样子你是个老实人，老实人就要吃亏你知道不？"

的哥警觉了："你什么意思？"

女的扬着下巴示意着："你往前边看！"

的哥往前边一看，只见前方二百来米处，有两个全副武装的巡警，正一前一后往这边走来。此时此刻，那女的已经完全换了一副面目，刚才在小胡同里，那女的是"我是女人我怕你"，现在到了自己家门口，而且又有警察在场，那女的是"我是女人我怕谁"了！

两人沉默了片刻，那女的开口了："今天老娘倒霉，钱包在火车上被小偷扒了，损失了五百多块钱……"

的哥一听，估计那女的是想赖车费，就说："你别说了，那15块钱车费我也不要了，你走吧！"

那女的冷笑一声，说"你身上现在有多少钱？全部给我，咱们今天就算没啥事，不然的话，哼哼！"那女的说着伸手往自己的背后一捻，捻开了胸罩挂钩，裸露出了一只乳房，又随手几把揉乱了披在肩上的长发，说："不然的话，我就说你要强暴我！那俩警察可马上就要走过来了，你快做决定！"

的哥傻了，他想不到这女人居然是来敲诈勒索的！的哥没吭声，也没把钱掏出来，两人在车内对峙着。

车内的异常动静引起了前方两个巡警的注意，两人加快脚步奔了过来，他们冲到出租车前，分别拉开了前后车门，对着车里吼道："怎么回事？"

那女的一听，随即一边系自己的胸罩挂钩，一边委屈地哭了起来："警察先生啊，这的哥是个坏蛋，他要强暴我！"

警察喝令的哥从车里走出来，的哥下了车，冲着警察一笑，说"别急，一切都会真相大白的。"说着，他撕下了自己鼻子下的两撇八字须，说话的声音也轻柔了，转眼间竟然变成了一个俊俏的女子！她对警察说："我家这辆出租车，一直是我丈夫和雇的一个司机轮流开。今天晚上，那个雇的司机临时有事，我丈夫又开了一个白天，需要休息，我正好也有执照，不舍得这一晚上不赚钱，就出来跑车，又想到晚上开车不安全，就化装了一下。我原本想做做好事，白送这位美女的，谁知她却要讹诈我，威胁说，我要是不把钱给她，她就要告我强暴她。"

"的哥"说着，又回头转向车里那个目瞪口呆的女人，幽默地说："你是女人，我也是女人，我是女人我怕谁！"

•第三个故事•

好事是这样做坏的

郝运来是个普通的男人，心善，人好，总想积德行善。这一天，妻子在家做饭，饭煮熟了，正要炒菜，酱油没了，她就掏出一张五十元的票子，要郝运来去超市买一瓶来。

郝运来走到超市门口，看见地上有一个钱包，捡起来打开一看，好家伙，里面有一叠钱，全都是五十元一张的，估计不下千元，于是，郝运来举着钱包喊着："谁掉了钱包，有谁掉钱包没有？"喊了两声，没人理睬。郝运来想去超市借纸笔写个失物认领，他正要走进超市，见一个小伙子急匆匆地从里面出来，看来有急事，走得很慌张。超市外停放着许多自行车，小伙子一不小心撞倒了一辆，但他头也不回，匆匆离去。

这车倒得也真不是地方，正好倒在郝运来的脚边，要不要把这车扶起来呢？把车扶起来也是做好事啊，只要是好事，郝运来就要做，于是他弯腰把车扶了起来，谁知车还没放稳，超市里又走出一位女士，她一声高叫："别走！"话音刚落，一手抓住了郝运来！

这下可让郝运来懵了，他看看这

女的，不认识呀，抓我干什么呢？这时候，那女的开始检查自行车，郝运来这才知道她是自行车的主人。那女的上上下下，左左右右，细细检查了几遍，后来终于发现自行车的三角架上掉了一小块漆，其实，这漆也说不准是哪年哪月让谁碰掉的，可那女的不管，她大叫一声：“看见没有，你把我的自行车摔坏了！”

郝运来忙向那女的解释，说这车不是他摔的，是一个小青年撞倒的，可她不相信，非要郝运来赔，说话间她伸手就要抢郝运来手上的钱包。郝运来将手高高举起，那女人的手够不着，情急之中，她双手拉住郝运来举起的手臂，紧接着张口向他的手臂上咬了过去，咬的力量不是很大，却疼痛无比，郝运来惊叫一声，举着的手不得不放了下来，于是那女的乘机夺过钱包，从包中取出一张五十元的大钞，扔下钱包，推着自行车，扬长而去。

这女人这么一搅和，把郝运来的计划全打乱了：还能写失物招领吗？那钱包里少了五十元，万一把失主招了来怎么办？郝运来犯难了。

这一天活该郝运来倒霉，就在这时，有人拍了拍郝运来的肩，郝运来猛地回头，一看，正是那个撞倒自行车的青年，青年大声说：“这钱包是我的！钱包里面有我的身份证。”郝运来打开钱包，果然里面有一张身份证，相片和眼前这人的长相完全一样。郝运来心想，这钱包只要是你的就好办了：车是你撞倒的，人家找你赔车才拿走你钱包里的五十元钱，这没啥好多说的！于是，郝运来就把那女的从包里拿走五十元钱的事说了，谁知那青年一听来火了：“有谁见到车是我撞倒的？”

郝运来一听傻了眼，他没想到那

青年会耍无赖。这当儿来了许多围观看热闹的人，郝运来急了，眼珠子差点迸了出来，谁知越急越坏事：大热天，他就穿了一件半透明的短袖衫，妻子给他买酱油的五十元钱就在上衣口袋里，那青年一眼就看见了，他趁郝运来不注意，一把将钱夺了过来，对围观者说："看见没有？人赃俱获！"围观者一阵哄笑，有的还鼓起掌来。

郝运来气极了，就在他又气又急、万般无奈的时候，救兵来了，这救兵不是别人，正是他的老婆，老婆等着郝运来的酱油，见他久久不回家，急了，便一路找到超市。她先是在一旁听着丈夫和那青年吵闹，后来看见青年从丈夫身上夺钱，急了，冲出人群，一手抓住那青年的胸襟，高声骂道："好你个不要脸的东西，你急着等钱买棺材是不是？快把钱交出来，要不然姑奶奶就不客气了！"

事情闹大了，围观的人越来越多，超市保安也出来了，有个保安说，他刚才看见是这个青年把自行车撞倒的，这下那青年撑不住了，只好乖乖地交出了钱，溜了。

郝运来总算松了口气，正想进超市买酱油，不料却听见老婆一声断喝："站住！"紧接着，老婆一手抓住了郝运来的胸襟，冷笑着说："我现在弄不明白刚才到底是有个女人找你赔车拿走了五十元，还是你自己心甘情愿把五十元给了哪个女人！"

郝运来听得眼睛也直了，他不明白老婆话里的意思："我、我怎么啦？"老婆此刻竟流下了眼泪，咬牙切齿地说："好你个郝运来，你我夫妻这些年，我竟没看出你还有这手功夫！就这么一点买酱油的时间，你也会见缝插针找乐子？老实说，刚才去了哪家洗头房？"

洗头房？郝运来越来越想不明白了，这事怎么扯上洗头房了？"不承认是不是？"老婆边说边举起郝运来的一只臂膀——我的妈哟，郝运来的臂膀上留着两片鲜红的唇印，唇印中还有两道清晰的牙痕……

郝运来被妻子拖回家后，这"戏"是怎么收场的，谁都不知道，事后有人怪郝运来多管闲事，郝运来一听，梗着脖子说："这是什么话？不做好事，那还是好人吗？再说啦，不是有保安为我作证了吗？至于被老婆误会，那是我们两口子的事，你管不着！"

"有关驾驶证的问题"作者：赵清川；"我是女人我怕谁"作者：老三；"好事是这样做坏的"作者：孙新华。

（题图、插图：刘斌昆）

·中国新传说·

仇二虎杀狗

□朱永军

今儿个就吃它

许大爷退休前是一家钢厂的司炉工，他有个相交几十年的工友，姓段。段师傅的老家在百十里外的山区。那年，段师傅邀请许大爷去山里玩些日子，许大爷临回城的前一天，段师傅不知从哪儿借来两杆土枪，说："许老弟，你们城里人难得有机会能这么撒撒野，今儿咱哥俩去黄河滩上撵兔子。"

其实，段师傅对打猎也是门外汉，他不过是想让远道来的客人玩个痛快。两个年过半百的汉子，在黄河滩忙活了半天，连兔子毛都没有打着一根。看天色暗了，段师傅一指前面的村庄，对许大爷说："今天的晚饭，让仇家庄人给咱备！"

许大爷不解地问："大哥，你有什么亲戚在仇家庄吗？"段师傅哈哈大笑，道出了原委。原来，段师傅的女儿处了个对象是仇家庄的，叫仇二虎，家里条件很好，盖起了那年月农村不多见的三层小楼。小伙子人长得精神，又会办事，很讨段师傅喜欢，段师傅准备秋后就让孩子们把婚事定下来。

两人一进仇家的大门，仇二虎看到未来的岳丈大人来了，慌得忙里忙外，生怕有一点怠慢。

聊天的工夫，段师傅说起小时侯遇上灾年家里没吃的，爹打死了一条野狗，让全家人好好开了一次荤"狗肉香啊！自从那以后，这一辈子我都觉得狗肉是最好吃的东西。"许大爷接着说："可不是吗？我也最稀罕吃狗肉了，可惜好多年没有吃过了。"

听他们这么一说，精明的仇二虎一拍大腿，说"嗨！叔爷们想吃狗肉还不好办吗？咱还怕狗肉不上席面呢！”说完，他对着门外叫了一嗓子：“大黄！”只见一条又肥又壮的大黄狗，蹦跳着进了屋，它兴奋地摇着尾巴，绕着仇二虎，又是扑又是舔，十分亲热。仇二虎指着大黄狗，对大家说：“今儿个咱就吃它！”

仇二虎话音刚落，大黄好像能听懂人话一样，打了个激灵，一下子愣住了，仿佛不相信似的呆呆看着主人，眼神里布满了惊愕。仇二虎转身取了绳子，做了个活套，大黄恐惧地看着他，浑身筛糠似的打起了哆嗦。仇二虎拿着绳套走向大黄，它“嗷”地惨叫一声，转身就跑。仇二虎叫骂了两声，笑着对大伙说：“这畜生，鬼精鬼精的，八成是见过杀狗，知道要挨宰了。哈！咱庄里人杀狗都是用绳子套，然后吊到树上用水灌死……”

仇二虎说着，把绳子掖到衣服里面出了院子，段师傅和许大爷跟出去看他怎么杀狗，有几个邻居也凑过来看热闹。大黄在仇二虎的召唤下，哆哆嗦嗦地进了院子，躲在墙角不住地狂吠。仇二虎要在未来岳父面前显显能耐，他胸有成竹地喝令大黄过来，并向它摊开双手，证明自己没拿绳子。终于，大黄的情绪渐渐平稳了，不再乱叫了，它委屈地小声呜咽着，慢慢走了过来。仇二虎用手抚摸着大黄，进一步放松它的警惕，突然，他从衣服里面掏出绳子，猛地向大黄的脖子套去。谁知那狗的确聪明，似乎早料到了这一手，反嘴一下咬住了绳子，从仇二虎的手里一拽，叼着绳子跳到院子里的井边，将绳子丢进了井里，然后又躲回了墙角。这时候，院子里看热闹的人越聚越多了，几个人哈哈大笑着说：“二虎啊，这狗快赶上你聪明了，看来你是杀不了它了。”

仇二虎一心想在段师傅面前讨好逞能，他当即恼得脸红脖子粗，段师傅怕他下不了台，赶紧打圆场劝他算了。谁知仇二虎反倒更上劲了，说：“你们放心！今儿个叔爷们吃不上狗

肉，就吃我的肉！”他的话惹得院子里外的小媳妇大婶们都笑了。

仇二虎真不愧是个机灵鬼，他抬头看了一眼自家的三层小楼，眉头一皱，办法来了。这时大黄已经明白自己大难临头了，无论仇二虎怎么一遍遍地喝令它过来，它还是蹲在墙角一动不动，那黑黑的大眼睛里充满了泪水……终于，在仇二虎的再三命令下，大黄还是小心翼翼地过来了，仇二虎顺着大黄颈背的皮毛，继续稳定着它的情绪。

等大黄完全放松下来，仇二虎就领着它上了自家的小楼，大黄还以为主人真的放过了自己，它往仇二虎的怀里拱着，一边伸出舌头想去舔主人的手……就这样，在楼顶的平台上，仇二虎一边和大黄嬉戏，一边叫嚷着，让楼下看热闹的人往后退，好腾出地方。趁大黄不备，仇二虎突然一脚踹去，大黄惊叫着掉下了楼，摔得尘土飞扬。等尘土散尽，看热闹的人慢慢围拢过来，只见大黄的口鼻往外淌着血，样子狼狈极了。可过了一会，它竟然晃晃悠悠地站了起来，这次它没有叫，只是目光呆滞地看着院子里的人们，仿佛在问：究竟自己做错了什么，才让主人这么三番五次地非要置自己于死地而后快？

这时，仇二虎气喘吁吁地跑下楼，发现大黄竟然还没有死，他气急败坏地捋起袖子，指着大黄的鼻子就骂：“想不到你个狗东西的命这么大！今儿我整不死你就不姓仇了！”

致命的一脚

他的话音未落，院子里一位老大娘颤颤巍巍地开口了：“二虎啊，大黄是好狗啊！不该死啊！这……这狗太可怜了呀！”仇二虎恼怒地瞪了她一眼，没好气地说：“谁可怜？你怎么不可怜我吃不上狗肉？”看仇二虎发了脾气，院子里的人都没敢多话。

仇二虎揪着大黄的耳朵，又往楼上拖，这次大黄却很顺从，一声也没叫。仇二虎把大黄领到了楼顶平台上，为了放松大黄的警惕，他还像刚才那样和它嬉戏着……

刚才劝仇二虎的那位大娘不忍看了，长叹了一声，抹着眼角的泪就想走开。许大爷好奇地问：“大娘，您怎么这么难过呀？”大娘叹着气说：“好狗护三邻啊！那年我的大孙子在水塘边玩，一不小心掉了进去，要不是大黄跳进去把孩子叼出来，恐怕孩子早淹死了。”一个叼着旱烟袋的老汉也说：“可不是吗，那次我家自行车丢了，也是这大黄追了好几里地，硬是把偷车贼从车上咬下来，吓跑了……”许大爷听了这些，看了一眼身边的段师傅，只见他一声不吭，脸色却越来越不好看。

说话间，仇二虎又大声嚷嚷着让

人们退后，让出地方。此时，大黄已经木然地站在楼顶的边沿，微风拂动着它的皮毛，仇二虎看准了大黄的肩胛，突然抬脚，狠狠踹了过去。没想到，看起来已经被摔呆了的大黄，这次有了防范，它巧妙地把身子往下一低，躲过了这致命的一脚。仇二虎的脚顺着大黄的皮毛滑过，他整个身体的重心都在脚上，想收势已经来不及了，他叫声“不好”，整个人闪出了楼顶……

“天哪！”下面的人齐声发出了尖叫，就在这千钧一发的时刻，大黄一下子死死地咬住了仇二虎背后的衣服，仇二虎整个人就这样被悬空着吊在了那里，他绝望地惊叫着。几个反应快的机灵后生，不约而同地向楼顶奔去。大黄令人难以置信地用牙齿承受着仇二虎全身的重量，它趴在地上，下巴搁在楼顶的边沿，自己的身体和仇二虎的身体形成了个直角，它忍受着平台锐利的水泥边角的割磨，却丝毫没有放弃的意思。等人们把仇二虎拉回楼顶时，大黄的整个下巴已经血肉模糊了。

楼下的人提到嗓子眼儿的心放了回去，大黄站在楼顶，“汪汪”叫着，好像还在为主人刚才那惊险的一幕而心有余悸……就在这时，仇二虎突然抬起一脚，重重地踹向了大黄！这一脚出乎大黄的意料，也出乎所有人的意料，人们都屏着呼吸惊呆了！

这一脚恰好正中大黄的要害，大黄一下子飞出了楼顶，它的身体像个跳水运动员一样在空中优美地翻腾着，然后，重重地砸在了地面上，一声闷响，似乎震得整个大地都颤动了一下，接着，飞扬的尘土把它的身体盖住了。

这回，大黄是真的死了！它的嘴摔歪了，样子很怪，像是咧着嘴在笑……如果它临死前真的是在笑，那么它在笑什么呢？该不是笑狗永远也猜不透人心吧？

·快乐辞典·

各类老婆

◇ 老出国的，老婆爱打长途；
◇ 常出差的，老婆爱检查丈夫的兜；
◇ 迷跳舞的，老婆的时间观念特别强；
◇ 爱喝酒的，老婆的嗅觉特别灵敏；
◇ 扫马路的，老婆不爱逛街；
◇ 干屠宰的，老婆不爱吃肉；
◇ 当裁缝的，老婆爱赶时髦；
◇ 当医生的，老婆爱开补药；
◇ 当老板的，老婆原先是秘书；
◇ 当厂长的，老婆请来当会计；
◇ 当科长的，老婆爱出谋划策；
◇ 当局长的，老婆喜欢敲门声；
◇ 开小车的，老婆出门爱穿高跟鞋；
◇ 只有小学文凭的款爷，老婆自费读硕士；
◇ 低声下气的，老婆说话粗声大气；
◇ 啤酒肚儿挺挺的，老婆的腰儿细细的。

（**推荐者**：陶仁九）

仇二虎在楼顶上看到大黄摔死了，他拍着衣服上的尘土，豪迈地哈哈大笑，说："不信弄不死你，狗畜生！你再精还能精得过人？"

楼下的人都倒抽着凉气，被眼前发生的一切惊呆了，许多女人的眼眶中噙着泪花。犹豫了一下，许大爷的手抖动着，拉了拉段师傅的衣袖，小声说："大哥……这、这真不算回事啊！为了讨好咱们，就、就……你把闺女交给他这样的……能放心？"段师傅抿着嘴，跟谁赌气似的一言不发，突然，他一拍大腿："走！"

两人一口气走出仇家庄快五里地，许大爷突然想起那两杆土枪落下没拿。段师傅的眼皮眨都不眨，说："不要了！我一眼都不想再多看那个没人味儿的畜生了！"

仇二虎的婚事自然是吹了。后来，仇二虎先后结过三次婚，都是刚开始还行，可婚后没多久就原形毕露，对老婆稍不如意就非打即骂，下手特别狠，前两个妻子都是受不了他的虐待离的婚。再后来，他迷上了赌博，连自家的小楼也卖掉还了赌债，还逼着老婆做"小姐"来供自己吃喝玩乐。最后，作恶多端的他被抓起来，判了刑……

时光过去很多年了，段师傅还是很庆幸许大爷那次来山里玩。如果不是亲眼看到仇二虎杀狗的情景，谁能想到这个外表帅气、处世精明的年轻人，内心是那样的冷酷和残忍。

不过庆幸归庆幸，每次提到这件事，许大爷都会说："只是可惜了大黄那条好狗！"

（**题图**、**插图**：魏忠善）

（本栏目欢迎来稿。来稿可从邮局寄发，也可从网上传递。如为电子邮件，请发以下信箱：lujia411@yahoo.com.cn。）

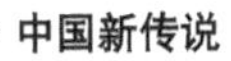

敲诈幸福

□宋利民

田绣最近听说，丈夫在城里包了个二奶。田绣是个要强的女人，眼里岂能揉进沙子，可还没有等她开始行动，丈夫就把家里的钱席卷一空，领着二奶跑了。田绣认定丈夫还在省城，只是躲在不知哪个角落享清福，就来到省城，租了间房子，打算边赚钱边寻找那没良心的丈夫。

田绣去劳务市场找活干，在那里，她遇到一个高个子中年男人，他给田绣提供了一条致富门路，他说眼下最富一族就是二奶，她们最害怕的就是被“大奶”发现，但二奶又很少有见过大奶的，听说南方有人冒充大奶杀上门去问二奶要钱，二奶分不清真伪，害怕把事情闹大，反正钱又不是她们自己赚的，就乖乖掏出钱来。再说就是被识破了也不至于出大事，哪个二奶敢张扬？

看田绣挺感兴趣，中年人又说，国泰小区是有名的“二奶区”，很多有钱人都在那安了个家外家，在3单元509室就住着个叫张苗的，是个叫王建国的老板包的。中年人还说，王建国这段时间出远门，不在家，是个机会。田绣问中年人为什么要告诉自己这些，中年人笑了，说他也是个受害者，他如果是个女的，早就自己去用这个办法了。

临分手时，中年人又提醒田绣：你不能直接去敲张苗的门，二奶是不会轻易给陌生人开门的，你得先猛敲张苗对面人家的门，这样张苗兴许就会出来看热闹，不用这个办法，是敲不开门的。

田绣心想：自己本来就是婚外情的受害者，那种愤怒、委屈的情感不用酝酿就有，保证表演得天衣无缝。听了中年人的话，她决定去国泰小区试试。

主意打定，田绣就大步朝国泰小区走去，根据中年男人的指点，来到3单元5楼后，她就开始猛敲508的门，敲了好半天，果真没有人来开门，田绣趴门上一听，刚才响着的电视机也关了。呵呵，你不敢开门，才好呢，要是开门了，我还得编个谎话。这时，田绣听见身后“吱扭”一声，回头一看，509的门开了，一个年轻女人探出了半边脸，田绣赶忙来个急转身，509的女人发现不妙，刚要关门，田绣拉开门冲了进去。

田绣见屋里果然没有男人，就说话了：“看起来，我要不是声东击西，故意敲对面的门，还不能把你个小妖精的门诓开啊！”“大姐，你是……”“装什么糊涂，还用我自报家门吗？你不是整天咒我死吗！”“你是……素梅大姐？”

田绣知道，现在自己表现得越凶，对方就越会对自己的身份深信不疑，于是她拉开架势，捋胳膊挽袖子就朝上冲：“呵呵，你凭这张脸把我老公的魂勾走了，今天老娘就给你这张脸添点东西，让它更迷人！”年轻女人“扑通”跪下了：“大姐，你大人不记小人过，其实我知道，王建国他挺记挂大姐你和孩子的……”田绣心里暗自高兴，中年人说的没错，男主人果然叫王建国。她故意装出一副鄙夷的神情：“不准叫我大姐，我没有那个福分承受。我说他几个月不给家里钱，原来把钱都用在你这个小妖精身上了！你马上给王建国那个挨千刀的打电话，说孩子有病住院了，老娘来要钱，问他给还是不给。”

年轻女人按下免提键拨通了电话，一个女声提示道：“您拨打的电话不在服务区。”年轻女人为难地说：“大姐，建国他去大山里收购山货，手机没有信号。再说了，家里用钱也用不着请示他啊，我给你拿。”说着从兜里掏出1000元钱，递给田绣，“大姐，家里就这些钱了，你先拿着，给孩子治病要紧，不够，我再想办法。”

田绣万万没有想到年轻女人这么痛快就拿出了钱，心里高兴，可一点没在脸上流露出来，她接过钱，冷冷地说：“转告王建国那个陈世美，这点钱别想打发我，我还会来的！”

这么容易就成功了，田绣太高兴了，回去时买了几样好菜，想请房东冯大姐吃顿饭，一来感谢这段时间冯大姐的悉心照料，二来她心里痛快，得找个人说说。两个女人打开了一瓶“五粮液”，几杯酒下肚，冯大姐先打开了话匣子，讲了自己的秘密：原来她也是个被冷落的女人，丈夫做生意有钱了，找了个年轻的，养了起来。两个相同命运的女人有说不完的话，田绣一激动，就告诉了冯大姐自己如何混进国泰小区，冲进509室，把那个二奶吓得乖乖地掏出钱来。

听说田绣冒充大奶敲诈了1000元钱，冯大姐害怕了，忙说："妹子，你这样做是犯法的啊，出了事是要蹲监狱的，就此收手吧，别再干了。"

"凭什么，大姐，就许他们男人胡作非为，就不许我们弄几个钱花花？下次，我还要让王建国的那个小二奶多出点血！"

看田绣主意已定，冯大姐只好无奈地摇了摇头。

过了一周，田绣拨通了张苗的电话，她气冲冲地质问王建国为什么还没有到医院看孩子。张苗解释说还没有联系到王建国，不过她又准备了20000元钱，正等她的电话，她问田绣孩子住在哪个医院，她马上把钱送来，顺便看看孩子。

田绣想了想说，她不想让张苗到医院来，怕孩子的心灵受到伤害。张苗说，那好吧，胜利公园西北角，望江亭附近有个长凳子，下午五点，你在那里等我，我给你送钱。

"胜利公园西北角，望江亭附近的长凳子，下午五点……"田绣重复了一遍，放下了电话。尽管田绣不知道胜利公园在哪里，可她不打算问冯大姐，因为从那天晚上开始，她发现冯大姐似乎在偷偷盯着她。

田绣对冯大姐说要上街转转，没等冯大姐说什么，就急匆匆离开了。

倒了两次车，赶到胜利公园门口，田绣看了看表，差两分钟五点。深秋了，才五点钟天就黑了，公园里一个人也没有。远远地，田绣看见张苗坐在长凳子上正喝饮料。田绣来到跟前，刚坐下，张苗顺手递给她一瓶牛

奶：“大姐，天气冷，喝点热牛奶暖暖身子。”田绣走得急，真感觉有些渴，她打开瓶塞，刚要喝，跑过来一只小“吉娃娃”狗，轻轻一跳，扑洒了她手里的瓶子，牛奶洒了一地。

小狗舔了几口，倒地上打了几个滚，死了。田绣大吃一惊，这时树后闪出一个人，田绣一看，愣住了：是冯大姐！田绣恍然大悟，原来这小狗是冯大姐家的“豆豆”。

张苗“扑通”跪下，求两个大姐饶过她。她说，王建国曾多次许愿，等黄脸婆死了，就娶她过门：“大姐，你们不知道啊，当二奶多么不易啊，我就盼望有一天能正大光明当一回夫人。素梅大姐找上门来，我就琢磨机会来了，故意把她约到这里，想把她毒死，别人又不知道我们见过面……”

原来，冯大姐听见了田绣和张苗的电话，就打车提前来到公园，正好看到张苗往牛奶里放东西，就躲在暗处，看田绣要喝，赶紧命令“豆豆”冲上来，扑洒了毒牛奶。冯大姐说：“那天晚上我就琢磨，她怎么会乖乖地答应你的条件，一定会算计你……”

张苗使劲把头朝地上磕，紧紧抱住田绣的大腿，说要把王建国还给她，恳求她大人大量放过自己。这时冯大姐说话了：“你不用求她了，你处心积虑要毒死的人，根本不是阻碍你幸福的人，我才是冯素梅啊！”

“什么？”张苗和田绣都愣住了，最吃惊的还要数田绣，她只知道房东姓冯，不知道姓名，也从来没有想过，她竟然就是王建国的妻子。“冯大姐，你为什么要救我，如果让她的阴谋得逞，关进大牢，对你是最有利的，你就可以重新得到王建国了。”

“为了我自己的幸福，眼睁睁地看着两个人毁灭，这幸福来得是不是太沉重了？我情愿不要这个幸福！”

张苗给冯素梅磕了一个头，说：“大姐，你是个真正的好人，和你比，我连畜生都不如！在你面前，我没有脸请求宽恕，两位姐姐，能陪我一起去公安局吗？”

“不急！田绣妹子，有一件事我想知道，你为什么单单选中了张苗家。”

等田绣描述了劳务市场那个中年人的模样，张苗和冯素梅都不约而同地说出三个字：“王建国！”

三个女人一起走进了公安局。

经审问，王建国供述，他对张苗早就厌倦了，又甩不掉，就怂恿田绣上门敲诈，自己则躲到了大山里。他摸准了张苗的性格，知道她一定会利用这个机会除掉田绣的。等张苗成了杀人犯，自己就能轻而易举地甩掉她，他万万没有想到，他善良的妻子坏了他的好事。

（**题图**、**插图**：谢　颖）

·中国新传说·

无论多么荒谬的传说，当它关系到孩子的命运时，常常会使父辈失去理智……

借寿

□赵宏昌

能借寿的老头

南湾村的李老汉命长，七十岁没死，八十岁没死，九十岁还没死，如今已经九十有三了，精神头却越活越足，每顿饭能吃下两大碗米饭，这可急坏了他的儿子李满堂。

李满堂不能不急，他也是奔七十的人了，这两年身子骨一天不如一天，要照老爹现在的这个状态，自己没准就走到他前头……常言说得好，父愁儿娶，儿愁父葬，要是自己当真先走一步，老爹谁来照料？又有谁顶着瓦盆子为他老人家送葬？

就在李满堂心烦意乱的时候，他在村口碰上了算命的孙瞎子，孙瞎子人称“铁口神算”，在南湾村方圆数十里颇有些名气。虽然儿子问老子的寿是个忌讳，但啥时候才是老爷子的大限，李满堂还是决定问问孙瞎子。

孙瞎子把李满堂的卦资收入囊中，掐掐算算好半天，脸上露出老大不明白的样子：“不对呀，照命理来看，你爹他二十年前就该走了，怎么现在还活着？你等等，我再算算看，这还真是奇怪呢。”孙瞎子又折腾了好一阵，突然猛一拍大腿：“满堂，你爹的大限，就在这个月！”

“你说什么？”李满堂听了这话差点没从地上蹦起来，“瞎子，你不是开玩笑吧，这个月？怎么可能呢？”

孙瞎子翻了翻灰白的眼仁，煞有介事地说：“你爹本来只有七十三年的阳寿，也就是说，二十年前他就该死了，可是他没死，因为他命硬啊，他

在七十三岁的时候，硬生生地从别人那儿借了二十年的阳寿，这才活到现在，这个月，他借来的阳寿要用完了，所以肯定过不了这一关……”说着说着，孙瞎子像是想起了什么，有点慌乱地说：“满堂，这个月，你爹没准还要借寿，你可要小心点……”

李满堂听了孙瞎子最后这一句，脊背上的冷汗一下流成了小水沟，过去的事像放电影一样，一幕幕出现在他的眼前：他妈是六十五岁的时候离开人世的，算得上正常死亡，可他兄弟李满生就不同了，原本结实得像一头骆驼，年纪轻轻却突然生了场急病，还没来得及抬到村卫生院就咽了气，算算时间，正是二十年前啊！不用说，老爷子一定是在那时候借了兄弟满生的寿，这才精神头十足地活到现在……想到这里，李满堂的心都快从嗓子眼里蹦出来了。

对于借寿的传说，李满堂知道一星半点，借寿通常都是父母借子女的，但如果子女命硬，也有借孙子一辈的，老爹现在这生龙活虎的样子，照孙瞎子所言，这个月多半又要借寿，可是，如果他要借寿，他会借谁的？是自己，还是自己的儿子李涛？若是借自己的寿，那也罢了，可若是老爹要借儿子李涛的寿，那不是天都塌下来了吗？自己就这么一个儿子啊，老李家也只剩下这么一条根了。

那个下午，李满堂不知怎么回的家，他心乱如麻。

要借孙子的寿

孙瞎子的“铁口神算”果然厉害，这天，李老汉吃完村里一户人家的婚庆酒席，回来后就不对劲了，先是头晕，接着骨头酸痛，再接着浑身就像是火烧了一样发烫，没半天工夫就躺倒在炕上。十来天后，身子原本挺硬朗的李老汉就两眼深陷，脸色枯黄，完全是一副大限将至的样子。

李满堂心里酸酸的，他真的不想老爹就这么去啊，可是有什么办法？老爹要是活着，儿子没准就得去见阎王，谁愿意这样？

这天，李满堂因为夜里睡不着觉，起床晚了些，正要去他爹屋里看看，却发现院子的台阶上蹲着一个人，他凑到跟前一看，魂都差点没了：那人不是别人，正是他家的老爷子！只见他那九十多岁的老爹左手拿着一个干馒头，右手端着一碗冷水，正巴唧巴唧吃得不知有多香。

李满堂眼前一黑，眼泪当时就下来了，这些天，他虽然时时担惊受怕，可身上没啥不顺畅的，老爷子突然下床痊愈了，那一定是借了儿子李涛的寿……儿子的人生才刚刚开了个头啊——这瞎了眼的老天爷，为什么偏偏是儿子而不是自己呢？

李满堂猛地抓起了桌上的电话，

他要亲自给儿子打个电话——他希望儿子平平安安，希望孙瞎子是在胡说八道。可是，电话刚接通，儿子李涛就告诉他，上周单位组织体检，现在化验结果下来了，说血液可能有些问题，需要全面检查，他的工资没剩下几个，问家里还有没有钱……李满堂木然地放下话筒，像个孩子似的蹲在地上“哇哇”大哭起来——儿子没救了，他的阳寿真的被命硬的老爹借走了。哭着哭着，李满堂突然一个蹦子蹿出了门，鞋子掉了也没顾上管，撒腿就往村口的那棵老榆树下跑，孙瞎子这些天在老榆树下摆卦摊，找着了他，没准能救儿子一命。

因为“算死”了李老汉，孙瞎子的生意大好，远远地，李满堂就看到老榆树下围着一圈人，他顾不上许多，扒开人群，“通”地一声双膝跪在了孙瞎子的面前：“瞎哥，我爹他活过来了，他要把我儿子的阳寿借走了，你快想想办法呀，迟了，我儿子就没命了。”

孙瞎子听李满堂把事情说了一遍，也慌了，他从身边摸出了一幅皱皱巴巴的画，递给李满堂，说：“这是白云观老道画的钟馗捉鬼图，你拿着它到你爹的屋里烧了，或许有点用。借寿是要惊动鬼差的，烧了这幅画，你爹屋里就算是请钟馗了，这样小鬼就再不敢来……”

孙瞎子还在絮絮叨叨，李满堂已撒腿往回跑了，他捧着那幅画如获至宝，那是儿子的命啊！

孙子的忏悔

还别说，自从李满堂在他爹屋子里烧了那幅钟馗捉鬼图，本来已经大好了的李老汉，没几天就又躺到了炕上，而且这一次情况非常严重，连着七天，李老汉水米未进，却就是咽不下那最后一口气。眼看到了月底最后一天，李满堂都快急疯了——不能让老爹熬过这个月啊，要是让他熬过这

个月，儿子可是铁定要送命的。他在屋子里转出转进，就是想不出一个好办法。

傍晚时候，李满堂终于下了狠心，他杀了只鸡，炖了小半锅香喷喷的鸡汤，舀了浓浓一碗，然后把汤端进了他爹的屋里——这是一碗有毒的鸡汤，里面加了毒鼠强。虽然要背上灭绝人伦的天大罪过，可是，李满堂真是一点办法也没有了。

看着炕头上气若游丝的老爹，李满堂心如刀绞，手里的碗有千钧重，好半天，终于艰难地开了口："爹，喝一口鸡汤吧，这是我亲手为你炖的。"

李老汉慢慢地睁开了双眼，他的眼里没有一丝生气，嘴唇抖抖索索地动了几下，像是要说什么，但很快又不动了。李满堂不甘心，他舀了小半勺汤，小心地凑到了他爹的嘴边，但李老汉像是发现了什么，牙关咬得紧紧的，那半勺鸡汤怎么也灌不进去……李满堂连哄带骗，但他爹就是不张嘴，还慢慢地把头侧到另一边去了。李满堂舀了一勺又一勺，折腾了好半天，连半勺也没灌进去。李老汉肯定是发现了什么，不知是从哪来的力气，竟一伸手把碗给打翻了。李满堂又羞又愧，跪倒在他爹身前放声大哭，一面哭一面使劲地扇自己耳光。

第二天一大早，南湾村人听到了一个让他们难以置信的消息：将死未死的李老汉没死，但当晚陪他爹过夜的李满堂却死了。李满堂的死状非常吓人，他浑身紫胀，眼珠外突，面目狰狞如同厉鬼。村里一些人说，他这是被他爹借了寿了，就像二十年前他们家的老二满生一样。这李老汉，借了李满堂的寿，只怕又能活个十年八年……但事情并不像村里人想的那样，恰恰相反，已经熬过了一个月大限的李老汉，在李满堂死后第二天，竟也断了气。

作为家里唯一的男丁，孙子李涛从城里赶回来奔丧，他在灵前声泪俱下，哭喊着："都是我的错，是我害了你们，是我害了你们啊——"原来，李涛的身体健康得很，单位也从没有进行过什么体检，那天他在电话里那样说，只是因为他漂亮的女友提出要去新马泰旅游，而他一时心血来潮答应了，于是就编了要看病的由头找家里要钱，但就是这样一个小小的谎言，断送了他两代至亲的性命！

几天后，南湾村疯传着一个消息，说李满堂是喝了有毒的鸡汤被毒死的，他想通过这种方式把自己的阳寿"借"给他爹，换回儿子的一条命……另外还有一个消息更加惊人，说九十多岁的李老汉后来压根儿就没有再生病，他前番病好后，看见李满堂在屋里烧钟馗捉鬼图，又听说了自己命硬的传言，怕借了孙子的阳寿，活生生地把自己饿死了……

（**题图、插图**：魏忠善）

生命的尊严

□彭晓风

·中国新传说·

男人的尊严

王财是玉龙山最出色的猎手，四天前，张局长开着小车来到他家，把一沓钞票扔到桌子上，说：“老规矩，还要头羊的羊鞭。”

这是张局长第三次来找王财。前年的夏末秋初，张局长经过打听找到王财，让他上山打一只头羊，说是要用羊鞭入药，王财听了，头摇得像拨浪鼓：“玉龙山这几年山羊多了不假，可现在禁猎，谁敢打呀！我的手也生了，你找别人去吧。”张局长见王财并没把话说死，就满脸堆笑地说：“打一只头羊，我给你三千元，怎么样？”

玉龙山土地贫瘠，三千元几乎是王财一家全年的收入，他的心动了，可还是装作为难的样子一个劲摇头。张局长说：“要不这样，我出五千，真要出了事，我兜着！”活到四十多岁，王财从没想过哪年能挣上五千元，他紧张得手心冒汗，最终抵不过金钱的诱惑，张嘴应承下来。

去年这时候，张局长又带着钱来了，这次王财连拒绝的勇气都没有。四天前，当张局长再次找到王财时，他禁不住好奇，问张局长，为什么每年都要头羊的羊鞭，张局长快退休了，应该不是自己要，但也没听说送礼送这个的。

张局长迟疑了一下，最后叹了一口气说：“老弟，你帮了我两次，我也

不瞒你，前年我再婚娶了个年轻老婆，我都这岁数了，那方面肯定不太行了，有个老中医给我开了个方子，说是加上头羊的羊鞭，制成丸药，药效奇佳。第一次我是抱着试试看的态度，没想到效果真的不错……”

原来是这样！王财会意地笑了，对于张局长这样有身份的人来说，那方面关乎男人的尊严，尊严没了，钱再多又有何用？而对他王财来说，养活家人、让家人过上好日子关乎他的尊严，但过好日子是需要钱的。

想到这里，王财心头掠过一丝不祥的预感，作为一个出色的猎手，他知道，动物也是有尊严的，他接连打了两只头羊，若接着再打，会不会遭到羊群的报复？不过这念头随着他的眼光瞟向桌子上那沓钱，就一闪而过了。

枪王的尊严

玉龙山被一条山沟分成了南山和北山，满山遍野长着半人来高的荆棘丛，山羊穿行其中，不注意发现不了。前两次，王财是在山上设埋伏打的头羊，四天前张局长来时，他又上山重新布置了一下，可等了一天，连山羊的影子也没发现。王财想，今年天旱，山羊饮水只有到山脚下的水潭，自己何不就在水潭附近埋伏，来个守株待兔？于是从第二天起，王财埋伏在距水潭不足百米的土坑里。

等了三天，头羊终于出现了！

王财趴在北山脚下的土坑里，清楚地看到那只头羊高大健壮，头顶着高高的犄角，身披一袭黑得发亮的缎子毛，四个蹄子上的毛却是白色的，站在南山坡上，神情庄严。前年和去年打的头羊与这只几乎一模一样，难道它们是同一家族的？

禁猎前王财打过多年猎，对山羊很熟悉，羊群的头羊他打眼就能认出。一般来说，羊群下山饮水，打头阵的是哨羊，哨羊站在高处，不用眼睛，只用耳朵，向四周仔细倾听，若发现异常，就会发出“咦——咦”的叫声，向羊群发出警报，这时，头羊便带领它的家族飞速隐进丛林。南山坡上的那只山羊，王财可以肯定它就是头羊，可头羊怎么会打头阵呢？

羊群有羊群的活动规律，这只头羊一反常态的出现，扰乱了王财的行动部署：他原本想等羊群下来饮水时，直接将头羊射杀，可现在头羊却站在南山坡上不动，这个距离超出了猎枪的射击范围，想射击它，只有更接近它才行。王财已经守了三天，张局长也催了他两次，他不想再等了，于是他爬出土坑，伏下身子向南山上爬去。可他刚爬了几步，却见头羊纵身向旁边一跳，上了山坡，眨眼间就在他的视线中消失了。为了跟上头羊，王财只好加快速度，继续往坡上攀爬。

爬到山脊后，王财蹲在荆棘丛中，侧耳听听，山坡上静悄悄的，没有羊群奔走时杂乱的声音；他又抽动一下鼻子，山风中也没有羊群的气味！

这是怎么回事？王财心中一紧，不由自主站起了身，放眼四望，南山上压根就没有羊群！王财出了一身冷汗，猛一转身，却发现头羊出现在自己身后四百米开外的地方，正傲然地看着自己！

王财的头“嗡”的一声就炸了，就在这时，头羊“咦——咦”叫了两声，随着这叫声，王财听到山下骤然响起羊群奔跑的声音，只见一头长相与头羊相似、体形小一号的山羊，正带领着羊群，快速下到沟底，奔向山脚的水潭！

看到这一幕，王财禁不住打了个寒噤，看来他面对的是一头忠诚、警觉、聪明非凡的头羊，它显然早就发现了王财，为了羊群的安全，它只身调开了猎人！而此时它面对死亡，依然临危不乱，镇定自若，轻蔑地看着王财！

王财的如意算盘落空了！禁猎之前，王财是玉龙山最出色的猎人，他的辉煌战绩是一枪把一只正在奔跑的山羊打个“对眼穿”。所谓对眼穿，就是子弹从猎物的一只眼睛穿入，从另一只眼睛穿出，一枪致猎物死命而不伤分毫皮毛。他这一手在玉龙山无人能出其右，被人尊称为“枪王”，要不张局长也不会来找他了。被一只头羊骗了，这对“枪王”来说简直是莫大的侮辱，撇开报酬不谈，为了维护他“枪王”的尊严，他今天也必须射杀这只头羊！

王财估计头羊接下来就会只身下山，与羊群会合。他必须在最短的时间内判断出头羊下山的路线，并找到一个合适的位置，争取一枪击毙头羊。

果然，王财刚埋伏好，头羊就走

进了他的射击范围！王财果断地站起身，举起猎枪就射，他了解山羊的习性，已经算准了头羊会向哪个方向跳跃，但这回王财又失算了，头羊竟然向相反的方向跳开，王财放了次空枪！头羊跳出王财的射击范围后，停下来看着王财，那倨傲的神态，分明是在向他示威！

王财铁青着脸蹲下，咬着牙思考对策，他知道头羊试探过后必有动作，何不以逸待劳，看头羊还有何花招？

果然，片刻过后，头羊的声音又传了过来，王财再次腾地站起，开了一枪。这次王财判断得很准确，一枪打中了头羊的右后腿，头羊发出一声悲鸣，摔倒在荆棘丛中。

头羊的尊严

带着胜利的微笑，王财慢慢靠近受伤的头羊，这时，让他吃惊的一幕出现了，头羊蹒跚着站了起来，并艰难地调转过头，面向他站着，神情里满是不屑。

王财以为头羊想逃跑，又警觉地端起了枪。头羊果然跑了起来，让王财目瞪口呆的是，头羊不是逃跑，而是冲他来了。电光石火间，王财顾不了那么多，他又开了一枪，这回子弹打中了头羊的左后腿，头羊发出一声哀叫，又倒在了荆棘丛中。

这下，头羊跑不了了，但它还是拖着两条伤腿，慢慢向王财爬来，爬到距离王财20米远的地方，它忽然停了下来，奋力用两只前蹄支起身体，居高临下看着他，在王财眼里，那神情简直是一种嘲讽，仿佛在说：看你能把我怎么样！

以前猎物遇到王财时都是慌不择路，而这只头羊却从一开始就跟他较量。头羊的一再挑战，让王财内心的愤怒一下燃烧起来，他恼怒地加快脚步，想尽快接近头羊，把它的眼睛挖下来，他受不了一个猎物用这种轻蔑的目光看着自己。

王财死死盯着头羊的眼睛，逐渐靠近它，在距离头羊仅有两三米时，他像是想起了什么，突然停住了脚步，脸上一下露出惊骇的神情，随即快速提起右脚，但还是慢了一步，随着脚下腾起一片黄土，王财发出“啊”的一声惨叫！

王财踩上了捕捉猎物的铁夹，这铁夹是三天前他安放在刚才那条小路上的，为确保猎杀成功，他在山下伏击时没有收，但他记得自己明明把铁夹放在这片黄土以东几丈远的地方，怎么跑到这里来了？

疼痛让王财顾不上多想，他特制的铁夹两边都带有锯齿，合起来能相互咬合，此时铁夹紧紧夹在他的右脚上，被夹的地方已经皮开肉绽，鲜血直流。王财疼得脸上直冒冷汗，提起右脚，用左脚跳着走，可坡上站不稳，他一个踉跄，一屁股坐在了山坡上，双手一按黄土，刚想站起来，却又发出一声更大的惨叫，他的双手又夹上了两个铁夹！铁夹强大的弹力作用在手掌上，铁齿轻松地穿透了整个手掌，有几个铁齿扎上了血管，鲜血顿时像泉水一样喷涌出来。

钻心的疼痛中，王财猛地记起来了：这三个铁夹都是自己亲手安放的，前年和去年曾经用来猎杀了两只头羊！他做梦也没想到，今年，新的头羊识破了他的用意，用角把铁夹挑离了原来的位置，并用黄土掩盖起来！其实只要他稍微仔细一点，是能发现的，可刚才他被愤怒冲昏了头脑，竟然就这么踩了上去！

离王财几步远的头羊由于失血过多，已经不能动了，王财这才明白，这只头羊为什么这么反常，一切的一切，都是为了激怒自己，让自己失去理智，掉进陷阱。或许，头羊今天根本就没有准备返回羊群，它的任务就是除去羊群最大的敌人——王财！自己猎杀头羊，哪想到，头羊也在猎杀自己！

此时头羊就在离王财几步远的地方望着他，就像他前两年望着那两只头羊一样。疼痛和失血让王财昏了过去，等他再醒过来，意识已经有些模糊了，心里充满了对死亡的恐惧，但他仍努力地睁着眼睛，作为猎人，他实在不甘心让猎物看着自己死去……

两天后，张局长找到了已死去多时的王财和那只头羊，望着双目圆睁的王财，张局长惊恐地说：“天啦，怎么被自己的铁夹夹住了？死在自己的铁夹下，真是死不瞑目啊！”

想到自己已经把钱给了王财，张局长就想把那只头羊的羊鞭割下，但刚走近头羊，他就不敢下手了：这是羊吗，怎么死了还带着诡异的笑……

（**题图、插图**：魏忠善）

·中国新传说·

别人的母亲

□郭 选

最近林刚打工的公司出了点事，老板放了林刚一个月的假，其间工资照发，这可是从来没有过的好事。林刚赶忙收拾东西，准备回家。

总得给母亲捎点东西回去啊，林刚在超市里转了一圈，出来时背包里塞得满满的：优质奶粉、各式果脯……林刚的父亲去世早，母亲把他拉扯大可受了不少苦，现在自己能打工挣钱了，也该让娘开心开心了。

乘火车、转汽车，经过一天一夜的奔波，林刚终于回到了那个熟悉的小屋，一进门，他蓦地一惊，只见娘半躺在床上，用绷带吊着胳膊，姐姐坐在一边，眼圈红红的。

他急忙走到床边，关切地问："娘，您这胳膊是咋的了？"

"没啥……走路绊倒摔的……你咋回来了？"看娘吞吞吐吐的，最后还反问他，想把话题引开，林刚觉得事情有点不对头。在他的一再追问下，姐姐终于说出了事情的原委。

前天，娘回家时看到路上散落着几个苹果，就拾进了篮子里。不想于石家的二小子追了上来，硬说娘偷了他家果园里的苹果，娘和他争论，二小子脾气暴躁，挥拳就打，一拳就把娘打倒在地，胳膊也摔折了。

"他于石欺人太甚，我去和他们拼了！"林刚气冲斗牛，掂起一根棍子就冲了出去。姐姐在后面大声喊："你不能去，于石他是村主任，他们家人又多，你打不过他们的！"

但此刻林刚热血上涌，也顾不得那么多了，他大踏步来到于石家，"咣"的一声把大门踹开，怒吼道："二小子，你出来，看我今天不把你的头打烂！"

听见喊声，于石先跑了出来，接着几个村里的乡里的干部也从屋子里跑出来，原来干部们正在开会呢。林刚一把抓住于石，将他推搡在地上，气冲冲地喝道：“你为啥怂恿二小子打我娘，你让他出来！”几个村干部一拥而上，七手八脚拽住林刚，夺下他的棍子，有个乡干部皱着眉说：“这是谁，怎么这样粗野？不行的话我给黄所长打个电话，把他带到派出所里管教管教。”

于石从地上爬起来，拍打拍打身上的土，尴尬地笑笑，说：“别、别，乡里乡亲的，不值得。年轻人脾气暴，遇事欠考虑，正常……”

那个乡干部训斥林刚道：“你看看，于主任多大度，你还不快住手，换了别人，能给你了事吗？”

这时候，林刚的母亲在姐姐的搀扶下颤巍巍地过来了，她着急地说：“刚子，快给我回去，你要再不回去，我就往墙上碰……”

林刚只得硬把火气压了下去，一边扶着母亲往回走，一边回头狠狠说道：“于石，叫你家二小子等着，我跟他没完！”

第二天，林刚一大早就到了派出所，等了老半天，才等到上班时间，一个民警接待了他。林刚义愤填膺地把事情说完，民警做了笔录，就让他先回去，说等调查了之后再说。

林刚的火气压不下去，又赶到了乡里，找乡长反映情况，乡长正忙着去开会，没等他把事情说完就借故走了。林刚沮丧极了，闷闷不乐地往回走，路上他暗下决心，明天就上县里，说什么也要为母亲讨一个公道。

快走到村里的时候，前面过来一个骑着摩托的人，正是于石家的二小子。林刚一见，把自行车一扔，横眉怒目地就堵在了路中间。二小子猛一刹车，差点没摔在地上，正要发火，抬头一看是林刚，身子立即矮了半截，他强装镇静地咋呼：“你……你想干什么，想打架吗？我可不怕你！”

林刚真想冲上去，一拳打翻他，然而一刹那间，他又改变了念头，冷笑一声道：“打你？打你我还怕脏了手呢，我也要把你娘的胳膊打折，看看你这个当儿子的心里啥滋味！”

“你敢！”二小子像受到了莫大的羞辱，斗鸡似的梗着脖子说：“你敢动我娘一指头，我就跟你拼个你死我活！”

林刚哼了一声，说：“我娘打得，你娘就打不得吗？”

“这……”二小子说不出话来，最后昂头说道，“不管怎样，你就是不能打我娘！”

林刚不想再和他斗嘴，径直推起自行车走了过去。走了好远，回头还看见二小子推着摩托在后面跟着，唯恐林刚真的到他家去找事。

回到家，姐姐担心地告诉林刚，听人说，今天于石到县医院检查身体去了，不知是不是想借昨天林刚推倒他的事，反过来讹诈一把。“最怕的是，他借口摔出什么病，验出了伤来，报警把你抓走，那可怎么办？”姐姐担心地说道。林刚却不以为然，他估计还闹不到那个地步，即使于石真的那样办了，也没啥可怕的，一人做事一人担，为了母亲，一切都是值得的。

姐姐最终还是不放心，晚上干脆就住在了娘家。一夜无话，天刚蒙蒙亮的时候，忽然响起一阵急促的敲门声，林刚和姐姐都起来了，赶紧去开门。门一开，几个警察一拥而入，扭住了林刚。

姐姐惊诧地大喊：“你们为什么抓他，他犯了什么法？”

吵嚷声惊动了村民，很多人披着衣服围了过来。姐姐一眼看到于石站在自家大门旁边，向这边张望着。姐姐不顾一切地冲过去，指着他道：“你真是太欺负人了！你儿子把我娘的胳膊打伤，我们也没有告你们抓你们，我弟弟推了你一下，你就叫人抓他，你……你是不是人啊……”

于石面红耳赤地摆着手道：“不、不是我……”

村民们听了姐姐的话，都很气愤，一时群情激昂，纷纷围住了警车。于石见犯了众怒，慌了，额头上渗出了汗珠，结结巴巴地辩解道：“真不是我报的警……乡里乡亲的……我能把事做那么绝吗……”

没等他说完，姐姐毫不相让地喊道：“这事情明摆着是你干的，你还不承认，除了推你那一下，我弟弟还会犯什么法？”

于石没有办法，拉了拉旁边的一个警察，说：“你们让黄所长说说，到底是为什么事？”

黄所长挥挥手让大家静下来，然后指着另几个警察说道：“这几位同志，是从东湖市——也就是林刚打工的那个城市来的，林刚在那里具体出了什么事，还是让他们说吧。”

一个东湖市的警察接口道：“林刚在东湖市当保安，前几天，有一个拾荒的老太太到他们公司里去了，他们

第三届“梅陇杯”法制故事大赛征文启事

为扎实推进“五五”普法工作，深入探索群众喜闻乐见的法制宣传方式，司法部法制宣传司、上海市法制宣传教育联席会议办公室、上海市闵行区法宣办、上海《故事会》杂志社和闵行区梅陇镇人民政府决定共同举办第三届“梅陇杯”法制故事创作大赛，面向全国征集优秀法制故事作品。此次征文活动有关事项如下:

一、征文要求: 围绕公民学法、用法、守法、护法，以及社会公德、家庭美德、职业道德、与违法犯罪行为作斗争等内容,以日常生活中常见的具有典型意义的涉法案例为基础创作的法制故事。要求故事法理性强，与相关法律有紧密关联; 故事情节曲折生动，语言有口头文学特点; 作品未在省地级以上报刊发表过，字数一般在5000字以内。

二、奖项设置: 本次活动将聘请有关专家组成评委会，设一等奖1名，奖金5000元; 二等奖2名，奖金各3000元; 三等奖10名，奖金各1000元; 创作奖50名，奖金各500元。个调税均自理。部分优秀作品将陆续在《故事会》杂志或《法制宣传资料》上发表，并结集出版。

三、征文时间: 即日起至今年9月底截止，11月底评出获奖作品并专函通知获奖作者。

四、来稿方法: 1. 从邮局寄发，请在信封上注明“法制故事征文”字样，地址: 上海市绍兴路74号《故事会》杂志社，邮编: 200020。2. 通过电子邮件发至fzhgushi@126.com，电子邮件主题请标明“法制故事征文”字样。

怀疑人家老太太偷东西，就打了老太太，林刚扇了老太太几巴掌，还把人家的腿弄折了，涉嫌故意伤害他人，我们要带他回去接受审问。”

“刚子，这是真的吗？”只听一个颤抖的声音问道。林刚抬头一看，正是娘，他满脸通红地嗫嚅道:“是……”

原来，林刚打了老太太之后，老太太的儿子就愤怒异常，非要讨个公道不可。老太太是靠拾荒供儿子读大学的，非常辛苦。眼看这件事越闹越大，老板就让林刚和其他几个参与打人的保安回老家避一避风头，由他在那里花一点钱把事情摆平。没想到老太太的儿子不同意私了，坚持要把打人者绳之以法，于是就出现了刚才这一幕。

“刚子，你……你……”林刚的母亲喘了好几口气，才说，“对一个老太太，你咋就下得了那样的狠手呢？你娘是娘，人家的娘就不是娘了吗？”

林刚羞愧难当，好一会才说:“娘，我错了——”

这时，于石走了过来，拍拍林刚的肩，说:“天下的母亲都是一样的，咱们要是都把别人的母亲当自己的母亲看待，那咱自己的母亲也就不会受到伤害……刚子，我家二小子错了。你放心去吧，回头我就领着他上派出所，该咋处理就咋处理……”

林刚点点头，又回头深情地望了母亲一眼，一低头钻进了警车……

（题图、插图：谢　颖）

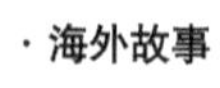

·海外故事·

西堤岛寻宝

□贺清华

艾克和拉尔夫是两个心术不正的人。一天，艾克在旧书摊上发现了一本名叫《西堤岛寻宝》的小说，这本小说是一个叫阿瑟的名不见经传的作者写的，他用拙劣的笔法描述了一个司空见惯的寻宝故事，书里还附有一张“寻宝图”。艾克灵机一动，把书买了回来，把书里的寻宝图绘制在一块麻布上，然后找到老搭档拉尔夫，两人一拍即合，很快参照小说的内容编了一个像模像样的故事，开始了诈骗。

两人拿着寻宝图来到莱柏市，到处宣扬说，这寻宝图是100年前一个海盗头目留下来的，当年他掠夺了大量财宝后，海盗船在东太平洋上的西堤岛附近触礁沉没了。船上其他海盗都淹死了，唯有海盗头目九死一生逃上小岛，临死之前绘了这张寻宝图，几经辗转，如今落到了他们手上。只是去西堤岛寻宝，路途遥远，要购买船只和打捞设备，还要雇用经验丰富的航海人员，所以需要一大笔钱，因此特向社会征集“寻宝经费”。他们许诺，只要找到财宝，将以1∶10的比例归还这些“寻宝经费”。1∶10的比例太诱人了，不少贪便宜的市民果然上当受骗，把自己的血汗钱交到了他们手上。

正当两人窃笑不已时，莱柏市警察局察觉了这个骗局，派出警力对两人实施抓捕。两人听到风声，慌忙带上骗来的“寻宝经费”逃之夭夭了。

两人在外逃亡了半年，过着花天

酒地的日子，不过他们行事格外小心谨慎，呆在一个地方从来不超过十天。

这天，两人坐船辗转来到了东太平洋上的一个小岛，令两人称奇的是，小岛居然就叫西堤岛，而且地理环境和小说《西堤岛寻宝》里描述的一模一样。艾克拿出那张寻宝图对比了一阵，不由兴奋地大叫："上帝哪！这难道是真的？如果是真的，我们就发财了。"

拉尔夫看了寻宝图也激动不已，但很快他就冷静下来，说："伙计，别急，咱们先问问这岛上的居民，100年前这附近有没有海盗出没？"

不久，两人找到了当地一个老人，老人告诉他们，100年前这附近还真有海盗，而且传说有一艘海盗船沉没在岛屿附近。

两人听了，不由两眼放光，这么说来，《西堤岛寻宝》这本小说也许不完全是虚构的，而是有历史依据的。接下来，两人在岛上的商店里买到了潜水装备，又租了一艘小船，慢慢划到了寻宝图所绘的沉船位置，那里真的有一片礁石。他们在礁石上系牢小船，先后下了水，潜入海底开始寻找。半小时后，两人欣喜地发现，海底果然有一艘破烂的沉船，船旁有一个敞开的进口，从进口进去，是货舱，货舱里有一个钢链固定的大铁箱。这铁箱里肯定就是财宝！可惜两人没有工具，打不开。两人围着铁箱转了几圈，悻悻地浮出了水面。

回到西堤岛后，两人又来到那家商店，看看有什么工具出售。令两人意外的是，商店里不但有气压机，还有电焊机、氧割机等专业工具出售，而且价格低廉。两人大喜过望，心想莫不是上帝在帮助自己？他们毫不犹豫掏出所剩不多的钱购买了这些工具。拉尔夫甚至编好了一套瞎话，只等商店老板询问他们两个外地人为何买这些东西，可商店老板居然连问都不问，就热忱地把工具卖给了他们。

第二天一大早，两人租来了一条电动渔船，把工具搬到渔船上，开着船来到了那处海域。下水后，他们很快用工具撬开了沉船上铁箱的盖子。只见铁箱里放着一只只密封的金属盒子，将近有100只。盒子打不开，两人也搞不清里面是什么东西，只有带回岸上用电焊机才能割开。两人花了一个多小时，才把这一只只金属盒子运到渔船上。

两人在渔船上刚歇口气，猛然看到远处几条电动渔船正风驰电掣般向他们围拢过来。两人吓坏了，艾克叫道："上帝呀！他们是不是发现了我们在这里盗窃财宝？"

"那、那还不快跑——"拉尔夫一边叫着一边发动了马达，渔船立刻全速行驶起来，船板上，那些金属盒子

开始滑来滑去、碰来碰去，突然，发出一声惊天动地的爆炸声，一个巨大的火球从渔船上直冲上天，爆炸的气浪将艾克和拉尔夫同时掀进了大海……

一个星期后，艾克和拉尔夫醒了过来，发现自己躺在小岛上唯一的一家医院里。还好，两人虽然受了伤，但经过医生的全力抢救，命是保住了。

在他们醒来这天的下午，一行人走进了他俩的病房，领头的一个老者说道："我是西堤岛的镇长阿瑟，我代表西堤岛上所有的居民谢谢你们的英雄壮举，你们做了一件勇敢的事。"

两人茫然不解地望着阿瑟，不知他在说什么。突然，艾克想起来了，阿瑟不正是小说《西堤岛寻宝》的作者吗？他惊诧地问道："你、你叫阿瑟？你是不是写过一本书叫《西堤岛寻宝》？"

"对。"阿瑟笑着连连点头，说，"《西堤岛寻宝》正是我写的，写得不好，请两位多多批评指正。十年前，有一艘运送炸药的货船在西堤岛附近触礁沉没，因为船上有炸药，谁也不敢下水打捞，就一直让它沉睡在海底，这也成为我们岛上的一个隐患。但这件事激发了我的创作灵感，于是我以西堤岛为背景，编了一个寻宝的故事，还以沉船为宝藏，画了一张寻宝图，然后自费出版了这本书，想拉动我们岛上的旅游业。整个西堤岛上的居民都知道这本书，还有商店准备了廉价的工具等待寻宝的游客前来购买，你们是第一批来此寻宝的。"

两人听完阿瑟的话，不由面面相觑。突然，拉尔夫指着阿瑟咆哮道："你、你这个骗子，你这个杀人犯，你知不知道，你那本破书差点要了我们的命！我要告你，我要到警察局去告你们！"

阿瑟笑着耸耸肩，说："很抱歉，先生们，为了弥补你们的损失，并奖励你们销毁沉船上炸药的壮举，我们决定给两位五万美元的报酬。怎么样，两位先生，满意吗？"

两人一听，不由喜出望外，这真叫因祸得福。虽然没找到什么财宝，身体还受了伤，但能得到五万美元，已经是喜从天降了。

艾克连连致谢道："谢谢阿瑟镇长，我们非常高兴，非常乐意接受。"

这时，阿瑟身后走出一个中年人，拿出一个证件亮了一下，说道："我想二位不会高兴得太久。我是莱柏市警察局的，你们的'英雄壮举'被多家媒体报道了，我们通过报纸找到了你们的藏身之地，所以特地赶了过来。你们获得的这五万美元将作为赔偿，还给那些遭你们诈骗的市民。同时，我们还将依法把你们送进监狱……"

两人一听，差点昏厥过去。

（题图：安玉民）

变身女友

□王　鑫

陈青是个优秀的男人，风趣、体贴、有点小钱，并且品位不俗。这样的男人注定要成为情场高手。陈青也的确有一套本领，能吸引住所有他看上的女人。现在他身边的女人叫白雨，两人只认识了三个多月就同居了，不过最近陈青觉得他的女朋友有些奇怪。

白雨住在陈青给她租的一套公寓里。陈青平时很忙，一周只有两三天住在家里。这天，白雨突然给陈青打电话，让他回家一趟，当时陈青正忙着和公司一个新来的女职员调情，接到白雨的电话自然不快，然而听她的语气仿佛有什么大事发生，陈青便答应下班回家。下班后，陈青刚一进家门，白雨就扑到他怀里，脸色煞白地说："你回来住吧，我害怕。"陈青问："害怕？"白雨四下看了看，压低声音说："这房子……闹鬼。"

陈青当然不相信闹鬼这种事，他觉得这可能是白雨为了把他留在身边耍的小伎俩，但那天他还是留下陪白雨。夜里，陈青在梦中隐约听到一阵歌声，那是个柔柔细细的嗓子，低低地唱着《月亮代表我的心》。陈青猛然清醒过来，只见白雨不知什么时候也已经醒了，正瞪着一双惊恐的眼睛望向客厅，那低柔的歌声正是从客厅飘来的。陈青又听了几句，像被针扎了一样从床上弹起来，他一口气跑到客厅里，发现那声音是从桌子上的一台老式录音机里传出来的。他关掉机器，拿出里面的磁带，又跑回卧室。他举着磁带问白雨：“你这是做什么？”白雨看着陈青咬牙切齿的样子，还没说话先掉下两滴泪来：“这磁带不是我放的，我……我说了这屋子闹鬼，你还不信……”陈青一下子僵住了。

《月亮代表我的心》这首歌是陈青的前女友常丽丽最爱唱的，两人分手后已经很久没联系了。当年陈青向常丽丽摊牌，说自己喜欢上了别的女人，常丽丽开始还纠缠了几次，后来就杳无音信了。常丽丽的失踪对陈青来说无所谓，因为马上又有别人填补空位，比如白雨。可这歌声怎么会莫名其妙地出现？陈青百思不得其解。

接下来几天，那歌声总会在夜里自动响起，不管陈青把磁带扔到什么地方，一定会有一盒新的磁带在夜里咿咿呀呀地唱起那首歌。这样的日子太难熬了，陈青打电话找来了房东。房东是个面善的老头，总是笑呵呵的，当初陈青决定租他的房子很大程度上就是因为他脾气好、人又爽快，很多条件陈青一说他就答应了。

听了陈青的描述，房东的笑容里多了一份防备，他警惕地问：“你们不是要退房吧，合同上讲好半年为期，中途退房我是不还押金的。”陈青说：“我不是这个意思，只是你这台录音机能不能处理掉。”房东说：“这东西早就坏了，搁在这里也不占什么地方呀。”陈青听了这话，顿时一惊：“什么？录音机是坏的？”房东奇怪地看了他一眼，给录音机插上了电，果然，不论怎么摆弄，那东西都顽固地一声不吭。陈青颓然地坐进沙发里，房东趁机告辞了。自始至终，白雨都在旁边静静听着两人的对话，苍白的脸上没有一丝表情。

说也奇怪，自从陈青天天回家，过了一段时间，那奇怪的歌声渐渐消失了。陈青本就是个心不细的大男人，事情过去也就过去了，可这事仿佛给白雨留下了后遗症，她总是心神不宁，像一只胆小的猫一样时刻注意着周围的动静。看着她日益消瘦的小脸，陈青有些心疼，他决定带白雨出去玩一玩，或许轻松的氛围能帮她忘了这段时间发生的怪事。

这天，陈青说要带白雨去朋友开的酒吧消遣，当时，白雨刚接完一个电话，她听了陈青的提议，关掉手机，说要打扮一下再出门，接着就一声不响地走进洗手间。陈青看了两份报纸，白雨才装扮一新走了出来，只见她上身穿着米白色的露肩针织衫，下身一条鱼尾裙，飘逸的长发吹出了妩媚的波浪，一点也不像她平时天真的模样了。陈青看了白雨一眼，怔了一下，这打扮活脱脱就是当年常丽丽的风格！陈青勉强笑笑，说：“换个装束也换个心情，不错。”

来到酒吧，陈青的朋友见了白

雨，全都背地里和他说："你小子，这未免和上一个也太像了吧。"大家闹着让白雨唱首歌，白雨羞涩地推辞了一番，最后竟拿着麦克风面无表情地清唱起来："你问我爱你有多深，我爱你有几分……"所有人一下子安静下来，大家都知道，《月亮代表我的心》是常丽丽最喜欢唱的一首歌，过去常丽丽和陈青出来玩，每次都会唱这首歌。陈青愣愣地看着台上的白雨，像不认识似的。刚经过了那样的怪事，她怎么还有心情唱这首歌呢？

从酒吧回来后，白雨彻底变了，她把所有的牛仔裤、T恤衫都锁在柜子里，却买了一大堆宝姿的裙子。本来素面朝天的她竟然成了美容专家，每天贴着面膜像鬼一样在家里飘来飘去。陈青说："其实你还不用保养，这么年轻呢。"她却看着陈青，幽幽地说："不用你管。"现在她和陈青说话都是这个样子，绝对不会像原来小女孩撒娇一样，甚至有时候陈青故意找茬吵架，她都一副懒得理你的冷静模样。陈青不禁又想起了常丽丽，常丽丽就是这么一个冷冰冰的人，自己就是厌倦了她的那种理性才提出分手的。他又想起自己刚认识白雨时，她穿着吊带衫和牛仔热裤，说起话来像机关枪似的，眉眼间全是笑，这种热情使陈青对她多留了一份心，可现在呢？陈青觉得又回到了以前的生活，乏味单调，可他却不想再出去拈花惹草。他想，一定是前一段时间的事情让白雨受了惊吓。除了给她更多关心，让她慢慢淡忘那件事，陈青想不出更好的办法。

然而事情并没有像陈青想象的那样好转，白雨的变化更加变本加厉。这天陈青回到家，开门就闻到一股烟味，白雨正坐在沙发上吞云吐雾呢。以前白雨是从来不吸烟的，连陈青抽烟她都要制止，说对身体不好。陈青上前掐掉她的烟，他觉得有必要和白雨谈谈了，他问："小雨，你知不知道我最近为什么对你这么好？"白雨看

了他一眼，平静地说“你是不是做什么亏心事了？”陈青又说：“小雨，我觉得你变了。”白雨突然站起来，恶狠狠地朝陈青喊道：“我变了？我变了还是你变了？”

陈青一下子懵了，他想起和常丽丽分手的时候，常丽丽也是这么吼他的。白雨走进卧室摔上门，陈青坐进沙发，从烟盒里抽出支烟，他刚要点着，突然发现手里的香烟竟然是常丽丽最常抽的牌子。陈青脑袋里突然冒出个荒唐而可怕的想法：白雨正在一点点变成常丽丽！

有了这种想法，陈青对白雨的一举一动加倍留心。白雨明明不近视，

最近却突然戴起了一副平光玳瑁眼镜。白雨本来喜欢口味重的食物，最近做的菜却都像没放盐。白雨本来喜欢玩电脑游戏，现在的休闲活动却变成了看书……每发现一处变化，陈青都心头一紧，那些都是常丽丽才有的习惯。联想起前一阵家里发生的怪异事件，陈青心里泛起一阵阵凉意。白雨确实在变成常丽丽，这太荒唐了，可又有什么能解释这一切呢？

陈青的心中结了个大疙瘩，他不知道白雨或者常丽丽要干什么，他甚至不敢表露出自己的疑惑。陈青开始害怕回家，害怕看到白雨那张涂着粉底的脸。这天，他跑到朋友的酒吧去买醉。朋友调侃怎么最近不见他换新面孔，陈青叹气，跟朋友说起他的疑惑。朋友听完后却不以为然地哈哈一笑，问他是不是“坏事”做多了，心虚产生幻觉了。

终于，陈青鼓起勇气要和白雨分手。不管她变成谁，总之一分手她就成为陌生人了，也会像常丽丽一样消失在茫茫人海里。她一个小女人，我怕她什么呢，陈青这样给自己打着气，便拨了白雨的电话，提出了分手的要求。白雨听后很平静，她只说，下班后回家一趟吧。本来陈青想回绝，可白雨把电话挂断了。陈青想：回去就回去吧，也好让一切有个了结。

家里，白雨坐在餐桌旁，烛光映着她的脸，脸上涂着厚厚的脂粉，一

瞬间让陈青觉得无比陌生。陈青拿起筷子，夹了口菜，故作轻松地说："小雨，又做淡了。"白雨看着陈青，微笑着说："没想到我们还是分手了。"她拿起面前的红酒，专注地看着那瓶浓郁的液体，自言自语地说："你看，这是你刚认识我时送的生日礼物，我都没舍得喝。今天我们把它喝了，好聚好散。"听白雨这样说，陈青微微有些心酸，他想了想说："小雨，你一直都没问我为什么要和你分手。"白雨轻轻摇了摇头，说："很多事情没必要追究得那么仔细。"白雨给两人的杯子倒上酒，举到陈青面前："来，为我们曾经爱过，干杯！"

一天后，两人的尸体是房东发现的，房东在派出所做笔录时再也不见一脸的笑，他喃喃地说："怎么会呢？前一阵他们说要我把那录音机处理了，今天邻居家孩子来玩，说他学修电器呢，看看能不能给我修好了。我敲门也敲不开，正好有把备用钥匙，我就想进去把录音机拿走，谁知道……怎么会呢？"

白雨的密友哭着对警察说："白雨早就知道她男朋友出轨了，可能是哪个看不惯陈青的人告诉她的。她还跟我说，她做了好多努力，改变自己，想挽回两人的关系，但他就是越走越远，可是……小雨也不至于下毒啊，她前几天还告诉我，她已经想通了，为了一个男的，她怎么能杀人呢？"

陈青的朋友说"陈青的确挺招女人喜欢，不过确定了关系后他还是挺上心的。前几天他还到我这来喝酒，愁眉苦脸的，说他和白雨出现了问题，我还没看见过他对哪个女的这么上心呢。那女的我也见过，文文静静，不像个狠角色。不过这世界上的事，谁说得准呢？"

这似乎就是真相了。

可我知道，这并不是。我是谁？我就是那个半夜潜入房间把录音机弄出声响的人，我就是那个打匿名电话告诉白雨她男朋友有外遇的人，我就是那个打电话指导白雨一点点变成常丽丽的人，我告诉白雨那才是陈青喜欢的类型，我就是那个在白雨的红酒里投毒的人。我为什么这么做？我的女儿常丽丽死了，她本可以好好地生活，一切都是因为那个男人的抛弃。她的自尊心不允许她去找他，但我知道，她心里苦极了，所以她需要一段旅行来忘记那个男人的背叛。在去大理的途中，她就那么直直地撞到那辆货车上去了……她就这么走了，临走还带着对那个男人的怨恨。我也恨这个男人，我要给他点教训。我把房子租给这个男人时，脸上布满了笑容，可谁知道，我的心里老泪纵横。对了，忘记告诉你，只有我有那套房子的备用钥匙，我就是那套房子的主人……

（题图、插图：谭海彦）

· 东方夜谈 ·

一百个人流泪，也许有一百个不同的理由，那泪珠，也就能折射出世间百态……

你的眼泪合格吗

□谭必久

有感而流的眼泪

化学研究所的刘博士经过十几年的研究，从眼泪中提炼出一种独特的物质，对治疗精神疾病有着奇特的疗效。永康制药公司的孙经理得到消息后，不惜花重金买下了配方的专利权，打算大量生产这种药投放市场。研究所的刘博士虽然将自己的科研成果卖了个好价钱，可还是不放心，他对孙经理说："配方我敢打保票，一准是精神病患者的福音，可你哪有这么多眼泪来提炼呢？我做了十几年研究，也只收集了不到200克眼泪呀！"

孙经理却说，龙肝凤脑弄不来，人的眼泪还怕收购不到啊，不是有句诗叫"泪飞顿作倾盆雨"吗？您瞧好了，没准到时候收购来的泪水要用游泳池装呢。刘博士是个实在人，他想，真要有这么多眼泪，都可以治愈全世界的精神病人了，还真是一件天大的好事。

孙经理买配方的时候，刘博士给他讲了，眼泪的形成分基本型、反射型、情感型三种，能制药的只有情感型的眼泪，其他眼泪没什么用，跟清水一样，提炼不出那种独特的物质。为了保证孙经理收购到真正的情感型的眼泪，刘博士还专门为他配备了检验眼泪的试纸。

孙经理说干就干，不几天工夫，就铺天盖地打出了广告，一句"有泪不轻弹，滴滴赛黄金"的广告词在电视上滚动播出，不到三天，人人都知道了，原来自己的眼泪竟比金子还值钱！可不少人都忽略了广告下面的一行小字提示：本公司只收购有感而流的眼泪。

开始收购那天，公司门口人山人海，除了卖眼泪的，大多数人是来看热闹的，他们要亲眼看看，眼泪是不是真能卖出比金子还高的价钱来。

孙经理拿着试纸亲自把关，可第一个卖眼泪的就令他失望，试纸放进泪水里一分钟了还没变颜色。孙经理望着卖眼泪的女人那红红的眼睛，问了句："用辣椒熏出来的吧？" 没等她回答，就开始了对下一个人的收购。这是一个男人，他一上来孙经理就闻到了一股浓浓的万金油味，孙经理的试纸插进泪水，果然没反应，他对男人笑了笑，说："你的眼睛被万金油弄伤了可与本公司无关哟。"

就这样检验了几十个人，竟无一滴眼泪合格，孙经理也有些急了。当他又宣布一个带着孩子的女人眼泪不合格时，这女人竟一下跪在了他面前，向他求起情来。孙经理是见过世面的，他很冷静，指指身后的告示说："大嫂，我们是制药公司，原料不合格，就是害病人，假如您家有病人，您还能相信我们公司吗？"谁知他这一句"病人"的话，竟触到了这女人的痛处，她呜呜地哭了起来，眼泪像断了线的珍珠滚落。原来，女人的丈夫下岗后得了重病，没钱治，躺在床上奄奄一息。孙经理听了也爱莫能助，谁知这女人带来的孩子很懂事，见妈妈哭得凶，竟用塑胶袋将妈妈的眼泪全接了下来，默默地递给了孙经理。孙经理把试纸放进去一验，奇迹出现了，试纸马上变成了红色。在场的人都"啊"了一声，孙经理二话不说，按电子天平称出的重量，数了2400元钱给这女人。

在场的人顿时轰动了：原来这事没假，眼泪硬是比金子还贵呀！热闹归热闹，可送来的泪水百分之九十九点九都不合格，特别有一个专门哭丧的班子，男男女女十几个人来大哭了一阵，那真是哭得泪流满面、泪如泉涌，可是没有一滴泪水合格，临走那班头气得直跺脚。不过，孙经理却受到了启发，他想，最悲伤的事莫过于失去亲人，何不到殡仪馆开追悼会的告别厅去设个点？

第二天，孙经理派了一位副经理带人去殡仪馆收购眼泪，他们在告别大厅守了一天，晚上回来却一个个垂头丧气。孙经理问怎么回事，副经理摇摇头，说真是一言难尽哪。原来，今天举行告别仪式的倒有好几家，可是那些趴在遗体边痛哭的人说什么也不让收集眼泪，副经理还差点挨了一拳头。一些跟在后边哭哭啼啼的人倒是同意他们收集眼泪，可不知怎么的，又大多不合格。听到这里，孙经理笑了起来，说："我们老家对哭丧有个比喻，说是儿子哭娘惊天动地，女儿哭娘呼天抢地，媳妇哭娘假心假意，女婿哭娘是叫驴子放屁，你们收集的，大概都是媳妇和女婿的眼泪吧。"

副经理一听，笑了笑说："别说，自从我们收购眼泪以来，还真有故事可讲。我听说有小两口，因为男的养

二奶吵架，男人跪着一把鼻涕一把泪地向女的求情，保证与二奶断绝关系，女人却说，我也不知你是真哭还是假哭，你要去眼泪收购站验了才算数。还有两口子闹离婚，女的哭自己命苦，嫁了个陈世美，男的好心好意用纸巾为她抹泪，她却骂男人破财鬼，这一抹，抹掉了她千把块钱哩。"

就这样，眼泪收购的工作始终没什么起色。这天，一个年轻漂亮的女子怯生生来到了收购部，拿出了一个输血专用袋，孙经理一看，起码有100多克眼泪。孙经理一边漫不经心地放入试纸，一边想，爹娘一起死了也流不了这么多泪，不知又是哪弄来的水货。可是，当他看到试纸变得像玫瑰一样红的时候，不由惊呆了，这可是到目前为止收购得最多的一次啊。过了电子天平，孙经理将好几万元钱码到女子面前，问她怎么有这么多合格的眼泪，这女子只是抿着嘴笑，也不回答。当她拎着钱飘然而去后，孙经理忙叫了个员工跟去，他想弄清楚这女子为什么能一下弄到这么多合格的眼泪。一会儿这员工回来了，笑嘻嘻地告诉孙经理，这女子走进了一家幼儿园，好像是个老师。

孙经理一听，猛拍自己的脑袋，自己怎么就没想到这一层，娃娃哪有不哭的，而且娃娃也不会假哭啊。第二天，孙经理就将员工分派到了各个幼儿园去收购儿童的眼泪。这步棋还

真走对了，没几天收购量就直线上升。可是，孙经理没高兴几天：有的老师为了让幼儿多哭，好多卖幼儿的眼泪，竟掐幼儿的屁股。家长知道后，到主管部门告状，部门领导看到孩子红肿的屁股，气坏了，当即下了一条禁令：幼儿园不准卖眼泪。孙经理一听，头都大了，他原本指望可以开始试生产了，这下不知又要等到猴年马月了。

另辟蹊径的试纸

晚上，孙经理来到情人小燕家里，这段时间他忙于收购眼泪，好几天没来，小燕一见面就不高兴，问他是不是又看上了别的漂亮女人。孙经理刚想解释，转眼却生了个主意，他说自己没来，是因为最近体检查出了癌症。小燕一听，就扑到他怀里哭了起来，就在她哭得悲痛欲绝之时，孙经理却“噗嗤”一笑，说：“我骗你的。”小燕气得用粉拳连连捶他：“你坏你坏！”

回家后，孙经理干脆对老婆也说自己得了癌症，他想看看老婆的反应。老婆怔了好一会，一把扶住了他，将他扶到沙发上坐好，轻声说：“听说你在外包情人，我懒得理你，可你也不该生我的闷气呀，现在倒把自己的身体……”说着，一颗颗豆大的泪珠滚落下来。孙经理笑着说自己是骗她的，老婆一听，却猛地将他一搡，差点掀他个跟头，扭头走了。

孙经理回到自己的房间，将悄悄从小燕和老婆那里取到的眼泪拿出来，分别滴到试纸上，蘸着老婆眼泪的试纸已经变红，而小燕的眼泪却一点反应也没有，孙经理心里一动，又有了新主意。

第二天，孙经理匆匆赶到化学研究所找到刘博士，刘博士一见到孙经理就说：“怎么样，眼泪不好收吧，不过告诉你个好消息，我们正在想办法研究人工合成，一旦成功，优先转让给你。”

孙经理说：“好是好，可那是以后的事，我今天来是想告诉您，检验眼泪的试纸不够了，我们想自己生产，行不行？”刘博士说：“可以呀，试纸的制造方法很简单，既然孙经理买了配方，试纸的制造方法我就免费送你了。”

一个月后，孙经理又在媒体上发起一轮新的“轰炸”，这次的广告词是：亲情可以验证，爱情更需检验，你的眼泪合格吗？原来，孙经理到底有生意人的头脑，他见眼泪难买，就给眼泪试纸起了个别致的名字，叫“情鉴”，作为一种新产品推向市场。别说，新产品上市后还销得蛮红火呢。可就一样不好，现在人们都不敢在别人面前随便流眼泪了，谁知对方手里有没有“情鉴”这玩意儿呢？

（**题图**、**插图**：刘斌昆）

·我的故事·

特殊顾客

□皮皮鲁

我从小就爱好摄影，高中毕业后没找到工作，便索性租了个门面，开了个摄像工作室，想大干一番。

没想到开张第一天，就迎来了一个特殊的顾客。

这顾客是个小男孩，八九岁的样子，穿得土里土气的，他低着头进来，搓了搓手，轻轻地问："叔叔，你是管录像的吗？"我点了点头："是呀！你想给谁录？"男孩没回答，红着脸接着问："要多少钱？"我答道："200元，可以录60分钟。"男孩掰着小手演算一番，怯怯地问："我录50块钱的，一刻钟，行吗？"我哭笑不得，便没好气地说："不行不行！哪有录这么短的？"

男孩想了想，羞涩地说"我……我还见过比一刻钟更短的呢！"我更来气了："去，一边玩去！少给我添乱！"男孩呆呆地看着我，突然"哇"地一声大哭起来，倒把我吓了一跳。他一边哭，一边说："我爸爸，他……要死了。"

我心中一颤，问："你是想给你爸爸录像？"男孩点了点头，恳切地说："叔叔，求求你，就给我爸爸录录吧，他的病太重了。"

我给男孩擦了擦脸上的泪珠，鼻子酸酸的。我也是在男孩这么大的时候失去了父亲，现在，父亲的形象只能出现在自己的脑海里，要是当时就有录像机，该多好呀！一瞬间，我被这个孩子的孝心感动了。于是，我背上摄像机，关上店门，接了这个生意。

男孩很兴奋，一蹦一跳地带着我，穿过宽宽的公路，穿过熙熙攘攘的市场，穿过漂亮的新楼……一直来到了等待搬迁的平房区。

进了男孩的家，我呆住了，这屋

子真可以用“家徒四壁”来形容，唯一值钱一点的东西恐怕就是柜子上那台14英寸的电视机了。

男孩的父亲倚在被垛上，骨瘦如柴，努力瞪大眼睛，打量着我。我爸爸当时患了绝症，到最后时刻也是这病弱的样子。我呆呆地看着他，自己父亲的形象又一次出现在脑海里。

“叔叔，可以开始了吗？”

男孩的声音打断了我的回忆，只见他端来一盆水，手里拿着毛巾。

我匆忙把工具包打开，掏出摄像机，把镜头对准这对不幸的父子。

“我爸爸不会说话了。”男孩一边很熟练地给父亲轻轻擦身，一边对我说：“他……他的病太严重了……我们没钱治了……呜呜！”

孩子的哭声影响了我的情绪，我的眼睛模糊了，拿着摄像机的手不停地打颤。我努力调整自己的状态，我要把这感人的时刻，记录下来。

当我擦干眼泪，再次将镜头对准他们的时候，男孩正用小嘴亲着爸爸的脸，抽泣着说：“妈妈又出去借钱了……我希望有好心人……帮帮我们……我爸爸是好人……”

男孩张开双臂，费力地抱着爸爸的身子，往被垛上靠靠，然后端着水盆下了床，来到我面前，感激地说：“叔叔，谢谢你，已经够一刻钟了。”

我没有停下来，我把镜头定格在了孩子父亲的脸上，那是一张憔悴但慈祥的脸，我要让男孩不再有我这样的遗憾，我要让男孩不管过去多少年，都可以看到爸爸的脸……

“啪！”一声清脆的响声从外屋传来，我匆忙关了机器，走了出去，只见地上到处都是硬币，一些陶瓷碎片夹杂其间。男孩蹲下来，一枚一枚数着这些硬币。

“叔叔别着急，我估计够50块钱，这都是我攒的零花钱……”

怎么能要这么懂事的孩子的钱，我摸着他的头，笑着说：“你是叔叔开业后的第一个顾客，不用花钱。”男孩站起身，高兴地说：“真的？我这么幸运？”我肯定地说：“是呀！运气来了，你和爸爸都会好起来的。”男孩开心地笑了，眼里充满了希望。

第二天，我吃过早餐，匆匆往工作室赶，打老远就看见那男孩正托着腮帮，坐在我店前的台阶上，见我来了，男孩“噌”地站起来：“叔叔，那录像弄好了吗？”

我打开店门，把孩子请到屋内，说：“我专门给你赶出来了，因为你是个懂事的好孩子。”

男孩接过光盘，皱着眉头翻看一下，疑惑地问：“可、可这怎么在电视上放出来？”我笑着回答：“要用VCD才可以。”男孩显然有点迷惑，他愣了一下，小心翼翼地问我：“叔叔，那你能不能帮我放一下？”

紧急直播

□焦松林　编译

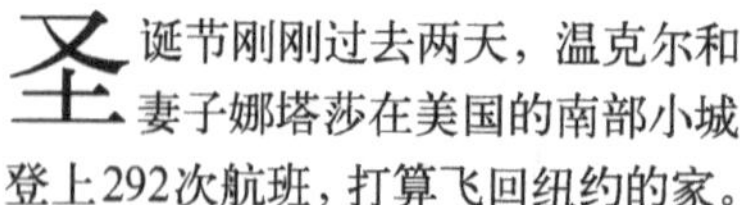

圣诞节刚刚过去两天，温克尔和妻子娜塔莎在美国的南部小城登上292次航班，打算飞回纽约的家。

刚走进飞机那长长的狭窄的过道，娜塔莎就好像有话想对温克尔说，可温克尔似乎并未察觉，他找到自己那靠窗的座位，立即坐了下来，随手拧开前排座位后的小型电视，调到了全国新闻频道。娜塔莎坐在他的身旁，满腹心事地系上了安全带。

空姐甜美的声音提示道：“各位乘客，飞机马上就要起飞了。本次航

我突然想起他家只有一台电视机，便毫不犹豫地答应下来。我抱着VCD，再次和男孩来到他家。

当电视里出现爸爸和男孩的图像时，男孩激动得蹦了起来。看着孩子开心的样子，我为自己完成了孩子的心愿而非常欣慰。

男孩开心地笑了一阵，跳上床指着电视说：“爸爸，你看，你也上电视了。”爸爸看着电视里的画面，艰难地露出了笑容。

男孩又跳下床来，紧紧拉住我的手，哭了：“谢谢叔叔，我爸爸也上电视了……上电视的病人就可以有捐款了……我爸爸这回有救了……”

我的脑袋“嗡”的一下，眼泪止不住地流了出来，我这时才明白孩子的用意。

我把光盘取出来，拍了拍男孩的肩膀，怎么也说不出话来，但我有一件事要马上去做：我要把那张光盘送到电视台，亲手交到那些记者手里边……

（题图：佐　夫）

班的机长是有多年驾驶经验的鲁逊，他将在两个小时之后带领大家抵达纽约，祝大家度过一段美好的时光。”

娜塔莎用手肘捅了捅温克尔，低声说道：“两个小时，飞行只有两个小时，你……你有什么话要和我说吗？”温克尔轻轻地摇了摇头，他的眼睛甚至并没有离开电视。娜塔莎见此，也没了说话的兴致，闭上眼睛养起神来，一会儿，她就静静地睡着了。

飞机在空中飞行了半个钟头，忽然温克尔感到自己摇摇晃晃起来。他定了定神，这才发觉摇晃的并不是自己，而是飞机！

不一会儿，扬声器里传来一个浑厚的男中音：“大家好，我是292次航班的机长鲁逊。我们的飞机出了一点小故障，相信很快就能排除。现在我需要把机身下降到一定高度，下降的过程中可能有些晃动，但这只是旅行中的一段小插曲。”注意到机身晃动的，显然不只温克尔一个人，大家听完鲁逊的话都松了一口气。可温克尔却不像其他乘客那样轻松，他经常乘飞机出差，凭经验，他觉得飞机一定遇上了大麻烦，否则，机长根本不会亲自出面说话。

温克尔的担心不无道理。实际上，这个所谓的小故障一点也不小：鲁逊机长刚刚发现，飞机的制动闸失灵了，这意味着飞机将无法着陆。鲁逊发现后，立即与地面指挥台取得联系，要求返航。因为，万一飞机出了意外，在这个小城市引起的骚动总比在纽约要来得小些。鲁逊的要求很快得到了地面的反馈：同意返航。他原想让空姐用平和沉稳的声调向旅客做些解释，却发现那七名空姐都已是满眼泪水。鲁逊低声咒骂了一句，只得拿起话筒，亲自做起了解释工作。

这时飞机越降越低，温克尔紧张地看着窗外。下面，一条条道路已经清晰可见，突然，机舱内传来一声尖叫：“看，地面上怎么会有这么多救护车和警车？不会是因为我们吧？”顿时，整个机舱内都骚动起来。温克尔定睛一看，可不是嘛，警察们正在疏散道路两旁的人群，救护车、消防车，足足排了一公里远。不用说，他们的飞机出了大麻烦。机舱内每个人脸上都满是恐惧，只有娜塔莎例外，她还在熟睡之中。

温克尔回过头，他的视线滑过前面的电视屏幕，心一下子提了起来：那电视画面上的飞机，不正是自己乘坐的这架吗？机身上标注着大大的“A292”。电视里，播音员正用他那悲天悯人的腔调说道：“292次航班刚上天不过四十分钟，如今，它如何安全着陆，将是我们关注的焦点。我们的摄像机，将对准它的踪迹，随时告知大家最新动态。”

温克尔简直不敢相信自己的耳

朵，这是什么意思？万一飞机失事，他们这些飞机上的人也将观看坠机的现场直播吗？看着自己的死亡被直播，没有什么比这个更疯狂、更让人揪心的了。

温克尔气愤地换了电视频道，可这时，一位老太太也看到了电视里这可怕的一幕，她惊恐地指着屏幕，说了声："我们、我们上电视了……"然后就晕了过去。

机舱内顿时乱成一团，有人解开安全带站起身来，空姐们则纷纷聚集在驾驶舱门外，眼巴巴地等待着机长鲁逊发布下一条命令。

鲁逊一边操纵着飞机，一边急切地想着对策，他知道，机舱内如此混乱，即使他找到了排除故障的办法，

也很难使飞机安全着陆。现在的当务之急，需要一个有主心骨的人站出来，安抚那些陷入狂乱中的乘客，可除了自己，还有谁能在这个时候保持冷静呢？鲁逊的额上滴下了冷汗……

娜塔莎就在这个危急的时刻醒了过来，她揉了揉眼睛，看着舱内的混乱情景，茫然地问温克尔："怎么了？出什么事了？我怎么感觉这是在坐公交车？"

要是在别的情况下听到这句话，温克尔一准会笑出声来，可此时，他只能故作镇定地拍拍娜塔莎的肩膀，柔声道："没什么，别担心，亲爱的，我们会没事的，我爱你。"娜塔莎两眼顿时瞪圆了，她一把拉紧了温克尔，连声问道："真的？你说的是真的？"温克尔点点头，娜塔莎喜极而泣，轻轻将头偎进温克尔的怀里。

温克尔心中一动，他忙搂住娜塔莎，站起身来大声吼道："各位，我们现在在天上，不像地上那样平稳。要想更稳些，就得回到座位上，和自己爱的人在一起！"说着，他更用力搂紧了怀里的娜塔莎，接着说，"家人的亲情和爱情，是最最重要的，让我们都留在亲人身边吧。"

惊慌失措的人们听到这话似乎安静了些，他们看着紧紧依偎的温克尔夫妇，仿佛都在思考他所说的话。接着，温克尔身后的一对老夫妇唱起了圣歌，低缓悠长的旋律在机舱内回

荡。年长一些的，都跟着唱了起来。乘坐这架飞机的，大多是到这小城来度假后赶回纽约的人，有的是一家几口，有的是情侣，在歌声中，他们纷纷回到了座位上，彼此紧紧地拥在一起，似乎想留住这最后的时光。机舱内终于安静了下来。

一片寂静中，一个小女孩天真地说："妈妈，我好像看到窗外有天使飞过。"她的母亲流着泪，微笑着说："是啊，你看到了天使，天使正在想办法帮我们呢。"

突然，一个年轻的女孩子歇斯底里地叫起来："别说了，我要下机，我要到地上去，我求求你们，让我先下去吧。我的父亲，他患了心脏病，正在医院里眼巴巴地等着我去看他呢！因为一时的任性，我已经有六年没和他说话了……我求求你们了，我不能就这样死啊！"

机舱内的沉默再次被打破，人们脸上重又显出焦虑和不安。

温克尔果断地越过娜塔莎，向这个女孩子慢慢走近："把你父亲的电话告诉我，我帮你和他取得联系。"说着，他那充满力量的大手紧紧地握住了女孩打颤的胳膊。

"他叫马克斯，现在就在纽约市立医院里急救。我，我没有办法联系到他。"女孩子断断续续地说道。

"给他发短信，马上就发。还要发给电视台，叫他们转告你的父亲。我们大家都去陪你看电视，看新闻台什么时候能联系到你的父亲，好吗？"女孩在温克尔的安慰声中，掏出了衣袋中的手机，开始编辑起短信来。机上的乘客们也纷纷打开各自座位前的电视，紧张地看着新闻台。

女孩双手直打颤，她甚至忘了如何拼写单词。温克尔从她手中取过手机，说道："你说，我来写。"

女孩口述的第一条短信是这样的："爸爸，我再也不会任性乱跑了。我爱你，永远爱你！"第二条是："我从来没有比现在更爱你，爸爸，你醒来后的第一件事，一定要打开手机，看看女儿是怎么想你的。"短信被发了出去，第三条、第四条，第五条……一直发到手机没了电，温克尔还在不断地写着。他知道，只有这样才能稳定住女孩的情绪。发短信的间隙，温克尔偷偷地看了娜塔莎几眼，她也在看着新闻台，双肩不住地耸动，想必是在哭……

这时空姐们也回到了机舱内，她们不知道短短的时间内，这些乘客是如何抵挡住了死亡的恐惧，只见所有人都紧盯着电视屏幕。

终于，画面切回到演播室，播音员开口说道："下面，是我们从飞机上收到的一条短信，一位叫恩雅的女孩，她现在就在292航班上。她要赶到纽约看望她患病的父亲马克斯，她

想让我们先将她的祝福送给她父亲。愿上帝保佑他们有重逢的一刻。”播音员一脸的凝重，此后，他再也不说机长可能主动投海，以免飞机坠毁给地面上的人群带来更多的麻烦，诸如此类的话了。

飞机上的人们都盼望着纽约的记者能很快找到恩雅的父亲。这种等待，也给机长鲁逊赢得了宝贵的时间。

终于，电视画面切换到了纽约市立医院里。一位老人眼巴巴地面对着屏幕，说道：“恩雅，宝贝儿，我们和解吧，爸爸要亲口向你说对不起，你会给爸爸这个机会吗？”

“我会的，我一定会坚持到这一刻的。”机上，恩雅对着电视屏幕泪流满面地答道。机舱内响起一阵掌声。

是的，只要坚持下去，就有生的希望、重逢的希望，他们都会坚持到最后一刻的。

飞机再次剧烈地震颤了，温克尔猛然回头凝视窗外：天啊，不知什么时候，飞机已经着陆了，正以无比快捷的速度在跑道上奔驰着，只要飞机能稳稳地停下来，所有人就都安全了。

十分钟后，飞机终于稳稳地停住了。早已等在一旁的救护车急速驶了过来，将机内的人们一一接走。

机长鲁逊下了飞机，第一时间找到温克尔和娜塔莎，他伸出宽厚的手掌，说“谢谢你们。要不是你们夫妻，也许我们，连同这架飞机，已经永远告别这个美好的世界了。”

听了机长的话，娜塔莎突然抽泣起来：“不，我们很快就不是夫妻了，我们这次回纽约，就是来办理离婚手续的。他刚才在飞机上说爱我，只是为了让大家镇定下来。对此，我心中早已经明白了……”鲁逊惊讶地看了温克尔一眼，泪光在这位坚毅的机长眼中闪动，他小心翼翼地准备着措辞，想要说点什么安慰他们。

这时，温克尔微微地笑了：“好了，机长先生，不要费神说什么了，祝福我们吧，我们既然能够重生，为什么不可以重新寻找昔日的爱情呢？当然，如果我的太太愿意的话……”

（**题图**、**插图**：佐　夫）

人的一生中会做各种各样的交易，有时还会遇上“高价收购”的机会，但有一种收购，面对时千万要警惕，因为对方想收购的，是你的良心……

夺命收购

□李子胜

1. 神秘电话

王川的工作在普通人眼里颇有几分神秘感，他在体育彩票兑奖中心上班，是负责具体兑奖的工作人员。几年来，王川见识了各色各样领奖的人：有的故意穿着破旧，有的在腰里暗自别着护身刀具……王川从心里艳羡这些幸运儿：特等奖的奖金是五百万元人民币，税后还能净得四百万元，后半生可以衣食无忧，不再为那点可怜的工资奔波，多么幸福啊。

这天，王川发现，兑奖中心的对面，新开张了一家奇怪的店铺。店铺门口的彩色灯箱上，只有四个字：高价收购。王川琢磨着，他们怎么这样马虎啊，高价收购什么都忘记宣传了，可他转念想想，天底下哪有这么马虎的人呢？

自从那店开业后，王川看到店里几个年轻员工总在兑奖中心门口转悠，他们和每一个匆匆走来的行人搭讪攀谈，后来，王川还注意到，最近领取一等奖、二等奖的人和以往的中奖者不同：以前中奖的人脸上总有一股无法掩饰的狂喜，但最近这些领奖的人却神色紧张，大多还戴着墨镜，支票到手后，往包里一塞，连看都不看清楚，就急忙离去了。不过最近五百万的特等奖一直空缺着，王川还没有机会观察到领特等奖的人是什么样

子。

终于，经过一番探听，王川得知，原来，那家店铺是专门高价收购中奖彩票的。他们以高出奖金百分之十的高价收购彩票，而且，从没有欺骗过任何客户。天下竟然有做赔本买卖的？当然不会有，那么，这里面恐怕是“皮裤套棉裤，一定有缘故”。

特等奖在空缺了一个多月后，终于在这个周末产生了。当时，王川正漫无目的地看着晚间新闻，新闻报道说本市的黄金地段万得道马上要拆迁了，原址上将建起成片的高档住宅区，这块黄金地段的土地将于近期公开拍卖……新闻节目之后，就是现场摇奖。王川攥着彩票，死死盯着每一个掉落的彩球，最后，还是懊丧地把彩票丢在纸篓里：和以往一样，自己什么奖都没中，背运！

这时只听电视里主持人兴奋地宣布：“今晚，两注五百万大奖产生啦！”王川啧啧叹息：人家怎么这么幸运？不知道这次中奖的是什么人，也许明天上班就可以知晓。

转天上班，王川得知，这两注大奖竟然是同一销售点卖出的，很有可能是一个人买去的，一人独中一千万啊！王川的好奇心被吊得高高的，他眼巴巴盼着这位幸运儿出现，可一连两天，到他这里来兑奖的都是些中了小奖的，赢得大奖者始终没有现身。

两天后的晚上，王川住处的电话响了。王川拿起听筒，一个陌生的声音说：“王川先生吗？”

“是我，您是哪位？”

“我是谁并不重要，重要的是，好运就要降临到您身上了。”

王川有点丈二和尚摸不着头脑：“什么好运？我不明白。”

“您是体育彩票兑奖中心的工作人员，对吧？前天晚上开出了两注特等奖，中奖者还没有来领奖，对吧？”

“是啊，看来您知道的还不少呢，这和我的好运有什么关系？明明是人家中奖啊！”王川遗憾地说。

电话那头沉稳地说道：“我现在坦率地告诉您，我打算收购这两注中奖彩票，现金交易。中奖的人税后只能拿到每注四百万，我愿意每注出四百五十万。您和来领奖的人谈判，假如您谈到每注四百四十万成交，那么，剩余的两个十万就归您了，如果您谈到每注四百三十万成交，那您就可以得到两个二十万，依此类推，您看如何？”

王川实在难以相信，世界上怎么会有这样的好事，不会是个骗局吧？他问：“您让我怎么相信您呢？”

“王川先生，您尽管放心，对于我们公司，区区九百万还不是什么大钱，我们要的就是彩票。即使我们骗您，您也什么都没失去，所以也不能叫骗，可是，万一我们很真诚呢？您不就失去了一个轻松暴富的机会了吗？二十万，至少是您十年的薪水吧——何况还不止二十万呢！”

王川的脑子在飞快运转，这个条件实在太诱人了。“好，我答应您。我怎么和您联系呢？”

“您单位门口不是开了家‘高价收购’的店铺吗，您只要把中奖者带过来就可以了，有位张先生，会和您联系的。”

世间的事情就是如此巧合。

放下听筒不久，王川家的电话又响了，打电话来的是王川的哥哥王平。大学毕业后，王川和哥哥王平都来到这个城市打工，但他们平素来往并不多，王川只知道哥哥在一家房地产公司当策划，其他情况不太了解。

哥哥先磕巴着叫了声“二……二弟”，就开始粗重地喘息，好像紧张得说不出话。王川一惊，忙问哥哥发生什么事情了。

等了半天，哥哥的喘息声小了，只听他一字一顿地说道：“前天体育彩票的特等奖，我中了，两注都是我中的！”

王川听后一愣：这也太巧了！虽然心里有一丝嫉妒，但他还是为哥哥高兴：“太好啦，哥哥，你真神啊！”接着，王川赶紧把刚才接到神秘电话的事情告诉了哥哥。哥哥听后大方地说“如果是真的，我只要每注四百二十万，让你每注赚三十万！”这让王川有些意外，没想到，一向吝啬的哥哥中奖后也变得慷慨起来。

王川想了想，又说：“可是，万一这收购彩票是个骗局，你的彩票被人家抢了、骗了，怎么办？”

电话那头，哥哥王平也想不出个头绪。王川不愧是在兑奖中心工作的，见多识广，他想了想说“这样吧，咱们明天早晨先去公证处，把你的身份证和中奖彩票都带去，公证一下，然后再找他们。”

哥俩又商量了一些细节，就安排好了第二天的行动。

正好王川有个同学在公证处，一切进行得很顺利。哥哥王平掏出彩票，王川诧异地发现，两个相同的号码竟然打印在两张彩票上，他问哥哥这是为什么，哥哥笑而不答，王川就没再多问。

回到兑奖中心，王川把彩票、哥哥的身份证以及公证书摆放在一起，用手机拍了下来。

经过这样一番准备，已经上午10点了，哥俩这才来到了“高价收购”的店铺，店门口，一个长着驴一样长脸的中年男子早就在等着他们了。驴脸男子自称姓张，对话中，王川听出他就是昨晚给自己打电话的那个人。驴脸男子把哥俩带到银行，将两个现场开户的存折，一个六十万，一个八百四十万，分别递给哥俩。哥哥王平接过存折，紧紧捏在手里，然后交出了彩票，驴脸男子仔细查看了一下，拿着彩票就离去了。一切进行得格外顺利，并没有王川想象中的意外发生。

驴脸男子走后，哥哥拿着八百四十万的存折，咧开嘴乐了半天。王川欣喜之余，还是有些困惑，他不明白为什么好运气来得这么突然，他很想知道，那个“高价收购”的店铺收购了彩票后到底派什么用场，究竟是谁会来领取这两注特等奖呢？

又过了几天，“高价收购”的牌匾，不知何时也消失了。

2. 厄运来临

这天晚上，哥哥王平打来电话，很神秘地告诉王川，估计该有人来领奖啦。他嘱咐王川，要记住领奖者的姓名、身份证号码，最好把领奖者的样子偷拍下来。王川说，这些有什么用啊，哥哥说，你就听我的吧，没用最好，万一有用，就能派大用场。

转天，一个神色紧张的少妇走进了兑奖中心，她是来领特等奖的。王川不露声色地为她办理各种手续：查看身份证、验证彩票真伪。来人名叫李梅，三十二岁，王川心跳得很厉害，记录了少妇的姓名、地址、身份证号码后，他假装打手机，把来人的领奖情况偷拍了下来。王川觉得奇怪的是，为什么少妇只领走一张彩票的奖金？另外那张呢？她不知道兑奖的期限快要到了吗？

又过了几天，兑奖中心里竟然又来了一位服饰极其考究的中年妇女，她傲慢地拿出了另外那张特等奖的彩票，她比以往任何领奖者都镇静从容，似乎根本没把这些钱放在眼里。中年妇女名叫刘芸，四十一岁。王川同样偷偷摸摸拍下了她的资料。

大奖被领取几天后，有个老乡来兑奖中心找王川。老乡叫于二，是哥哥的中学同学，和王川也很熟悉。

于二笑着向王川打招呼：“二弟，我看你印堂发亮啊，最近有好事了吧？”王川笑而不答，心想，莫非这位老乡知道自己和哥哥交了好运，是来让自己请客的？可是打过了招呼，于二却不说明来意，只漫无目的地闲扯着。王川看快到下班时间了，就提出一起吃饭。

酒桌上，灌下几口二锅头，于二笑嘻嘻地开口了：“二弟，最近有人中了两注特等奖吧，领奖了吗？”

王川说：“领了，是两个人中的。你关心这个做啥啊？”

于二显出狐疑的神情：“两个人中的？不可能吧，明明是一个人买的两注啊！”王川愣了一下：“你咋这么肯定？”

于二突然攥住王川的手，有些着急地说：“二弟，是你哥王平中奖了对吗？你给二哥来句实话。”

王川更加惊讶了，心里飞快地盘算着。

“你还信不过我啊？”于二一脸真诚，“我和你哥哥王平现在在一个公司，红基房地产公司，我们是同事。你不用瞒我了，我知道是你哥哥中的奖，他正在做的是一件很危险的事情，他在犯法啊！”

王川心动了一下，中学时于二是哥哥的班长，王川兄弟经常跟着于二一起玩，王川曾经把自己的哥哥和于二做过比较，无论能力还是人品，于二都要比哥哥王平强多了，王川小时候还曾暗暗希望，于二也是自己的亲哥哥就好了。现在听于二这么一说，王川再也隐瞒不下去了，他说：“是我哥哥中奖了，可他中奖的彩票又被人高价收购了。”

接着王川就把前后发生的事情一五一十和于二说了。

听了王川的话，于二陷入了沉思，他自言自语道：“和你们交易的人脸很长，活像毛驴？”突然于二的表情变得非常凝重，他诚恳地说：“二弟，把那两个女人的资料给我，我一定要挽救你哥哥。”

王川着急地问：“什么？挽救？我哥究竟在搞什么啊？”

“等我调查清楚了，一定告诉你。”于二说着，接过王川的手机查看，王川看到，于二的手在微微地抖动……

于二和王川告别后就没了音信，几天过去了，还没等于二告诉王川一切，哥哥王平就真的出事了。

这天，王川上班时，有人来找他，他说自己是红基房地产公司的，是王平的同事。王川想起听于二说过，哥哥就是在这家公司工作，就点了点头。来人沉痛地说：“你哥哥出了意外，就在今天早晨。”

原来王平最近升职了，从普通策划被提升为工程监理，他今天早晨来到工地上班，工地现场正在拆迁一幢六层的老公房，突然，一堵砖墙轰然倒塌，王平被活生生砸瘪了，人已经

血肉模糊……

王川一听险些晕倒，他赶忙来到现场，这时警察已经勘察了现场，判定这是意外死亡，不立案了。红基房地产公司顺势封锁了消息，说怕将来对新楼盘销售不利。王川完全懵了，哥哥的尸体血肉模糊，他也没敢细看。善后工作很高效，公司答应赔偿抚恤金五十万元。由于哥哥没有结婚，父母都已经去世，王川是唯一的遗产继承人。王川在精神恍惚中，稀里糊涂就签了字，收了钱，哥哥的遗体被匆忙火化了。

葬礼过后，王川来到哥哥的宿舍，整理哥哥的遗物，可是他翻遍了哥哥的房间，却无论如何也找不到那个存有八百四十万巨款的存折。王川急出一头汗，万般无奈下，他来到红基公司询问情况，红基公司的老板范总和一名律师接待了他。

律师从公文包里拿出一纸文件递给王川，王川一看，顿时愣住了，这竟然是哥哥王平亲手写的捐献书，捐献书里交代，王平把中奖得来的所有奖金都留给红基公司，落款的时间竟然就是出事的前一天。

范总拍拍王川的肩膀，笑着说："你哥哥的存折我们已经收起来了，王平刚进公司的时候我帮过他不少忙，没想到他一直记在心里，中奖后还不忘报恩。唉，真是世事无常，其实这点钱对公司来说算不了什么，但毕竟是他的一份心意啊……"

王川反复翻看着捐献书，确实是哥哥的笔迹，突然他想起了于二，于二不也在红基公司吗？可是哥哥出事后自己还没看见过他呢。王川收起捐献书，对范总说："我有个同乡叫于二，也在你们公司，我想见见他。"范总皱起眉头："于二？哪个于二，我们公司根本没有这个人啊……"

王川懵了，他昏昏沉沉地走出红基公司的大门，脑袋里像被塞进了一团乱麻：哥哥突中大奖、彩票遭遇神秘收购、大奖被神秘女人领取后哥哥意外身亡、吝啬的哥哥竟然把巨款留给红基公司、公司又矢口否认于二的存在……这些绝对不是巧合啊！

王川想去报案，但是，想起哥哥已被认定是意外死亡，还有警察勘察哥哥出事现场时的草率，他迟疑了。

如果真的存在所谓的阴谋，自己贸然前去报案就等于自投罗网。也许，这个阴谋背后的主使者神通广大，可以买通司法机关，颠倒黑白。王川在心里问自己：那么，这个阴谋的最终目的是什么？难道就是为了骗取大奖的奖金？应该不会这么简单。那么这个阴谋现在结束了吗？如果没有结束，下面还会发生什么呢？

想到此，王川不由得一身冷汗，他忽然觉得，有无数贪婪的眼睛正在注视自己。第二天，王川悄悄从银行里提出了哥哥分给他的六十万和五十万抚恤金，秘密更换了住处，辞掉了工作，更换了手机卡，不再和任何人联系。

即使这样，王川还是感觉不安全，他想逃离这个城市。可是，哥哥那哀伤的样子好多次出现在他的梦境里，在梦里，哥哥欲言又止，好像对王川很失望……

王川想：不能让哥哥冤死，他下决心要揭穿这个阴谋，也许只有这样，自己才能获得真正的安全。

3. 秘密调查

王川苦苦思索了两天，终于理清了些头绪。他要找到那两个领奖的女人，了解她们的真实底细，这应该是最重要的突破口。他回想起自己偷偷拍摄的照片，那身份证上是有地址的！先调查那个叫李梅的女人吧，王川打定了主意。

他很顺利地找到了李梅居住的小区，这是个高档住宅区。王川在李梅家楼下徘徊，一位慈祥的大妈拎着菜篮从楼里走出来，王川上去攀谈。大妈竟然是李梅的对门邻居，大妈告诉他，李梅是个单身女子，偶尔回来居住，和任何人都不来往，谁也不知道她的情况。

无奈之下，王川又去调查那个叫刘芸的女人。刘芸住在城市边缘的别墅区，这里的别墅豪华气派，别墅间的间距很大，每幢别墅都好像是海里的孤岛。王川在刘芸家附近徘徊多日，后来，他意外发现别墅四角都安置了摄像头，他不敢再接近别墅了。

怎么办呢？看来，只有调查红基公司一条路了，一切的阴谋一定和这家公司有关系。

王川开始行动了。他买了顶安全帽，找了身破旧衣服，在民工们午饭的时候混进了红基公司的拆迁工地。仔细观察了许久，他看出一个留着板寸头的人是个小头目，就凑到板寸头身边，恭恭敬敬掏出一盒软中华香烟，递上前，笑嘻嘻地说："大哥，我想找份工作，您看可以吗？"板寸头瞅了一眼香烟，问："你叫啥名字？都会干啥？"

"我叫张龙，就是有力气，啥都可以学。"王川说着，把香烟塞到板寸头的口袋里。板寸头笑了："你小子还挺机灵，先去和灰吧。一天二十块钱，愿意干就留下。"过了几天，王川对板寸头小恩小惠不断，很快就和板寸头混熟了。原来板寸头是红基公司范总的远房表弟，是这片工地上的工头。

这天，王川正忙着在工地上和灰，一辆轿车远远地在工地边上停了下来，车上下来一个男人，这人长着一张长长的驴脸，板寸头一路小跑迎上前去。王川脑子里突然灵光一现：这驴脸男子不就是和自己联系"高价收购"彩票的张先生吗？莫非这"高

价收购”的店铺和红基公司有什么关系？

当天晚上，王川拖着疲惫的身子找到板寸头，非要请板寸头喝酒。板寸头一口答应了。在一个中档酒店的雅间，王川叫了两瓶酒鬼，还有一些高档海鲜，板寸头眼睛都直了：“你个小工，咋这么大方啊！”

王川说：“大哥为人豪爽、讲义气，我早就想结交大哥你这个朋友，你就别客气了，兄弟也是在道上混的人。”板寸头也不客气，开始狂喝猛塞，一会，板寸头的舌头就硬了。

王川趁机提起了白天看到的驴脸男子，描述完他的相貌，板寸头疑惑了片刻，忽然笑着说：“你说的是我们公司的办公室主任，白天来找我的那个？他哪里姓张啊，他外号就叫毛驴，姓贾。咋了，你想认识他？哪天哥哥给你引见引见！”

“高价收购”店里的驴脸男子竟然就是红基公司的办公室主任！板寸头的话证实了王川的猜想，看来，这家收购彩票的店铺压根就是红基公司开办的！

最后一瓶酒鬼见了底，王川漫不经心地提起了前些天有个人被砖墙砸死的事情，他说工地上安全措施不到位，自己干活的时候心里老是慌慌的。

板寸头说了句话，让王川惊呆了：“我……告诉你，傻小子，安全没、没问题，这事不是意外，就是毛驴让我雇人干的……铲车……推的……”

板寸头说完，趴在桌子上就呼呼大睡，怎么摇晃也不醒了。

哥哥果然是被杀害的！这收购彩票的背后果然暗藏阴谋，一切都和自己的推断吻合！

王川从工地上消失了，回到租住的房子里，他思前想后，事情发展到这一步，已经不是自己一个人的力量能解决的了，虽然证据不充分，他还是决定先去报案，让警方查清哥哥的死因。

王川来到公安局的大门口，在门外徘徊了半天，鼓足勇气正要走进大门，突然一只有力的大手抓住了他的胳膊，王川心惊肉跳地回过头，看清楚来人后，他被吓得魂飞魄散：来人竟然是自己的哥哥王平!

4.意外邂逅

王川看着活生生的哥哥，简直不敢相信自己的眼睛：难道这世界上有鬼吗?

“王川，我是哥哥，我没死！”哥哥边说边警觉地四下打量着，“这里说话不方便，走，回去再说。”

回到王川租住的屋子，哥哥一下钻进门，迅速转身把门锁死，突然“扑通”一声跪在了地上：“二弟啊，哥哥好混蛋啊！我杀人了，杀的就是我的好朋友于二！”

说到这里，哥哥抽动着肩膀，哭了起来……

等情绪稳定之后，王平把一切都告诉了弟弟。他说，当初他找不到工作，是于二引见他进了红基公司。

那家“高价收购”的店铺，确实就是红基公司开办的，当时范总一门心思想收购中大奖的彩票，可大奖一直没开出来，范总也就一直没能如愿。恰好于二是个彩票迷，每期都要购买彩票，那几天于二出差了，就发短信委托王平代他购买两注彩票，短信里告诉了王平彩票号码。之后，王平回了短信，说彩票已经买到了。本来，在王平说完号码后，卖彩票的老大爷就把彩票打印出来了。王平一看，说不对，我买的是两注一样的号码，于是就又打印了一注。王平万万没有料到，这两注彩票，竟然中了特等奖!

听到这里，王川打断哥哥的话，激动地说：“原来中奖的不是你，是于二哥！你吞了他的彩票，还杀他灭口！”王平低下头说：“二弟，你听哥把话说完……”

王平接着说道，中奖后他动了贪念，第一个念头就是：给于二一张彩票，自己留下一张，但那可是四百万啊！最后他下了决心，独吞！一口咬定自己忘记代于二买彩票了。

打定主意后，王平给弟弟打了电话，然后顺利地把两张彩票卖给了“高价收购”的店铺，其实，也就是卖给了红基公司，拿到了八百四十万巨款，而范总还因为王平“贡献”了彩票，给他升了职。

就在此时，于二出差回来了。他见了王平，就兴冲冲地说：“你知道吗，我让你代买的彩票中奖啦，你放心，我一定重重感谢你！”王平假装惊讶，然后装出后悔的样子，说自己一时忙碌，忘记买了。于二惊呆了，说“你在短信里分明告诉我，你买了彩票啊！”王平的脸臊得跟煮熟的螃蟹似的，但就是不松口。

愤怒和绝望使于二连续几天都吃不下饭，看王平的眼神也冰冷如刀。

王平内心很不安。这样过了几天，一天晚上，于二突然对王平说，他已经什么都知道了，不但知道王平确实代买了彩票、中了大奖，还知道这彩票被红基公司高价收购了……

说到这里，王平双手抱头，叹道："收购彩票是红基公司的最高机密，我到现在都不明白，他是怎么知道的？"王川接口说："于二哥来找过我，我把收购的事都告诉他了。"

王平抬起头，恍然大悟，说："原来是这样，二弟啊，那你可就害了他啊……"

原来，于二知道了红基公司高价收购彩票的事后，怀疑这里面有阴谋，就找到了范总，要求范总说明一切，并把那八百万还给他。于二这一找范总，可就把自己送进了鬼门关，范总表面上答应帮于二调查，暗地里却找到王平，授意王平杀了于二，然后由他安排个事故现场，造成意外死亡的假象。王平一开始不答应，范总就说，如果于二不死，王平不但要把到手的八百四十万吐出来，公司收购彩票的目的也有泄露的危险，到那时所有人都得玩完……

弟弟王川一直仔细听着哥哥的讲述，听到哥哥再次提到收购彩票，他再也忍不住了，不禁问道："哥，红基公司到底为什么要高价收购彩票？收购去了派什么用场？"

哥哥沉思了半晌，说："兄弟，别问这么多了，你知道的越多，就越危险。于二不就是因为想知道收购彩票的目的，才出事的吗？"

王川气愤地说："你还有脸说！难道你就真的这样害了于二哥？可红基公司怎么说死的人是你呢？"

哥哥叹了口气，说"这都是范总一手安排的啊。"

范总说，他不会让王平白干的，于二死后，他会对外宣布，死的人是王平，以混淆视听。王平必须事先写好捐献书，把他的巨额存款留给红基公司，等事成之后公司会返回给王平一半，让王平从此远走高飞。王平别无选择，艰难地答应了。

当晚，王平潜回住处，用斧头砍死了于二。接着，红基公司的办公室主任，也就是驴脸男子，在范总的授意下，找人用铲车推倒砖墙，砸瘪了于二的尸体，并事先拿走了王平的身份证，放在了于二身上。

事后，王平去红基公司要回自己的那一半钱，范总却把一切赖得一干二净，王平彻底傻眼了。

于二死了，王平也成了"死人"，没有了任何身份，还成了杀人犯，他也必须消失。他悄悄溜到了一个偏僻的城市，换了手机，给弟弟打电话，才发现已经无法联系到弟弟，他只好又潜伏回来，暗中观察弟弟的行踪……

王平一口气说完，对弟弟说："红

基公司的范总什么都干得出来，哥哥我也是怕你有生命危险啊！”

弟弟王川听完哥哥的讲述，也把自己的遭遇告诉了哥哥。哥俩互换了新的手机号码。王川问哥哥：“那你现在有什么打算？”哥哥想了想，说：“现在最好的选择，就是你帮哥哥要回那笔钱，咱俩一人一半，然后找个机会，到国外去！”

王川看着哥哥，讥讽道：“帮你要钱？怎么帮？帮你继续杀人吗？”

哥哥哀求道：“只要把你用手机拍的那些资料都给我，钱就可以全部要回来。幸亏我当初留了一手，这些东西，终于派上用场了！”

原来范总赖账后，王平突然意识到，自己不但无法取回巨款，而且范总肯定还要杀自己灭口。自己已经是个“死人”了，范总想要除掉自己简直是轻而易举。于是，他灵机一动，打电话威胁范总，说弟弟王川掌握了一切情况，只要自己有个三长两短，弟弟就会举报他们。范总听了，态度果然软了下来，说只要王川肯交出证据，什么都好说……

王川疑惑地问：“我手机里的资料真的这么重要吗？”哥哥冷笑道：“是啊，你不是拍下了领奖的两个女人吗？你是不是还去那两个女人的家附近调查过？人家别墅外装的监控录像都把你给拍下来了。”

王川奇怪了：“可我并没发现什么啊。”哥哥笑道：“我的傻弟弟，只要范总以为你发现了什么，不就行了？你把手机给哥哥，等哥哥得到应得的那份钱以后，一准分你一半。”

王川突然觉得自己的哥哥是那么丑陋，那么让人恶心，他冷冷地对哥哥说：“我有一个更好的办法。”

哥哥惊喜地抬起头：“什么办法？快说啊！”

王川停顿了片刻，缓缓说道：“自首。”

哥哥一听，顿时叫起来：“不行，自首，我就彻底完蛋了！”

“你早就没有了任何生路！”王

川更加冷冰冰地说，“于二哥不能这样冤死，哥哥，你主动坦白，兴许还可以捡条命，你是我唯一的亲人了，我不希望你走上绝路。”

哥哥听后，双手抱头，半天没出声，等他抬起头来，长叹了一口气，说：“好吧，我……我明天去自首，哥哥饿坏了，给哥哥弄点吃的吧。”

王川转身去了厨房，等他端着一碗热气腾腾的面条回来时，却发现不知何时，哥哥已经不告而别了……

5. 亡命天涯

看到哥哥逃走了，王川不由苦笑起来，自己怎么就忘了哥哥的性子？突然他想到，既然哥哥能找到自己，那么红基公司的人也能！现在自己的住处已经不安全了，必须立刻转移。

王川收拾行李出了门，他刚走到大街上，就发现远处有个人死死盯着自己，王川慌了，他像游动的鱼一样迅速混入了人群。转过几条街道，他钻进一辆出租车，告诉司机，去郊区。

汽车开上了高速路，王川才觉得安全了些。他想，那些人没有得到手机里的资料，还会继续找他，自己应该先找个稳妥的地方把手机藏起来。他给了司机车费，眼看着这辆车掉头后没了踪影，就又重新找了辆出租，告诉司机，去太平村——他的家乡。

车子在山路上颠簸了许久，眼前的景物开始熟悉起来。在大青山的山脚下，王川找到了于二的家。

于家的房子远离村子，孤孤单单的，王川让出租车等自己一会，就推开了篱笆门。于二的弟弟于三迎了出来。于三从小略微有些弱智，他结巴着说“太……太好了，没想到你回来啦！”

王川内心充满歉疚，他苦笑了一下，环顾于家简陋的家具，心里又涌上一丝酸楚。于三的老娘见来的是王川，忙张罗着给王川做饭。王川看见，黑糊糊的灶台旁，一个破竹篮里，就只剩两个小鸡蛋了。

于三磕巴地问：“我哥哥有半个多月没给家打电话了，人……人找不到，娘急坏了，你看见过俺哥吗？”

“看见了，看见了，你哥挺好的……”王川赶忙掏出些钱，“这不，你哥让我捎钱回来了。”

于三接过钱，不知道说什么了，只是憨憨地笑。

王川不敢久留，没吃饭就起身告辞，临走时他掏出手机，取出手机卡，然后把手机递到于三面前：“这个你替我保存，谁来要也别给，明白吗？”

“嗯。”于三憨厚地点点头，“谁……谁要我也不给！”

王川迅速上了出租车，头也不敢回，迅速离开了于家，车子转弯的时候，王川感觉泪水流出了眼眶。

在车上，他下意识地摸摸身上的

重要的东西：钱包还在。钱包里有银联卡、存折，以后的花费不是问题，手机可以再买，可是，前方的路该怎么走，他一点都不清楚。哥哥突然“死而复生”后对他说的那些事，让他脑子里很乱，他想找个安全的地方尽快住下来，好好梳理一下头绪。

晚上，王川来到了上百公里外的一个县城，重新买了部手机，选了家星级酒店住宿，他想，也许这样才安全点儿。他刚把手机卡安好，手机显示收到新信息了，是哥哥发来的：

“好兄弟，我现在在红基公司，不把那些证据全部交给红基，他们就不还我那笔钱。你帮帮哥哥吧。”

王川回了条信息：“你还于二生命，我就把你想要的都给你！”

哥哥立即发来新短信：“你这样做，只有死路一条。他们会杀了你，那样，咱俩就全完蛋了。”

王川回答：“你如果还是我哥哥，如果还有一点良心，就赶快去自首！”

过了一会，王平又发来条短信：“你现在住在来客宾馆，对吗？你到哪里，人家都可以找到你！”

王川吓了一跳：“你怎么知道我的行踪？”

王平最后回了条短信：“别问这么多了，你赶快逃吧，越远越好，就是别回来，千万千万！”

看来红基公司的人要对自己下狠手了！王川迅速收拾东西走出房间，忽然，他想到了于三，他吓傻了，既然那帮人这么清楚自己的行踪，那他们肯定也知道自己去过于家了——自己可能连累了于三！

王川离开了宾馆，但他没有按哥哥说的，找个隐蔽的地方躲起来，他悄悄回到了家乡，他要赶快通知于三带着老娘先躲避些日子。

王川在傍晚时摸进村庄，远远地看到于三家时，他呆住了，只见破旧的老房子已经倒塌，裸露的砖瓦显出被火烧过的黑色。老乡告诉王川，于三家昨天突然着了火，于三和他娘躲

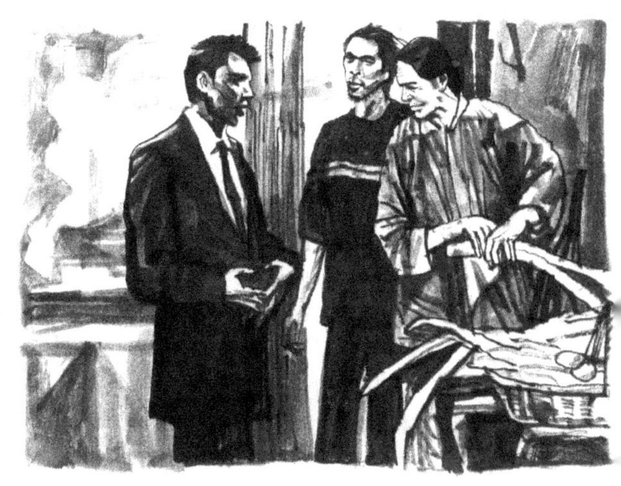

到山上树林里去了。

王川费了好大的力气，终于在山上的树林里找到了一间茅草窝棚。油灯下，于三躺在稻草堆上，用惊恐的眼神看着王川，全身瑟瑟抖动。王川注意到，于三手里，死死攥着一个黑糊糊的东西——好像是块木炭。

“不给，不给……谁要也不给……”于三惊恐地叫喊着。

王川的泪水一下子涌出来了。他问于三的母亲发生了什么事，老太太惊魂未定地开了口：“你哥前天晚上领来了两个人，抢走了你留下的手机，走的时候还点了把火……强盗啊，俺们招谁惹谁了啊……”

王川含着泪，把用塑料袋包裹的十万块钱放下，离开的时候，他很后悔，自己为什么不多带些钱来呢！属于于家的，应该是八百万啊！

王川暗暗下了个决心，他一定要回去，为于家讨回公道！

6. 悲伤结局

王川悄悄潜了回来，他打听到，红基公司的范总，就住在一个别墅区里。他做出了一个很大胆的决定：化装成送水工，潜入别墅找寻证据，然后到更高一级的公安部门举报。

王川查清了范总的具体地址，他惊讶地发现，范总和那个叫刘芸的领奖女人住的是同一个别墅区。

夜幕降临后，王川身穿从地摊上买的送水工制服，翻身跳进了别墅后院围墙，从一扇可以推开的落地窗钻进了别墅。别墅里没有人，他在黑暗中摸索着，来到一间非常宽敞的屋子——估计是客厅。这时，他听见了汽车由远而近的声音，就急忙钻到墙角的沙发背后，沙发很大，把他藏了个严严实实。

很快王川听到了开门的声音，灯亮了，一个胖子神态傲慢地走了进来，正是范总，他后面还有两个人。就在屋门将要关闭的时候，一个黑影跳了进来，王川听到黑影一声带哭音的断喝：“都别动！谁动我打死谁！”

王川觉得这个声音很熟悉，他偷偷从沙发缝隙往外观看，那个黑影竟然是哥哥！

范总愣了一下，忽然哈哈大笑：“原来是杀人犯王平啊，你这个已经死了的人，还有胆量开枪吗？”

果然，王平手里握着把土枪。范总身后那两个不知是什么人，他们神色紧张，显然被吓得不轻。

王平扫视了一下这两个人，说：“我如果没认错的话，这两位一个是土地规划局刘局长，一位是主管城建的赵副市长，对吗？”

范总皱了皱眉，说：“兄弟，别这样，不就是八百多万吗，我明天给你准备钱，还不行吗？”

“范胖子，你别耍我了，当初，收

购彩票来行贿官员的主意是我给你出的，我那两张彩票，你一张送给了这位局长，一张送给了副市长大人，万得道黄金地段的土地你如愿以偿得到了，我对得起你吧？我弟弟手里的证据也都给你了，我对得起你吧？”

“你借刀杀人，杀了于二，又想让我这个知情人也彻底消失，你真狡猾，一箭三雕——顺便把行贿的钱又在我这里报销了，手段真高啊！你三番五次要弄我，我活不了，谁也别想好过！我和你、和你们拼了！”王平说着，抬手对着天花板就是一枪。

“砰！”吊灯的一角被打碎了。三个人立刻趴在地上，吓得哀求着：“别……别冲动，饶命啊……”

听到这一切，躲在沙发背后的王川终于恍然大悟：原来红基公司收购彩票，是为了行贿！彩票行贿，接受者不会有心理顾虑，不会给司法机关留下把柄，巨额财产来源不明的罪状也就无法成立了，真是高明的手段！想到这些，王川内心涌起一股怒火，也很焦急：现在自己该怎么办？

他想了想，最好的办法还是报警！自己原先潜入这里就是为了找证据，现在所有相关人员都在这里，警察如能及时赶到，那真是人证物证一应俱全。

正想着，王川就听见那个副市长骂起了范总：“你这个龟孙子，怎么这么不讲信誉，是人家的钱快还给人家！”说着向范总使了个眼色，范总爬起来，对王平说：“我现在就开保险箱，给你拿钱。”说着就往楼上走。

王平喊道：“你们俩跟着一起走！”那两个人面面相觑，无奈地站起来，慢吞吞尾随着范总，王平的枪口一直对着他们。一行四人上了楼梯。

机会来了，王平立刻拨通了110：“滨湖别墅，七号，有凶杀案！”然后，他也尾随了过去。

在二楼一扇泄露出灯光的门口，王川停住了，他从门缝向里看：只见范总蹲在保险柜前转着按钮，哥哥王平死盯着保险柜。保险柜被打开了，

范总伸手在里面掏着什么。

突然，范总站起来，手里也攥了把手枪，王川看到这里，叫声“不好”，踹开屋门跳了进去。范总开枪的刹那间，王川推开了哥哥的身体，他只听见“砰、砰”两声，恍惚中看到范总倒在地上，他自己也昏了过去……

等王川苏醒过来，他发现自己躺在医院里，旁边，是两位刑警。王川第一句话就是：“警察同志，我……还活着吗……”警察笑了笑：“你终于醒了，希望你配合我们，说出事实真相！”

王川把自己知道的一切一口气都说了出来，做完笔录后，一位老刑警语重心长地对王川说：“你这年轻人啊，为什么不相信我们呢？其实我们早就在调查这起特大受贿案了，早有人举报红基公司根本没有开发万得道的资质。如果你早一点把情况告诉我们，很多事情本是可以避免的啊！”

王川出院后，那位负责为他录口供的老刑警把他带到公安分局的审讯室，在那里，王川看到了哥哥王平。

老刑警说：“你哥哥彻底坦白了，他说想见你一面。”

哥哥看到王川，立即眼泪汪汪，王川狠狠地瞪了哥哥一眼。哥哥像被刀刺一样哆嗦了一下，人也忽然缩小了一圈：“好弟弟，我混蛋，我差点害了你啊！”哥哥号啕大哭起来。

哥哥哭着告诉王川，当初红基公司的范总想行贿，可苦于没有安全的方法，是他从彩票迷于二和弟弟身上得到灵感，出了这个收购彩票行贿的点子。可开始的时候，只能收购到万元左右的小奖，这些小钱，给那些重要官员行贿，根本没有分量。就在这时，事情有了意外转机，于二的彩票中了两注特等奖！王平霸占了彩票，但他还是没有逃脱范总的阴谋……那天他从弟弟家出来后就被红基公司的人“请”去了。后来公司的眼线知道王川回了老家，就逼王平带路，赶去于家要证据，还让毛驴一路监视着王平。从于三手里抢到手机后，毛驴恶毒地告诉于三，你哥哥于二已经死了，凶手就是王平！王平这才知道，自己彻底上当了。接着，毛驴趁于三不注意，点着了于家的房子，丢下王平跑了。

王平生不如死，范胖子不用杀他，他也没了生路！此时，他才彻底悔悟，他买了把土枪，决定拼死一搏……

从审讯室出来，王川久久沉默不语，老刑警叹息着说：“年轻人，你很勇敢！好在你哥哥和范总的枪法都不准，你只被打伤了头皮，范总也只被你哥哥打伤了胳膊，不然，很多口供都难以得到了——那两个蛀虫，也许还要逍遥法外啊！”

（**题图、插图**：杨宏富）

牛排装错了盘子

罗杰是个羞涩的高中生。毕业舞会那天，他惴惴不安地邀请舞伴共进晚餐。菜端上餐桌后，罗杰非常紧张，当他伸手切牛排时，刀一滑，牛排从盘中飞出，飞过女孩的肩头，落在了地板上。罗杰非常尴尬，这是他的初次重要约会，竟然一开始就搞砸了。

没等他回过神来，目击了整个过程的餐厅领班已经冲到桌旁，不住地道歉："对不起，先生，厨师把你的牛排放错了盘子，无论谁切都会滑出来，我们马上给你换一盘。"

几分钟后领班回来了，这回牛排盛在另一种盘子里。领班郑重宣布，现在牛排盛在正确的"牛排盘"里了。

当然，原来的盘子其实并没有问题，领班的机智和善良挽救了这次约会，也挽救了一个年轻人的自信。

（**推荐者**：邓伟明）

飞来的智慧

有一次，一位顾客购买了一家公司生产的香皂，却发现盒子里面什么也没有，只是一只空壳，于是顾客把公司告上了法院。

公司调查后发现空壳率为万分之一，为了防止这样的事件再度发生，公司花费数十万美元购置了一台X光机，用透视技术检查产品。

同城另一家小公司也生产香皂，同样存在空壳问题，由于资金有限，不可能购买X光机。董事长甚是苦恼，一人走到郊外散心，此时一阵秋风吹来，董事长脑中突然灵光一现。

回到公司，董事长买了一台大功率电扇，经过装盒程序的香皂盒一律要经过电扇吹，空的自然被吹出流水线，不空的进入最后一道包装工序。

这位董事长想得巧，这与X光机相比，是多么简单、却又多么有效啊!

（**作者**：陈志宏;**推荐者**：王传生）

紧要关头

小镇里正在举行宠物狗大赛，训练有素的宠物狗们表演着各种绝活。最后一只出场的狗却有些另类，它随意跑了一圈，叫了两声就回到主人身边。这引起观众的一片笑声，也难怪，它只是农夫养的家狗，很显然它将会被淘汰。

正在这时，意外发生了，一个顽皮的小男孩从两米多高的看台上摔了下来。其他参赛狗都乖乖呆在主人身边等着比赛结果，农夫的狗却以迅雷不及掩耳之势冲过去趴在地上，小男孩不偏不倚地摔在了狗的背上。全场响起了经久不息的掌声。

比赛就此结束，评委把冠军头衔和五千元奖金给了这只“英雄家狗”。当大家询问农夫“训练秘诀”时，他说：从来没有对它进行过什么特殊训练，它也没有什么出色技艺，但在紧要关头它知道自己该干什么，这就足够啦！

（作者：周　毅；推荐者：王传生）

正确答案

有位教授上写作课时一再强调，时刻把读者放在第一位，这才是成功的关键。

下课前，教授给大家出了一道测验题，他在黑板上写道：“本市市立中学的校长宣布，该校所有老师将于本周四到邻市参加研讨会。芝加哥大学人类学系的两位教授将在会上讲话。”教授要求同学们根据这些素材为本市的晚报写一个简短的报道。

题目很简单，同学们很快交了卷，答案大同小异，无非是把会议的时间、地点、人物等要素报道了一遍。

第二堂课，考卷发了回来，令大家惊讶的是：几乎每个人都得了零分！

教授大声说：“你们都忘了我反复强调的关键——读者。晚报的读者是谁？是普通市民，是学生和学生家长。”说完他在黑板上写下了一行大字：“本周四，市立中学停课一天。”——这才是那次测验的正确答案。

（作者：王　悦；推荐者：司志政）

（本栏插图：安玉民）

据有关人士预测，在遥远的将来，当一对对年轻人亲亲热热前去办理结婚登记时，他们将会遭遇到这样的情景……

结婚登记

宋玉和孟倩倩起早来到结婚登记处，窗口前排着长队，好容易排到了，只见里面坐着一男一女两个工作人员，两人都是面色苍白，忙得满头的汗珠不停地往下淌。

宋玉说：“我们登记。”男的没抬头，问：“你们登多少钱的记？”宋玉和孟倩倩疑惑不解。男的指指窗口玻璃上贴的一张纸，纸上写着：一千元、五百元、一百元、五十元、免费、奖励一百元。金额后相应写着：一年、三年、五年、十年、二十年、三十年。孟倩倩问：“这是什么意思？”

那个女工作人员抹了一把脸上的汗，说：“你们也看到了，来我们这里的人非常多。现在的人好像都喜欢结了婚就离婚，离了婚又结婚，不瞒你们说，我们是冒着生命危险从事这项工作的，经常有同志累得在岗位上吐血。所以，为了维护我们的健康，新出台了这项规定，结婚时间短的收费就高些，二十年不离婚，那就免费，如果三十年不离婚，我们还会额外奖励一百元。你们俩准备几年后离婚？”

宋玉说：“我说几年就几年吗？”男工作人员解释说：“是这样，我们实行多退少补、违约加罚的原则。如果你登记五年的婚姻，结果三年就来离婚，那么我们不仅要加收差额，而且加倍。现在你明白了吗？”宋玉和孟倩倩同时说“明白了。”两个工作人员也同时说：“好，那你们商量一下，别急着做决定。”

宋玉和孟倩倩商量了一下，最后决定登记五年的婚姻。男工作人员指指旁边的一个门，说：“好，你们先

去那个屋，宣一下誓。”

宋玉和孟倩倩离开窗口，推开宣誓室的门，只见屋里坐着一个老太太，老太太用公事公办的语气说：“我们也知道结婚宣誓这东西没什么大用，但还是搞一下好。调查表明，搞过宣誓的夫妻与没搞宣誓的夫妻相比，婚姻解体的时间大约可以延迟五至六个月。”

接着老太太说“宣誓前，首先请你们俩如实回答下面的问题。你们是自愿结婚的吗？”宋玉和孟倩倩刚要回答，老太太摆摆手：“有三个答案供你们选择。A. 自愿。B. 不自愿。C. 说不清楚。”宋玉和孟倩倩同时选择了C。

老太太问：“夫妻在家庭中的地位平等，你们能做到吗？A. 能做到。B. 做不到。C. 看情况而定。”宋玉和孟倩倩同时选择了C。

老太太问：“夫妻双方有互相抚养、照顾的义务，你们能做到吗？A. 能做到。B. 做不到。C. 到时候再说。”宋玉和孟倩倩同时选择了C。

老太太问：“你们能自始至终地善待双方的老人吗？A. 能。B. 不能。C. 给钱就能，不给钱不能。”宋玉和孟倩倩同时选择了C。

老太太问：“你们能忠于对方，不出轨吗？A. 能。B. 不能。C. 不知道。”宋玉和孟倩倩同时选择了C。

老太太问：“你们准备在什么时候出轨？A. 一年。B. 三年。C. 随时。”宋玉和孟倩倩同时选择了C。

老太太问：“你们信仰上帝吗？”宋玉和孟倩倩点点头。

老太太说：“好，根据你们的实际情况，誓言写好了，下面请跟着我宣誓。我说一句，你们学一句——上帝作证，我们在说不清楚的情况下打算结为夫妻。我们夫妻在家庭中的地位视情况而定。能否互相抚养、照顾，到时候再说。双方老人如果给钱我们就会善待他们。我们不知道会不会出轨，也就是说我们保留随时出轨的权利。阿门！”

（**推荐者**：周丹飞）

（**题图、插图**：安玉民）

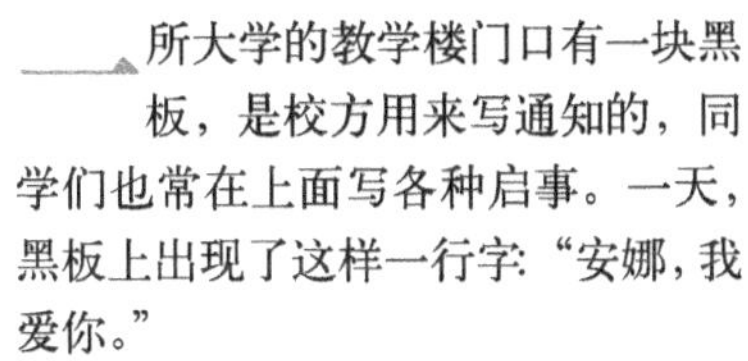

爱情启事

□郭振宇

一所大学的教学楼门口有一块黑板，是校方用来写通知的，同学们也常在上面写各种启事。一天，黑板上出现了这样一行字：“安娜，我爱你。”

安娜可是公认的校花啊，整个大学没有不认识她的，这则启事自然引起了很多同学的关注。

第二天，在那行字下面出现一行秀气的小字：“你是谁？报上名来。”落款是安娜。安娜居然回复了！很多同学开始关注这块黑板，都想看看到底是谁在追求校花。

很快，秀气的小字下有了回复：“中文系一才子”。第二天，安娜也回复了：“既然是才子，就对个对联吧，对得好，我们接着联系，我的上联是癞蛤蟆仰头望天鹅。”同学们看了都觉得好笑，这分明是在讥讽才子，不过才子可没气馁，第二天他给出了下联：“韦小宝俯身摘鲜花。”

又过了一天，安娜的小字又出现了：“第一关算你过了，如果你真的爱我，明天中午十二点，你拿着九十九朵玫瑰在教学楼前的空地上大喊三声‘安娜，我爱你’，我就会走出教学楼接受你的鲜花，你有勇气吗？”

第二天早晨，黑板上出现了才子的回复：“没问题，你等我。”

到了中午，教学楼前的空地上人山人海，同学们纷纷聚过来看热闹，就连教学楼里面也有很多人扒着窗口向外看。到了十二点，果然有一个人捧着玫瑰来到了教学楼前，他拿出了一幅长长的条幅，把条幅放到地上慢慢地展开，几个字露了出来：“明早七点，南校门右转两百米……”

这是什么？是约会的时间地点吗？同学们十分好奇，更加聚精会神地看下去，只见这人把条幅完全展开，同学们终于看清了条幅上剩下的几个字：“‘好再来’粥铺盛大开业！”

散户的本事

饭馆老板贴出招聘启事，有三个人前来应聘。老板问头一位："你有什么特长？"头一位大大咧咧地答道："我以前做过股市操盘手。"

"手艺怎么样？"

"也没怎么样，只不过能把股价从5元炒到50元而已。"

老板一听，拍手道："太好了，我这里正需要一个大厨，就是你了。"

第二个人递上了履历表，老板翻了翻，说道："噢，你以前是做股评家的呀，这样吧，你的工作就是每天站在饭店门口，见人就给我往里拉，这点事对你来说不难吧？"股评家红着脸点了点头。

老板转头看第三个人，只见这人低着头，一副怯生生的样子，就问："你是干什么的？"那人羞得满脸通红，不敢吱声。第二个人急忙说道："他是我带来的，散户出身，洗碗扫地什么的，随便给安排个活就行。"

老板有些为难："我这里很高级的，要散户做什么？"正说着，忽听大堂里传来一片吵嚷声。老板急忙叫来一个服务员，问她出了什么事。服务员回答道："采购员今天忘了买肉，客人点的菜半天送不上去，正在发脾气呢。"

老板顿时慌了神，正在为难，突然，只见身旁的散户猛地拔出一把尖刀，捋起裤腿，"噌"地一刀割下一大块肉，血淋淋地丢给服务员，说："先拿去应急。"然后转身对老板说道，"老子别的本事没有，割肉是经常干的，不信你问问他们二位。"

老板一见，当场拍板："很好，今天就来上班吧。"

（**推荐者**：叶　文）

技术含量

□尹利华

新来的马局长第一天上班，轿车开到大门口，老门卫手忙脚乱，半天没有拉开大门，马局长不由皱起了眉头，身旁的秘书小舟解释道："这二大爷年龄是有些大了。"马局长一愣，问："他是你二大爷？"

小舟尴尬地一笑，说，这门卫是前局长的远房二大爷，所以，局里上上下下也都随着前局长喊二大爷，时间一长，就习惯了。

马局长听完后说："连个门卫也要任人唯亲，他被双规也就没啥稀奇了。以后，咱们局要改变这种风气，任人为能，就从这门卫开始吧。"

马局长提出，这个门卫要换人。本着公平竞争原则，公开向社会招聘，一经录用，正式员工待遇。招聘广告一登出，立时吸引了全市所有门卫的眼球，报名者云集。经过残酷的淘汰赛，进入最后一关的有三人。

最后一关是职业能力测试，由马局长亲自设计考题，试题内容是：谁能以最快的速度打开大门，谁就是最终的人选。为了公平起见，马局长还特地安排了两个考试地点，面试者通过抽签选择考试地点。

第一个面试者，年仅二十八岁，从十六岁就开始当门卫，有十多年职业经验，小伙子干净利落地拉开了大门，仅用了40秒时间。第二个面试者是位中年人，测试后，不快不慢，也用了整整40秒。看来，40秒是个极限了。

第三个面试者是个老头，须发皆白，眼神无光，如同在风中抖动着的枯叶。最要命的是，他还坦白说自己没有开这种大门的经验。大家都用怜悯的目光看着这可怜的陪衬。

老头正要上来抽题，马局长说，鉴于前两名应聘者抽的是同一个考试地点，所以让他直接选第二个地点吧，不然，第二套题就浪费了。

你咋就给我办了

□唐来高

阿亮大学毕业后，在镇工商所当了一名办事员，今天是他第一天上班，他早早来到所里，兴奋地等着客户上门。期盼中，终于有一位老大爷走进了营业大厅。大爷衣着朴素，左腿有点瘸，身后不远处跟着一位中年男人。大爷先看了看其他几个营业窗口，见那些老员工都在喝茶聊天，便来到阿亮的窗口前，把材料往窗口里一递，不冷不热地说："我要办个营业执照。"

阿亮忙不迭地热情招呼："大爷

大家觉得有道理，都赞同。打开第二套题，考试地点是兄弟单位财政局。大家一听都愣了，财政局的大门装了高科技遥控感应装置，自己局里的大门是人力推拉式，分明不是一个档次，怎么能测试出水平来？

带着一头雾水，大家来到财政局门前。老头熟练地走进门岗内，马局长刚说了声"测试开始"，崭新的大门刷地打开了，时间不到20秒。

马局长满意地说："看看，这才是高科技，咱们也应该学习兄弟单位的先进管理经验，把大门换换，这样才能吸引高技术含量的门卫来咱们局里落户啊！"大家纷纷赞同，说马局长又给大家上了一课。

局里很快安装了崭新的遥控感应大门，新聘来的门卫老头安然地坐在门卫室里看电视。

上班时间到了，秘书小舟和几个同事走到门口，大家一齐恭敬地喊道："四大爷，请开门！"

老头应了一声，起身按了按一个红色的按钮，大门应声而开……

您稍等，我先看看你的材料。”说着，他拿起大爷的材料认真审核起来。原来，大爷要开家日杂小店，材料手续齐全，大爷是伤残军人，按规定，还可以免除一些费用。阿亮认真地算了一下，对大爷说：“大爷，您只要交50块钱费用，明天就可以来拿执照了。”

不料大爷一副意外的样子：“什么？你把我的材料再好好瞧瞧，你工作可要负责呀！”

大爷的话让阿亮吃了一惊，难道自己这个新手忽略了什么重要手续？他赶紧拿起材料反反复复又看了一遍，确实没什么不妥，便对大爷说：“您的材料完全符合规定。”

大爷却气呼呼地打断阿亮的话，很不友好地说：“你帮我把执照办了，我也不会给你任何好处的！你就不要再审查审查、研究研究了？”

阿亮被大爷弄懵了，这种小事，完全可以现场办理……他突然想到，现在领导考核职工都变着花样，这是不是领导在考验自己的业务能力？这么一想，阿亮果然发现大爷身后的那个中年男人，一直都在盯着自己这边看。

阿亮的汗下来了，他把材料拿起来又研究了一遍，完全符合规定呀，得，该办就办，现在窗口行业讲究的就是服务和效率，也许今天领导考核的就是这一点。想到这里，阿亮果断地说：“大爷，没错，您现在交了钱，明天就可以拿到执照，我们不会多收您一分钱的。要是您不方便，我们可以把执照送到您家里，您是伤残军人，我们应该……”

不等阿亮说完，大爷就双手抱头，痛苦地蹲了下去，嘴里喃喃地说：“完了！完了！”阿亮吓得赶紧从柜台里面跑出来，问大爷怎么回事。这时，那个中年男人走过来，说出了事情的原委。

原来，这位大爷是个退伍军人，原单位改制后，他没向政府伸手，打算开间日杂小店，可为了办个营业执照，他踏破工商所的大门都没办成。有人点拨他，说现在找人办事要送礼，可大爷是个倔脾气：我手续齐全，正当办事，干吗要送礼？就这样拖了一年多，大爷火了，一封信告到了市工商局。工商局领导派调查组下来调查，刚才大爷身后这位中年男人就是调查组的组长。

大爷为了证明自己所说不虚，让组长在身后看着自己被刁难的全过程，没想到偏偏遇到了阿亮这个新上任的“菜鸟”。此时，大爷看到阿亮关心地站在自己面前，不由怒从心头起，一把抓住他的衣领，质问道：“你、你、你咋就给我办了呢……”

（本栏目欢迎来稿。来稿可从邮局寄发，也可从网上传递。如为电子邮件，请发以下信箱：lujia411@yahoo.com.cn。）

·幽默世界·

有鬼搭错车

□张 雷

半夜12点，出租司机老张把车停在街边等客人。突然，他听到车后座的门被人拉开了，一阵冷风吹来，老张通过后视镜望去，只见一个红衣服的女人低着头坐了进来。

那女人慢慢地抬起头来，哎呀妈呀，那嘴唇血红血红的，女人朝着后视镜伸出两个手指，说了声："耶！"露出了两排白花花的牙齿。老张忽然觉得后背发凉，该不是遇上鬼了吧？他猛地想起最近城里风传，有个红衣女鬼专门在半夜搭出租车。

正想着，身后的女人阴沉沉地开口了："我问你四个问题，答得好，有奖励，答不好，资格就没了哦。"

老张的嘴唇都颤抖了：答不好，就不让俺活了啊！

女鬼冷冷地说："我问你第一个问题，米的妈妈是谁？"老张颤抖地说"花啊，您高抬贵手，花生米啊！"

"恭喜你，答对了。你得到厉鬼一只。"女鬼不慌不忙地说。

老张差点没背过气去，这玩意儿真要命啊，答对问题竟然送鬼！

女鬼继续发问："豆的妈妈是谁？你可以求助，拨打鬼场的电话。"老张冷汗直冒："电话就不、不、不用打了，豆的妈妈还是花，花生豆嘛。"

"恭喜你，又答对了，你得到鬼场赞助的吊死鬼一只。"从后视镜里，老张看到女鬼正恶狠狠地望着自己。

女鬼得意地继续发问："请问，人的妈妈是谁？"老张想了想，说"还是花，花生仁嘛。"

"恭喜你，你得到小肚鬼一只。"

老张腿肚子直转筋，这小肚鬼又是什么玩意儿啊？

女鬼盯着老张，两眼冒光，说："最后一个问题，牛奶的妈妈是谁？"老张哭丧着脸说："牛奶的妈妈还是花，花生牛奶嘛。求求您高抬贵手啊！"

女鬼哈哈大笑："你这人真厉害啊！恭喜你，四个问题全答对了，这次的大奖煮活鬼就是你的啦！"

老张一听“煮活鬼”，浑身一阵抽搐，昏了过去。

等老张睁开眼睛，发现自己躺在医院的病房里，床边还站着个年轻女人，长得很像那天晚上的女鬼。老张刚要叫，那个女鬼连忙过来深深地鞠了一躬：“对不起，让你受惊了。”

原来，这女人是本地电视台刚从外地聘来的实习生，正在搞一个街头问答类节目。那天她是第一次出外景，太慌张，妆化得浓了些，问问题的时候地方口音重了些。

这个问答节目的所有奖品都是由本地的柜子厂赞助的，所谓的厉鬼、吊死鬼、小肚鬼其实分别是：立柜、电视柜、消毒柜；最后的大奖“煮活鬼”呢，则是一套价值2000元的组合柜！

（**本栏题图**：顾子易、包丰一）

《绝对小孩》：朱德庸20年来最好玩的一本书
最新全彩系列四格漫画

梦境

让笑话给你的生活增添色彩

“故事会精品笑话丛书”是《故事会》几十年来精品幽默笑话的再度精选，是一套极具特色的作品集，是当之无愧的幽默精品。此套丛书以笑话为载体，讲述了人生百态，幽默诙谐，令你忍俊不禁，让读者在轻松幽默的氛围中品味人生、领悟真理。

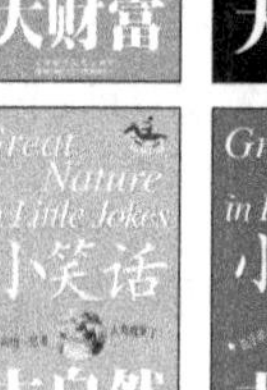

399
2007 SEMIMONTHLY 下半月刊 9月

STORIES
欢迎登录本刊主办“故事中国网”（www.storychina.cn）

STORIES
2007年9月
下半月刊·绿版

主　编：何承伟
常务副主编：吴　伦
副主编：姚自豪（上半月·红版）
副主编：夏一鸣（下半月·绿版）
本期责任编辑：王雅静
电子邮箱：wyjing833@sohu.com
绿版发稿编辑：
夏一鸣　邢　悦　朱　虹　杭　帆（见习）
特约编辑：
范大宇　崔新三　申之珉
美术编辑：李宝强
电脑制作：郭瑾玮
通　联：归依玲
本社办公室电话：021-64375030
上半月刊编辑部电话：021-64332325
下半月刊编辑部电话：021-64336469
（上海市绍兴路74号 邮编：200020）
主管、主办：上海文艺出版总社

制作、发行总监：张　凯
电话：021-64313938
广告业务：上海故事会文化传媒有限公司
广告总监：张　淮
广告业务：021-34010383
广告投诉：021-64333738
广告经营许可证
沪工商广字3100320050022号
发行：中国图书进出口上海公司

相　亲

小张因为办事马虎，谈了好几个女朋友都吹了。这天，同事苏大姐又给他介绍了个女朋友，因为女方喜欢旅游，苏大姐特意安排两人在火车上见面，合适的话就一起坐车去旅游，不合适的话就下车各走各的。

出发前，苏大姐再三叮嘱小张：“姑娘就坐在你对面，路上你一定要细心照顾好人家啊。”小张点点头，向苏大姐保证这次绝对没问题。

火车启动了，不一会儿，苏大姐给小张打来电话，说“人家姑娘刚才打来电话，说对你很满意呢！”“可是，”小张支支吾吾地说，“我，我上错火车了。”　　（陈翠凤）

（本栏插图：包丰一）

算　账

大成为公司采购，有一项支出不符合规定，财务不敢报销，就叫他去找老板。

老板的办公室在十楼，大成等了好半天都不见电梯下来，索性爬楼梯上去了。等爬上十楼，他累得上气不接下气，忘了敲门就直接冲进老板办公室，大喊：“老板！”

老板吓了一跳，问他什么事。

大成气喘吁吁地说：“我，我是来找你算账的！”　　（张利平）

好心有好报

小丽的老公从来不洗衣服，可是这个周末他却起了个大早，洗起小丽的衣服来。小丽正在纳闷，就听老公一声惊叫。她跑过去一看，只见老公手里紧紧捏着五十块钱，眼中含泪地说“我说好心有好报吧，下个月的零花钱出来了。”

（成　成）

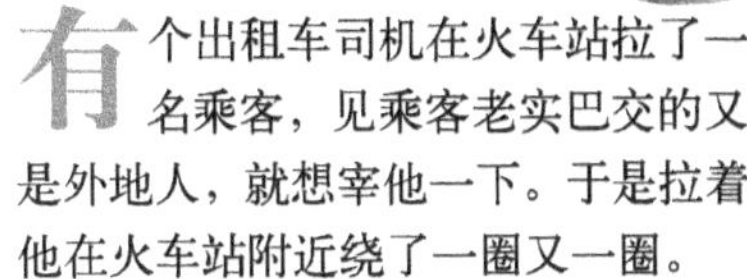

高兴过早

莫里斯是一个大学的篮球教练，这个赛季，他的球队表现得相当不错。

一天早上，莫里斯正在楼上刮胡子，楼下电话突然响了。妻子接完电话，冲他喊道：“《体育画报》的人想跟你谈谈。”

莫里斯一听，非常激动，他一直期望能上这家体育杂志。结果，激动之下，手一抖把脸给刮破了。

莫里斯顾不上清理脸上的血水和泡沫，扔下剃须刀就往楼下跑，不小心一个踉跄又从楼梯上摔了下去。莫里斯连滚带爬地奔到电话机旁，拿起话筒说：“喂？”

电话那头的人问道：“您是莫里斯吗？”

莫里斯激动地回答：“对，我是！”那个人继续说道：“莫里斯先生，您好！我们是《体育画报》的，我们可以为您提供全年订阅服务，请问您有兴趣吗？”　（小　可）

抗揍霜

明明放学后，来到一家商店，对售货员阿姨说：“阿姨，我买一瓶抗揍（皱）霜。”阿姨打量了一下小明，好奇地问：“小朋友，你小小年纪买抗皱霜干什么？”

明明说：“今天考试，我没有及格，晚上回家准备挨揍。”（董　行）

细心的乘客

有个出租车司机在火车站拉了一名乘客，见乘客老实巴交的又是外地人，就想宰他一下。于是拉着他在火车站附近绕了一圈又一圈。

绕到第六圈的时候，乘客指着路边一尊雕像说：“你们这座城市的雕像可真多，一路上我看见了六尊，还是一模一样的。”

司机一惊，心想：这家伙还挺细心的。于是眼珠一转，说：“我们这儿就爱在路旁竖雕像，而且大部分都是一模一样的。”

乘客点点头，说：“噢，原来是这样，不过还有一点我不明白。”

“什么？”司机问。

“为何六尊雕像，每尊下面都有一个一模一样的老头在卖苹果？”

（王传生）

·笑话·

要酒不要脸

丈夫嗜酒如命，一日三餐，每餐必喝一瓶酒，妻子怕他酒后误事，于是规定他每餐只能喝半瓶酒。

这天早上，丈夫很快就将规定的半瓶酒喝完了，他想再多喝两口，可妻子就是不同意。恰巧这时有人敲门，妻子让丈夫去开门，丈夫让妻子去开门。妻子想想说："我去开门可以，但你必须两手不停地拍巴掌。"丈夫满口答应，拍起巴掌来。妻子听巴掌声不停，就放心地去开门。

可当妻子回来时，发现丈夫已经将剩下的半瓶酒喝光了。原来丈夫一看妻子走出屋门，便用一只手打自己的脸，另一只手拿酒瓶喝酒。

（李　林）

急性子服药

有一个急性子，他腿肿了，去看医生。医生为他检查之后，递给他一个特大号药丸，然后说"我去取水。"

那人等了一会儿，见医生还没有回来，就自己一瘸一拐走到自动饮水机旁，倒上水，费了好大劲，才把药吞下去。

过了一会儿，医生拎着一桶温水回来了，对病人说："好了，把我刚才给你的那颗药丸放在水里，等它溶解后，你就可以把腿泡在里面了。"

（张君怡）

四条腿

大民居住的小区，所有进出人员，都要出示证件。

一天晚上，大民和女友逛街回来，快到小区时，天突然下起了雨。两人没有带伞，情急之下，大民便掀起风衣让娇小的女友躲在怀里，两人一起向小区跑。

进入小区时，保安看了看大民出示的证件，便放行了。哪知两人刚走出两步，突然听保安在后面喊"等等——"

大民回头问："怎么了？"

保安惊讶地说"不对啊，你咋有四条腿？"

（韦耀武）

试腮帮

老刘去理发店刮脸，理发师一边给他刮脸一边看电视，刚刮了几刀，就在老刘的脸上划了个口子。理发师忙赔礼道歉，给老刘稍稍处理后，就又一边刮一边看电视。结果，老刘刮好脸一看，腮帮上到处都是血口子。理发师嘴甜，连说了几个“对不起”。老刘也不吱声，只要了一杯水，喝了一口，就鼓起腮帮不停地甩头。

理发师奇怪地问：“您是牙疼吗？”老刘吐掉水说：“不，我只是试试腮帮子漏没漏。”

（陈翠凤）

特殊签字

铃铃的家庭作业从来只让妈妈签字，不让爸爸签。可是今天，她等了好长时间，妈妈都没有回来。爸爸说：“还是我给你签吧。”

可是铃铃却把作业本藏在身后，一个劲摇头，说：“你的字太丑了，不让你签。”爸爸只好作罢。

哪知过了一会儿，铃铃却把作业本摊到爸爸面前，说：“还是你给我签吧。”爸爸奇怪地问：“你不怕我的字丑了？”

铃铃眨眨眼，说：“我想好了，老师问起来，我就说，爸爸的手受伤了，这是模仿残疾人用脚丫子写的。”

（依　冉）

改变态度

商场女装大减价，女士们疯狂抢购。一位男士想给太太买一件衣服，也加入了抢购队伍。可是很快，他就被疯狂的女人们挤得不成样子了，刚开始他尽力忍让，到后来他也摆开架势，拨开人群向柜台前挤去。

一个胖太太见状，尖叫道“你干吗？你就不能表现得绅士一些吗？”

男子说：“一小时前，我还是个绅士，不过从现在起，我要表现得像一位女士！”

（小　翠）

888888

□刘江波

我和老婆在商业街开了一家烟酒批发部，小本经营，日子还过得去。这天老婆送货回来，喜滋滋地拿着一张百元钞票，向我炫耀说："今天有人买烟，付给我一张新钞票，你看，尾号是：'888888'。"

我一听，还真是难得，现在人都喜欢连号，又喜欢"8"字的谐音，有这样号码的钞票，通常都自己收藏了，居然还有人拿出来花。我拿过老婆手中的钞票，对着亮处仔细一看，呀，原来这是一张假钞，虽然做得很精细，可是常摆弄钱的人，仔细一瞧就能看出来。

老婆听我这么一说，也拿过去认真看了看，这才苦着脸说："我光顾着看这六个'8'了，一高兴，也忘了验验真假，这下可惨了。"

我安慰她道："没关系，不就是100元吗？就当买个教训吧！"

老婆一脸沮丧地说："那怎么行，好几天都白干了！"

看到她难过的样子，我只得硬着头皮说："没事，我能花出去。"老婆顿时来了精神："你怎么花？"

"啊？怎么花呀？"我一眼看到对面的书店，顺口说道："到对门林伟冬的书店里租几本书，他眼神不好，肯定看不出来。"

我其实就是安慰一下老婆，哪想到老婆信以为真，说："那你小心点，让人家发现，可就不好了。"

也就巧了，这时林伟冬在外面喊我："出来吧，咱俩杀一盘棋去。"

老婆一听，赶忙把钱塞到我的手

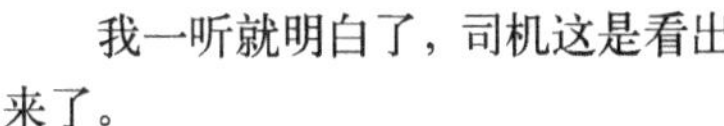

里，给我使了个眼色，就让我出去了。

我故作轻松，心里却暗暗叫苦。下棋的时候，心不在焉，连输三盘。林伟冬连讽刺带挖苦，气得我火冒三丈。末了，他还提醒我："你还欠我一本书钱呢。"

我瞥了他一眼，心想：不就是弄丢你一本破书吗？值几个钱！都是对门邻居，怎么这么小气。你不仁，就别怪我不义。我随手把那张钱给他，林伟冬看了一眼，一边找钱一边笑："嘿，没想到这钱还是六个'8'，吉利！"

他果然没看出来，我的心里轻松多了，回到家以后，老婆问："花出去了吗？"

我说"嗯，他没看出来是假钞。"

老婆笑了："该！他两口子都是出名的吝啬鬼，又好占小便宜，这回也让他吃个亏。"

第二天，林伟冬早早来找我，我吓了一跳，以为他是来找我退钱的。谁知他约我一起去市里进货，我收拾一下就跟他出了门。

林伟冬平时算计得厉害，一分钱摔八瓣花，谁知他这次非要打个出租车走。一个小时以后，出租车进了市里。我一看价目表是40元，正准备掏钱和他平摊车费。谁知林伟冬抢着说："我来付钱。"就把我昨天给他的那张钞票递了过去。

司机接过钱，望了望，指头一弹，嘴一撇："哟，六个'8'，找不开。"

我一听就明白了，司机这是看出来了。

林伟冬却一脸不服气，质问司机："怎么连60块钱都没有？"我惟恐司机说漏了嘴，这要让林伟冬知道我拿假钱糊弄他，这脸还往哪儿搁？于是连忙拿出40块钱，递到司机手里说："没事，没事，我这有零钱。"

没下车就吃了一个亏，我带着气和林伟冬进了批发市场，他去进书，我去进烟酒。中午，我们把货送上运货大巴，打电话叫家里人接货。林伟

冬拍拍手，说："走吧，刚才让你花的车钱，现在我请你吃饭吧。"

天气热，林伟冬领着我来到冷面馆，我们两个人各吃了一碗冷面，又要了一瓶冰镇啤酒，吃了两道拌菜。林伟冬喊服务员"埋单"，服务员递过单子说："52块钱。"他又拿出那张钱来，服务员把钱捏一捏，再一看，顿时笑了，那嘴角撇得和出租车司机一样："哟，六个8呢！这钱可真好，不好意思，找不开。"

林伟冬火了："你们饭店连零钱都没有？把你们老板喊来，我这又不是假钱。"

听到这话，我一个激灵，还没等服务员说话，急忙拿出钱包，站起来说："没事，我这有零钱。"

出了门，我看林伟冬还气愤得要找老板评理，心里暗暗叫苦，只想拉他赶快回家。

哪想，林伟冬非要去洗个桑拿，说总让我花钱不好意思，要请我去潇洒一把。我吓得直求他，说家里事情不少，先回去吧，咱们哥俩，谁花不一样。

我们又坐上了出租车，车子上了商业街，一直开到我们俩的家门口。没等林伟冬拿出那张六个"8"，我抢着把钱付了，可不能再受这种折磨了。

下车后，我没精打采地往家里走，刚走了两步，只听后面林伟冬喊着："兄弟，不好意思，今天让你破费了，明天中午，我请你们两口子吃海鲜。"

我一听，脑袋就大了，只觉脚下发软，我转过身来苦笑着说："林哥，你还是把昨天那张带'8'的换给我吧。"

林伟冬一听，捂着口袋，直摇头："不给，六个'8'呢，吉利。"

我赔着笑脸说："这是我老婆收的钱，她说要收藏呢。如果知道被我花了，非和我吵架不可。林哥，算我求你行吗？"

林伟冬这才勉强同意了，说"这样啊，给你也行。不过你得请客，要不是怕你挨老婆骂，我才不舍得呢。"

我满口答应，拿出一张百元钞票，换回了这六个"8"。一回头，老婆正在门口瞪我呢，见我走近了，一把扯着我就进了屋，压低声音说"你疯了，他眼神不好看不出来，你怎么还要换回来？"

我"呸"了一声："他眼神不好？我看就我们俩瞎。"

（题图、插图：安玉民）

绿版编辑部各编辑邮箱：

夏一鸣：gshxym@163.com
邢　悦：simyyue@126.com
王雅静：wyjing833@sohu.com
朱　虹：zhong98305@sina.com
杭　帆：hangfan1102@126.com

特别提示

□刘自忠

城西一段公路最近修好了，为配合城市文明建设，道路上方还挂起了标语。交警小张就被分配在这一带指挥交通。

这一天，天热得出奇，小张执勤没多久便满头大汗，口干舌燥。他见来往的车辆少了些，便走向路边的杂货店，想买瓶冰水消消暑。

这家杂货店刚开张不久，是一个叫老海的外地人开的。老海五十来岁，人挺幽默，待人也热情。小张有空的时候就来他的小店坐坐，乘乘凉，顺便聊两句。

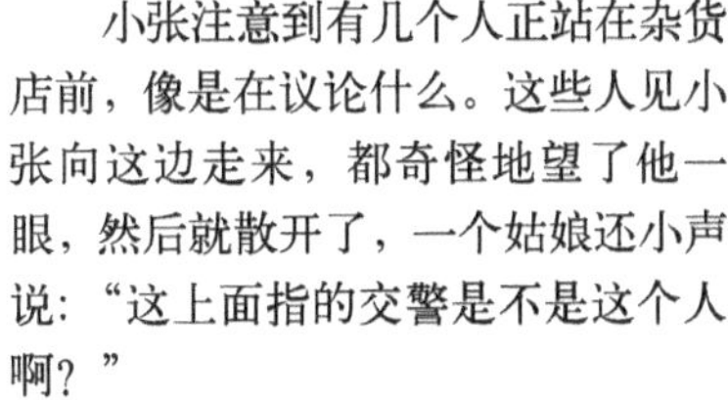

小张注意到有几个人正站在杂货店前，像是在议论什么。这些人见小张向这边走来，都奇怪地望了他一眼，然后就散开了，一个姑娘还小声说："这上面指的交警是不是这个人啊？"

看着这些人神秘的样子，小张有些奇怪，这些人议论什么呢，干吗用那种眼神看我？正琢磨着，只见杂货店的墙上一幅大大的标语醒目地写着："交警同志，请爱护环境卫生，垃圾请入箱"。

咦？这个老海什么时候贴出这样的标语？前几天好像还没有嘛。还有这标语开头，明明白白写的是"交警同志"，这意思不就是我们交警不爱护环境卫生吗？想想自己平时从不乱扔垃圾，老海为什么要这样写呢？

小张心里犯起了嘀咕，莫不是自己有哪些地方做得不对，让老海有意见了？

他走进杂货铺，对老海说：“老海，拿瓶水。”

老海见是小张，赶忙从冰柜里拿出一瓶水，用纸将瓶子外的水珠抹掉，递到小张的手里说：“快喝吧，坐在这里歇一歇。”

小张灌了一大口水，觉得身上的热气散了许多，这才问：“老海啊，你是不是对我们交警有意见啊？我哪儿做得不对你可以提嘛！”

“我对你们没什么意见啊，”老海奇怪地看着小张说，“这么热的天，别人都躲在家里吹空调，你们却要在太阳下执勤，整天风吹日晒的，为人民服务，我怎么会有意见呢？”

小张指一指外面的标语说：“那你为什么写这样的标语？”

老海走出门，看了看那排字，眯着眼笑道：“你多心了，这只是普通的标语，没什么特别的，我只不过是提醒大家爱护环境卫生嘛。”

“可你上面特别指明交警，刚才还有人议论说你指的人是不是我呢。”

老海哈哈一笑，说：“那是他们瞎猜的，放心吧，我指的不是你，这城里那么多交警，又不只你一个。”

既然老海说没什么意见，小张一时也想不出什么头绪，只好作罢。他怕耽误工作，喝完水，就回到自己的岗位上，可他的心却没法儿静下来。他发现时不时会有路人停下来，回过头望望他，小声议论着什么，弄得他浑身不舒服。到底是为什么呢？小张琢磨着，突然他想到，这老海开小卖部平时要开车进货，莫不是他以前开车的时候被交警罚过，这才记恨着，有意写出一条针对交警的标语让人们议论的？这么一想，小张心里有了数。

下班之后，他又来到了杂货店。老海见他来了，赶忙从冰柜里拿出一瓶水递上来。

小张摆摆手说：“我不买水，我问你，你家是不是有车子？”

老海点头道：“有有，开店的没车

子怎么行呢？”说着就绕到杂货店后面，推着一辆破自行车出来了，“我这车虽然破了一点，不过还挺好骑，你拿去用吧。”

小张被老海的举动给逗乐了，“我不是跟你借自行车，就想问你有没有小车或者货车之类的车子？”

“哦，我还以为你想借车去办事呢！”老海将破车往墙边一靠，这才说，“我们家，别说是四个轮子的车，就是三个轮子的，我也没有。”

小张若有所思地点点头，又问：“你是不是有亲人或朋友被交警罚过？”

这老海也够机灵，一听就知道小张的意思了，他看了标语一眼，笑道：“你是以为我被你们罚过，所以写标语报复是吧？哈哈，你误会了。就算真的有人被罚，那也是因为不遵守交通规则，被处罚是应该的。”

“那你为什么要这样写？如果你有什么委屈，可以跟我说，我会尽量帮你解决的。”

老海点点头，“我知道你的心情，你觉得这话看起来不舒服，那是因为你是交警，你今天在那里执勤，总是有人指指点点，那滋味确实不好受。”老海顿了顿说，“我只是想问一问，现在城市里违反交通规则的是不是都是民工？”

小张不由一怔，急忙说：“我们没说过这话啊？”

老海又问：“那平时过马路不看红绿灯、不走人行道的，是不是都是我们这些外来人员？”

小张仍是摇头，说：“平时走路闯红灯的，的确是外来人员居多。但并非全是他们，也有不少本市市民闯红灯的。”

老海这才笑道：“这不是结了，违反交通规则的并不全是我们这些外来的人嘛，为什么你们只提醒我们？”

小张让老海说得迷糊了，他实在想不到谁说过这样的话。

老海见他一脸迷惑的样子，指了指街道上方的标语说：“你自己看看吧，那可是你们刚写上去的标语。”

小张顺着老海手指的方向望去，只见街道的上空挂着一条横幅，上面写着：“外来务工人员，请遵守交通规则，走路请走人行道，过马路请看红绿灯”。小张这下终于明白了……

哲学先生评曰：记得有个伟人说过，哲学对于一个人来说，重要的不是认识世界，而是改造世界。读了此故事，我总觉得老海是一个聪明人，他的哲学体现了弱者的哲学——尽管是弱势，但表达了生存的意愿、智慧和能量，就如生于巨石之下的一株小草，能通过自己的力量把十倍于己、千倍于己的石头搬开。在此，我们也呼吁社会更多地关心弱势群体，而其中最根本的，就是从心里把他们当作自己人。

（**题图、插图**：安玉民）

超级视觉

荒诞的海滩

本期游戏难度指数：★★★☆☆

这是个奇怪的海滩，常常有人产生疑惑：哪边才是海滩？这个海滩是否真的存在？（**推荐者**：乐　乐）

福尔摩伍的问题

不知道就好

某旅馆发生了一起凶杀案，死者是丽莎小姐。警察告诉福尔摩伍，丽莎刚跟胡克船长订了婚，而船长昨天出海去了。丽莎在市郊有一套豪华公寓，平时都住在那里。

福尔摩伍问："有其他嫌疑对象吗？""有个叫杰克的小伙子，是丽莎的狂热追求者。"

福尔摩伍把笔一搁，立起身说："噢，那我去拜访一下杰克。"

在一所旧公寓里，福尔摩伍找到了杰克，他问杰克："你知道丽莎被杀了吗？"

杰克听了，神情惊讶地说"不，不知道！"

"不知道就好。"福尔摩伍一边说，一边下意识地到口袋里拿笔，"糟糕，我把金笔丢在丽莎那里了。一会儿我还要去办其他案子，能不能帮我把笔取回来送到警察局？"杰克犹豫了一下，还是同意了。

半个小时后，杰克把金笔送回了警察局，但他立即就被逮捕了，福尔摩伍认定他就是凶手，你知道为什么吗？

（**推荐者**：李　杰）

世界500强面试题

龟龟赛跑

绿毛龟和金钱龟赛跑，当绿毛龟到达10米终点线时，金钱龟才跑了9米。如果把绿毛龟的起跑线往后拖1米，让两只龟再同时起跑比赛，那么它们会不会同时到达终点呢？

（**推荐者**：小　李）

答案

福尔摩伍的问题

因为杰克知道丽莎死在旅馆里，所以才到旅馆取回金笔。如果他是无辜的，他应该直接去丽莎所住的公寓。

世界500强面试题

不会，还是绿毛龟先到。

泉水叮咚

□吴相阳

秦晓阳是个从山区来城市打工的小伙子，几经辗转，终于在一家自来水公司做起了催收水费的临时工。

水滴点点

这天，晓阳来到城乡接合部的一个居民区收费。他从东到西，挨家挨户非常顺利地收了水费，最后来到最西头一户。晓阳敲门，里面鼓捣了半天，门才打开，开门的是一位头发花白的老太太。晓阳问道："老人家，这户主人在家吗？"

"主人？"老太太愣了愣说，"你是说我儿子吧？他正在睡觉呢，你找他有啥事吗？"晓阳说："我是收水费的，能不能麻烦你把他叫醒，我只耽搁他一会儿工夫。"

老太太犹豫了一阵子，然后小声说："我儿子干活太累了，我不想惊着他，要么你就算算有多少水费，我给你行不？"

晓阳说声"行"，就往安装水表的地方走。他正要查看水表，忽地听见不远处传来"叮咚、叮咚"声，那声音一听就知道是滴水声，出于职业的敏感，他想看看这声响来自何方，便绕过走道，向发出声响的地方走去。

这里是个阳台，晓阳一眼就看到那儿有只水龙头，下面放着一个水盆，而那"叮咚、叮咚"的声音就是水滴进水盆发出的。这样的情况，晓阳见得太多了，这是有人在关闭水龙头时故意不拧紧，让那一滴一滴水滴进容器里，这样的滴法，被人称之为“抠水”，小水表里没反应，损耗都在公司的“大盘子”里。

说实话，对这样损公肥私的小伎俩，晓阳很看不惯，可是面对眼前这位上了年纪的老人，他也不忍心批评，只好委婉地说：“老人家，就是用一吨水，也花不了几个钱，你这样滴着……”

老太太一脸茫然，吞吞吐吐地说：“这、这滴下的水不是算在咱水表里吗？”

看老太太明知故问，晓阳有些不快，便故意反问道：“当然不算在水表里，这个你难道不知道吗？”

老太太低声喃喃道：“我，我真、真不知道……”

晓阳指着没关紧的水龙头，还有墙角已经滴满的一桶水，笑道：“老人家，要真不知道，你怎么会这样一桶桶地装呢？说重了，这叫偷水。”

“我、我……”老太太惊愕了，结结巴巴一句话也说不完整。

这时，水照旧“叮咚”着，让人听着有些刺耳，晓阳赶忙走过去，想把水龙头拧紧，可是，没等他的手碰到水龙头，耳边突然传来一声断喝：“不许动它！”

晓阳吓了一跳，回过头，只见老太太双眼圆睁，一脸严肃地指着里屋说：“我儿子在里面睡觉，你别关它！”

晓阳大惑不解：水的“叮咚”声不是吵着她儿子了吗？怎么不让关呢？于是他说：“老人家，关了它，你儿子不就能更安静地睡觉吗？”

老太太平复了情绪，轻轻摇摇头说：“我儿子是从山里来的，我们老家的屋旁有个山泉，平时他只有听着这种声音才能睡得踏实。他现在太累了，你别打扰他好吗？”

听老人这么说，晓阳心里像是被什么东西轻轻碰了一下。他猜想老人

的儿子一定干了很累的活儿，老人才这样心疼他。这么一想，晓阳连忙离开阳台。老太太见了，一边用手帕拭了拭额头上的汗水，一边连声谢道："小伙子，谢谢你没为难我这个老太婆，没关掉水龙头。不过既然水这样滴着，又没有算进水表，我自然不能占公家的便宜，我得给你们补点钱，你看，十块钱够吗？"老太太说着就摸出几张皱巴巴的零票，往晓阳怀里塞。

晓阳一把挡住，他知道水这样滴着公司自然会受点损失，但这位乡下迁来的老母亲，并不是故意的，她所做的仅仅是想让儿子睡得踏实些。这一切，都让晓阳这个漂泊在外的游子感到温暖和感动。

一瞬间，他做出一个决定：公司的这点损失，他愿为老人"埋单"。晓阳激动地说"老人家，你真是个好妈妈。你儿子睡觉时，你就让水'叮咚'好了，等他睡醒后，你记住关掉就行。这十块钱你先拿着，等我查过水表后再算。"

晓阳查看了水表，算过水费，收了老人的一小卷钱，道声"再见"，出门走了。可走了几步，当他想把攥在手里的钱放进衣兜时，却发现衣兜里竟塞着几张皱巴巴的钞票，正好十块。晓阳先是一愣，随即明白了，一定是刚才老太太趁他不注意时放进去的，他连忙转身，悄悄把那十元零钱塞进了老人家的门缝里。

疑惑处处

过了些天，晓阳从外面回到公司，就听同事在嚷嚷："晓阳，晓阳，有个老太太在找人，大家都不认识，你去看看，是不是你妈来了……"晓阳一愣：我妈去世快两年了，怎么可能！他正想问问清楚，一抬头，只见一位老太太在东张西望着找人，呀，这不是那天为儿子滴水的老太太吗？于是，他连忙迎了上去。老太太一看是晓阳，上前一把拉住他的胳膊，说"小伙子，我终于找到你了！"晓阳一时闹不清老人为什么大老远跑来找他，忙问："老人家，你有啥事吗？"

"那十块钱我得给你送来——我原本想早点送来，可一直脱不了身，今天我儿子睡醒了，我抽空来把钱给你，你好交差呀。"老人说着，就把攥在手里的钱硬塞给他。

老人的儿子睡到现在才醒过来？这是怎么回事？晓阳正想问个明白，老人却急匆匆地往外走，嘴里还嘀咕着："我不能耽搁了，我要回家和儿子说说话。"

晓阳不知道老人家里到底发生了什么，他望着老人佝偻的背影，眼眶不知不觉有些潮湿。他想大街上车来车往，老人这么急匆匆地走回家，万一……这么一想，他连忙跨步上前说："老人家，我也住在城郊，现在刚

好下班了，让我顺道送送你吧。”

晓阳扶着老人来到她家门前，停住了脚步。老人说：“我儿子醒过来了，这也多亏你那次没为难我这个老太婆呢，你进来坐会吧，我还要当着我儿子的面谢谢你呢。”

晓阳随老人走进她儿子的房里。只见她儿子半卧着，微微打着哈欠。老人坐在儿子的身旁，用毛巾擦着儿子的额头，和他说起了话：“孩子，你终于醒过来了，娘好高兴，这也要谢谢这位小兄弟呢——”

可晓阳一看，她儿子除了“呵欠”没其他反应，不禁疑惑地问：“老人家，床上的这位大哥他到底怎么了？他并没醒过来呀——”

“他咋会没醒过来呢？他以前一动不动，你看他现在眼睛已微微睁开了，嘴巴也在抖动着，这可是他两个月来的第一次——”

晓阳一听，心里说不出是什么滋味，他看老人想给儿子翻身，可弄得气喘吁吁，也没翻动，便说：“你年纪大了翻不动，我年轻有力气，我来帮你。”说着，晓阳替老人的儿子翻过身，又轻轻按摩起来。老人抚摩着儿子的面颊，慈祥地看着晓阳，缓缓地说起了她儿子的病情。

唤儿声声

原来老人和儿子是从山上迁下来被集中安置在这儿的。儿子为了让母亲早日过上舒心的日子，就到矿山做苦力挣钱，谁知在一次采掘中，儿子和工友们遭遇了意外事故，十几个工友全部遇难，只有老人的儿子被救出来时还有一口气。医生说，她儿子已经成了植物人，不知什么时候能醒过来。

听到这里，晓阳不解地问，为什么十几个工友都死了，独独她儿子活了下来？老人说：“这可能是老天的照应吧，那洞里的缝隙竟会渗出水来，那水‘叮咚叮咚’落个

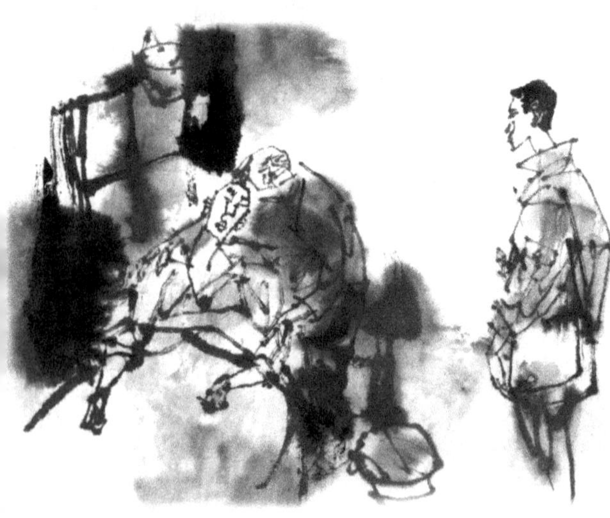

不休，我儿子一定是靠它挺过来了。”

晓阳还是不解地问：“你儿子和工友们被困在一个地方，他们都能喝那渗出的水呀。”

老人说“他们是能喝水，可光喝水哪行啊，到最后他们和我儿子都晕过去了。可那水照样在‘叮咚、叮咚’响。这声音对其他人没啥作用，可对我儿子却不一样。我家老屋旁有一股清泉，日夜不停地‘叮咚’滴水，我儿子从小就是伴着那‘叮咚’声长大的。听到‘叮咚’声，他就高兴得手舞脚蹬的。因此，我就给他取了个小名叫‘丁东’。我想他昏迷中听到那‘叮咚’声就知道是娘在呼唤他啊——在洞里，他身旁那‘叮咚、叮咚’的水声不歇，这不就是娘在‘丁东、丁东’不停地叫儿子吗？我儿子一直撑着，一定是不忍心撇下老娘啊！”

晓阳恍然明白了：老人滴水“叮咚”不休，就是想要彻底“唤醒”儿子，让他早一天看到苦守在“泉水”旁的母亲啊！

现在，老人的“唤醒”计划收到了一点效果，离她最终的愿望是越来越近了。晓阳满怀希望地说：“老人家，要是把他送回老家，听那真的泉水声，效果肯定更好，那他恢复得也会更快。”

老人抬头望着遥远的大山，叹口气，摇摇头，说：“我是想这样，可老家没了，那股泉水被引到了城里，老家那地方早已建起了蓄水池……”

听到这儿，晓阳心里涌起一股莫名的惆怅，正不知道该怎样安慰老人时，老人突然“呀”地大叫一声，急忙起身，慌慌张张向阳台奔去。

晓阳吓了一跳，但他马上就反应过来，原来此时窗外静静的，已没有了那熟悉的“叮咚、叮咚”的声音。晓阳匆匆跟着老人来到阳台一看，却发现那水龙头拧得紧紧的，而旁边却支起了一个木头架子，上面放着一只脸盆。此时，脸盆里的水滴光了，老人正从墙角的水桶往脸盆里舀水，水从脸盆底部的缝隙往下面的木盆里“叮咚叮咚”地滴落着。

晓阳明白了，老人是不愿水龙头无偿地“叮咚”下去，才想出了这么个法子。刹那间，他的心被深深地打动了，他不由自主地接过老人手中的水瓢，颤声说：“老人家，你歇着，让我来舀。要是你愿意，我愿做你的小儿子，把这儿当成自己的家，帮你照看大哥，帮你让‘叮咚’声继续响下去。”

老人仰着脸，呆呆地望着晓阳，就像凝视着一个从远处归来的游子，刹那间，她的眼角滚出了大滴泪水，双手颤抖着紧紧攥着晓阳的双手。此刻周围一片寂静，只有那“叮咚、叮咚”的滴水声在有节奏地响着。

（题图、插图：黄全昌）

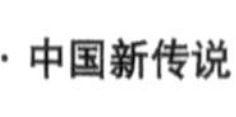

这里的午夜静悄悄

□袁　翼

欣喜归，意外知真相

乔大虎告别老婆玉莲，出门打工。这天，他出差给老板办事，有了一个可以顺道回家的机会。当他赶到县城时，已经错过了晚班车。乔大虎想，干脆抄近道走山路，三个多钟头准能到家。

主意打定，乔大虎就在地摊上买了把水果刀，拿在手里以防万一。他又摸摸脸——胡子拉碴，蓬头垢面的。他想，已经半年多没见老婆了，为了给老婆一个惊喜，先洗洗去。

乔大虎疾步走进街头一家小理发店。店里，一个十六七岁的小师傅，正在无精打采地干坐着。乔大虎一看，咦，这丫头不是村里杀猪匠王豹子的闺女月儿吗？月儿见是乔大虎，先是一愣，然后撅起小嘴，扭过头，冷冰冰地不理他。乔大虎明白，月儿还在记他的仇呢。

乔大虎年轻时，跟月儿的妈妈翠花谈过一段时间对象。后来，王豹子听信传言，怀疑乔大虎和自己的老婆翠花藕断丝连，不干不净。有一天，就故意找他的碴，两个汉子吵着骂着就干起了架，结果打得天昏地暗，差点出了人命。这么一闹，村里人都知道了，王豹子越发觉得在人前抬不起头来。而乔大虎更是一肚子委屈，他是个规矩人，压根就没和翠花做过那号亏心事！

乔大虎尴尬地站在门口，进退两

难。但一想，我一个做长辈的，怎么能跟孩子计较？再说，月儿店里生意这么冷清，照顾她生意应该没错。想到这里，他抬腿进了门，一屁股坐在椅子上，将水果刀往台面上一搁，笑着说："月儿，当师傅了呀，手艺一定不错，来，让你叔开开眼！"月儿只好动手洗理。

乔大虎路上也累了，借机打起了盹。等他睁眼一看，顿时哭笑不得。原来，月儿把他的头，理得长的长、短的短，狗啃一般，要多难看有多难看。再看月儿，正得意地站在一旁，捂着嘴乐呢。这丫头，故意要小心眼！乔大虎也不气恼，摸了一把头发，哈哈笑道："月儿，你把叔的脑壳当实验田了啊。得了，干脆给你叔来个光头吧！"

光头很快就剃好了，乔大虎拍着自己的"葫芦"，高兴地说："真不错，这大热的天，又凉快，又省事！"月儿大概也觉得刚才做得过分了，不好意思地朝他笑了笑。

乔大虎大步流星往回赶，到了家门口，已经是半夜了，四下里黑漆漆的。想到马上就能见到玉莲了，他兴奋得手都微微发抖，可敲了几次门，屋里玉莲都没有反应。也许玉莲白天太累了，这会儿睡熟了吧？他举起手，又重重地敲了起来。好一会，屋里才传来玉莲发颤的声音："谁、谁呀？"

乔大虎听到玉莲的声音，激动得声音也有些变调了："玉莲，我是大虎呀，我回来了，快开门！"

门"呼啦"一声开了，就见玉莲穿着一身长衣长裤，站在面前。乔大虎张开双臂，就扑了上去，想抱住老婆啃上几口。哪知，玉莲猛地后退一步，惊恐地叫起来："王秃子，又是你！滚，快给我滚！"说罢，"砰"地就将门关死了！乔大虎心里"咯噔"一下，愣住了。

门内，传来玉莲低低的哭诉声："王豹子，你一肚子坏水，竟然想到冒充我家大虎，我差点上了你的当。求求你放过我吧！你这样纠缠我，给人看见了，以后你我哪还有脸见人？要是传到大虎耳朵里，以他的性子，会跟你拼命的！你和大虎，都是上有老、下有小的人，要是你俩出了事，咱们两家也就毁了！你不为我想，总该为你家翠花想想吧？你走吧，以后你要是再敢来，我可真要喊人了，你就是真的杀了我，我也要喊人的！"

乔大虎呆了，像一截木头杵在门前。显然，玉莲把自己当成王豹子了。

的确，玉莲是看错人了。王豹子的个头、身材都和乔大虎差不多，不同的是王豹子是个光头，而且是村里唯一的光头，因此还有个"王秃子"的绰号。巧的是，今晚乔大虎也剃了个光头，刚才光线暗，玉莲瞧见大虎那

惹眼的光头，加上心里太紧张，就以为是王豹子又来骚扰自己了。

乔大虎是个精明人，听完玉莲的话，自然明白是怎么回事了：这王豹子狗胆包天，趁自己出门在外，竟想占玉莲的便宜，说不定玉莲已经吃过他的哑巴亏了！

想到这里，乔大虎只觉得血气直冲脑门，脑瓜“嗡嗡”直响，身上像火烤着了一样。他咬牙切齿，一跺脚，暗暗骂道：“狗日的王豹子，你当真吃了豹子胆了？敢动我乔大虎的老婆，老子这就杀了你！”

怒似虎，握刀赴仇家

乔大虎握着水果刀，沿着漆黑的山路，跌跌撞撞地朝王豹子家奔去。此刻的乔大虎，像一只被激怒的猛虎，只要他寻见王豹子，那肯定是白刀子进，红刀子出！

乔大虎一阵风似的来到王豹子家的门前，“呼哧、呼哧”喘着粗气，怒气冲天地挥着拳头，将木门擂得山响。他怕王豹子做贼心虚，听出自己的声音，躲着不开门，所以也不喊不叫。可是，屋里黑灯瞎火的，好久也没有动静。半晌，那门才“吱呀”一声开了。

开门的是翠花，她一打开门，就转过身朝房里走，边走边睡意蒙胧地说：“豹子，回来了啊？洗澡水在堂屋的盆里，快去洗一把……”

乔大虎立刻明白了，王豹子还没回来，这翠花和玉莲一样，一定是看见了自己的光头，就错把自己当成王豹子了。

黑暗中，乔大虎看着翠花穿着白色睡衣，扭摆着好看的腰身进了里屋。接下来该怎么办？乔大虎眨着眼有了主意，他一声不吭，悄悄掩上门。他知道，翠花白天忙得陀螺转，回床后，马上就会睡着的。自己正好藏在门后面，只要王豹子敲门或是推门，就可以在他毫无防备的情况下，突然出手，一刀捅死这头蛮牛！

谁知，乔大虎刚在门后面蹲下，翠花就在里屋柔声催促道：“怎么还不洗澡啊？早洗早休息，明天还要起早呢。”

乔大虎这下犯难了。翠花是个好女人，当年要不是因为两人性格不合，自己是不会和她分手的，自己要杀的人可不是她，是她该死的丈夫。可是眼下，如果不按翠花说的做，让她发现了，说不定会坏自己的大事。这么一想，乔大虎鼻孔一响，含含糊糊地应了一声，然后摸着黑，轻手轻脚慢慢洗起澡来。

好一会，乔大虎估计翠花睡着了，就穿好衣服。刚蹑手蹑脚往大门边摸，又听见翠花在屋里咕哝：“洗好了吧，快点上床，磨蹭什么呀，都一点了！你又不是不晓得，我一个人睡不着……”

乔大虎没了退路，只得应付一下，让翠花尽快安心睡觉。他硬着头皮朝里屋走，脑子盘算开了：睡就睡吧，我不吭声，等她睡着了，再悄悄溜下床就是了。可等他进了里屋一看，就愣住了。

床上，翠花一丝不挂地背对着自己侧卧着，白皙丰满的身子像玉雕一样。乔大虎看着看着，呼吸渐渐粗重起来。他已经大半年没碰女人了，血液里那种本能的欲望，像脱缰的野马左冲右撞，又像千万条虫子在叮咬，一时间他周身血涌，心乱如麻：狗日的王豹子，家里有如花的老婆，你还不知足！你不仁，休怪我不义了！他终于再也不能自制，猛地搂住了翠花。

迷惑中，情怨两难断

就在这节骨眼上，乔大虎突然想起了玉莲。我这么做，对得起玉莲吗？还有蒙在鼓里的翠花，她也是无辜的呀！再说，我要真把这缺德事做了，那不是和王豹子一样该杀吗？又有什么资格杀王豹子呢？乔大虎脑子冷了下来，双手慢慢松开了翠花。

不料，翠花却反过身，一把抱住了他：“豹子，你咋啦？”

翠花温软的身子，让乔大虎再次心猿意马。不能再这样下去了！乔大虎惊慌失措，推开翠花，脱口叫道：“翠花，你搞错了，我不是豹子，我是大虎！”

翠花却死死地抱住乔大虎，平静地说：“我晓得你是大虎，豹子从来不像你那样凶巴巴地敲门，我在门缝里，已经认出你了！”

“那……那你咋还这样？”乔大虎惊讶极了。

翠花啜泣着说：“开门时，我看见你右手背在后面，我猜那手上一定拿着刀，你一定是来杀豹子的，我不能让你杀他！我也恨豹子，他不是人！他欺负了玉莲，还无耻地到处炫耀，

话都传到我耳朵里了！可说良心话，豹子除了脾气暴躁，心眼小，犯了这个罪，其他方面还真没什么大毛病，你杀了他，我们家可就完了！”

翠花说得不错，要说王豹子这人，还真不错，平时对翠花也挺好的。几年前，翠花父母病倒在床上，翠花的亲兄弟们都不闻不问，要不是王豹子孝顺，前前后后花了十几万，包治疗包养活，翠花父母早就过世了。翠花的公公、婆婆呢，也都是药罐子，翠

花身体也虚弱，这个家全靠王豹子撑着，没他确实不行。

乔大虎的心暗暗软了些，可话还说得硬邦邦："不行，我一定要杀了他，不杀他，今后我脸往哪搁？"

翠花一听，声泪俱下，伤心地哭道："不！大虎，你要是去杀豹子，你的命也会没了！你我虽然没夫妻缘分，但在我心里，你一直是我的哥哥，是我的亲人，我不能让你送死，不能失去丈夫，又失去哥哥啊！我晓得你的为人，只有让你做了那种亏心事，你才有可能放弃杀豹子的念头，也才能保住你的命啊！"

乔大虎听罢，心头猛一颤，只觉得眼一热，两串委屈的泪水滚滚而下，哽咽着说："我晓得，可豹子偏偏不放过我老婆，一直想报复我！可是，我真的冤啊，翠花，天知，地知，你知，我知，我们之间清清白白！他狗日的豹子，怎么能欺负我家玉莲！这口气，叫我怎么咽得下去？"

翠花闭上双眼，泪流满面："大虎，豹子是冤枉你了，看在咱俩过去的情分上，求求你放过他吧！你要是觉得心里太憋屈，我现在就给你……你放心，豹子去城里给月儿送米、送菜去了，不会回来，今晚我都是你的……"

乔大虎用力挣脱开来，蹲在地上，双手抱头，痛心疾首地说："翠花，你胡说什么呀！我是那样的人吗？我

要是做了这样的事情，岂不是猪狗不如！我这就走，我不杀豹子就是了！”说完，“噌”地站起来，转身跑出房门。

好男儿，顶天立地行

突然，乔大虎见到堂屋里，立着一个高大的黑影，挡住了他的去路。黑影是个光头，虎背熊腰，手里拎着一把白亮亮的杀猪刀！

“王豹子！”乔大虎吓了一跳，不由自主地叫了起来。真是冤家路窄！他不由脊背发凉：此刻，自己赤手空拳，如果王豹子扑过来，自己肯定要吃大亏。

乔大虎下意识地退后一步，攥紧拳头，脑门青筋“突突”直跳，正想着怎么夺路逃命，只见王豹子手里的杀猪刀，“咣当”一声掉在地上，接着“扑通”一声，整个人直挺挺地跪下来，一边“啪啪”抽着自己的耳光，一边放声痛哭道：“大虎兄弟哇，我对不起你！我不是人，我猪狗不如！”

乔大虎把头扭向一边，一声不吭。

翠花闻声跑出来了：“豹子，你咋回来了？”

王豹子说，乔大虎前脚刚走，他后脚就到月儿店里，听月儿说乔大虎突然回来了，还带着把刀，心里一惊，就掉头追回来了。乔大虎和翠花说的话，他一字不漏都听见了。王豹子说着说着，将头撞在地上，撞得“砰砰”直响：“大虎兄弟，我是心胸狭窄的小人，真的误会你了，你大人不计小人过！月儿说得不错，你是个好人！要是换成别的男人，早对翠花动歪心思了！兄弟，谢谢你放过翠花，放过我！来生，我要给你做牛做马！”

乔大虎“哼”了一声，冷冷地说：“别谢我，要谢就谢你老婆翠花，她是个好女人！往后，你要好好待她！要不，我决不饶你！”

王豹子痛哭流涕道：“是的，是她救了咱俩！不过，大虎兄弟，我告诉你，玉莲嫂子也是个好女人啊！她怕你晓得了，我俩会再生出什么事，就把委屈埋在心里，我也打心眼里敬重她！其实，我死皮赖脸地粘着她，根本就没碰着她。我在外面吹牛造谣，只是想报复你，让你跟我一样抬不起头。我混账啊！”

乔大虎长长吁了一口气，伸手将王豹子拽了起来，长叹一声道：“唉！这也不能全怪你，我也太莽撞了，差一点闹得不可收拾！还好，一切都过去了，这善恶祸福，就在一念间啊！”

乔大虎出了门，步履轻快地回家。午夜，四野里蛙声一片，显得那么祥和、安宁。清凉的晚风徐徐吹来，他周身格外轻松……

（题图、插图：魏忠善）

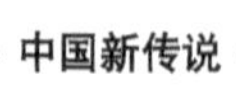

概不赊账

□吴芳芳

杨保全两口子在村口开了一家小饭馆，由于他们的饭菜口味好、分量足，所以小店的生意还蛮红火的。

可渐渐地，杨保全感到吃不消了。为啥？赊账的人太多，而且都是乡里乡亲的，杨保全实在是张不开嘴去要。可这样下去也不是办法，眼看只有出去的，没有进来的，这饭馆迟早要关门。

杨保全想让老婆去要，他想女人家好说话，起码不会得罪人。可是老婆刚开口，人家就说："急啥哩，俺还会赖你那点账？现在手头没钱，等卖了棉花再说吧。"于是这账就一拖再拖。

这天，杨保全正看着账簿发愁，村里教书的李三秀进来了。杨保全想人家肚里有文化，说不定可以想个杜绝赊账的法儿。于是，赶忙招呼李三秀坐下，叫上好酒好菜，诚恳地说："李先生，这一顿我请您，只要您能给我写一副对联就好。"

李三秀最爱写对联，也长于此道，亲戚朋友开了口，总是有求必应。今天，他见杨保全如此诚恳，当然不会推辞，便笑着说："好哇！你想要副什么样的对联呢？是想发财，还是想求平安？"

杨保全见他答应，开心地说"小店别的都不要，只想要一副叫人家见了，不好意思向我赊账的对联就行。”

李三秀大笑起来：“人家要是想赊账，你的对联写得再多也不管用啊。”

杨保全挠挠头憨厚地说：“有这么一副对联总要好点。李先生，你不知道，自开张以来，天天都有人赊账，都是些熟人，还有些亲戚，怎好不给他赊呢？但小店本小利微，天天如此，怎垫得起？不瞒你说，开业至今，我不但分文未赚，还倒欠肉铺几千块钱呢。”

看杨保全愁得眉头扭成了一条绳，李三秀说：“好！我给你写一副口气硬一点的对联。”

杨保全赶紧拿出笔和纸，李三秀略微思考一下，提笔写道：“爹妈来了，兜里没钱别请客；儿女到此，跪地磕头可以赊”，横批是：“想赊喊爹”。写好后，一屋子人全都叫好。杨保全的老婆乐得拿起对联就要往门前贴，杨保全一把拉住她，说：“这对联写得确实不错，但不能贴到大门上，要是贴到门前，只怕没人敢上咱饭馆了。”

“那咋办？不贴门上贴哪儿？”老婆瞪着杨保全，两口子一时没了主意。

李三秀皱着眉头站起身踱了两步，突然一拍大腿高兴地说：“有了，就把这对联贴到你们夫妻俩的背上，你们给客人倒茶送水时，人家也能看见。”两口子一听，觉得这是个好主意，就背过身子，让李三秀把对子粘在衣服上。

下午吃饭的时间到了，小店的人渐渐多了起来。过了一会儿，只见二瘸子一瘸一拐地走进来，冲杨保全吆喝道：“老板，弄一盘牛肉、一盘羊杂碎，打包带走。”杨保全应了声“好”，就手脚麻利地把菜收拾好了。二瘸子接过打包的菜，说了声“先赊着”，扭头就走。

“哎，等一等。”杨保全上前一把拦住了二瘸子，喊来老婆，两人在他面前一站，杨保全指着后背上的字说：“兄弟，想赊账可以，把我们衣服上的字先念一遍！”

二瘸子瞪着眼一看，脸“腾”地就红了，他结结巴巴地说：“我……我没上过几天学……你这字……我认不全……不过……今天我正好带着钱。”说完掏出饭钱往桌上一丢，红着脸出去了。周围的人见状，都哈哈大笑起来。

从此，杨保全两口子就背着这副对联干起活来。这点子在乡村小店着实新鲜，看热闹的人来了一拨又一拨，小店的生意也越发红火起来。

这天，杨保全拎着酒菜，又去找李三秀。原来，现在赊账的人没有了，可欠账的人却不见来还钱。杨保全请他再想个要账的法儿。

李三秀笑道：“这还不简单，你去

买张红纸，我给你写个告示，把欠债人的名字全登上，再贴出来张榜公布不就行了。”杨保全一听吓坏了，连连摆手说：“李先生，这告示写不得！”

李三秀不解地问：“为啥写不得？”

杨保全哭丧着脸说：“前村俺兄弟也是开饭店的，就因为人家欠点债，他要不回来，一气之下，就把人家的名字写出来，贴到大街上。结果，不仅饭钱没要回来，还被人砸了黑砖，饭店也开不下去了。”

李三秀颔首笑道：“这事我也听说过，不过，我这告示上写的是一副对联，人们看了，只会乖乖地还债，不会砸你黑砖。”

杨保全见他说得这么肯定，就将信将疑地买来了红纸。李三秀铺开红纸，沉思片刻，就挥笔写下了一副对联：“欠债还钱，进店还是好哥们；赖账失信，到此不如三岁儿”，横批是：“欠的都是压岁钱”。

李三秀说：“你把这副对联贴到你小店门前的墙上，再到打字社打印出几十份，趁着天黑给每个欠账户都塞上一份。”杨保全点点头，赶忙照办。

果然，没过几天，那些欠债的人都借故到小饭店去吃了一顿，然后顺便把过去的老账给结了。眼看赊账的名字一个个被勾掉，杨保全乐得笑开了花，可是瞅来瞅去，惟独二瘸子的名字还张牙舞爪地挂在上面，这里面就数他欠账最多。杨保全没办法，又带着酒菜来央求李三秀，让他专门针对二瘸子再写一副对联。

李三秀闷声不响地一连干了三大杯，才皱眉摇头说：“不行！写对联的方式只能针对村里一般的乡亲，对二瘸子这种大赖皮，那是对牛弹琴，根本不起作用。”

杨保全也干了一杯酒，苦着脸问：“那咋办？村里面就数二瘸子这家伙欠的账多！”

李三秀把酒杯重重地往桌子上一放，气愤地说："二瘸子这家伙也太不仁义了，前两天我还听说他打麻将赢了千把块钱呢！看来这家伙钱再多也不会乖乖地来还债，我们是得想个办法好好地治治他。"

两人一边喝酒一边想点子，可眼见得一瓶白酒见了底，两人都没想出好主意。

杨保全见还没想出办法，有点急了，粗着嗓子说："甭想啥法子了，那小子要不还钱，我掂刀捅他去！"

李三秀听杨保全这么说，两眼一亮，一拍大腿说："好！就这么办！"说完凑在杨保全的耳朵旁边嘀咕了几句，说得杨保全眉开眼笑，一个劲地点头。

两人乘着酒劲，找到了二瘸子家，恰好二瘸子赌钱回来，正撞在门口。杨保全瞪着通红的眼睛，拿着明晃晃的匕首说："二瘸子，今天你再不还钱，我，我就捅了你！"

二瘸子知道杨保全生性老实，胆儿也不大，只当他说的是戏言，就把上衣扯开，双手拍着干巴巴的胸脯，嬉皮笑脸地说："姓杨的，来来来，往这儿扎，今天你要是不扎，你就是缩头乌龟，今后也别再找我要账了。"

二瘸子拿话一将，杨保全的手反倒哆嗦起来，他结结巴巴地说："我……我真捅了……"

二瘸子见杨保全蔫了下来，不禁得意地笑起来，一边笑一边还洋腔怪调地说："捅呀！往前捅呀！男子汉大丈夫说过的话岂能当屁放！"

杨保全的眼睛猛然射出一道凶光，嘴里大吼一声，把刀子捅了出去。二瘸子没想到他来真格的，吓得惊叫一声闭上了眼。可等了半天，也没感觉到痛，他睁眼一瞧，那刀子没扎在自己身上，却扎在杨保全自己的胳膊上，血水正"咕咕"地往外涌呢。

杨保全抓着冒血的胳膊，瞪着二瘸子说："你到底还不还钱，再不还钱，下一刀就该捅到你身上了。"

二瘸子是个欺软怕硬的家伙，他长这么大，还没有见过拿刀捅自己的人。一见杨保全要动真格的，他心里早就怕了，两脚打软，身子顿时矮了半截，嘴巴也变得不利索了："杨……杨大哥……有话好说……千万别这样……"

李三秀在一旁狠狠地踢了他一脚，嘴里骂道："二瘸子，你还愣着干啥，快拿钱来，我把杨保全送到医院去，要是晚送一步，闹出人命来，只怕你小子要蹲大牢。"

二瘸子这才反应过来，他把衣袋里的钱全翻了出来，往李三秀的怀里一塞，战战兢兢地说："李老师，我这两天打麻将正好赢了些钱。你快拿去给杨大哥治伤。你也看见了，他受伤可不关我的事，是他自己捅自己的，

第三届“梅陇杯”法制故事大赛征文启事

为扎实推进“五五”普法工作，深入探索群众喜闻乐见的法制宣传方式，司法部法制宣传司、上海市法制宣传教育联席会议办公室、上海市闵行区法宣办、上海《故事会》杂志社和闵行区梅陇镇人民政府决定共同举办第三届“梅陇杯”法制故事创作大赛，面向全国征集优秀法制故事作品。此次征文活动有关事项如下:

一、征文要求: 围绕公民学法、用法、守法、护法，以及社会公德、家庭美德、职业道德、与违法犯罪行为作斗争等内容,以日常生活中常见的具有典型意义的涉法案例为基础创作的法制故事。要求故事法理性强，与相关法律有紧密关联; 故事情节曲折生动，语言有口头文学特点; 作品未在省地级以上报刊发表过，字数一般在5000字以内。

二、奖项设置: 本次活动将聘请有关专家组成评委会，设一等奖1名，奖金5000元; 二等奖2名，奖金各3000元; 三等奖10名，奖金各1000元; 创作奖50名，奖金各500元。个调税均自理。部分优秀作品将陆续在《故事会》杂志或《法制宣传资料》上发表，并结集出版。

三、征文时间: 即日起至今年9月底截止，11月底评出获奖作品并专函通知获奖作者。

四、来稿方法: 1. 从邮局寄发，请在信封上注明“法制故事征文”字样，地址: 上海市绍兴路74号《故事会》杂志社，邮编: 200020。2. 通过电子邮件发至fzhgushi@126.com，电子邮件主题请标明“法制故事征文”字样。

要是出了啥事，千万别往俺身上扯！”

李三秀接过钱揣在怀里，一边扶着杨保全，一边教训二瘸子:“你小子往后学点好，别净干那些缺德的事。”二瘸子这会儿全没了往日的威风，一个劲地点头称是。

李三秀扶着杨保全走出老远，见望不到二瘸子的身影了，才猛地把刀从杨保全的胳膊上拔了出来。杨保全条件反射地“哼”了一声。

李三秀笑着说“杨兄弟，你这戏演得倒挺像的，不过，我让你捅二瘸子吓唬吓唬他，谁让你捅自己了？”

杨保全憨憨一笑:“我怕真扎着他，伤了人咋办，干脆扎自己保险，就是受点小伤也没什么。”

李三秀点点头:“不过我这刀根本伤不了人，这是一把魔术折叠刀。一遇外力，刀尖就会缩到里面，把里面的猪血挤出来。”

“我说呢，冒了血咋不疼呢？”杨保全伸出大拇指赞道，“李老师，还是你点子多，有了这一遭我看今后谁还敢赊？”

说罢，两人对视了一眼，都哈哈大笑起来。

（**题图、插图**: 谭海彦）

看你敢不求我

□赵翠红

李老汉和李大妈结婚几十年，如今孩子们都在外面发展，陪在他们身边的，只有那只养了六年的大狗乖乖。老两口住在郊区，每天进城进一些日杂小百货，再用小车拉着去集市卖，生活过得倒也自在。

这天傍晚，集市散了，李老汉拉着小车往家走，李大妈在后面跟着，眼看着要到家了，突然，李大妈兴奋地喊："老头子，你看这是啥？"

李老汉回过头来，见李大妈指的是路边地里的野菜，就漫不经心地说"一点野菜有啥好大惊小怪的？快走吧，赶紧回家做饭去。"

李大妈没听清他的话，自顾高兴地说："这可是今年春天第一茬野菜，采回去洗净，蒸熟后拌上调料，吃起来别提有多香了。今天咱可以尝鲜了，老头子，你等我一会儿。"说着，李大妈就抬腿跨进野地，蹲下身去采野菜。李老汉不耐烦了，没好气地说"这东西你年年吃，咋就吃不够啊？别采了，赶紧回家，我快饿死了。"

李老汉把肚子里的火气都扔在话里，李大妈听了，心里不是个滋味，忍不住反唇相讥"你就知道你饿，我想吃点顺口的东西都不行？"

李老汉一听，来了脾气，便大声训斥李大妈，李大妈也生气了，提高音量，跟李老汉吵了起来。

大狗乖乖跑到两人中间，奇怪地看看这个，又望望那个，不知道这两人是怎么了，它仰起头，"汪汪"叫了几声，又低下头跑到李大妈脚下，轻轻地在她腿上蹭来蹭去。

李大妈今天本来心情好好的，却一下子被李老汉破坏掉了，她想自己让了李老汉一辈子，如今就耽误他一点时间他就发脾气，这不是不讲理吗？她摸摸乖乖的脑袋，忍不住流下泪来。这一生气，李大妈野菜也不采了，回到家，她往炕上一躺，心想，凭什么一定得我做饭？愿意吃，自己做去。

李老汉也愣了，几十年来，老伴都顺着他，冷不丁地跟他叫起板来，他还真有些不知所措。李老汉在屋里转了几个圈，只觉得肚子饿得更加厉害，便动了真火："你长出息了，这日子你是不是不想过了？不想过就离婚。"

李老汉的本意是吓唬吓唬李大妈，可没想到，李大妈一点都不害怕，还气愤地说："好啊，伺候你一辈子，就这一点不如意，你就要跟我离婚？离就离。"

李老汉一听，傻了，可话已出口，想收回来，这老脸往哪放啊？他硬着头皮虚张声势地说："离，你可别后悔，你又不是不知道，最近咱这闹贼，你一个人过日子，看贼来了你咋办？"

李老汉这话不假，这些日子，有好几家邻居让贼偷了，弄得人心惶惶的。李老汉想：老婆子怕贼，肯定不敢一个人住；就算她不怕贼，每天去集市卖货，她根本就拉不动货车。离了老汉我，她咋过日子呀？到头来，她还是得求自己回家。

这样一想，李老汉胆气壮了，把胸脯一挺说："咱这么大岁数，也别去办手续，惹人笑话。家里东西都给你，我一个人出户。"说着把铺盖一卷，走了。在郊区那片庄稼地里，还有李老汉以前盖的一个小窝棚，他搬到那儿去住了。

李老汉决心治治老婆子，所以，他特地去街上买了一大堆吃的，准备打一场持久战。可才过了两天，他就挺不住了—— 一个人的日子太难熬了。他心里有些发慌 这老婆子挺坚强啊，咋没像想象的那样来求自己呢？

李老汉决心去侦察一下。第二天一大早，他偷偷潜伏在暗处，不一会儿，只见邻居家的老张头屁颠屁颠地进了自家，然后拉着那辆小货车从院子里出来了，李大妈则带着乖乖跟在后面，溜溜达达地上路了。

李老汉可气炸了肺，这个老张头，咋这么不知羞耻？你老伴还没死呢，就惦记起我的老伴来了？李老汉悄悄跟在后面，见老张头把货送到集市，便往回走。等他走出了李大妈的视线，李老汉一下子跳出来堵住老张头，气势汹汹地兴师问罪。老张头被问蒙了，好半天才结结巴巴地说："大哥，你冤枉我啊，大嫂找我，说你有事去了儿子家，她一个人拉不动货，所以才让我帮忙呀。我要是知道你们打架了，哪能干这挨累不讨好的活儿啊？"

李老汉这才明白，这老婆子，还知道说谎呢。他告诫老张头，可不能再添乱了，不但他不能添乱，还得告诉其他的邻居，谁也不能帮李大妈的忙。老张头哭笑不得地答应了。摆平了老张头，李老汉心里暗暗冷笑：老东西，这回，我看你还不来求我？

回到小窝棚，李老汉又等了两天，可李大妈居然还是没来求他回去，李老汉坐不住了，难道她又找别人帮忙了？

李老汉偷偷溜回家，这回一看，他简直不敢相信自己的眼睛——只见乖乖身上系着绳子，拉着小货车，一路昂首阔步，竟然走出驴子的架势，还不时左右顾盼，好像对这份差事很满意。李大妈轻松地跟在乖乖后面，不愁不急也不恼，看上去，没有他李老汉的日子，李大妈过得还蛮悠闲的。

直到李大妈走得看不见影子，李老汉还张大了嘴呆在那里。这老婆子还挺聪明，想起用狗拉车这个馊主意。李老汉恨得牙根痒痒的，不由得后悔，自己离家时咋就没想起来把乖乖带走呢？要是带走了乖乖，那老婆子早就向自己屈服了。还有那个该死的贼，咋不到自己家去偷一次，吓吓这倔强的老婆子呢？

李老汉垂头丧气地回到小窝棚，看着又脏又乱的窝棚，不知自己还要在这里住多久，他忍不住悲从中来，抽抽嗒嗒地哽咽起来。自己的算盘打错了，要想回到那个温暖的家，不能指望老伴来求他，他只能反过去求老伴了。可是，那样做岂不是要颜面扫地，从此在老伴面前矮了半截吗？男子汉大丈夫，说什么也不能丢这面子啊！李老汉抱着脑袋苦思冥想了半天，终于又想出一个好主意。

李大妈不是用乖乖拉车吗？那他就把乖乖偷走，断了李大妈最后的依靠，看她还有什么办法？就不信她不

来求自己。

好不容易到了晚上，李老汉摸到自家门前，见屋里的灯已灭，估计李大妈已经睡了，便轻唤两声："乖乖，乖乖——"可是没有回音。李老汉恍然大悟，这老婆子，把自己挤出家门，倒把乖乖的窝挪到屋里了。他拿出钥匙，准备开了院门，再进屋把乖乖弄出来，可是鼓捣了半天，也打不开锁，原来，门锁已经换掉了，李老汉的钥匙没用。

这老婆子，做得可真绝，李老汉的心里一阵恐慌：老婆子决心不小啊，竟然连家都不让自己回，就算真失去了乖乖，她就能来求自己吗？

虽然这么怀疑，但乖乖还是要偷的，李老汉扔下钥匙，悄悄地翻上院墙，可是毕竟年岁大了，身子笨重，就在他往下跳的时候，一不小心摔在了地上，他惊天动地地惨叫一声。

屋里的灯一下子亮了，不一会儿，门开了，乖乖狂叫着冲出来，围着他团团乱转，随后李大妈开门出来，见他倒在地上，吃了一惊，赶紧扑上来，问："你咋了？没事吧？"李老汉带着哭腔喊："完了，我的腿折了……"

李大妈愣住了，好半天才"哇"的一声哭了，冲出院子就去敲邻居的门，边敲边喊："快来人啊，救命啊……"

两个邻居拉着车，把李老汉送进医院，大夫给李老汉详细地检查了一通，又照了X光，最后告诉他们说，骨头没事，只是挫伤，开一些药回去服用就行。李大妈放下心来，请邻居们再帮着把李老汉弄回去。李老汉正在那龇牙咧嘴，一个劲地喊疼，见邻居们要往车上抬他，顿时挣扎起来，厉声问："干吗？你们要把我送到哪儿去？"

邻居们笑了："当然是送你回家啊。"

李老汉大义凛然地嚷嚷道："我才不回去呢，我就算死，也要死在那个窝棚里，我才不在乎呢。”说完，又“哎哟、哎哟”地叫唤起来。

李大妈又急又气，只好柔声轻语地哄着李老汉说：“你可别闹了，我错了，都是我的错，求求你，跟我回去吧，你说你这腿伤成这样，万一有个啥事可咋办啊，听我的啊……”说着，她忍不住小声地哭了起来。

两个邻居也帮忙劝，好话说尽，好不容易，李老汉才长叹一声，答应回家了。邻居赶紧拉着小车往回赶，李大妈一溜小跑跟在旁边，关切地问：“老东西，还疼吗？忍一忍吧，大夫说没事，咱回家养几天就好了……”李老汉则一脸的不在乎，说：“没事，还死不了，我能挺住……”

眼看着就到家了，突然，从老张头家传来一阵喊叫声：“抓贼……抓贼啊……”这时就见一个黑影蹿了出来，竟慌不择路，迎面向他们跑来。

眼见贼已经跑到面前，李老汉“腾”地跳下车，大喝一声，一脚踢向那个贼。那个贼猝不及防，被李老汉踢翻在地，两个邻居急忙扑上去按住他。李老汉指着贼的鼻子骂道：“你这该死的家伙，该来的时候不来，不该来的时候你却来了，怎么样？老汉我的功夫不错吧？”

李老汉得意洋洋，威风凛凛，哪有一点受伤的样子，旁人都愣住了。李大妈吃惊地问：“你……你的腿？”

“我的腿？”李老汉也愣了。

其实，他的腿根本就没摔坏。只是，刚才抓贼心切，忘了自己装伤的事，贼是抓到了，自己却露了馅。

李老汉眼珠一转，立即痛苦地坐到地上喊起来：“我的腿，哎呀，咋比刚才更疼了呢……”

（题图、插图：谭海彦）

·本刊信息传真·

故事无限　精彩中国

登录故事中国网(www.storychina.cn)，收获多多！我们为你准备了丰富多彩的故事作品，幽默、悬疑、情感应有尽有，短篇、中篇、长篇各取所需。保证故事迷看得大呼过瘾！网站上还有丰富多彩的活动邀你参与，故事评奖、填字游戏、故事接龙、心理测试等等每周翻新花样。还有我们特别制作的故事中国周刊，将最精彩的故事、游戏一网打尽。

来到故事中国网，你能在第一时间看到最新一期《故事会》的信息，包括编辑手记、作者感言、作品赏析，了解发生在《故事会》背后的故事，并且对每一篇故事评头论足、抒发己见，直接和编辑、作者交流你的想法。

在这里，您不仅能了解最新的故事会图书优惠消息，还可足不出户在线购买故事会传媒公司出版的最新图书呢。现在就上故事中国网（www.storychina.cn）吧！

· 中国新传说 ·

局长做媒

□俞秀华

一天傍晚，孟明打扮一新，拎着早已准备好的烟酒，向王局长家奔去。他今天找王局长，是有一件特殊的事情想请王局长帮忙。

王局长把孟明让进屋，倒茶让座之后，便问他有啥事。孟明朝局长望望，吞吞吐吐地讲："局长，我今天来，请您帮我……帮我……"孟明连讲几个"帮我"，后面半句都没有吐出来。

王局长看孟明紧张得满脸通红，就安慰他："小孟，不要急，有啥事要我帮忙，慢慢讲。"孟明点点头，低着头轻声讲："局长，我一直把您当作父亲一样尊重，我今天告诉您一件事，请您不要笑话我。我，我爱上了办公室的打字员小钟，我想请您给我们做介绍人。"

王局长听后，起先是一愣，继而笑了起来，他当局长十多年从来没有碰到这种新鲜事，顿时来了兴趣，笑着问："小孟，那你老实告诉我，你对小钟印象怎么样？"

"局长，我对小钟朝思暮想。但又不好当面讲，您是一局之长，德高望重，所以请您帮我们牵线搭桥。"王局长早已过了儿女情长的年纪，现在看到年轻人在自己面前吐露真情，兴趣也越来越浓了，他凑近一步问："你对小钟有意，那你平时观察到小钟对你有没有那个意思？"

孟明说："小钟的明确态度还看

不出，但看上去也没有反感。”王局长喝了一口茶，拍拍小孟的肩膀轻松地讲：“既然你这样信任我，那我明天就去问她。不过让我为你牵线搭桥，我这还是大姑娘上轿——头一回啊，如果不成功的话，你可不要想不开啊！”

孟明见局长答应了，一把握住局长的手，感动地说：“谢谢局长！谢谢局长！”过了一会，孟明的话也越来越多，两人越聊越投机。见天色不早了，孟明才起身告辞。

临走时，王局长让孟明把烟酒带回去，但孟明说：“王局长，您是我的媒人，这是我孝敬媒人的。”局长听了，便点点头收下了。

第二天，王局长一上班，就把小钟叫到自己的办公室。他亲自为小钟泡了杯茶，语重心长地说：“小钟，你来局里快一年了，工作认真大家有目共睹，今天我不谈工作，就想问问你的个人问题。你年纪也不小了，该到谈婚论嫁的年龄了，现在有没有合适的对象？”

小钟一听，顿时羞红了脸，轻轻摇了摇头。局长一看小钟摇头，心领神会，于是喝了一口茶，笑着说：“你的私事领导本不应该多管，可又不能不管，我给你介绍一个朋友怎样？”

小钟低下头轻声地说：“局长，您工作这么忙，还要为我操心，真是……”还没等小钟讲完，王局长便说：“忙，确实忙，但这点时间还是有的，小钟，你看看咱们局孟明怎么样？要我说啊，这个小孟真不错，要学历有学历，要能力有能力，人品端正，各样条件都不错，你觉得呢？”

小钟笑得眼睛眯成一条线，她望了望局长，又低下了头。局长一看小钟的神情，觉得有戏了，就马上拿起电话，叫来孟明，在办公室里，为这对年轻人牵线搭桥。

很快，两人在王局长的撮合下谈起了恋爱，两个月后，又在王局长亲自主持下办了喜事。过了半年，孟明

·快乐辞典·

儿时的作文

◇ 王老师有一张爪子脸，长得可漂亮了。

◇ 运动会100米赛跑终于开始了，同学们像一只只脱缰的野狗奔了出去。

◇ 我和我的好朋友一起骑车出去玩，他的气门芯坏了，我就把我的拔下来给他装上，我俩一起高高兴兴骑车回家了。

◇ 长城啊，真长；黄河啊，真黄……

◇ 在一个伸手不见五指的漆黑的夜晚，我看见一个小偷悄悄爬上了院墙……

◇ 我走进了一家百货商店，啊，看来人民生活水平的确提高了，你看那位农村老大爷，左手一台电冰箱，右手一台电视机，一溜小跑。

◇ 日记——第一天：今天我到妈妈单位玩，玩得好高兴呢。第二天：昨天我到妈妈单位玩，玩得好高兴呢。第三天：今天我又想起前天我到妈妈单位，玩得很高兴。

◇ 天上大雁“嘎嘎”地飞过天空；圆圆的月亮像弯弓。

◇ 老大娘想买一台洗衣机，只见她拿出四张500元的人民币递给了售货员……

（**推荐者**：小　雨）

被提升为科长。

孟明的喜事一桩接着一桩，局里上上下下都在议论，孟明是桃花运、官运一起来了。

这天晚上，孟明夫妻俩去看望王局长，聊了很久，才告辞出来。

送走两人，王局长喜滋滋地坐在沙发上，一想到自己促成了这么一段美好的姻缘，他心里就一阵得意。忽然，他发现孟明的手机落在沙发上了。他想，趁两人还没走远，得赶快送下去。于是，王局长拿着手机追下楼去。他望见小区花园边走着的两个人像是孟明夫妻俩，便上前准备喊住两人，却听小钟对孟明说：“还是你聪明，想出了这么一招，把王局长哄得乐乐呵呵……”

王局长一听，心中一惊：这两人在说什么，想出了什么招把我哄乐呵了？他不由放慢脚步，躲在暗处。

只听孟明的声音响起来，说：“那是当然，你想想，我们俩刚谈恋爱的时候我就是科员了，后来干了三年还是原地不动，要不是请局长做媒，有了他这个‘后台’，不知道啥时候才能出头呢？”

“嗯，对呀，而且有了这层关系，以后你的升官路会越走越顺的……”说着，夫妻俩“咯咯”地笑了起来。

听到这里，王局长只觉眼前一黑……

（**题图**、**插图**：刘斌昆）

小偷下乡

□金　戈

莫牛在城里做小偷，发现生意越来越难做。于是，他转变策略，决定去农村开拓“市场”。

这天，他乘车下了乡，来到一个依山傍水的小镇，并且，很快便盯上了一位黑脸老汉。

这老汉腰里系个粗布钱袋子，晃晃悠悠的，压根儿不设防。瞅着他和店主讨价还价的工夫，莫牛蹭上去，用手臂上搭的夹克衫做掩护，不费吹灰之力，便将老汉钱袋子里的五十块钱掏了过来，顺手揣进夹克衫里。

初战告捷，莫牛信心大增，打算过河到对岸的小镇里再摸一圈！

莫牛走到河边，码头上正好有只木船，船棚上写着四个大字：过渡一元。

莫牛走过去，抬脚就准备上船，不料，船舱里蹿出只小狗，冲他“汪汪”直叫。莫牛吓了一跳，赶紧收住脚。他往船舱里一看，只见小狗身后挨着两个脑袋：一个是年近花甲的婆婆，一个是四五岁的小男孩，看来是祖孙俩。

婆婆扯了扯拴狗的绳子，喝住小狗，问道：“这位小哥哥，你是要过河吗？”

莫牛被狗惊了一下，心里不痛快，说：“不过河我来干吗？你以为看风景啊？”

婆婆也不恼，赔着笑脸说：“既是过河，那就麻烦您稍微等一等，我家老头子上岸办事去了，一会儿就来，让他来渡您。”

“我忙着呢，可没时间等，谁渡我都一样，不就一块钱吗？还怕我不给你？”说着，莫牛将小船套在码头的缆绳解开，扔到船上，自己一脚跨上了船头，坐在船舱里。

婆婆见状，只好顺着他说：“那好吧，我就将就着送您一趟。”婆婆是老艄公的妻子，划船荡桨，自然也略知一二。

她放下手上的针线活，弓腰走到后舱，抡起了双桨。好在风平浪静，不一会儿，渡船便渐渐接近对岸。

莫牛站起身，准备付钱下船，不料船身一晃，趴在船舷边玩水的小男孩没注意，“扑通”一声，栽进了河里。莫牛一惊，本能地俯身去捞，可还是晚了一步，只见那小男孩随着水流，一下蹭出去老远。

眼瞅着孙子落水，婆婆急了，惊叫道：“天啊，孩子还不会水啊！快救命啊！”婆婆惊得脸色苍白，她转头连忙央求莫牛，“这位小哥哥，快救救我的孙子呀，快救救我的孙子呀……”喊了几声，莫牛只是摇头：“我，我不会水……”

婆婆不由捶胸顿足，急得直打转：“天啦，这怎么得了呀，这怎么得了呀！”望着河水里忽沉忽现的小孙子，她伤心欲绝地喊道：“孙儿呀，我的心肝，你可千万别沉下去啊！奶奶救你来了，奶奶救你来了！”一边喊着，就“扑通”一声，跳进水里。

可怜的婆婆，根本不会游泳，下水就沉入河底，连自己也救不了，哪里还救得了孙子！

这可是两条人命啊！莫牛一下慌了，正不知所措，那只小狗又来添乱：它一会儿望着河水“汪汪”直叫，一会儿跑到莫牛的裆下钻来绕去，哀声连连。见莫牛没动静，小狗咬住莫牛的裤腿，使劲把他往河里拽，看样子，是要莫牛去救它的主人。

莫牛又惊又怕，连忙伸腿去踢小狗，谁知双脚被小狗身上的绳子绊住了，小狗没踢着，自己一个踉跄，向前跌去，稀里哗啦，连人带狗，一齐掉进河里。一时间，河里人喊狗叫，乱作一团。

危急时刻，正好遇上路过的渔船，莫牛是最先遇救的，救援者顺着他脚下绊着的绳子，顺利地扯起了小狗和小男孩，人们惊奇地发现，小男孩竟与小狗紧紧地抱在一起。他们三个都保住了性命，不幸的是，婆婆溺水过久，打捞起来后，再也没醒过来。

望着河岸上哭泣的小男孩，忙着救人的渔民，还有婆婆冰冷的身体，莫牛只觉得一阵懊悔。趁没有人注意，他悄悄离开了河岸，朝着远处的小镇缓缓走去，长这么大，他还是第一次感到脚步这么沉重……

大约一周以后，莫牛又回到了渡口。他不想在乡下呆了，尽管“生意”

很顺手，却完全没有成就感，始终快乐不起来。而且，每到夜晚，耳畔就响起祖孙俩的哭喊声，让他惊悸难安。

当他坐上回头渡船的时候，竟有一种莫明的伤感：渡船还是那只渡船，只是物是人非。划船的是位老艄公，在他脸上，隐约可见丧妻之痛。

莫牛朝船舱里扫了一眼，没有看见小男孩，只有那只小狗还在船舱里，这回它没有叫唤，而是走到莫牛的脚边嗅了嗅，便一声不响地退回船舱。

令莫牛奇怪的是，自打他上船以后，老艄公就一直盯着他看，莫牛下意识地向下扯了扯头上的帽檐，借以掩饰内心的不安：因为他发现，这个老艄公正是他曾偷过的黑脸老汉。

真是冤家路窄啊，但愿这老汉别认出自己！

眼看船到对岸的时候，老艄公突然问道："小伙子，你这顶太阳帽不错，是新买的吧？"

莫牛忐忑不安地点了点头。

"能不能给我看看，我也想去买顶这样的帽子。"

看来老艄公只是在欣赏太阳帽，并未认出自己。莫牛这才松了口气，坦然地摘下太阳帽，递给老艄公。可老艄公却不接帽子，而是瞪大双眼，直直地盯着他的脑门，问："你这额头是咋伤的？能告诉我吗？"

莫牛下意识地摸摸额头上的伤，这是那天落水时，被船上的棚檐划伤的，由于当时过度紧张，并未察觉，被人救起后，才知道自己的额头碰破了。为了遮掩伤口，莫牛这才买了顶太阳帽戴在头上。

"哦，没啥，是，是那天被棚檐子蹭了一下。"莫牛嗫嚅着说。

老艄公听说后，撂下缆绳，一把抓住莫牛的手，嘴角哆嗦，双手直抖。莫牛一惊：莫非他认出自己是贼？

正在疑惑，只听“扑通”一声，老艄公竟然跪在他脚下，哽咽着说：“恩人啦，这几天你让我找得好苦啊！”

恩人？谁是恩人？莫牛一头雾水，自己那天差点也被淹死，还是被别人救的呢，他急忙摆手说：“大爷，您别这样，我，我可不是什么恩人……”说着就想上前去扶老艄公，

老艄公却跪着不起，说“不是？那我问你，七天前你是不是从这里过的河？”

莫牛点了点头。

“我孙子和老伴落水后，你是不是也跟着跳下去了？”

莫牛犹豫了一下，还是点了点头，不好意思地说：“可是，我那是……”

“这就对了！”老艄公激动地说“我知道，您是做了好事不愿留名，可我不能昧着良心，忘记您的救命之恩啦！我老伴虽然淹死了，可您救了我孙子，这可是天大的恩情啊！事后我听孙子说，救他的是位光头大哥哥，而且额头受了伤。这几天，我托人四处打听，都没有找到您，这才留意起过渡的客人，尤其是留着光头的小伙子。今天一见您，我便隐约觉得您是我要寻找的人，为了看您头上是不是有疤，我这才故意让您脱下帽子的……”

莫牛万万没有想到会是这样，一时间竟有些手足无措，平常口齿伶俐的他，此刻一句话也说不出来。

正在这时，那只小狗从船舱里叼出一件衣服，径直放在莫牛脚边，然后，围着莫牛直甩尾巴。莫牛一看，这不正是那天落下的夹克衫吗？

老艄公双手捧起那件夹克，递给莫牛，说：“恩人啦，您看，我家小狗也记得，这是您那天落下的衣服。如今，总算物归原主，遂我当面谢恩的心愿了！”

老艄公一口一个“恩人”，叫得莫牛心里直发虚，他接过夹克衫，下意识地伸手一探，那张五十元的钞票还躺在兜里呢！向来不知脸红的莫牛，此时恨不能找个地缝儿钻下去。他掏出那张钞票，悄悄地丢在老艄公身后，拱手乞求道：“大爷，您快起来，我真的没做什么好事，您也别叫我恩人，我不配，真的……”说着，火烧屁股似的跳下船去。

老艄公稍稍愣了一下，依然固执地跪在船头喊道：“孩子，咱乡下人没啥贵重东西谢您，今天，就让我给您磕个头吧！”

说着，老艄公双手掌地，“咚”的一声，重重地将额头磕在船板上。那声响，震得莫牛心里酸酸的……

（**题图、插图**：刘斌昆）

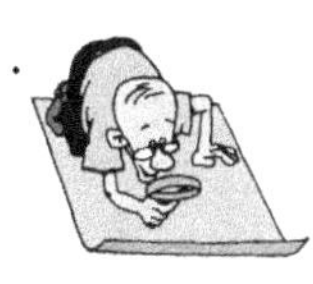

·情节聚焦·

神秘枪手

□彭霖山

铳，又称猎枪，是山里人用来狩猎的工具，这一次它却成了杀人的凶器……

这天中午，龙家寨一群庄稼人正聚在村口的大槐树下歇脚闲聊，突然听到长虫沟里“轰”地一声铳响。大伙纳闷了：这个时节又没啥猎物，放铳干啥？

正探头张望时，只见从长虫沟里跌跌撞撞地跑出一个披头散发的年轻女人，哭喊着：“不，不得了……出，出人命了……”说着便瘫倒在地上。几个庄稼人赶忙上前扶起那女人问：“别急慢慢说，出啥事了？”女人脸色苍白，哆嗦着说：“死……死人了！在沟里！”

“死人了？走！去看看！”几个胆大的一吆喝，大伙儿便扶着那女人朝长虫沟涌去。

在女人的指引下，大家来到了一个较为隐蔽的石洞前，探头往里一看，只见洞里俯卧着一具男尸，烂了半个脑壳，样子惨不忍睹。再看旁边，距那男人几步远的地方有一块大石头，石头上搁着一支老铳，铳口正对着那男人的脑袋。无疑，这支铳便是杀人的凶器。

人命关天，岂可儿戏。人们当即打电话报了警。半个小时后，一辆警车呼啸着赶到了长虫沟。几个刑警跳下车，便立即勘查、验尸、拍照，经过一番紧张忙乱之后，刑警队长大李便开始向当事人问话了。

原来这女人叫孙桂香，是邻近村庄的人。今天她从娘家抱了一只芦花大公鸡，准备回去给自家的母鸡配种。谁知经过这长虫沟时，竟蹿出一个黑脸汉子。那汉子把她逼进这岩洞，几下就把她按倒在地，正扯她衣

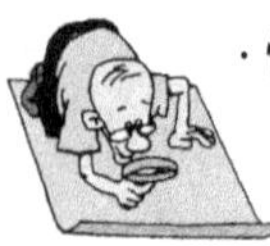

服时，只听“轰”的一声巨响，黑脸汉子就昏死过去了，女人这才跑了出去……

“这么说，那支铳是这个汉子的？”桂香点点头。

“那你当时看见是什么人开的这一铳吗？”

孙桂香连连摇头说：“我睁眼看时，满洞都是烟，吓得只知道往外跑，哪里还瞧得见什么人呢？”

大李自言自语起来：“这就奇怪了，这洞里除了死者和你，再没有发现第三个人的踪迹，可究竟是谁开的铳呢？”

难道是这支老铳突然走了火？可为啥不早不晚，偏偏在歹徒准备施暴的时候走火呢？再说即使走火也得有外力啊，那么这“外力”又来自何方呢？

一连串的问题在大李脑里纠缠着，他又走到了那块放老铳的岩石前。忽然，眼前一亮，从老铳的扳机下扒出了一样东西，他端详了一阵，就小心地装进了收集证据的袋子里。

大李想了想，问：“大嫂，你抱回来的那只芦花大公鸡呢？”

“芦花大公鸡？”孙桂香这才想起来，“那会儿那汉子扑上来时，怀里的鸡就扑楞着飞到地上了。这会儿……”说着她便四处张望，只听外面有人大喊：“在这里！”

众人循声望去，只见洞口边，一只高大矫健的芦花大公鸡，正在草丛里找虫吃哩！

大李笑了，对大家说：“可以结案了！”

“啊？！”众人一听都迷糊了，“这是咋回事？”

大李笑着说：“我来给大家讲个故事：一只大公鸡饿了一上午，好不容易挣脱了主人的怀抱，落了地便四处找食吃。当它好不容易扒出一条小虫子时，却又发现一只大螳螂从石缝里飞出，于是它又去追螳螂。螳螂飞上了岩石，就躲在那支老铳的扳机处。芦花大公鸡也跟着跃上这块岩石，而且很快就发现了螳螂藏身的地方，于是它一爪子就擒住了螳螂。可是芦花大公鸡的利爪只是撕出了螳螂的半个身子，另一半还压在这支老铳的扳机下面。大公鸡只好拼命去拨拉老铳的扳机，想扒出另一半来。哪想到这么一使劲，竟扣动了扳机，于是‘轰’的一声，正中死者后脑勺……”

说着，大李指着岩石上一个个清晰的“竹”字说：“这就是大公鸡的脚印。还有，这是我刚才找到的那半只螳螂的残骸！所以，这只芦花大公鸡就是杀人凶手！当然它也是这位大嫂的救命恩人！”

听到这里，大家才弄明白，纷纷赞叹，啧啧称奇。

（题图：谭海彦）

童年不再来

有一对兄弟，哥哥6岁，弟弟5岁。那一年，一家马戏团要来镇上演出，爸爸答应带他们去看马戏表演，兄弟俩十分高兴。

好不容易等到这一天，一家人正要出门时爸爸却接到一个电话，说有一笔重要买卖要他马上去谈。兄弟俩你看看我，我看看你，都失望极了。

妈妈看爸爸很为难，便微笑着说："没关系的，马戏团还会再来的。"

"我知道，马戏团一定还会来的，"爸爸停顿了片刻，用坚定的语气说，"可是孩子的童年不会再来了！"

多年以后，每当兄弟俩想起他们的童年，都会想起爸爸那句无比坚定的话，以及话中深藏的父爱。

（推荐者：王传生）

选　择

傍晚，猎人为了追赶一只被打伤的野兔独自闯入山林，眼看就要捉到野兔，这时一只正在寻食的恶狼出现了。猎人的弹药已经用完，他立即掉头就逃。

狼已经饿了一天，当然不会轻易放过眼前的猎物，于是拼命在后边追。突然，狼掉进一个陷阱，可与此同时，它也一口咬住了猎人的一条腿。好在猎人抱住了旁边的一棵树，才没有被狼拖下去。猎人知道，如果他松开手，就会和狼一块掉进陷阱；可他如果就这样耗着，很快力气就会耗尽。而且他知道狼群就快要来了。

现在，最好的办法就是把狼打死，可狼的整个身体已没入陷阱，猎人根本打不着它。于是，猎人做出选择——为了活命，他选择放弃一条腿。他从腰中抽出手锯，一只手搂住小树，一只手锯断了自己的腿。

腿断了，狼和那条腿一起掉入陷阱。猎人拖着一条腿安全地离开了。

（推荐者：姚宾宾）

训练有素的狗

吉姆新买了一辆吉普车，非常兴奋，便带着自己那条训练有素的狗，驱车去湖边打野鸭。

时值冬日，湖面已经结冰了。吉姆取出预先准备好的炸药，准备在湖面上破开一个洞，以引诱野鸭降落。因为这种炸药有一定的危险性——它从点燃到爆炸只有20秒，所以吉姆决定在岸上点燃炸药后再把它扔向湖中央。

一切准备就绪，吉姆点燃炸药，就向湖面抛去。眼看着就要大功告成了，这时却出现了一个意外的情况。吉姆的狗是一只训练有素的狗，它知道，只要主人往远处一扔什么东西，那意思就是要它奔过去将这个东西捡回来。凭着这样的经验，它几乎是在主人抛出炸药的同时，箭一般地飞身向前。没等炸药落在冰上，就腾空一跃，用嘴接住了这个易拉罐大小的炸药。然后，摇头摆尾地朝主人奔跑过来。

吉姆赶忙冲着狗大叫起来，想让它丢下炸药。可是，狗哪里能领会他的意思。情急之下，吉姆端起猎枪对准自己的爱犬，放了一声空枪。狗被这一声枪响吓坏了，它看主人用枪对着自己，一阵惊慌，赶忙夹起尾巴找地方藏匿。在这个荒郊野外，它所能找到的最佳藏匿地就是主人的那辆新吉普车，于是，狗毫不犹豫地向吉普车下面钻去……

经验固然可贵，但它有时会带来毁灭性的灾难。

（**推荐者**：司志政）

本色

有一个皇帝想整修京城里的一座寺庙，便派人去找技艺高超的设计师，希望能够把寺庙整修得美丽而庄严。

很快，就有两组人员被找来了，其中一组是京城里有名的工匠，另外一组是几个和尚。皇帝不知该选哪一组，就出了个试题，让这两组人各去整修一个小寺庙，这两座寺庙恰好面对面。皇帝说，只给他们三天时间，三天之后，他来查看效果。

工匠一组向皇帝要了一百多种颜色的颜料，又要了很多的工具。而和尚这一组，却只要了一些抹布和水桶。

三天之后，皇帝来了。他首先查看的是工匠们所装饰的寺庙，只见这座寺庙五颜六色，所用的工艺也非常精巧，皇帝满意地点点头。

接着，皇帝又转头看和尚整修的寺庙，只看了一眼就愣住了：寺庙非常干净，里面所有的物体都显出了它们原来的颜色，而它们光泽的表面就像镜子一样，反射出外界的色彩——天上的云，地上的树，以及对面五颜六色的寺庙——外界的一切，都变成了它美丽色彩的一部分，而这座寺庙只是宁静地接受这一切。皇帝被这种庄严，深深感动了。

每件事情都有自己的风格和特点，有时我们需要做的，仅仅是如实地展现它们。

（**推荐者**：袁　全）

有痛就有希望

一个中年人因为偏瘫住进了医院，他气色很好，其他器官也很正常，但就是左半边的身体失去了知觉。

中年人的一个朋友带着小孩去探望他，小孩在病房里大喊大叫，朋友气愤之下便伸手去拧孩子的耳朵，孩子痛得尖叫起来。中年人叹了口气说：“我真羡慕小孩子呀！”

朋友问：“羡慕小孩子的天真无邪？”中年人摇了摇头。

“羡慕小孩子的无忧无虑？”中年人又摇了摇头。

“那你到底羡慕的是什么呢？”

中年人长吁了一声，两眼涌满了泪花说：“我只是羡慕小孩子能感觉到疼痛啊！”朋友一听，愣住了。

中年人叹了口气解释说：“我这种病，治来治去，不过是为了让自己能重新站起来。如今我这半边身体就像是木头，用针刺也没有一丝反应，如果它能感觉到疼痛，那么我的康复就有希望了。”

生命惧怕麻木，但生命庆幸疼痛。

（**推荐者**：王传生）

（**本栏插图**：安玉民）

·海外故事·

家有宝贝

□曲育乐

安东尼是一名邮递员，这天，他给多莉太太送信，见多莉太太正在使用一台模样古怪的旧吸尘器，不禁笑了起来，说:“多莉太太，现在都什么年代了，您怎么还用这么老的吸尘器啊?”多莉太太却一脸骄傲地说:“这可是我和丈夫结婚一周年时，他送给我的礼物呢。别看它很旧了，却很好使呢，而且是名牌——史密斯牌!”安东尼笑着摇摇头，放下信就走了。

回到家，吃过饭，安东尼翻起了报纸，这时一则报道映入他的眼帘:下月中旬，伦敦将举行一场“最敬业家电”的比赛。比赛规则很简单，参赛家电，只要能够正常使用，其中生产年代最早的那个，就是冠军。获奖者将获得十万英镑的奖金。

放下报纸，安东尼扫了一眼家里的家用电器，不禁失望起来。他刚刚结婚，家里的电器都是新的，哪有什么老古董啊。忽然，他眼睛一亮，想起今天在多莉太太家看到的那台吸尘器来。

多莉太太一个人住在乡下，只有一个叫梅拉妮的远房侄女，给她写写信，偶尔来看看她。而多莉太太自己平时既不看电视，也不看报纸，肯定不会知道这个消息。如果能把她那台吸尘器拿到手，那么这次比赛真有可能夺魁呢。这么一想，安东尼有了主意。

第二天一早，他便去拜访多莉太太，说自己喜欢收藏古董，想买下多莉太太的那台旧吸尘器。可多莉太太却摇摇头说:“这是我死去的丈夫留给我的，给多少钱我也不会卖的。”安东尼见状，只得作罢。他想，看来用钱的方法是不能解决了，再逼得急一些，老太太恐怕要怀疑了。但是如果能跟老太太加深感情，得到她的信任，说不定问题就好办了。

这天中午，安东尼拿着多莉太太的信又来到她家。多莉太太见是安东尼，便和蔼地说：“安东尼先生，如果您是想买吸尘器的话，那我恐怕又要让您失望了。”

“噢，不是，我是来给您送信的。”安东尼说着扬扬手中的信。

多莉太太一听，赶忙把安东尼让进屋，抱歉地说：“真不好意思，我误会了！不过，您好像从来不会中午来送信的呀？顶个大太阳多热啊？”

“这个，”安东尼一愣，随即笑道，“本来是要晚一些的，但我怕您着急就送过来了。”

安东尼进了屋，便四下打量起来，很快就注意到多莉太太还未收拾的餐桌。多莉太太见状，不好意思地说：“让你见笑了，我刚刚用过午餐，桌子还没来得及收拾呢。您先休息一下，我去给您倒茶。”

安东尼见多莉太太进了厨房，赶快拿出一小袋白色粉末，悄悄撒进一盘吃剩的食物里，用叉子稍稍搅拌几下，然后不动声色地坐下来。

不一会儿，多莉太太端着茶出来了。安东尼喝了口茶，就借口工作忙匆匆离开了。一出门，他偷偷乐了起来。原来，他刚才在食物里放的是一种泻药。他知道多莉太太很节俭，中午吃剩的食物一般都要留到晚上吃，只要她吃下这些泻药，安东尼便可以继续下一步的行动了。

第二天，安东尼又来看望多莉太太。果然，只见多莉太太脸色蜡黄，精神委靡。安东尼假装关心地问道：“您是不是病了？”多莉太太有气无力地说：“昨天晚上，我用过晚餐后，就开始拉肚子。可能是天气太热，那些吃剩的食物坏了。”

“您看过医生了吗？”

多莉太太摇摇头：“去城里看病

太远太麻烦，没关系，过两天就好了。”

安东尼赶忙上前扶着多莉太太说：“您年纪大了，有病不看可不行呀！这样吧，反正今天的信也送完了，我送您去城里的医院，让医生好好检查一下。”多莉太太见安东尼一脸诚恳，便满心感激地答应了。

安东尼带着多莉太太来到医院，医生诊断后，说没什么大问题，开了些药，便让他们回去了。走出医院，安东尼热情地邀请道：“多莉太太，到我家坐会儿吧，顺便把药给吃了。”见安东尼这么关心自己，多莉太太眼圈都有点红了。

进了门，安东尼先给多莉太太倒了杯水，让她把药服下，然后打开冰箱，取出一块蛋糕，递到她面前说：“多莉太太，先吃些点心吧。”多莉太太接过蛋糕，咬了一小口，若有所思地念叨着：“唉，家里要是有个冰箱就好了，可以把吃剩的食物放进去，我也不会再闹肚子了。”

安东尼心里忽然一动，要是把冰箱送给她，她还不感动死？想到此，他诚恳地说：“多莉太太，您瞧，这个冰箱是我前不久结婚时，爷爷给我买的，干脆我就送给你吧！”多莉太太急忙摆手道：“安东尼先生，你可真是个好心人，可冰箱我却万万不能收，要是给了我，你们以后用什么呀？”

安东尼说：“没关系，我妻子一直嫌这个冰箱小了，我正想去买个大的。你只有一个人，用这个小的，不是正合适吗？”他见多莉太太红着脸，还有些犹豫，赶忙说：“您要是觉得心里不安的话，就送我一样东西吧！”

多莉太太眼睛一亮，抬头问：“您想要什么，您说吧！”

“您就把那台旧吸尘器送给我吧，您知道我喜欢收藏古董。”

“这个，”多莉太太似乎有点为难，沉默了一会儿，她微笑着说，“您帮了我这么多，那台吸尘器就给您好了，我想我丈夫会理解的。”

当天下午，安东尼就拿回了那台吸尘器，他将吸尘器精心擦拭一番，便小心地封存起来。半个月过后，安东尼带着这台宝贝吸尘器，满心欢喜地来到了伦敦。

比赛当天，现场人山人海，热闹非常，参赛的家电摆放成一排，接受评委们严格的评判。终于，到了宣布比赛结果的时候，安东尼屏住呼吸，仔细听着。

“我宣布，获得这次大赛冠军的是，梅拉妮小姐带来的，产于1950年的布朗牌冰箱！”

顿时，安东尼像被泼了一盆冷水，呆住了，冠军电器比他的吸尘器足足老了十年！等等，梅拉妮？这个梅拉妮小姐，不就是经常给多莉太太写信的人吗？还有，自己送给多莉太太的冰箱就是布朗牌的呀！这到底是怎么回事？

安东尼一想，赶忙给爷爷打了个电话，张口就问：“爷爷，你送给我的冰箱是怎么回事？”

只听电话那头爷爷沉默了好一会儿，才小声说道：“安东尼，这么说来，你都知道了？哎，爷爷年纪大了，养老金也不多。你结婚时，我本想给你买件像样的礼物，可又拿不出钱来，我看家里那台老冰箱，虽然旧了点，但是挺不错，便让人重新上了漆，送给你——”

没等爷爷说完，安东尼便气急败坏地挂断了电话，心里恶狠狠地骂道：“老东西，你为什么不早说，害我白白损失了十万英镑！”

气头之上，他看着已毫无利用价值的吸尘器，眼中冒出了火……

安东尼一肚子火，正准备离开比赛现场。这时，一个陌生男子，拦住他问：“安东尼先生，我们能谈谈吗？”安东尼没好气地说：“先生，你认错人了吧，我不认识你！”

陌生人递上一张名片，客气地说：“安东尼先生，我们很快就会成为朋友的。我叫哈里·史密斯，是史密斯吸尘器公司的现任总裁。”见安东尼一脸疑惑，史密斯继续说道：“实不相瞒，这次比赛就是我们公司赞助的，我们的目的是想寻找生产年代最早，至今仍在使用的史密斯吸尘器。想用它现身说法，来拍一个广告，从而更好地宣传我们的品牌。很幸运，您就是我们要找的人，我们准备花二十万英镑，租用您的吸尘器拍广告，您认为如何？”

“什么，二十万？”安东尼惊得嘴巴都合不拢了。

“要是你觉得少，我们还可以再商量，三十万如何……”“你，你为什么不早说……”安东尼哆嗦着指着不远处一堆东西，原来那台吸尘器已经被他摔得散了架……

（**题图、插图**：佐　夫）

幸福信笺

□王茜茹　改编

酒井是东京一家小公司的科长，他有一个美丽、健康、活泼的女儿，可是几年前，一场车祸夺去了女儿的生命，妻子也因此病倒住进医院。从此，酒井的生活完全变了。

这天，他到医院探望过妻子后，照旧一个人搭电车回家，吃过晚饭，随手翻起了报纸。报纸上尽是一些娱乐新闻，已经58岁的酒井，对这些早已不感兴趣了。但是他依然翻着报纸，一边看，一边又想到女儿。他想，女儿性格开朗，喜欢时尚的东西。如果她还活着，也许会对这些东西感兴趣。他边翻边想，忽然一封征友信引起他的注意：

"我是个爱游泳的女学生。这个暑假，我准备到海滨晒得黑黑的，游个痛快。如果你也喜欢游泳，喜欢在海边奔跑，就让我们交个朋友吧，我等待着同年级的高中生来信。"

署名为"相泽利惠，17岁，高中生，熊本县宇土市寺町"。看着这个名字，酒井的眼前立即浮现出一个被太阳晒得黑黑的，一笑便露出雪白牙齿的姑娘。他不由得想到，如果女儿还活着，今年也是17岁。在暑假里，她也许会变成一个脸黑黑的、牙齿雪白的姑娘吧？酒井怔怔地看着这封信，心中突然浮出了一个令他激动的念头——给这个姑娘写信！

说干就干，酒井拿出了纸笔写道：

"我今年58岁，妻子49岁。几年前，我的独生女儿在一场交通事故中丧生。后来，我们虽然想再生个孩子，但事实上已经不可能了。

“如果我的女儿活着，现在应该和你同岁，也该上高中了。她会和你一样，暑假到大海去游泳，晒得黑黑的……今天，我无意中看到你的信，不由得想起了我的女儿，几乎不能自已地写下了这封信。你能不能经常给我和我的妻子写信，讲讲你的情况，谈谈你的学校、你的朋友呢？总之，写什么都可以。我希望你能代我的女儿给我写信。也许，你会认为我是个奇怪的老人，但是，如果你把这件事告诉你的父母，我想他们会理解一对失去独生女儿的老人的心情的。”

写完信，酒井自己都吓了一大跳：这么大岁数居然还像年轻人一样大胆。如果那个姑娘收到这封信，肯定会吓一跳的；或者觉得无聊，扔到纸篓里。那么，发不发呢？他在屋里转了几圈之后，还是“噔噔噔”出门把信投了出去。

酒井没有对妻子说起这件事，依然像平常那样去看望妻子，然后独自回家。但是他回家时的感觉不一样了——总怀着一种激动的心情，好像死去的女儿正在家里等待着他似的。可是一天天过去了，始终没有回信，他有点失望了。

就在酒井几乎不抱希望的时侯，回信来了。只见信箱里，躺着一封画着卡通娃娃的信封，发信人的位置上写着“熊本县宇土市寺町，相泽利惠”。字很幼稚，尤其是名字，写得很小，好像几个害羞的小孩并排站着。

酒井激动得像个孩子似的拿出信，鞋也没脱，就坐在门口读了起来：

“叔叔，我真吓了一跳。我做梦也没想到您会给我写信。可是，读完您那感人肺腑的信，我不由热泪盈眶。我想，天下的父母对于子女的爱，是多么深厚啊！如果我死了，我的父母肯定也会像您一样，时时怀念我的。

“但我并没有死，恰恰相反，我壮实得很。游泳时，男孩子也赶不上我。我不喜欢学习，尤其是数学。如果这个世界上没有数学，那该有多么美好呀！”

读着信，酒井瘦削的脸上浮起了微笑，他反复看了好几遍，顿觉一股暖流悄悄充满了他的心。他幸福地喃喃自语道：多美好啊，一个17岁的姑娘接受了一个58岁老人的请求。当天夜里，酒井就给相泽利惠写回信：

“健康，健康，健康比什么都重要，所以即使数学一点儿不会也不要紧，只要健康就行。反正叔叔是这样想的。”

写好信，酒井小心地把信放在枕边，然后躺在床上，不一会儿，就幸福地入睡了。

第二天傍晚，酒井去医院看望妻子，可不知为什么，他没有把和相泽利惠通信的事告诉妻子。但妻子察觉

出他的变化，问道“你今天可与以往不一样啊。是不是有什么高兴的事呀？”

“是吗？不过，没有什么值得高兴的事。”酒井对妻子笑了笑，就避开妻子的视线，好像他背着妻子找了一个情人似的。

就这样，一个58岁的老头和一个17岁的姑娘悄悄开始了书信来往。

利惠的信总是用绘有卡通娃娃的信纸和信封，而且字写得小小的；而酒井总是用一般的信纸和信封，并且字写得很大，一笔一画，一丝不苟。

这一老一少在信中几乎无所不谈。利惠在信中说：叔叔一定是个大好人，高高的个子，很有钱。并且把他叫做“长腿叔叔”。酒井回信说：叔叔个子不高，不但不高，而且应该算是矮个儿，也不是有钱人。

利惠说她想到东京来玩，并且希望叔叔带她到东京最大的剧院去看演出。酒井虽然从来不看演出，但他还是欢迎利惠来东京，并许诺带她去看最精彩的演出。

这一老一少，几乎每隔两三天就通一次信，就在他们通信的第三个月，有一天，公司通知酒井出差，去向正是那个女孩的家乡——熊本县，这可把酒井高兴坏了。晚上，他去看望妻子时，兴致勃勃地告诉妻子，他要去熊本出差了。

回到家，酒井马上给利惠写了一封信，告诉她自己要到熊本出差，但不知被安排住在什么地方，希望她能给他洽谈业务的那个厂家打电话。

酒井一边写信，一边想，到熊本办完公事之后，就领着利惠到海边痛痛快快地玩一天。他们可以一起站在游览船上看海景，像一对真正的父女那样，享受天伦之乐。

到了出发这一天，上飞机前，酒井在机场为利惠的父母买了好多礼品，他要感谢利惠的父母允许他们的女儿与自己通信。

飞机终于到达熊本，酒井一下飞

机，便急切地问接机人员是否有人打电话给他。来人说没有。酒井忙了一天工作，到了晚上，还是没有接到利惠的电话。酒井觉得奇怪，甚至有些失望。第二天，他一直忙到傍晚，总算结束了工作，但他期待的电话却一直没有打来。酒井心想，到底怎么回事，明天就要回去了，利惠为什么还是没有电话呢？正在这时，收发室来人通知他说："有客人来看你。"

酒井一听，"噌"地蹦起来，快步来到收发室，只见里面站着一个穿水手服的女高中生，脸黑黑的，眼睛很大。酒井激动地说："啊……你到底来了。"

"我……"女孩有些发窘地望着酒井说，"我不是利惠，我是利惠的朋友。"酒井惊愕地说："朋友？"

"对。利惠让我给您带来一封信，她来不了，"说着，女孩怯生生地从书包里掏出一封信递给酒井，"利惠说，请您原谅……"说完，女孩向酒井鞠了一躬，就急急忙忙跑出去了。

酒井坐在收发室的椅子上，拆开那封印着卡通娃娃的信，读了起来：

"叔叔，请原谅我。您好不容易到熊本来，而我却不能去看您，请您包涵。我不能去看您，并不是因为要上学，也不是因为有事。如果我能去，我恨不得马上飞去，但是我不能。

"叔叔，两年前，我也遭遇了一场交通事故，虽然没有死，但是脊柱受伤，已不能随意行走，不能像大家那样游泳、打排球了。如果想活动，就必须拄着拐杖。所有的事情，都需要别人帮助我。开始的时候，我每天只是哭泣。可是现在，我已经不哭了，我要坚强地活下去。

"可是，我常常感到寂寞、孤独，多么希望自己能像以前一样游泳，在海边奔跑。我想象着自己游泳奔跑的样子，于是，我给报社写了一封生气勃勃的信。只有在那封信中，我才能像过去一样强壮健康。

"后来，我接到了您的来信。叔叔的寂寞和我的寂寞交织在一起。在我与您通信的过程中，我几次想向叔叔道歉，告诉您我撒了谎，但我不想打碎叔叔的梦。叔叔梦中，那个能跑能跳的女孩子是珍贵的。

"可是，我总觉得自己干了一件坏事，必须认错，但没想到这一天这么快就来临了。我虽然可以拄着拐杖去看您，但我不想让叔叔看到我拄着拐杖的样子。因为叔叔梦中的我是一个皮肤黑黑的、牙齿白白的姑娘，是一个健康的，能游泳能奔跑的姑娘，所以我决定不去了。我请我的好朋友把这封信带给您，尽管她说我应该亲自去赔礼道歉……"

酒井把信放在膝盖上，两行泪水不知不觉地从他的眼角流了出来……

（**题图、插图**：佐 夫）

贪婪的人啊，无论什么东西，吞下去的迟早还要吐出来……

黄金骷髅头

□袁菽涛

劳伦斯是一家银行的行长，为人阴险，贪婪而又有野心，他一直在酝酿一个惊天计划。这天，他来到古董市场，希望能淘到几件值钱的宝贝。转过街角，他看见一个留着络腮胡子的老头坐在地上，面前放着一个红布包裹，包裹前还摆着一个牌子，上面写着："传世珍宝，闲者勿扰"。

劳伦斯顿时来了兴趣，向老头问道："这是什么宝贝？我能看看吗？"

老头儿瞥了他一眼，却不说话，只是指指牌子，让他先看上面的字。

"你怕我没钱付你吗？"劳伦斯说着便拿出名片递给老头，"也不看看我是谁！"

老头看了一眼名片，这才拿起包裹，打开一层又一层红布，最后将一件东西摆在他面前。原来，这是一个黄金骷髅头，和真人头颅一般大小，做工十分精细。表面虽然有一些斑驳的痕迹，却透出一股幽幽的寒光。劳伦斯一阵欣喜，立即拿起骷髅头端详起来，可他一拿到手上就觉出一阵刺骨的冰凉，禁不住打了个寒战。

劳伦斯是行家，凭感觉他知道这东西价值连城，就问老头多少钱。

老头儿伸出五个手指头。劳伦斯睁大眼睛问："五万？"老头儿冷笑着说："五百万！"劳伦斯倒吸了一口凉气："你疯了吧？"

"五百万对于你这样的人还不是小数目，再说我听说这宝贝里藏着一个秘密，这个秘密才是无价之宝，我想找到一个能破解这个秘密的人。”说完就又包起骷髅头。

劳伦斯贪婪地望着骷髅头，一把按住老头的手说：“你敢跟我去找人鉴定真假吗？”

“真的假不了，假的真不了，有什么不敢？”

劳伦斯带着老头儿找到一个专门做鉴定的朋友。朋友拿起黄金骷髅头细细一看，竟然变了脸色，把劳伦斯叫到一旁，小声说：“那黄金骷髅头是真的，传说这是几百年前一个农场主请巫师铸造的，铸造好后不久，那个农场主就不明不白地死了，他家的金银财宝也一夜之间消失得无影无踪。虽然只是传说，但你最好别沾这不祥之物，尽管它价值连城。”听说宝贝是真的，劳伦斯一阵兴奋，心里马上决定要买，他才不管什么传说不传说呢。

从朋友家出来，劳伦斯对老头说：“这个骷髅头我要了，不过暂时不能给你付款，我得先看看里面究竟有没有值钱的秘密，不能让你骗了我。当然，我可以给你立个字据。”老头儿犹豫片刻，点头同意了。

回到家后，劳伦斯迫不及待地拿起骷髅头，左看右看，端详了半天也没有发现什么破绽，他又用力摇晃了一阵，放到耳边听，也没有听到什么。难道老头儿是在故弄玄虚？不过反正没付钱，先拿着再说，这么一想他就把骷髅头锁进了保险柜。

劳伦斯刚要离开，却听到保险柜里发出“咔咔”的声音，他一阵奇怪，拉开保险柜一看，只见那骷髅头原先合着的嘴巴，现在居然张得大大的。再看保险柜里面，原来放的那两根金项链居然没有了，那都是别人送的。奇怪，难道是骷髅头在作怪？劳伦斯一阵疑惑，赶忙把骷髅头取出来，又放进书柜里。

晚上睡觉时，他被一阵“咚咚”的声音吵醒了，仔细一听竟是从保险柜里发出的。他打开灯，扭开保险柜一看，顿时变了脸色，那个黄金骷髅头竟然在撞击保险柜。一见门被打开，那骷髅头立即停下了，转过来看着他，好像他打扰了它似的，两排尖利的牙齿，显得异常狰狞。

这骷髅头不是放在书柜里吗，它是怎么跑出来的？劳伦斯吓得心惊肉跳，他壮着胆轻轻拍了一下骷髅头，那骷髅头居然“哗”的一下，吐出两根金项链，正是保险柜原先不见的那两根，另外还有他放在床头柜上的戒指和项链。

难道这就是秘密？劳伦斯不由兴奋起来，突然，他想到自己的那个计划，心里一动，冒出一个大胆的设想。他把钱、项链、戒指所有值钱的东西都放进保险柜里，然后又把骷髅头放了进去。

第二天天一亮，劳伦斯顾不上穿

衣服，立即打开保险柜，一看里面，他的眼睛睁得大大的，果然像他猜想的那样，里面除了那具骷髅头，不光项链、戒指不见了，连所有的钞票也不见了。他壮着胆子又拍了拍骷髅头，“哗啦”一阵，那骷髅头把这些东西都吐了出来。真不明白，一个小小的骷髅头是怎么吞下那么多东西的。

他又试了几次，发现除非用红布把骷髅头紧紧包住，不然它只要看见金银物品和钞票就会吞进去，再一拍，它又会吐出来。

劳伦斯明白了，这就是骷髅头的秘密。他兴奋地大笑起来：“我的梦想可以实现了，感谢上帝。”有了这个宝贝，他觉得自己可以动手了，他打算先利用几天时间，好好酝酿一下那个计划。

这天早晨，劳伦斯正看报纸，一则报道映入他的眼帘：最近，几个公司总裁和政府官员突然死去，并且死亡现场有大量的钞票和金银物品。据调查，受害者生前都曾收受过大量贿赂，并利用职位之便做一些不正当交易。警察怀疑此案是同一人所为，是典型的报复案件……

放下报纸，劳伦斯笑了起来：“一群蠢货，想拿钱也不做得漂亮一些，当然你们是没有我这样的宝贝啊，哈哈……”

正在这时，门铃响了，劳伦斯打开门一看，正是那个留着络腮胡子的老头。

老头掏出字据，说：“劳伦斯先生，你找出那个宝贝的秘密了吗？要是找出了就请付我钱；如果没有找出，就请把宝贝还给我。”

劳伦斯一听，心想：离开那骷髅头，自己的计划可就泡汤了，说什么也不能让老头儿把宝贝拿走，有了这骷髅头，能捞回来的可远远不只五百万，但如果马上开出五百万的支票让老头去取钱，又容易走

漏风声。怎么办？他眼珠一转，生出一计，对老头说："我没那么多现金，这两天也不太方便。这样吧，你过几天再来。"

老头有些犹豫："如果现在付不了钱的话，你就先把宝贝还给我吧。"

劳伦斯不耐烦地说："凭我的身份会少了你的钱？只不过是迟几天而已。"说完强行把老头推出门外，"砰"地一声关上门。老头倒也没有纠缠，就走了。

劳伦斯怕夜长梦多，决定提前行动。一切按计划进行，他破坏了银行的电力和警报系统，顺利进入金库。一进去，他拿出怀里的黄金骷髅头，解开红布。那骷髅头一见大捆大捆的钞票，贪婪地张开嘴，大口大口地吞吃起来。

要不是亲眼所见，劳伦斯真不敢相信眼前这一幕，只一会儿，那黄金骷髅头就风卷残云一般，将金库里的钞票吞得一张不剩。劳伦斯又兴奋又紧张，拿起骷髅头，三下两下用红布裹好，放进怀中，整整衣服，大模大样地走出金库。

谁会相信几百公斤重的钞票竟然藏在一个小小的骷髅头里，劳伦斯躲过了所有人的耳目。回到家，他解开红布，抱着骷髅头看了又看亲了又亲，才小心放进保险柜，想着明天就能带着骷髅头远走高飞了。那骷髅头一来携带方便，二来也不用到银行转账，几乎不留任何痕迹。有了这么多钱，他下半辈子就有享不尽的荣华富贵了。

可能是因为太累了，劳伦斯吃过东西就迷迷糊糊地睡着了。正做着美梦，他忽然感到手指一阵剧痛，睁眼一看，天啦，那骷髅头竟然咬断了他的手指，原来他忘了摘下金戒指，劳伦斯痛得一声尖叫。忽然，他意识到了什么，立即去摘脖子上的金项链，可是已经来不及了，那骷髅头已经蹿了上来，一口咬住他的喉管。

劳伦斯想叫，可是脖子被骷髅头紧紧咬住，喉咙里"咕噜、咕噜"几声，一个字也没吐出来。

这时，劳伦斯发现那个络腮胡子老头不知什么时候站在他的床前，阴森森地笑着说："明白了吧，这才是它真正的秘密。你跟我的宝贝有缘分，你们一样贪心，但吞下去还得吐出来。那天我来讨要宝贝，是给你最后一次机会，可惜你贪心太重，早晚逃不过这一劫。好了，我要收回宝贝，去找下一个有缘人了。我已经报了警，一会儿就有人来看你了。"

老头轻轻拍了拍骷髅头，那骷髅头"哗啦、哗啦"一阵，吐出一屋子的钞票，还有戒指和项链。老头掏出一块红布，把骷髅头包了，向快要咽气的劳伦斯挥了挥手，眨眼就不见了……

（**题图、插图**：佐　夫）

人虎情仇

□李毓藩

天堂水电站背靠天堂山，这天堂山山高林密，有过老虎。但自从15年前发生过人虎大战后，老虎就销声匿迹了。谁知这年夏初，山上突然连续几夜传来虎啸。这可把站长胡玉明吓坏了。他知道老虎虽说是国家重点保护动物，但这个兽中之王可不是吃素的，它是要伤人的呀!

于是，胡站长一面上报，一面带着人上山寻虎，可是转悠了好多天连根虎毛都没寻见，到底有没有老虎呢?

就在胡站长纳闷的当儿，电站职工黄永松肯定地告诉他:“没错，确实是虎啸，与我当年听到的一个调儿。”

胡站长奇怪地问:“你怎么会熟悉老虎的声音?”老黄笑了笑没有言语。

胡站长调到电站没几年，但他知道，老黄原是三江市京剧团的武生演员，因为左腿受伤变瘸，不能再登台表演，就主动要求调到电站来了。至于老黄为什么愿意离开城市，来到这深山老林，他就不得而知了。

寻不着虎，胡站长也就不多操心了。就在大家把这件事快要忘记的时候，一场暴雨从天而降，并且带来了大面积的山体塌方，把水电站通往外界的唯一公路堵塞了。

就在这外面的人进不来，里面的人出不去的紧急当口，老虎却出现了。那老虎嚎了整整一夜，声音时高时低，时急时缓，叫得整个电站的人头皮发麻，连被窝都不敢进。那虎一直嚎到第二天上午，嗓子叫哑了，却还在一个劲地哼唧，像是哽咽，也像在生闷气。

胡站长寻思，老虎为啥这么叫个不停，好歹得瞧个清楚。于是，领了几个胆大的职工，带上棍棒，循着虎啸的方向，小心地寻了过去。等到寻着了老虎，大家的心不慌了，腿肚子也不软了。你道为啥？原来是雨落土松，那虎竟滑到了一个深坑里。

这是一只独眼虎，老虎的左腿被沙石刮掉了一大块皮，鲜血淋漓，骨肉外露，正焦躁地在坑底团团转。

然而，虎瘸威风在，虎瞎嗅觉灵。这畜生一见站在坑边的人，突然长啸一声，纵身就想扑上坑来。吓得胡站长几个，慌忙后退。这时，那虎已贴着坑壁坠落下去。但它并不甘心，喉咙里发出低沉的吼声，虎眼里射出仇恨的凶光，对着坑上边的一角狠狠地瞪着。

那一角，正蹲着老黄。老黄也两眼不眨地盯着老虎。只不过一个怒气冲天，一个不动声色。

胡站长觉得不能再耽搁了，得马上想办法救虎。

一帮人回到站里，大家讨论认为：救虎得先给它疗伤。这虎伤虽不重，但眼下正是热天，它那左腿皮肉外露，极易感染，如不马上采取措施，后果不堪设想。

然而虎的伤虽好治，可是虎在坑里上不来，那就得让人下去给它包扎，让谁下去呢？一时间，大家都不说话了。你看看我，我看看你，谁也不敢冒这个险。

这时，老黄终于开口了：“这么多年了，我一直等着它呢，我下坑！”说罢，他从兜里掏出一张纸来，交给胡站长。

这纸是老黄亲笔写的生死状，内容是：现有天堂水电站职工黄永松，自愿下坑为虎疗伤，若出意外，自负其责，与他人无关。

见老黄态度坚定，胡站长只好含着泪点头答应了。

准备工作做好后，疗虎工作就开始了。胡站长先让人用麻醉枪将虎射昏，之后，老黄就带上消炎针剂等医疗用品，在腰上系上粗绳，由几个壮汉拉住，缓缓吊下深坑，给老虎上药、打针、包扎。

那虎因为中了麻醉枪，睡得沉沉的。一直到老黄从坑里出来，它才睁开眼睛。也许是不疼了，老虎走起来也轻松了许多。这时，它竟温和地，似乎还有些感激地向坑上瞅了一眼。然后就大嚼着人们扔到坑里的肉，间或还要长啸一声，那苍劲的啸声透着前所未有的畅快。

第三次疗伤，已是三天后了。这天，太阳当空照着，坑底一片明亮，那虎中了麻醉枪，昏昏地睡过去了。老黄下到坑里，正当他取下虎腿上的旧绷带，小心翼翼地擦洗伤口时，坑上边的人，突然发现虎的右眼睁开了，目光如电地盯着老黄。老黄只顾埋头操作，根本没发现这一险情。

坑上面的人都吓傻了，但谁也不敢吭声喊叫，只是屏住呼吸，悄悄地拉动拴在老黄腰间的绳索。

可是老黄干得太专心了，不但没有反应，嘴里还嘟哝着说："这是最后一次了，可不能马虎。"

坑上的人个个紧张得冷汗如雨，心提到嗓子眼，又轻轻地扯了几下绳子。老黄没有理会，一直到活儿全部忙完，才直起腰，抬起头。

这一抬头，大事不好了。那虎像山一样地站了起来，张开血盆大口，正冲着老黄的脑袋。老黄顿时傻了眼，只是对着虎发愣。

坑上的人见状，没命地使劲拉起绳索来，老黄的身子迅速地向空中升去，与此同时，老黄自个也准备好了架子：吸气，捏拳，收腿，蓄势，打算竭尽全力，对付虎的致命一扑。

这会儿，胡站长紧张得呼吸都快停止了。他明白，人给吊悬着，如何施展功夫？只要那虎扑上来，血盆大口中的钢牙一咬，老黄铁定没命。完了，一切都来不及了！他不由痛苦地闭上了双眼……

就在大家认定老黄必死无疑时，奇迹出现了。那虎扑倒是扑了，但只是闪电般腾空而过，没有咬老黄，接着便"扑通"一声，摔到了坑底。这一摔，它腿上的伤被震动了，绷带上渗出血来，疼得它在坑底一瘸一拐地直转悠，边转边用脑袋撞着坑壁，不断发出短促而惨烈的啸声。

就在大家为老黄逃过一劫而长吁一口气的时候，老黄却在半空中解了腰间的绳索，"呼"地落到了坑底。

胡站长惊得急叫起来："你不要命了？怎么又下去了！"

老黄从坑底爬了起来，冲胡站长喊：“你们瞧虎那个疼劲，得再换药啊，不然就前功尽弃了！”

“这，这，哎呀，那，那也得先打麻醉枪呀！”胡站长着急地话都说不利索了。

老黄却面无惧色，冷静地说“不行！它不能再受麻醉枪了。我心里有数，它若真的想吃我，刚才那一扑我早就完了。”

话未说完，老黄已站到虎的面前。大家的心又“呼”地一下悬到了嗓子眼。

那虎低吼着，缓缓地向前走了一步，停住了，那只独眼定定地盯着老黄；老黄则退后一步，也停住了，向虎扬扬手中的药物。

阳光下的深坑中，人与虎就这样在无言地对视了好一阵。

终于虎放松了，仰起虎头，长嚎一声，然后匍匐下来，蹲在老黄的面前，那只独眼竟委屈地淌下泪来，呜咽声隐约可闻。它哀嚎了一阵之后，才无声地瞅着老黄，那眼神一丝敌意都没有了，浑身透着一股温柔劲儿，连虎毛都软和地垂了下来。

这时候，老黄也同样地泪水汩汩地走过去，跪在虎的面前，给它的左腿换药。换罢，又轻轻地抚摸着虎头上的鬃毛，抚摸着那只瞎眼，低垂着眼悔恨地摇着头。

这下，那虎更温顺了，任老黄抚摸着，还将身子向老黄靠拢过来，亲密地挨着他。

气氛终于缓和下来，坑上边的众人悬着的心也落了下来。

当老黄攀着垂下的绳子，缓缓而上的时候，那虎蹲着没动，只是一直仰头瞧着，等老黄爬上坑沿，竟然依恋地、告别似的长啸了一声。

当晚，公路通了。老黄却悄悄地走了。

第二天，车队进来了，三江市局有关领导与动物专家们来了，他们带来了铁笼、药物，以及救虎出坑的专项设备。

跟车队来的还有一名老记者，他听说了老黄与虎的事情后，告诉大家，15年前他曾写过一篇报道，说的是为庆祝天堂水电站建成发电，三江市京剧团前往慰问演出。该团一位有“活武松”之誉的演员，在电站附近的林中高岗上练功时，与一只成年虎遭遇，人虎发生了一场生死搏斗，结果是这只虎的左眼受伤，血流如注后逃遁；而这位演员则伤了左腿，从此只好告别舞台。

人们这才明白，老黄就是当年的那个“武松”，而今他不顾生死为虎疗伤就是想为当年的那一拳“赎罪”。

（**题图、插图**：魏忠善）

（本栏目欢迎来稿。来稿可从邮局寄发，也可从网上传递。如为电子邮件，请发以下信箱：wyjing833@sohu.com）

·中篇故事·

人命关天！生与死，天堂与地狱，仅仅在于一念之间……

石破天惊

□黄胜

1. 疑云初现

十二月二日这天，任期将满的栖山镇镇长高志安到县里开会时，县委赵副书记私下向他透露，他升任副县长一事已经基本确定。赵书记让他心中有数，回去后务必抓紧各方面的工作，站好最后一班岗，千万不要出现问题。

栖山镇条件得天独厚，盛产煤炭，小煤窑一个连一个，如今煤炭价格居高不下，用富得流油来形容栖山镇绝不为过。在栖山镇工作，成绩容易出，同样，问题也容易出。高志安上任后，最怕的就是出现矿难。

在回镇的途中，高志安就盘算好了：一回去就马上召集矿主们开会，严肃强调：治乱需用重典，不管哪家煤矿，不管有什么背景，不管你能产出多大效益交多少税，不管有没有造成死伤，本月只要发生事故，一律关停整顿！

然而，高志安回镇第二天，刚到办公室，马秘书匆匆赶来，关上门后，悄声说："高镇长，柳沟煤矿昨晚可能出事了。"

高志安一听，心里"咯噔"一声，但他马上镇静下来，问："死人了没有？"

马秘书说，具体情况不太清楚。他说，今天早晨大概四点多钟，自己被一阵剧烈的摇晃给惊醒，开灯一看，墙上“扑扑”往下掉土，已经裂开了一道缝。起先还以为是地震，吓得衣服都来不及穿，赶紧跑到院子里。后来，等震动平息，听到从柳沟煤矿那边传来一些动静，才意识到，可能是井下出事了。

马秘书住在离柳沟煤矿不远的柳沟村里，这几年，随着开采的深入，柳沟煤矿的地下坑道已经延伸到了村子底下，不少地方已经被掏空了。地下面如果发生坑道塌陷等事故，地面有反应不足为怪。

高志安追问马秘书：“你没到矿里去看看，事情严不严重？”

马秘书说：“进不去，我只是远远地看到一些情况。我看到矿工们陆陆续续从井下升上来，窑主刘麻子开始的时候缩在井口跟霜打的茄子似的。后来，等到不再有矿工出井，他又有了精神，看他那样子，不像是出大事的样子。”马秘书看了看表，说：“现在已经过了四个多小时了。如果有人员伤亡，刘麻子肯定早给您打电话汇报了，应该是没啥大事。”

高志安觉着有些道理，提起来的心略微放了放。他长吁了一口气，心有余悸地说：“这个刘麻子，差点给我捅了大娄子。走，咱们现在就去柳沟矿看看去。”

说完，两人立即出门上车，直奔柳沟煤矿。

柳沟煤矿的规模在本地是数得着的，矿主姓刘名全昌，绰号刘麻子。他财大气粗，腰缠万贯，又善于结交权贵，八面玲珑，在本镇乃至本县也算是个数得着的人物。

不过，高志安一直对刘麻子没有什么好印象。这几年，刘麻子也曾多次给他送钱送物套近乎，有一次，甚至要送给他柳沟矿百分之十的股份，都被高志安严词拒绝了。高志安告诉刘麻子：“刘老板，只要你合法开矿，遵守法律法规，就是支持我的工作，自然而然，我也会支持你的工作。”他心中有数，万万不能跟这些人走得太近。不过，亲近不得，可也得罪不得，因为别看对方只是一个土财主，可背后极可能跟上面有千丝万缕的联系，得罪了他，往往不知不觉就把上面的某位领导给得罪了。他曾听说县委赵副书记在栖山镇当书记时，就在刘麻子的矿上入了股。这种说法看来也绝非仅仅是传言，高志安来栖山上任之初，赵副书记就曾专门找过他，让他多多关照一下刘麻子，其中的关系耐人寻味。

一个小时后，高志安的车驶进了柳沟煤矿。让高志安感到奇怪的是，往日这个时候，正是矿上最繁忙的时候，地下面在忙挖掘，地上面在忙运输，可今天矿上却空荡荡的，看不见一个工人的影子。

此时，矿主刘麻子正在屋里打电话，透过窗户，他看到高志安的车在大院门口停下，心里一惊：难道刚出事，他就知道了？

今早出事后，刘麻子见没造成重大人员伤亡，决意封锁消息，隐瞒此次事故，以免被关停整顿。因为怕今天上面来人检查，工人们人多嘴杂，将事故泄露出去，他特意给矿工们放了一天假，让心腹领着全体工人到县城去玩一天，躲一躲风头。

现在他见高志安来矿上了，低声骂了一句：“不知是哪个王八蛋泄的密！”随即打着哈哈从屋里迎出来，

热情洋溢地招呼道：“高镇长，欢迎欢迎，我正想您呢，您就来了。”寒暄过后，他问道，“是不是又要检查安全生产呀？您放心，我这里是安全信得过单位，绝对没问题。”

高志安不动声色，说：“我就是放心不下呀，刘老板，听说今早上你这里出了点事故？”

刘麻子一口否认：“没有的事，您抓安全抓得这么紧，怎么可能出事呢？”

高志安看着他的眼睛，却看不出什么端倪，就一笑，问：“那为什么今天没有开工啊？”

刘麻子摆出一副大善人的模样，说：“连续加了一个多月班，工人们都累坏了，我让他们休息一天。想让马儿跑，就得让马儿吃草啊，高镇长，你说对不对？”

高志安见他拒不承认，冷冷一笑，说：“没出事最好，那咱们一起到井下看看吧。”说着，径直就往井口走去。

刘麻子不由心慌，高志安只要一下井，可就什么都知道了。而且，他显然已经得到一些风声。刘麻子知道这事早晚瞒不过去，心中迅速权衡了一下，忙追上去，低声说：“高镇长，不瞒您说，还真出了点小事故，不过因为事情不大，我想就没有必要惊动您了，所以没有向您报告。”

高志安生气地说：“我反复警告

过你们，出了事要立即上报，你以为能瞒得过去？”他缓和了一下口气问，“有伤亡没有？”

刘麻子连连摇头说：“没有！绝对没有。塌方的只是一条废弃的巷道，工作面上并没有矿工，其他巷道只是受到一点轻微影响，矿工们都安全及时地撤了出来，只有一个人受了点轻伤。你放心，伤员我已经安抚好了。”

说话间，几个人已经走到了井口。高志安拿过一顶安全帽，戴到头上，提起矿灯，就要进罐笼。

刘麻子忙上前一步，用身子挡住他的去路，再次劝阻说：“高镇长，刚出事故，现在下面还很危险，何必这么认真呢，您就不要下去了吧？”

见刘麻子三番两次阻拦，高志安心中顿起疑云：难道下面会有不可告人的秘密？肯定是井下的情况非常糟糕，他怕自己封了他的窑。那就更要下去看一看了。高志安看了对方一眼，冷冷地说：“我下去看看情况，如果情况严重，你这口窑必须马上关掉。”说着，推开刘麻子，进了罐笼。

刘麻子见难以阻拦，就向自己的司机兼保镖阿牛一使眼色。阿牛心领神会，两人一前一后跟着高志安进了罐笼。进去后，刘麻子随手将罐笼的门关上，把后面要跟进来的马秘书关在了外面。

刘麻子试探着说“高镇长，手下留情啊。您想一想，这窑一关，我该有多大的损失呀！你不看僧面看佛面，看在赵副书记的面上……”

高志安面无表情，像是没有听到一样。

刘麻子心里又恼又急，随着铁笼吱吱呀呀往下落，他心里也像十五个吊桶打水，七上八下。

2.瞒天过海

这口煤窑里共有三条主巷道，支巷道更是四通八达。高志安下去后，一看到事故现场的状况，心就不由得抽紧了。半个月前，他曾到柳沟煤矿检查过安全生产，对井下的各条巷道都有印象。出事的是一条向东的主巷道，长达两千余米。这次塌方涉及的范围很大，从巷道中间位置直到工作面，足足一千多米的距离，全部被掩埋。这么长的距离，如果事故发生时里面还有人作业，很难想象他会有机会全身而退。

高志安之所以心里不安，是因为他记起上次来检查时，这条巷道尽头还有人在采煤。难道仅仅半个月时间，这条巷道就废弃了？他心中升起一个疑问：刘麻子会不会在撒谎？

虽然塌方已经停止，但事发现场附近还是极其危险。几十根顶着横梁的柱子已被压得七歪八斜，上面的横梁也是摇摇欲坠，还不时有沙石“扑簌簌”落下，情形已经十分危险，只要支撑点稍微失去平衡，塌陷将不可避免。看那情形，哪怕是稍微大点的说话声，都有可能把这里震塌。

刘麻子压低声音，催促说：“高镇长，这里太危险了，咱们还是赶快出去吧。”

高志安回头看了他一眼，问道：“出事时里面的工作面上真的没有工人？”

刘麻子信誓旦旦地说：“绝对没有！你知道的，这条巷道直通柳沟村底下，再开采，就把村子底下掏空了，所以，我按照规定，下决心把这条巷道停了。现在塌了正好，省得还要费时费力封堵。”

尽管刘麻子的语气非常轻松，但不知为什么，高志安还是有些不放心，又追问：“昨晚下井的工人确实是一个不少都平安上去了？”

刘麻子笑道：“我的高镇长，你咋就不相信我呢？如果有人埋在下面，人命关天，你想一想，我现在能像没事一样不去营救吗？”

高志安想想也是，心想是自己多疑了，毕竟，要是死了人，窑主难逃干系，不但要赔钱，而且县里对这类私人小煤窑有规定，只要历史累计死亡人数达到两位数，那就是高危小煤窑，要吊销采矿许可证，永久封闭。据他所知，柳沟煤矿自开矿以来，遇难的矿工数量累计起来也快要上十了，现在一旦出事，作为窑主，一定会全力营救，不然的话，累计人数上去，到时候封了矿，那损失就是成百万，甚至上千万了。

随后，高志安又到其他各巷道转了转，发现不少地方受到了事故的波及，虽然情况并不严重，他还是要求刘麻子必须采取有力措施，加大投入，消除隐患，避免塌方事故再次发生。他叮嘱，在没有采取措施以前，坚决不能让工人下井。

高志安说一句，刘麻子就答应一声，很是配合，最后说：“高镇长，你放心吧，我一定认真落实您的指示，绝对不打折扣。好了，高镇长，我们快上去吧。”

三个人便一起返身往回走。此时，大家都不说话，除了“沙沙”的脚步声，井下静悄悄的。眼看快要走到罐笼旁了，高志安突然隐约听到一阵“咚、咚、咚……”的奇怪声响，那声音极其微弱，似乎有人在很远很远的地方敲击墙壁。

高志安一怔，急忙停下脚步，竖起耳朵仔细聆听。声音却消失了。他以为自己听错了，转头冲刘麻子看去，这一看，他猛地发现刘麻子神色大乱，显得极为慌张。显然，他也听到了那敲击声。

高志安狐疑地问：“这是什么声音？难道井下还有人？”

刘麻子避开高志安的目光，强笑道：“不可能有人，您大概听错了，咱们快走吧。”

高志安仍不放心，他灵机一动，弯腰捡起一把煤钎，使劲向坑壁上敲去，发出了“噹、噹……”的响声，他期待着对方会回应自己，可是，里面却并没反应。

高志安等了一会儿，才摇摇头，说：“大概听错了，走吧。”

然而，没走几步，“咚、咚……”的声音又响起来了，虽然很微弱，但确确实实在响。

这一次，高志安听得真真切切，顿时一股凉气从脚底陡然升起，迅速传遍了他的全身。他目光如刀，看着刘麻子，说：“井下一定还有人！”

刘麻子竭力保持着镇定，眼珠子滴溜溜转了几转，一副恍然大悟的样子，解释道：“我知道是怎么一回事了，我这口窑跟周围的煤窑快要挖通了，这一定是别的煤窑在采煤。”

高志安见他睁着眼睛说瞎话，不由怒目圆睁，气愤地说：“刘全昌，你以为我是傻子？这里方圆几里除了你这口窑，哪还有别的煤窑？赶快给我说实话，巷道里面是不是埋着矿工？埋了几个？”

刘麻子神色大变，他知道难以隐瞒，干笑一声，说：“高镇长，你先别发火，这次塌方，确实埋了一个工人，不过，出事后我下来看过，当时下面静悄悄的，没有这声音。像这种规模的塌方，我以为他就是有十条命也被砸死了，根本没有生还的可能，所以……没想到他还活着。”

“所以你就想瞒天过海？”高志安又急又气，指着刘麻子的鼻子，怒斥道：“刘全昌，你太过分了！你知道出了人命隐瞒不报的后果吗？”

刘麻子此刻也镇定下来，一摊手，说：“我当然知道了，可是，高镇长，人已经死了，报上去也不会活过来呀，你放心，死的这个人是个哑巴，别的工人我也做了工作。所以，没有人会知道这次事故死了人。”

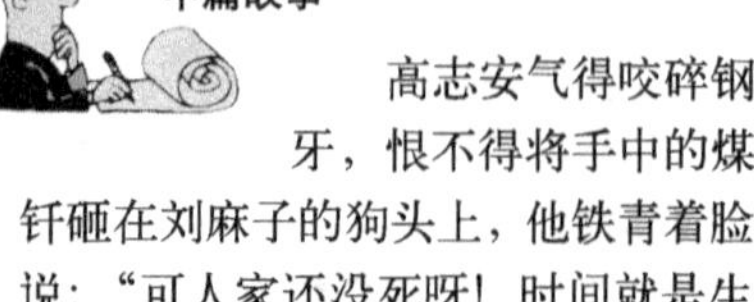

高志安气得咬碎钢牙，恨不得将手中的煤钎砸在刘麻子的狗头上，他铁青着脸说：“可人家还没死呀！时间就是生命，少啰嗦了，走，咱们赶快出去组织人员营救！”

3. 善恶交锋

然而，刘麻子却跟没听到似的，依然站着不动。

高志安来不及多想，掏出手机，就要拨号。说时迟那时快，刘麻子见了忙冲阿牛一摆手，阿牛一个箭步冲过去，劈手就将高志安手里的手机夺去，交到了刘麻子手里。

高志安愕然道：“你要干什么？快还给我！”

刘麻子古怪地一笑：“高镇长，你少安毋躁，这里手机是没有信号的。”

高志安着急地说：“那咱们就赶快出去叫人。”说完，他抬脚就往外走。

刘麻子和阿牛却并排站着，严严实实挡住了他的去路。高志安见状，变了脸色，怒斥道：“快闪开！再耽搁就来不及了。”

刘麻子却摇摇头：“现在已经来不及了。高镇长，要是能救出来，不用你说我也早就救了。根据我的经验，现在里面的哑巴不死也是重伤，里面缺氧、缺水，他肯定坚持不了多久的。如果营救的话，即使全力以赴疏通巷道，想要挖到埋他的那个地方，少说也得十天八天的工夫，等挖到那儿，人早死了。所以，救也是白救，毫无意义。”

“什么？你根本就不想救他？”高志安明白了，顿时又惊又怒，他万万想不到，刘麻子竟如此冷血，竟然见死不救。他强压怒火，说：“只要有一丁点儿希望，说不定就有奇迹发生。”

刘麻子无动于衷地“哼”了一声：“我从来不相信奇迹，只相信我自己的判断。我敢肯定，如果营救，挖出来的绝对是尸体。”

高志安竭力克制着自己，说：“难道你就眼睁睁地看着他死掉？即使是尸体也应该挖出来呀！”

刘麻子打个哈哈，说：“凡事都要想想利弊，高镇长，我是生意人，每做一件事，首先想的就是值不值得，你想一下，费时费力费钱挖一具毫无意义的尸体回来，有什么意义？人家家属都答应了，我看你就不要管了吧。”

高志安厉声说：“人命关天，我能不管吗？”接着，他强压怒火，语气缓和下来说，“刘老板，你不是怕花钱吧？你守着这个矿，花再多的钱也能赚回来啊。”

刘麻子是个阴险凶狠，处事果断的家伙。他见高志安不肯通融，心中迅速权衡了一番利弊后，打定了主意。他眼中突然凶光闪过，说：“高镇长，我决定的事情，没人能阻止我。事到如今，我跟你明说了吧，花钱还是小事，最关键的是，只要一开始营救，事情就公开了，如果挖出尸体来，那就不可能隐瞒了。加上这条人命，我这个窑的死亡人数可就上十了。”说到这里，刘麻子突然得意地一笑，说，“当然了，我现在也不瞒你，其实，去年就够了这个数目了。哈哈，我可不想让你们随随便便把我的矿给关掉，这可是我的聚宝盆啊。”

高志安越听越是心惊，他恍然大悟，原来，刘麻子不肯救人，是怕自己的煤窑被关掉。这家伙为了赚钱，简直是毫无人性了，要知道，埋在里面的可是一条人命啊。想到这里，他厉声警告说：“刘全昌，你没糊涂吧？你如果胆大妄为，不采取措施赶快救人，就相当于杀人！”

刘麻子阴森森地一笑：“我的高镇长，你想一下，除了你，谁还知道井里埋了个活人呀？只要你不说出去，就不会有人知道。”

高志安一时没明白他的意思，嘲讽地问：“你猜猜，我会不会说出去？”

刘麻子说：“如果换了我是你，就绝不会说出去。因为这事对你有利而无害，”接着，他胸有成竹，娓娓道来，“据可靠消息，你马上就要官升一级了。你心中应该清楚，现在，这条人命的重要性对你来说，丝毫不亚于我。如果没有他，过几天你就会顺顺利利地去当你的县长，而有了他，今年全镇的矿难人数就要超过标准，你想当县长，恐怕还得再等几年。仕途上的事，可是一步赶不上，十步就望不见了啊。你仔细想一下吧，我的高镇长，我求的是财，你求的一个光明的前途，在这件事上，咱俩利益相同，应该是拴在一条绳上的蚂蚱才是呀。”

刘麻子这些话确实说在了点子

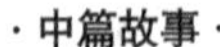

上。经他这一提，高志安才猛然想到了这一层，是啊，死人的事情如果暴露出去，他的县长梦十有八九就会化为泡影。他怔了半晌，奇怪地问："你怎么知道这件事？"

刘麻子"嘿嘿"笑起来，得意洋洋地说："你去问问赵副书记吧，他会详细告诉你的。"

高志安心中一震，马上明白了：事故发生后，刘麻子一定跟赵副书记通过气了。不用说，他今天所做的这一切，一定是得到了赵副书记的同意，甚至，这有可能就是赵副书记的主意。想到这点，他心中不由又是失望又是疼痛：万万想不到，为了利益，自己一向敬重的赵副书记竟然会与刘麻子沆瀣一气，置党纪国法于不顾，甚至连基本的人性道德都丧失了。

刘麻子将高志安情绪上的变化看在眼里，以为他是心中动摇，心中窃喜，赶紧趁热打铁，说："高镇长，这事只要你听我的，除了不影响你升官，我也不会亏待你。你看，我送你百分之十的干股怎么样？"

高志安佯装沉思了一下，突然问："你送给赵副书记多少股？"

刘麻子闻听，哈哈笑道："你想跟赵书记比？胃口也太大了吧？我跟你实说吧，百分之十也不是小数目，即使年头不好，三五十万也是有保证的。"

高志安点点头，正色道："听来确实是不少，可我要是不答应呢？"

刘麻子脸色顿变："高镇长，那你就是在逼我了。我不妨告诉你，要堵住一个人的嘴，我有两种方法，一种就是用钱——"

"另一种呢？"

"另一种就是想法让他永远说不得话！"

4. 豺狼当道

刘麻子图穷匕首见，恶狠狠地说："告诉你，顺我者昌，逆我者亡，谁也不能断我的财路！"

说到这里，他一挥手，阿牛立马冲过来，"嗖"地从怀里抽出一把匕首，顶在了高志安的后腰上。顿时，一股寒意从腰间迅速传遍高志安的全身，他似乎嗅到了一丝死亡的气息。他心里想：刘麻子今天说了这么多秘密，如果不答应他的条件，看来他是要狗急跳墙，不惜杀人灭口了。

刘麻子面目狰狞地说："高镇长，我想让你上天堂，你却非要下地狱，你不要怪我，这都是你逼我的。不过你放心，你死后我也不会亏待你，我会告诉大家，你是在检查工作时不幸碰上塌方而遇难的，是因公殉职。对了，我干脆说你是为了救我而遇难的，哈哈，说不定还会评上烈士呢。"

高志安看着他那丑陋的嘴脸，暗骂一声"卑鄙"。面对面前的两个人高马大的对手，单薄瘦弱的高志安自知若与他们动手，无异于以卵击石。他觉得，现在只能尽量拖延时间，再寻找脱身之策。想到这里，他说："刘老板，我劝你最好不要做傻事，我若是死在这里，一定会有人下来找我，到时候他们就会听到敲击声，发现那边坑道里还埋着活人。"

不料，刘麻子也笑道："高镇长，谢谢你提醒。不过请你放心，你死后，我跟阿牛自会把你弄出去，然后告诉大家，你在殉职前还不忘工作，要求我在隐患没有排除之前，要暂时关闭煤窑，不许任何人下井冒险。哈哈，你高镇长的话谁敢不听呀？等过个十天八日，下面那人死透彻了，赵副书记自会想办法让我重新开门赚钱的。"

高志安又说"可是，我死了对你好像不太好吧？我要是死在这里面，应该也算是矿难，加上我，你这个矿的死亡人数不也上十了？一样会被封矿的。"

刘麻子一呆，心说：呀，这倒真是个问题，可别费了九牛二虎之力，还是换来个煤窑被封的结果。

高志安看出刘麻子心有所动，不由暗暗一喜，于是进一步劝道："所以，你现在唯一的选择就是放弃所有侥幸的想法，赶快组织人员救人，然后等候处理。"他扫了对方一眼，又安抚说，"你不要有顾虑，只要你按照我说的做，那么你刚才对我说的那些话，我就当作没有听到。"

刘麻子半晌没有说话，脸上阴晴不定。现在的情形，委实让他有些骑虎难下，因为已经告诉了对方那么多的秘密，一旦暴露出去，后果不可想象。

权衡一番得失后，心狠手辣的刘麻子牙一咬，一横心：顾不得那么多了，走一步算一步，到时候再找赵副书记想想办法吧。他眼中凶光一闪，冲阿牛一扬下巴，吩咐道："阿牛，你送高镇长上路吧。"

阿牛领命，对高志安说声："高镇长，得罪了！"说着拔出了匕首。

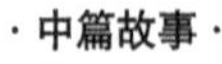

生死关头，高志安心想：就这么死太不值得了，不如先暂时答应对方的条件，等脱身出去后再想办法。于是，他无可奈何地一声苦笑，说：“刘老板，我服了你了，看来，我是没得选择了，”接着语气一转，“我说，你送我干股的事不会变吧？”

刘麻子闻听大喜。毕竟，杀人的事不同儿戏，如果败露，自己连命都会赔上，不到万不得已，他也不想走这一步。如今见高志安松口，顿时喜出望外，乐呵呵地说：“当然不会变。不过，咱们先小人后君子，高镇长，你现在答应，出去后要是提上裤子不认账，这事可就不好办了。”

高志安说：“放心吧，我的为人你知道，答应的事情决不会变的。”

刘麻子摇摇头：“这可难说，人心难测，我不得不防呀。我这里有个主意，请您在这里稍等一下，我办公室里就有一张股权转让书，那可是我很早以前就为你准备的，我现在就上去拿来，麻烦你在上面签个字，不过，日期呢，可不能填现在，要再往前推一年。另外，你再给我写封信，就说你希望得到一份股权，当然，日期还要再提前一些。哈哈，有了这两样东西，我就有护身符了。”

高志安听了，不由暗骂他老奸巨猾，片刻之间，竟安排得滴水不漏。他心说，你有了护身符，我可就有了紧箍咒，有了这两样东西，只怕我高志安从今以后就要永远听你的摆布了。但此时此刻，刀架在脖子上，明知是陷阱，也得往里跳，目前别无他路，唯有答应一途，而且要答应得相当痛快，对方才不会起疑。

高志安内心忧急如焚，脸上却不动声色，说：“没问题，就按你说的办。”

刘麻子心中得意，夸道：“识时务者为俊杰，高镇长真乃聪明人也。”

此时，高志安身后的阿牛见两人化干戈为玉帛，用不着自己动手杀人了，不觉长长松了一口气，抓着高志安的手也松开了。不过，他也微微有几分失望，虽然刚才他要下手杀害高志安，但心里却暗暗敬佩高志安是条硬汉，佩服他富贵不淫威武不屈，现在见高志安屈服，忍不住出言挖苦说：“高镇长，我还以为你不喜欢钱呢。”

高志安闻听心中忽然一动，隐隐看到了一丝脱身的希望：这个阿牛是个头脑简单的莽汉，他听命于刘麻子，不过是为了钱，自己或许能在他身上找到脱身的机会。当下，他心中迅速拿定主意，只要刘麻子离开，他就设法说服阿牛，让他认清利害，帮自己一把。于是，他微笑着看了阿牛一眼，道：“呵呵，钱不是万能的，但没钱是万万不能的，谁不喜欢钱呀？”

为打消刘麻子疑虑，高志安又装作贪得无厌的样子，跟他讨价还价：“刘老板，签字的日期往前推一年，岂不是说我已经从你这里拿了一年的钱？而我一分没得着，可吃了大亏了，你得补偿一点。”

刘麻子心中冷笑：看你平常道貌岸然，装得一身正气，没想到如今刚下水，就露出了庐山真面目，贪起来也是不甘落后呀，哼，要不是赵副书记快要退休，我打算傍住你这棵大树，我才懒得理你呢。他心里这么想，脸上还是笑眯眯地说：“高镇长，咱俩好好合作，以后的日子长得很，咱们弟兄守着眼前这座金矿，到时候就怕你拿钱拿得手软啊。好了，你稍待片刻，我去去就来。”

他把阿牛叫到身边，低声叮嘱道：“好好看着高镇长，别让他乱跑乱动。”说完，转身往外走去。

高志安见他离开，心激动得“怦怦”直跳——机会来了。

不料，刘麻子走出十几步后，突然停住，转身又返了回来，对阿牛说：“阿牛，你上去跑一趟吧，我在这里陪着高镇长。”

刘麻子干吗突然改变主意呢？原来，刘麻子是个做事小心又多疑的人，他也知道高志安答应自己完全是迫不得已，自己一离开，他会不会玩什么花样？如果他要玩花样，凭阿牛那猪脑袋，可不是他的对手。

他越想越不放心，怕出意外，这才临时改变了主意，让阿牛出窑去取股权转让书。

在阿牛离开之前，刘麻子让他找来了绳子，然后亲自动手，将高志安的双手紧紧捆绑起来，他边捆边说：“高镇长，先得罪一下，字没签之前，咱俩还不能算是一家人。我不能不防着你。”

高志安暗暗叹了口气，知道此时反抗也是徒劳，只能任他动手。

阿牛离开后，井底下就剩下刘麻子和高志安了。当然，还有埋在巷道尽头的那个可怜的哑巴。

两人各怀心事，都不说话。只有那微弱的“咚、咚……”声，还在时断时续地响着。

5. 人命关天

阿牛出去有一会儿了，高志安一直没有找到动手的机会。

刚才，高志安见刘麻子改变主意让阿牛出去，策反阿牛的计划落空，心中除了失望，还夹杂着一丝绝望。他非常清楚，与刘麻子这个老狐狸在一起，自己文斗赢他的希望不大，看来，只能武斗了。虽然明知不敌，也要拼一拼。于是，等阿牛离开后，他就暗暗寻找着动手的机会。可是刘麻子一直高度警惕着，他站在高志安旁边，手执煤钎，小眼睛眨都不眨地盯着他，一刻也不放松。

时间在一分一秒地过去。

还是找不到机会。

高志安双眉紧锁，忧心如焚，他心里清楚，如果自己按照刘麻子的要求写了那封索要股权的信，再在股权转让书上签了字，那就跳进黄河也洗不清了，从此脑门上就会刻上“贪官”两个字，即使将来组织上能够相信自己，可是，老百姓呢，他们也会相信自己吗？只怕自己就是死了也会被钉在耻辱柱上，难以摆脱贪官的名声。

可是，继续等下去，却只有向刘麻子臣服这一途可走。想到这一层，高志安不由打了个寒颤，暗问自己：高志安呀高志安，你难道真的要屈服、要拿自己的清白换取一时的平安吗？他听到自己心里有个声音在回答：不，绝不能，雁过留声，人过留名，为人一世，最重要的是名声，这个字你无论如何不能签，就是死也不能签，你千万不能让家人蒙羞，不能让那些信任自己、爱护自己的人失望！

刹那之间，高志安紧皱的双眉舒展开来，他已经下了必死的决心。

正当高志安下了宁死的决心时，他的耳边又响起了“咚、咚……”的敲击声，这是那个被困在绝境中的哑巴在努力表达着自己对生的渴望啊。

声音虽弱，可是一下接一下，就像是铁锤在狠狠敲着高志安的脑袋、敲打着他的神经，令他头疼欲裂。他猛然想到：我死不足惜，可是，埋在坑道中的那个矿工怎么办？如果我不管他，他只能在那黑暗无声的世界里绝望地死去，恐怕到死他都不会知道，自出事以后，外面的人就已经把他当成了死人，他死也得死，不死也得死啊。

人命关天，这是一条人命啊，不是草芥蚂蚁！

高志安苦思冥想：一定要救他，即使我死了，也要想法让别人来救他。可是，怎么救呢？我一旦死去，怎样才能让别人知道他被埋在里面呢？

突然间，他心中一亮，想起了那条时刻会坍塌的巷道，想到了那些几乎不堪重压的立柱……

“吱——呀——”

罐笼下落的声音清晰地传进高志安的耳朵里。阿牛就要回来了！他猛一激灵，从沉思中清醒过来，他浑身的肌肉绷紧了：再不采取行动，等阿牛一到，机会就更少了。

行动吧！

趁着刘麻子往外探头张望的工夫，高志安猛地站了起来，低头沉肩，用尽全身力气，向刘麻子撞去。刘麻子猝不及防，被撞了个人仰马翻。而后，高志安似乎是慌不择路，撒腿跑进了发生事故的那条巷道，深一脚浅一脚地向尽头奔去。

刘麻子骂咧咧地从地上爬起来，跟在高志安后面紧追不舍。情急之下，刘麻子忘了这是一条绝路，高志安无论如何是不可能跑掉的，根本不需要追。但是，等刘麻子明白这一点时，已经晚了，他已经随高志安跑进了危险地段。

前面没路了！

高志安站住脚，回转过身，微笑着看着近在咫尺的刘麻子，莫名其妙地问了一句：“刘老板，你想不想知道一个镇长和一个矿长被埋在窑里后，外面的人会有什么样的反应？”

刘麻子一时没反应过来，不解地看着他，问：“你说什么？”随后，他吃惊地看到，高志安的右脚抬了起来，对准了身旁的一根立柱。这根立柱像周围的数十根柱子一样，已经被上面的千钧重力压得又弯又歪，只是勉强支撑着保持不倒，此时，哪怕只是在它上面横向轻轻戳一指头，它也会马上失去平衡。这一脚如果踹上去，后果不堪设想。

顿时，刘麻子的眼睛瞪大了，他明白了对方想干什么，霎时间，额上冷汗淋漓，无比恐惧地颤声大喊：“不、不……不要！你不要命了？！”

高志安冲他眨眨眼，微微一笑，说：“你放心，他们一定会全力以赴来救咱们的。”说罢，右脚就要弹出。

刘麻子脸色如灰，身子一晃，竟然瘫软在地，身下屁滚尿流。他嘴里可怜巴巴地哀求道：“求你了，别……”

高志安心中突然一软，右脚在空中凝住不动：人命关天，刘麻子虽然该死，也不能让他陪自己埋在里面啊，将来自会有法律法规处罚他。

刘麻子见高志安突然停下，以为他也是怕死，顿时精神一振，胆气立壮，说：“高镇长，何必跟自己过不去呢？为一个破矿工，不值得你……”

没等他说完，就听高志安说：“我给你5秒钟，你如果跑得出去，算你命大，1——”

刘麻子还想再劝，高志安数道：“2——”

刘麻子哪里还敢再停留，他爬起身来，连滚带爬，没命地向外奔去。

……

“5！”

“5”字出口，高志安的脚踹了出去，“啪啪”两声，接连踢在了两根倾斜欲倒的立柱上，两根立柱应声而倒。顿时，像是推倒了多米诺骨牌，伴随着“轰隆轰隆”的巨大声响，由里向外，立柱一根根相继倒下，顶梁、岩石轰然塌落……

响声持续了近一分钟。

一切静下来后，当阿牛壮着胆子小心翼翼地搜寻过来，哪里还能找到刘麻子、高志安的踪影？他惊恐地发现，这条巷道塌陷的长度，又往外延伸了几十米。

等阿牛跑出去搬救兵的时候，他耳边听到“咚、咚、咚”的敲击声，不过，这次的声音比以前密集了一些，而且，声音不是从一个地方发出来的，而是有远有近，求救的人好像又多了一个。

这是谁呀？是刘老板？还是高镇长？

事发四小时后，救援队就将刘麻子挖了出来，还好，他已经逃到了塌方地段的边缘，只是被砸断了一条腿。

事发十二小时后，高志安也被挖了出来，幸运的是，他虽然昏迷不醒，却依然活着。老天有眼，断裂的横梁和立柱横竖交错，支起了一个狭小的空间，保住了他的性命。当高志安清醒过来，看到围在身边的县里领导，他的第一句话就是：“快往里挖，里面还埋着人！”

领导眼中一热，拍拍他的手，说“高镇长，你放心吧，救援人员已经听到了巷道深处的敲击声，现在正在全力向里挖掘。”高志安长长舒了一口气，停了片刻，又问：“刘……刘麻子呢？他没事吧？”

领导说：“他也没事，不过，他要是知道你已经醒过来了，估计该有事了。高镇长，阿牛已经全交待了。你是好样的！”

……

事发两天后，县委赵副书记投案自首。

事发七天后，埋在坑道尽头的哑巴矿工被救了出来。加上之前被埋的一天时间，他被埋在地下整整八天，却奇迹般地活了下来。

等他康复后，哑巴比划着对他的工友们“说”：在埋在地下的那些天里，他从没丧失信心，人命关天，他心里坚信，大家一定会去救他的。

“说”这些的时候，他的眼睛里亮晶晶的，闪着幸福的光芒……

（**题图、插图**：杨宏富）

根据日本作家村田浩一同名作品改编

为了获得最大的利益，有些人无所不用其极……

残破的钞票

□王　玮　改编

嘉吉的工作就是到各处跑业务，所以经常出差在外。这天，他来到一个滨海旅游城市，办完事早已过了午餐时间，肚子饿得咕咕叫。他随手从裤袋里摸出一把零钱，想在街边的自动售货机上买点吃的。谁知掏出钱来一看，三张一千元的钞票，中间夹着的一张竟是破的！这张钞票被撕成了两半，破口处用透明胶带胡乱粘连着。

嘉吉想起来，这些零钱是早上下火车后，在车站广场上买点心时找回来的。唉，当时怎么没仔细看一看呢，这粘钞票的人也真是奇怪，怎么不对齐了再粘，这样歪歪扭扭的，看了真是难受。嘉吉心里一阵懊恼，这样的钞票在售货机上是肯定不能用了；去银行倒是可以兑换成新的，可是为这一张小钞，专门跑一趟银行，太不值得了。

嘉吉的脑子快速转动起来：得想个法子，把这张破钞票处理掉。

此刻，街上来来往往的行人川流不息，嘉吉四下里一瞧，发现马路对面有家餐馆。本来他只想在自动售货机上解决午餐的，现在既然要想办法处理掉这张该死的钞票，那么就去餐馆吃一顿吧。

嘉吉的工资不高，所以平时过日

子很节俭，今天偶尔进一次餐馆，也尽量挑便宜的点，吃完饭一结账，1200元。付账的时候，嘉吉特意将一张崭新的一千元放在上面，把那张破钞票放在下面，两张一齐递给收款员。

嘉吉真担心收款员会发现这张破钞，如果她发现的话，那脸色肯定不好看，说不定还会拒收，想到这里嘉吉的心紧张得“怦怦”直跳。可那个收款员似乎全然没有留意，结完账，还微笑着朝嘉吉点点头，嘴里道一声:“欢迎下次光临! ”嘉吉终于松了口气，心里暗自庆幸: 大功告成了!

从餐馆出来，嘉吉又抓紧时间跑了几家协作单位，直到天黑尽了才回到旅馆。为了省钱，他决定喊一份“外卖”，就在旅馆房间里把晚餐解决了。谁知等外卖送来，他付了钱，仔细一看找回的零钱，居然又发现了一张破钞，而且和白天的那张破得如出一辙。嘉吉暗骂一声“糟糕”，赶紧追出去，可是那个送外卖的早已骑上车跑了。

嘉吉心里又懊恼又狐疑: 怎么这么奇怪，这破钞好像粘上我似的，都到我手里来了? 他想来想去没想明白是怎么回事，心里疙疙瘩瘩，连吃晚饭的心思都没了。不行，一定得赶快把这张破钞票用掉，粘在手上太晦气了。于是他晚饭也不吃了，立即走出旅馆，一看旁边是家书店，便进去在里面胡乱拿了几本书，让收款员结账。

付钱的时候，嘉吉当然用的是老办法，两张千元钞票叠在一起，收款员又没有看出来。

可是，嘉吉发现事情变得越来越奇怪了，破钞好像越来越多，而且都是一千日元，都是从中间撕开，再歪歪斜斜地用透明胶粘上。每当收进了这样的钞票，他就马上花一两千元买些东西或吃顿饭。其中最关键的是，付账时如何不被对方发现，而他也随时提防别人把这样的钞票找给他。

出差的日子快要结束了，这天，嘉吉到药店去买药。收款员是个年轻的姑娘，她一边给嘉吉递药，一边将一叠零钱放在柜台上。嘉吉正要拿回钱，忽然叫了起来:“这是怎么回事? ”

收款姑娘抬头一望，原来她竟然把一张残破的千元钞票放在最上面，她赶忙紧张地道歉起来:“对……对不起。”

嘉吉一肚子的火气终于爆发了:“你是不是故意的? 说，这到底是怎么回事? ”

“对不起，真的对不起……”收款姑娘几乎是带着哭腔在给嘉吉道歉。

就在这时候，收款台后面的一个房门打开了，从里面走出一个胖墩墩的中年男人，拉过嘉吉说:“先生，请息怒。请您进来一下好吗? ”

嘉吉见收款姑娘一脸的可怜相，心不由软了下来，气也消了大半，便跟着中年男人走进了那个房间。

“真对不住您！”中年男人说，“请允许我自我介绍一下，我是本市的商会会长，刚才，这家店的人干了件蠢事，我曾经一遍遍地提醒他们要小心，可还是出了娄子……”

嘉吉不明白这个商会会长说这番话和这张破钞票有什么关系，便不耐烦地说：“什么出了娄子？请你说话不要绕弯子。你得给我解释清楚，你们为什么要故意把破钞票塞给我！”

“是是是，这正是我想告诉您的啊！实话对您说吧，这是我们策划的。”

“什么？是你们故意策划的？”嘉吉简直不敢相信自己的耳朵。

“是的，先生。最近，市场需要促销，商会为此大伤脑筋。最后想出来的办法，就是这个‘残破千元钞票战术’。”

“什么战术？”

“残破千元钞票战术，”商会会长说这句话的时候，一脸的得意，“一张撕破了的钞票，是不容易花出去的吧？”

嘉吉瞪着眼，点点头。

“一般持有这种票子的人，都会想尽办法把它掺在其他钞票里花出去。这样一来，为了凑够至少一千元以上的购买额，他们就往往去买一些实际上他们并不需要的或超量的商品。因此，商业街的总销售额就会大大增长。”

嘉吉一听，惊讶得张大了嘴巴：“可是……可是银行不是可以把这些破钞兑成新钞的吗？”

“您说的不错，正是这样。可是，您去兑换了吗？”

“……”

“就是嘛，谁也不会去找那个麻烦。钞票又不是自己撕的，而且又是小面额的一千元，犯不着专门跑一趟银行。早花出去早完事！这跟打扑克的甩废牌心理是一样的。所以……”

编读往来：你的问题我来答

上海读者方方： 我很喜欢8月下《被诅咒的泉水》，故事中说主人公是在沙漠中的胡杨林中发现那潭泉水的。我想问问胡杨到底是一种什么植物？

绿版编辑部： 胡杨，是沙漠中唯一能绵延成林的乔木树种。它抗风沙、抗旱、抗盐碱，因此被人们赞誉为“沙漠英雄树”。此外，胡杨能“生千年而不死，死千年而不倒，倒千年而不朽”，具有超强的生命力。

由于胡杨林是沙漠绿洲的主体，所以经常会有文学作品提到“沙漠中的胡杨林”。可以说，它已成为“沙漠绿洲”的一个代名词。

甘肃读者袁晓彬： 上一期“编读往来”中，介绍了有关故事开头的要求，给我很大的启发，能不能再介绍一下故事结尾的方法呢？

绿版编辑部： 故事的结尾是情节发展的结束，强调的是深刻而圆满。所谓“编筐编篓，全靠收口”，结尾的重要性也不容小觑。一般来说，故事结尾有这样几种方法：一，释疑，也就是解“扣子”，揭谜底。故事的开头提出悬念，结尾就要释疑；二，点睛，就是在结尾部分点出作品的精华所在，加深读者对作品的理解和印象；三，留疑，在故事结尾留下一个问题，掀起一些余波，让读者有意犹未尽的感觉；四，突转，情节在结束部分发生急剧变化，使人物命运或事件结局转向读者意想不到的地方。

故事的结尾灵活多样，不管采用什么方法，关键是要给事件或人物命运挽一个“疙瘩”，使故事相对完整、圆满。

商会会长的脸上洋溢着得意的笑容，“所以，这个战术能大大活跃我们的地方经济。”

商会会长说到这里，上下打量了一眼嘉吉：“看样子您不是本地人吧？”

嘉吉喃喃回答道：“我是……是出差来这里的，过几天就要走。”

“哦，”商会会长若有所思地点点头，向前探了探身子，说，“看来您的日子过得不怎么样吧？您想不想捞点外快？干这事其实很简单，我给您一些撕开的一千元的钞票，您只要把它们再用胶带随手粘上就行了，并且一定要故意贴歪。这活儿没多少人愿意干，我们人手很紧张，所以请您务必帮忙……”

“什么？这分明是犯……”

嘉吉这个“犯法”的“法”字还没出口，商会会长就迫不及待地把他的话打断了：“您刚才说什么来着？啊，对了，我们当然不会让您白干，而且我们的工钱还很高。”

“啊？噢，不，谢谢您的好意，我的工作很忙，实在对不起！”不等商会会长再说什么，嘉吉已经吓得跑出了药店……

（**题图、插图：** 安玉民）

□谢元清

不该爱猴子

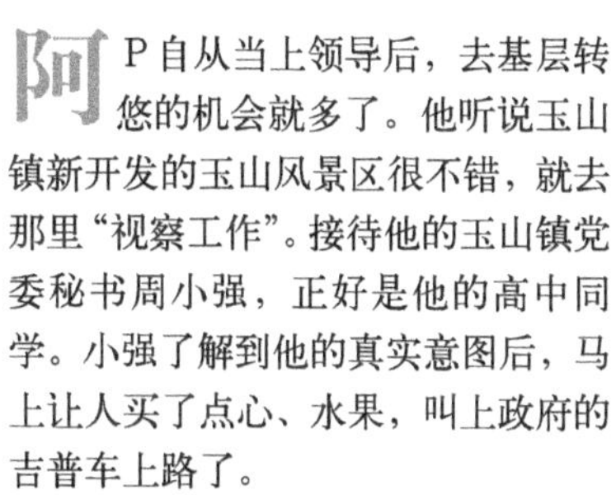

阿P自从当上领导后，去基层转悠的机会就多了。他听说玉山镇新开发的玉山风景区很不错，就去那里“视察工作”。接待他的玉山镇党委秘书周小强，正好是他的高中同学。小强了解到他的真实意图后，马上让人买了点心、水果，叫上政府的吉普车上路了。

三人驱车来到玉山脚下，便开始登山。看到山上老藤古树、青山绿水的美景，阿P心情大好，情不自禁哼起小曲来。

三人走到一个山口，忽然从路边蹦出一只猴子，跳到小强跟前讨要吃的。小强拍了拍它的小脑袋，递给它一颗荔枝。只见那猴子迅速将荔枝塞进嘴里，鼓着腮帮，又调皮地伸出手。阿P见状，乐得哈哈大笑，忍不住伸手去摸那猴子。哪知，猴子“嘎”地大叫一声发怒了，尖尖的爪子一把抓在了阿P的手上。阿P吓了一跳，赶忙缩回手来。但他不甘心，又取出一串荔枝，递到猴子面前。可是猴子并不买账，“吱溜”一下逃到树上，远远地望着阿P，任凭阿P怎么招呼也不下来。

阿P垂头丧气地问：“这猴子好奇怪，同样是荔枝，为啥我给,它就不要呢？”小强笑着说：“当地有个说法：不同的水土养不同的人，不同的人有不同的气味。这猴子会辨认人的气味，它知道你是外地人，所以提防着你呢！”

阿P将信将疑，瞪大眼睛问：“真的吗？你不是骗我吧？”小强乐呵呵地笑道：“谁骗你了？不信你让我们的司机师傅试试。”走在后头的小车司机听到这话，上前一步接过阿P手

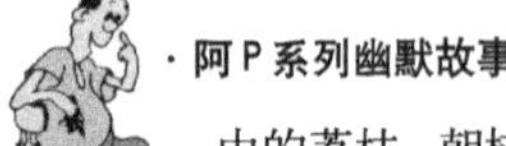

中的荔枝，朝树上扬了扬。不知从哪里蹿出四五只猴子，将他手上的荔枝一抢而光。

阿P见状，吃惊不已，他想，如果自己也能和这些猴子混熟就好了！

傍晚，回到镇里，阿P仍想着山上的猴子。临别时，他又问小强："你说猴子会辨认人的气味，是不是真的？"小强哈哈一笑，拍着胸脯说："当然是真的，要不咱俩调换一下工作岗位。我保证，你到镇里不超过半年，那猴子就会记住你的气味，接纳你！"

说者无心，听者有意，回到县城，阿P果真去找组织部门与小强调换工作。小强早就想调回城里，只是没有合适的位置，现在可好，有人愿和他调换岗位，正好又都是同一级别，于是，组织部门就一纸公文，把小强与阿P调换过来。

小强调回城里，高兴极了，渐渐地就把乡下的阿P忘了。

半年过去了，有一天，小强到城南办事，远远看见玉山镇那辆吉普车停在路旁。从车里走出一个人，随后又蹿出三只猴子，站到那人肩上。

小强定睛一看，这不是老同学阿P吗？他赶忙迎上前，笑呵呵地说道："老同学，好久不见了。你看看，跟猴子混得比我都熟，怎么样，我没骗你吧？"

阿P见是小强，苦笑道："嗨，别提了。没想到玉山镇的接待任务那么重，冲玉山风景区来的人那么多，全都得由我这个秘书接待。短短半年时间里，我光上玉山就六七十次，怎么可能跟猴子不熟悉？还好那些猴子不会说话，如果会说话，我一走到那山口，它们都会喊：'阿P，你又来啦！'真上你小子的当，我现在是顶不住了。今天来，本是想打听打听，机关里有没有喜欢猴子的，找个人再给我替换回去，哪知道人家都不愿意。"

小强见阿P愁眉苦脸的样子，本想安慰他几句。还没开口，却见阿P又精神起来说："算了，就当我是个猴子王吧，虽然工作累，至少咱还有一群猴子支持不是？"

（**题图**、**插图**：顾子易）

到底放哪里好

□冷　空

阿东是个粉刷工人，这天经理找到他，说七号楼还有一套房子没卖掉，但是楼道的墙壁已经脏了，让他马上粉刷，以免影响房子的出售。阿东扛个木头架子就开始干活，收工时，他把架子就放在了楼道里。

第二天，阿东去上工，走进楼道，就见一位大妈守候在木架子旁，怒气冲冲地说："楼道的窗户本来就低，你还在旁边搭上架子，你是怕我们的孩子跌不下去啊？"阿东一看，果然是这样，架子放在窗户旁，孩子很可能会登着架子爬到窗户上去，一旦跌下来可真不得了。阿东连忙道歉，当天收工的时候，就把架子放在了楼下。

不料，第二天去上工，小区的保安又不愿意了，拉长了脸说："最近治安本来就乱，还放个梯子在楼下，你是怕小偷爬不上去？"

阿东一听，冷汗都出来了，这要真有什么失窃案，怪到自己头上可就麻烦了，到底放在哪里好呢？阿东左瞧瞧右看看，忽然眼前一亮。原来这栋楼有一个阳台略高于地面，木头架子正好可以塞在下面，大小高矮都刚好，合适得像是特意用来放它似的。

阿东放好架子，总算松了口气，吹着口哨就离开工地。哪知第二天阿东一上工，经理就告诉他说他被开除了，因为他没有把木头架子放好，严重影响了楼房的销售！

阿冬十分委屈："那么小的一个木头架子，怎么会影响楼房的销售呢？"

经理气得脸都绿了："架子放哪里不好，你偏偏要放在阳台下面！刚才有对老夫妻来看房子，本来都打算买了，谁知在楼下转了一圈，使个眼色就走了！你猜人家怎么说：'这楼房建得倒漂亮，可质量不行，你注意到那个角没有？下面竟是用木头架子撑着的！'"

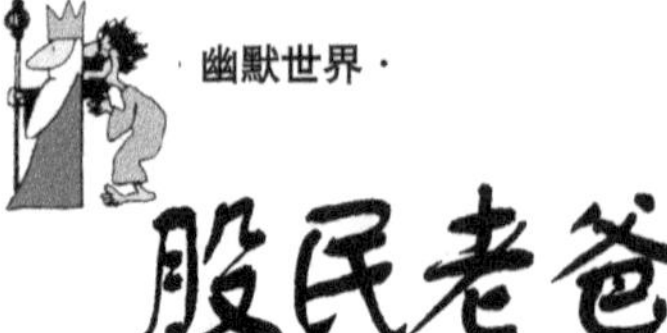

股民老爸

□顾　金

大民带着女友小丽一起回家看爸妈。回到家里，只有老妈在家。老妈看到未来儿媳既聪明又漂亮，高兴得合不拢嘴。可趁小丽去洗手间的当儿，老妈把大民拉到一边小声问:“儿，小丽她有红色的衣服吗？”

大民被妈问得莫名其妙:“咋了？小丽那条绿裙子不好看吗？”老妈摇摇头:“还不是你爸，他现在迷上炒股，说什么要爱红避绿。”儿子点点头，让小丽换上了一条红裙子。

中午的时候，小丽主动要求做饭，说是要让大家尝尝她的厨艺。老妈便乐呵呵地给她系上围裙，让她进了厨房。老妈正收拾房子，突然脸色一沉，对大民说:“儿，快把咱媳妇的手袋藏起来。那手袋上画着熊，你爸现在要爱牛避熊。”大民一听，只得把小丽的手袋藏到了包里。

中午，老爸回来了。大民指着一桌美味，告诉老爸这都是小丽烧的。老爸笑着直夸:“不错，不错。快让小丽一起来吃饭！”

不一会儿，小丽端着煲好的汤出来了，她先给老爸盛了一碗，甜甜地说:“伯父，这第一碗汤给您，希望您心情天天好，身体壮如牛。”老爸一听，笑着直点头。小丽也解下围裙，准备坐下一起吃饭。这时，老爸望着小丽突然皱起眉头变了脸色，小丽见状也愣住了。

片刻，老妈忽然一拍脑门，把大民叫到一边，说“小丽有宽松的衣服吗？快让她换上。”儿子只得又叫过小丽，让她换上一身宽松的大T恤。

过了一会儿，小丽出来了。老爸一见，果然又开心起来。儿子小声地问老妈到底咋回事。老妈尴尬地说:“股民们最怕看到的就是曲线了。曲线越大，说明股价波动越大，所以你爸一看到曲线就紧张。”儿子还是不明白:“这和小丽有什么关系？”老妈不好意思地说:“儿媳妇的身材太好了。她穿着那身衣裙，曲线波动太大，你爸看着当然会紧张了。”

给你照个够

□高　琦

小刘随领导出差，怕睡觉打呼噜，影响领导休息，就和领导住到了不同的包厢里。他一个人躺在铺上正发着短信，突然，包厢门被拉开了，只见乘务员领着一个摩登女郎走进来，说："小姐，换到这里可以吗？"女郎打量了一下包厢，说了声"可以"，就坐在了小刘对面的铺上。

小刘的眼珠子可瞪圆了。只见那女郎上身穿着低胸吊带衫，下身穿着紧身超短裙，里面包着的"内容"都要呼之欲出了。女郎放好拉杆箱，嘟囔着"好累啊"，就躺了下来。这一躺不要紧，女郎的内衣可就露底了。小刘一看，只觉头晕目眩，耳根发热。

小刘继续发着短信，可心却静不下来，时不时瞥女郎一眼。他见女郎正闭目休息，不由动起了歪心思：手机有照相的功能，干吗不趁机把这"美景"照下来？这么一想，小刘便拿过手机，对着女郎按下了快门。只听"咔嚓"一声，声音虽小，可小刘还是吓了一跳，急忙把手机对着另一边，心紧张得"怦怦"直跳。过了一会儿，他才偷偷去看女郎。女郎好像没啥反应，换了个姿势又继续睡去。小刘这下胆子大了，对准女郎直按快门。他拍一张，女郎换一个姿势，一直换了好几个姿势，女郎才拉过被子把自己裹起来，头朝里睡了。

小刘见没啥可拍的，就转过身，悄悄欣赏起自己的"杰作"，正得意时，手机突然被抢走了，扭头一看，女郎正柳眉倒竖瞪着他。小刘慌了，忙说："你，你为啥抢我手机？"女郎冷笑一声，反问道："你拍了本姑娘这么多隐私，还问我为啥？你说，咱是找乘警说事儿呢，还是我下车报案？"

小刘知道今天撞到枪口上了，眼下只有花钱消灾。经过一番讨价还价，小刘付给女郎五百元，算是"补

2007年《〈故事会〉最有影响力的故事》征文启事

四大奖励措施　稿酬外追加千字1000元奖金

为鼓励多出优秀作品,《故事会》杂志社决定继续举办2007年“《故事会》最有影响力的故事”征文大赛，并对优秀作品实行四大奖励措施:

1. 入选作品除在杂志上发表外，还将收入《〈故事会〉2007年最有影响力的故事》一书; 2. 入选作品可得两笔稿酬: 在《故事会》杂志发表的作品，首发稿酬每千字400元; 获“《故事会》最有影响力的故事”优秀作品奖，再追加每千字1000元; 3. 入选作品均颁发奖励证书; 4. 本刊将邀请有关作者参加年底的颁奖大会,所有费用均由编辑部承担。

征稿范围: 1. 具有现实感、新鲜感且可读性强的中短篇（包括超短篇）原创作品; 2. 故事性强、有口传性、能引起读者兴趣的推荐作品。

超短篇作品（如幽默故事）的字数一般在1500字以内，短篇作品（如中国新传说）的字数一般在5000字以内，中篇故事的字数一般在15000字以内。

参赛方法: 1. 从邮局寄发，请在信封上注明“征文大赛”字样，本刊地址: 上海市绍兴路74号《故事会》杂志社，邮编: 200020。

2. 从网上传递，可寄以下信箱: wulun@vip.sohu.net，请在主题上注明“征文大赛”字样; 也可直接与有关责任编辑联系，本期责任编辑的信箱是: wyjing833@sohu.com。

偿费”。女郎“哼”了一声，把手机扔给小刘，走出包厢冲走道喊:“乘务员，这个包厢不行，我要再换个铺位……”

女郎见没人答应，便自己拉开一个包厢门走了进去。小刘探头一看，这不是领导的包厢吗? 包厢只有领导一个人，要马上通知他这是个骗子，可怎么张口呢，说自己已经被骗了那不是不打自招吗? 正在着急，小刘转念一想，领导觉悟那么高，怎么会上当呢? 这么一想他又放下心来。

不一会儿，那女郎走出来了，一边整理身上的衣服，一边又喊道:“乘务员，再给我换个铺位……”

小刘见状赶忙缩回脑袋，捂着嘴偷偷笑起来: 领导平时装得挺正经，原来他也好这一口哇，看来他和我的兴趣还挺相投的。不知是他拍得精彩，还是我拍得精彩。这么一想，小刘掏出手机，选出一张最精彩的照片给领导发了过去，还调侃地附上了一句:“比比谁的味道更好?”发完，他又伸出脑袋向领导的包厢那边看。

忽然，小刘听到身后传来一阵厉喝:“小刘，你在搞什么名堂?”他扭头一看，只见领导正站在自己身后，翻阅着手机短信。小刘打了个冷颤，天啊! 原来刚才领导不在包厢里。小刘的手机“啪”的一声掉在了地上，张着嘴巴不知该说什么好……

（**本栏题图**: 顾子易、包丰一）

奇怪的画像

□张果夫

郑板桥在山东任范县县令的时候，许多人都眼馋他的画作，可是能得到画作的人却不多。

一天，一个少年乘着轿子，由一帮家丁簇拥着来到县衙，向郑板桥讨画。郑板桥一看，原来是他的本家侄子郑思谦，郑思谦的父亲是当地巡抚。他想，这个纨绔之徒平时被他父亲管得很严，从不敢轻易到自己门前显摆，今天这样贸然上门，一定是父亲不在家，出来逞能。

郑板桥本不想给他画，可是想了一会儿，又改变了主意，便说："我给你作画可以，但你不能私自拆看，必须等你父亲在场时才能打开，你能做到吗？"郑思谦素知伯父的怪脾气，生怕碰钉子，哪敢违背他的意思，便答应下来。

很快，郑板桥就到后堂作好了一幅画，严严实实封上，然后交给他，又谆谆告诫一番，才让他走。

小思谦得了画，十分高兴，心想：父亲对郑板桥的画渴望已久，却不敢亲自去讨，自己轻而易举就办了父亲想办而没有办到的事，他看到了，一定会夸自己的，于是就把画卷珍藏起来，等候父亲回来。

过了几天，父亲从任上回来了。他听说儿子得了画，十分惊喜：没想到儿子年幼，倒能办大事，应刮目相看，可再一细想，又心生疑惑：不知多少体面的人物都在族兄那里碰了壁，弄得体面扫地，儿子才十几岁，连话都说不周到，怎么可能轻易得手呢？这其中必有跷蹊！果然，一家人打开画卷一看，不觉都傻眼了。

原来这是郑板桥为小思谦画的一幅肖像画，画工虽好，人也画得俊秀挺拔，栩栩如生，就是在那应该画手

脚的地方留着空白。一个人无手无脚，岂不成了残疾人？

一家人都大眼瞪小眼，不明白是怎么回事，就见小思谦的父亲思索了一阵之后，对着儿子喝道："不肖子，你是怎么去见伯父的，照实讲来！"

思谦见父亲动怒，吓得脸都白了，急忙跪在地上，结结巴巴地说："我……我是坐着轿子去的……"

父亲又问："礼品是怎样呈上去的？""让……家丁呈的。"

"你伯父当时有何表示？"

"他……只是笑笑，到后宅很快就画出了这幅画……"

父亲一拍桌子，怒骂道"你狗大年纪就敢在伯父面前如此摆谱？这缺手断脚的作品，画的不就是你吗？"他想了想说，"你立即回去，不坐轿，不骑马，连毛驴也不要骑，更不要带一个家丁。见了伯父，先磕头请罪，再双手把画作呈上，请求修正。你伯父念你年幼无知，一定会给你修正的！"

小思谦受了父训，仔细想想，也着实惭愧。当即再去范县县衙，向郑板桥磕头请罪。郑板桥捻须一笑，上前把他搀扶起来，替他在画作上添了手脚……

（题图：安玉民）

400

2007
SEMIMONTHLY
上半月刊

10月

STORIES

故事会
STORIES
2007年10月
上半月·红版

主 编：何承伟
常务副主编：吴 伦
副主编：姚自豪（上半月·红版）
副主编：夏一鸣（下半月·绿版）
本期责任编辑：周 吟
电子邮箱：keyin118@163.com
红版发稿编辑：
姚自豪 吕 佳 郑继文 叶小萌（见习）
特约编辑：
范大宇 崔新三 申之珉
美术编辑：李宝强
电脑制作：郭瑾玮
通 联：归依玲
本社办公室电话：021-64375030
上半月刊编辑部电话：021-64332325
下半月刊编辑部电话：021-64336469
（上海市绍兴路74号 邮编：200020）
主管、主办：上海文艺出版总社

制作、发行总监：张 凯
电话：021-64313938
广告业务：上海故事会文化传媒有限公司
广告总监：张 淮
广告业务：021-34010383
广告投诉：021-64333738
广告经营许可证
沪工商广字3100320050022号
发行：中国图书进出口上海公司

·笑话·

加　钱

大牛带儿子去台球俱乐部玩，服务员要大牛先交押金："大人100元，小孩200元。"大牛纳闷地问："为什么小孩交的押金比大人还多？"服务员说："大人捅的是台球，小孩捅的可是台布呀！"　（赵　珊）

鱼的吃法

晚饭前，爸爸妈妈讨论着如何烧鱼。爸爸说："油煎吃，烧出来香。"妈妈不同意，说："清蒸吃，原味鲜美。"五岁的儿子听了插嘴说："你们多狠心啊！鱼离开水会死的，依我看，还是烧汤喝吧！"（朱玉强）

（本栏插图：包丰一）

舞蹈考试

学校在招舞蹈专业的学生，面试中，每个考生都要按要求做一套固定动作。其中一位考生过于紧张，做了手部的动作，却忘了做地板上的翻滚动作。

评审老师一再暗示："还有呢？"但那考生愣在那里，完全没有意会。老师情急之下，大声提示："滚！快滚！"只见那考生面红耳赤地低头离开了考场。（鲁　力）

即兴表演

一名马戏团的演员演出时喜欢即兴发挥，经常让他的搭档无所适从，因此，这一天演出前，导演特意叮嘱他不要即兴表演。

谁知，当这位演员骑马上台时，马竟然在台上撒起尿来，他一着急，便生气地对马厉声喝道："你怎么忘了！导演不许我们即兴表演的。"

（谢智波）

误 会

一位女士请朋友为她在希腊神庙的废墟前拍一张照片，以资留念，但她吩咐朋友，千万别把她的汽车摄入镜头。朋友不解地问:“为什么不能把你的汽车拍进去呢？”

这位女士说“因为要是那样，我丈夫准以为这堆神庙废墟又是我撞的。”（王 平）

股票经纪人

布拉德是一个成功的股票经纪人。一天早上，有人打电话来找布拉德，他的秘书接了电话:“我很抱歉，布拉德先生正在接电话。”打电话的人问道:“我们是记者，只是想了解一下，此刻布拉德先生是像牛一样高涨还是像熊一样低落。”

秘书笑了，说“他正在和妻子聊天，我只能说此刻他像羊一样缠绵。”

（李正华）

喜出望外

杰克的学习成绩很差，从来没有得过A。这天，学校组织学生们体检，抽血化验后，护士告诉杰克:“你的血型是A。”

杰克一听，大喜，叫道:“哇噻！太谢谢你了，这是我有史以来得的第一个A！”

（蒋宁贤）

婚姻的比喻

结婚后，丈夫经常抱怨说婚姻是爱情的坟墓，妻子听了这话伤心不已。

结婚纪念日的那天晚上，妻子特意点燃蜡烛，摆好果盘，等着丈夫回来庆祝。

妻子一直等到深夜，丈夫才喝得醉醺醺地回来，他看到桌上摆着蜡烛和果盘，好奇地问妻子:“你在干什么？”

妻子一肚子怨气，回答道:“等你回来扫墓！”

（徐 斌）

前　科

阿军回家乘电梯时，电梯突然出了问题，他和一个女子两人被困在了里面。

阿军的老婆闻讯后飞也似的跑来，焦急地哭喊道："快！快……快叫维修公司的人来修电梯啊！不然就来不及了！"

大家看她急成这样，连忙安慰道："你别着急，大概20分钟后就会有人来了。"

阿军的老婆一听，哭出声来"这可怎么办？他当年在电梯里追到我，可只用了10分钟啊！"

（李　丹）

魔高一丈

张三非常吝啬，一天，他发现家里有老鼠，便去邻居家借捕鼠夹。捕鼠夹借回来后，张三权衡了半天，实在舍不得放一块面包在捕鼠夹上，于是他拿来一张画满食物的广告宣传单，放在夹子上。

第二天，张三走到捕鼠夹旁一看，只见夹子上放着一张老鼠的照片。

（阎泽川）

童心童话

妈妈买了一瓶防晒霜，十岁的女儿拿起来瞄了一眼，说："妈妈，你真的认为这个东西有效吗？"

妈妈还没来得及回答，女儿就指着包装盒上写的字说："你看，上面写着：请收藏在阴凉处，避免日照。它连自己都帮不了，怎么帮你啊？"

（芳　华）

打草稿

一天早晨，八岁的女儿正准备去上学，妈妈来到女儿房间查看了一下，发现床上的被子和枕头都东倒西歪的，妈妈不满地对女儿说"你这样就算收拾好了？"女儿看了看，满不在乎地说："妈妈，别急，还没收拾好呢，我只是打了一个草稿而已。"

（宋　凯）

函授课程

一辆汽车在公路上歪歪扭扭地行驶着，警察见状，把车拦了下来，问司机怎么回事。司机回答说“我在学开车。”警官惊叫道：“什么？可是并没有老师在旁边教你啊？”司机解释说“噢，是的，因为我上的是函授课程。”

（任 远）

古人聪明

两个文人聚在一起闲聊，其中一个感叹道“还是古人最聪明。”同伴听到这话感到莫名其妙，问：“为什么啊？”

那个人说“你想呀，古人写字都是从上到下，要是你读的速度快，看起来就像在连连点头，称道文章写得好似的；现在的人写字都是从左到右，不论文章写得好不好，一读快，就像在连连摇头说这文章不行啊！”

（姜 林）

我的待遇

一个小伙子来参加《红楼梦》中“贾宝玉”的演员选拔活动，他看上去特别紧张，评委想缓和一下小伙子的情绪，就先问了个简单的问题：“你就先谈谈黛玉吧！”这时，小伙子神情更加紧张，支吾了半天，说：“我的待遇去年大概3万……”

（张 华）

在英语课上

上英语课时，英语老师对学生们说：“在我的英语课上谁也不许讲中文。”

听老师这样说，学生们都很守规矩，一直没用中文说话。

英语课快结束时，一个英语很差的学生终于松了一口气，忍不住笑出声来，哪知他的同桌看见了，马上举手检举道：“老师，他用中文笑了。”

（贺潇宇）

本栏欢迎来稿，读者、作者可将有新鲜感、有精彩细节的笑话佳作投寄给我们。来稿一经采用，最高稿费为一则100元。本期责任编辑电子信箱：keyin118@163.com。

·第一推荐·

我拿青春赌明天

票子：一夜之间的财富

阿乐是一名普通的公司职员，这天，他下班后，照例想掏钱买一份报纸，可这一掏，却掏出来一张名片大小的广告卡片。

阿乐不知道这小广告卡什么时候被人塞进了他的口袋，现在这些派发广告的人也太厉害了，简直防不胜防啊！

阿乐最烦这种广告了，正准备扔掉，突然，被卡片上的一行文字吸引了："无界限电讯公司为您推出最刺激的'我拿青春赌明天'服务，电话热线：7777777，无论您有什么人生目标，我们都能立刻帮您实现！心动不如行动……"

阿乐觉得可笑，这真是天方夜谭，世上哪有这样的好事，那大家都不要奋斗了！不过，说不清为什么，阿乐把广告卡又重新揣回了口袋里。

晚上，阿乐一个人在出租屋里喝着闷酒，想想自己都28岁了，却仍一事无成，什么都没有，喝着喝着，阿乐不经意间，手又碰到了那张广告卡，他心里突然浮出一个想法：也许，这电话……于是，阿乐的手鬼使神差地拨动了7777777。

一阵《潇洒走一回》的音乐过后，一个甜美的女声响起："嗨，朋友，欢迎您进入'我拿青春赌明天'服务，人生的梦想有很多，请把您目前最想实现的人生理想告诉我们，想发财请按1，想升官请按2……"

阿乐心想：反正就是玩玩，他不假思索地按了1，只听电话那头继续传来《潇洒走一回》的音乐，伴着甜美的女声："您现在很想发财，您觉得金钱比青春重要，说明您生活中也许遇到了困难，没关系，我们会为您排忧解难。请输入您的身份证号码……"

阿乐按要求输入了，"非常感谢您的配合！按您的年龄折算，10年内，您的青春单价为4万元人民币。本公司忠告玩家：青春一旦换出去，无法从头再来，要换请按1，不换请挂机。"阿乐想，这游戏还真刺激，他毫不犹豫地按了1。

"好，既然您已决定了，请按下您需要金钱的数目，注意，以1年为单位，10年为限，请按键。"

阿乐算了算，目前他需要按揭一套房子，一辆低档车子……差不多28万吧，于是阿乐按下了7。电话那头说："您已经拿7年青春换来28万人民币，请输入您的银行账号。"

阿乐突然有点害怕了，这不过是游戏啊，搞得这么真实，难道……可阿乐的手还是不由自主地把自己的账号输了进去。

"好，非常感谢您的配合！ 28万人民币我们将在24小时内划到您的账上。请记住，现在您的实际年龄是35岁。请记住我们的热线电话7777777，有困难，打热线……"

阿乐挂了电话，松了一口气，这个游戏太无聊了，他以后再也不玩了。

第二天上班后，同事告诉阿乐，说这个月的工资发到卡里了，阿乐一听乐了，这几天房东的脸一直黑着，这回工资发了，阿乐总算可以交房租了。他跑到银行取钱，一看吓一跳，自己卡里竟然多了28万块钱，阿乐明白了，那个电话不是游戏，他一次性拿7年的青春换来了28万。自己一下老了7岁，不过既然换了，也没得后悔了，该咋办就咋办吧！

妻子：最熟悉的陌生人

很快的，阿乐买了房，买了车，他处处精打细算，因为这些钱是他用青春换来的。

这时，阿乐又意识到自己该找个老婆了。可这个年代，谈恋爱似乎比什么都难，自己都35岁了，不能再浪费时间了。他又想到了那个热线电话，还是电话省事，不就再付出一点青春吗！

这一次阿乐是轻车熟路了，电话那头又响起甜美的声音："您已经是我们的老客户了，按您的青春价值，您只需付出5年时间就可以得到一位正常水平的妻子，我们将在24小时内把您要的人送到。若对妻子的条件有特殊要求，请按1……"阿乐心想：老婆嘛，普通就得了，于是他挂断了电

话。

第二天早上阿乐一觉醒来，忽然发现枕边多了一些头发，短短的，是从他头上掉下来的。他拿过镜子一看，呆了，自己的头发稀疏了不少，有些已经变白了……天哪，40岁了！

这时，门铃突然响了，阿乐开了门，一个陌生女人站在门口，手上拎满了菜，阿乐还没开口，女人径直走进厨房，把东西放下，甩甩手说："妈呀，累死我了，你也不帮一把。"

阿乐呆呆地看着这个陌生女人，突然想起来："她就是那热线电话发给我的老婆！"她怎么这么快进入角色了？天哪，这事也太"速配"了，阿乐还没做好准备呢！他仔细打量着这个"老婆"，不高不低不美不丑不胖不瘦……

阿乐叹了口气，心想：这老婆实在太一般了，唉，算了，好歹自己也有老婆了，有人帮自己烧饭做菜，这也不错。

晚上，阿乐看完电视，打开衣柜想拿条内裤去洗澡，一本红色的结婚证映入眼帘，他急忙拿起来，打开一看，里面贴着他和"老婆"的合影，再看老婆的名字，原来她叫王翠花。

阿乐叫着老婆的名字："翠花，我们睡觉吧！"老婆很乖地钻进了被子，几分钟后，只听阿乐喃喃道："不好意思，翠花，我……我可能最近太累了。"

阿乐的老婆笑道："呵，客气啥？都40岁的人了，我还能要求你咋的？正常发挥就行了。"

位子：想说爱你很容易

日子就这样一天天过去，阿乐想，要是有个儿子就好了，这样想着，老婆的肚子真的一天天大起来，阿乐如愿以偿地有了个儿子。

接着，阿乐开始不满意自己的工作了，他想升官，他不想总是受公司主任的百般欺压，于是阿乐忍不住拨通了热线电话7777777，他用5年的时间换来了一个公司经理的职位，刚好可以压住那个令人讨厌的公司主任。

第二天，阿乐一觉醒来，忽然觉得牙疼得厉害，他捂着腮帮子跑到洗手间一照镜子，天哪，抬头纹足足多了一倍，原来，自己真的45岁了！

牙疼得厉害，阿乐没吃早饭就上班去了，走到车库一看，原来的那辆低档车不见了，变成了一辆崭新的奥迪，一看车号，是他们经理开的车！

阿乐突然一拍脑袋，原来他已经是经理了。

阿乐兴高采烈地来到办公室，那个以前经常欺压他的主任走了进来，点头哈腰地说："经理，优秀员工的名单请您批一下。"

阿乐拿过来一看，将主任的名字圈掉，扔还给他说"就这么定了。"主任呆了一下，却不敢说什么，毕恭毕敬地退了出去。

阿乐开心极了，当领导的感觉就是爽！他惬意地在椅子上转了360度，心想：什么时候找个茬把那讨厌的主任给废了。

这时，阿乐的电话响了，是老婆打来的，说儿子出事了。

阿乐赶到医院，医生说他的儿子恐怕救不活了，阿乐突然冲出医院，不顾后面众人的呼叫，他风驰电掣般地往家里赶去。

一进门，阿乐就拨了7777777热线电话，等听到电话里说"想为家人消灾祈福请按5……"阿乐立马按下了5。电话那端说："用生命为家人换来幸福，是一个有责任感的人明智的选择。您是我们的老顾客，您已经是第4次使用我们的热线电话了，我们的资料显示，您目前只有5年的时间有交换价值，这也是本服务的最低限额，请您谨慎！决定交换请按1……"

阿乐冷汗直冒，再交换，他就是50岁了！可是不换的话，一个45岁的男人，如果孩子没了，那……于是，阿乐庄重地按了1，那一刻，他觉得像在

完成某种仪式……

“非常感谢您的配合，请您放心，您的孩子很快就会没事的。由于您可供交换的年龄已用完，我们的合作自动终止，祝您下半生过得幸福！祝我们来生合作愉快！”

儿子：长使英雄泪满襟

阿乐颓然地倒在床上，50岁了，一晃就50岁了！阿乐突然觉得悲伤不已。这时，门突然打开了，明显老了几岁的老婆带着一个大男孩走了进来，那是长大了5岁的儿子。

阿乐茫然地看着这对母子，叹了口气。老婆见阿乐发呆，忙走上前来，怜爱地摸摸他的头发，说：“哎，这些年辛苦你了，头发又白了不少！但你也没白操劳啊，儿子都长大了。”

阿乐问道：“儿子刚才，哦，不，5年前他得了病，后来是怎么……”

老婆笑道：“你是老糊涂了还是怎么了？当年还是你输的血救了儿子啊！”

阿乐走到镜子前，望着自己衰老的面容，又陷入了悲伤。这时，儿子走了过来，懂事地问：“爸爸，您没事吧？”

阿乐努力地挤出一丝微笑，说：“爸爸没事，爸爸有事了你怎么办？爸爸还不老，还能做到你上完大学呢！”说着说着，眼泪涌上阿乐的眼眶。

老婆见了，忙说：“好了，好了，喜庆的日子，你伤感什么呀！”阿乐糊涂了，问道：“啥喜庆日子？”老婆娇嗔道：“今天是我俩的结婚纪念日啊！我已经准备好了，走，我们一家人到天台上摆个家庭酒宴，破例让你喝两盅！”

阿乐来到天台，仰天长叹道：“苍天作证，我阿乐，年方28，可是，我今天50岁了，房子、车子、妻子、儿子都齐了，你说，我该长笑还是痛哭？”老婆说：“老公，你醉了！”阿乐一摆手说“我没醉，这虚拟的22年来，我从没这么清醒过！我花了7年的时间换来了房子和车子，又花了5年的时间换来了你，再花了5年的时间换来了一个经理的宝座，最后花了5年的心血换来了儿子的平安……可是今天，我没得再换了，谁关心过我曾经失去的青春？”

老婆不满地说“老公，哪个做父亲的不是这样？再说，不少人奋斗一辈子还得不到你的一半呢！”阿乐悲伤地说：“可是、可是他们有过程啊，过程才是享受，可是我呢？”

那一夜，阿乐真的醉了。第二天醒来，阿乐忽然听到儿子在对老婆说：“妈妈，好奇怪，我口袋里突然多了一张卡，是一个什么热线电话的广告，7777777……”

（**作者**：子　野　**推荐者**：戴　辉）

（**题图、插图**：安玉民）

《绝对小孩》：朱德庸20年来最好玩的一本书
最新全彩系列四格漫画

算一算

给爱情加点魔法 看我七十二变
——《爱情魔法书》手把手教你恋爱诀窍

《爱情魔法书》的神奇力量就在于教你用尽一切方法得到你想要的真爱，然后帮你牢牢守住这份永恒的幸福!这是一本非常有趣、好玩、实用、漂亮又有意思的书,收集了很多令人心醉的甜蜜爱语、经典爱情故事,翻开此书,你会发现很多你知道、你不知道、你想知道的都已罗列其中。

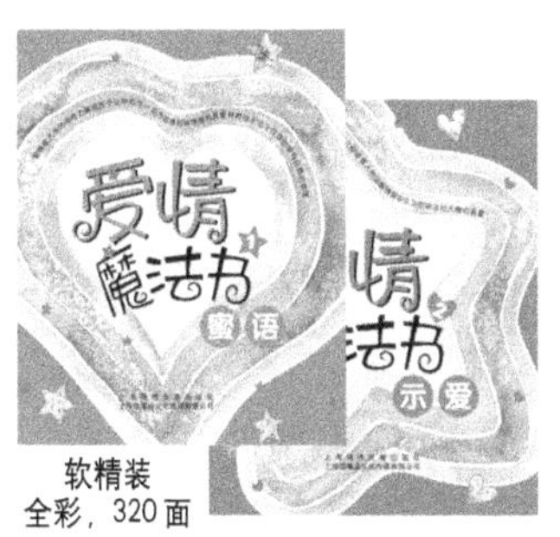

软精装
全彩，320面

全书分“蜜语”与“示爱”两个部分，结合实例告诉你如何找到挚爱；告诉你如何做个令人感动的爱人；告诉你男女交往的重要注意事项；告诉你如何保持感情的甜蜜长久；告诉你如何使自己更有情趣和魅力……

要做一个浪漫的人其实并不难,为什么不从送这本别致的小书开始,给对方一个惊喜?

·快乐辞典·

吹牛不上税

- 说有一年天冷，那天冷得，嘎嘎的！两个人对面喊一声，声音传到半路，就冻得“咣当”一声掉在了地上，这一掉不要紧，愣是把水泥地面砸了一个大坑！
- 说有一年天热，那天热得，嗷嗷的！家家都不用生火做饭，至于说在南极冰面上烙大饼，在太平洋里煮面条更是常有的事！
- 说有一年风大，那风刮得，嗖嗖的！今儿个刮明儿个刮后儿个还刮！那一年人们都看不了电视，因为多强的电视信号发上去都会被风刮得无影无踪！
- 说有一年雾大，就是脸贴脸都看不清对方长得啥样，那一年两口子闹离婚的特多，不为别的，大雾天，就是再小心翼翼的人也难免有亲错嘴的时候！
- 说有一年雪大，地面上积雪这个厚啊，就不用说了，跳伞运动员从万米高空往下跳时都不用降落伞，因为有又软又厚的雪铺着，不论以啥方式从天上往下跳都没有一丁点危险！
- 说有一年白天长，早上太阳露脸的时候孩子还没出生呢，等到太阳偏西的时候，孩子的孩子的孩子的……孩子的孩子都八岁啦！
- 说有一年交通拥堵，所有能走车的道都让车给塞满了，没办法，人们不得不改乘飞机，由于飞机太多，很多飞机都不能及时降落，有关部门不得不派直升飞机给因此而长期滞留在空中的人送盒饭！
- 说有一年大丰收，庄稼长得那个好呀，粮食产量那个高呀，就别提了，至于说麦穗子刮断牛角啊，谷粒儿掉下砸断马腿呀，更是屡见不鲜！

（**推荐者**：卜黎飞）

失恋算个啥

- 失恋算个啥？天涯何处无芳草，活到老，恋到老，分了谈，谈了分，分了再谈，谈了再分，咱分到老，谈到老！我就不信，所有人对咱都概不参考！
- 失恋算个啥？人在情场飘，哪能不挨温柔刀，忍点疼，拔出刀，上点金创药，撒开俩小腿儿，咱照样在情场上使劲飘！
- 失恋算个啥？举杯消愁愁更愁，抽刀断水水更流，睡不着，咱数牛，心情不好，咱旅游，实在不行，咱去公园看看猴儿！
- 失恋算个啥？从哪跌倒了从哪爬，你前脚走，俺这后边又来了仨！
- 失恋算个啥？天上下雨地下流，暂时光棍儿有啥愁？
- 失恋算个啥？世上难找三条腿的蛙，两条腿的大活人遍天涯！

（**推荐者**：王小舟）

说大事、小事，普通人的身边事
讲闲话、实话，老百姓的心里话

上班这件事儿

有的人把"上班"这件事儿当作事业，有的人把上班当作职业，有的人把上班当作副业；有的人雄心勃勃，壮志凌云，"上班"锻造的是一条体现人生价值的黄金通道；有的人默默无闻，干活挣钱，"上班"不过是捧了一只养家糊口的饭碗；有的人八小时内忙得焦头烂额、顾此失彼、捉襟见肘、力不从心，"上班"实在是一件烦恼事；有的人未雨绸缪、运筹帷幄、呼风唤雨、八面玲珑，"上班"就是一件乐在其中的开心事……但不管怎么说，上班总是一件辛苦事，出汗、出力，用神、用心，即使你再有钱，有几百万、几千万、一个亿，开了个大公司，自己当老板，可你也得上班，也得变着法儿、动着心思想着赚钱，你也好辛苦哦！

上班辛苦，谁都认这个理，今天我就来讲三个故事、三个人，一个是清洁工，一个是厂长，一个是县政府的秘书，看看他们是怎么上班的，看看他们上班是怎么辛苦的……

•第一个故事•

公司天天要考勤

有一个公司，考勤制度非常严格，上下班都要打卡，但总有人想着法儿钻空子，比如请人代打，老板发现这个秘密后，一怒之下买了一台进口的指纹打卡机，这回可好，人人指纹不一样，谁也代打不了，大家都不敢迟到早退了。

可唯独有个人没把这当回事，这人就是清洁工刘嫂。刘嫂在公司做清洁工已经十多年了，是个勤快人，可自从公司里使用了指纹打卡机后，一个月下来，她的考勤记录上居然有九天是空白的，于是老板大发雷霆：这太不像话了，这不是存心坏公司的规矩吗？没有二话，必须辞退！

刘嫂知道自己被辞退的消息后很是吃惊，她立即找到人事部简经理，

想把自己缺勤的事作个解释，可简经理心里早就打好了小算盘，他想把刘嫂辞退后，让自己的一个亲戚来顶替，所以没等刘嫂开口就说道：“刘嫂，你什么也不用说了，老板这回发了狠话，说啥理由都没用，你啥都别说了！”

刘嫂见简经理把话说得这么绝，只好把要说的话咽了回去，她强忍泪水，默默地回去了。

刘嫂走后，简经理带来了自己的亲戚姜嫂，可从姜嫂上班的第一天起，公司的清洁状况就明显不如从前了，员工也开始嘀咕起来。简经理知道姜嫂没有偷懒，上班时间里几乎每分钟都在辛辛苦苦地忙碌着，到了这时候，他终于知道这些年刘嫂很不容易。

姜嫂没把卫生搞好，心里也很难受，她对简经理说：“我再试几天吧，万一再干不好，我就走人，免得让人说你。”姜嫂没说空话，一周之后，简经理出差回来，发现公司的清洁状况好了许多，地板光溜溜，门窗玻璃亮晃晃，就像先前刘嫂在的时候一样。正在这时，简经理看到姜嫂在走廊里拖地板，上前一看，他大吃一惊：几天不见，姜嫂瘦得几乎脱了人形！

姜嫂见了简经理，脸上立刻显得不安起来，她告诉简经理：她已经三天没打卡了。

简经理愣了一下，奇怪地问：“你

为什么不打卡呢？”

姜嫂伸出了自己的手，简经理一下惊呆了：那是一双怎样的手啊，因为被洗洁精长时间浸泡，手上的皮肤发白，而且正在大块大块地蜕皮，这样的手指，那台指纹打卡机怎么能识别呢？

简经理一把攥住姜嫂的手，责怪道：“天哪，都成这样了！你傻不傻，怎么不戴手套呢？”姜嫂摇摇头：“我戴过，没用的，时间一长，手心出汗，更容易蜕皮。”

简经理看着姜嫂的手，几乎要哭了，他什么也没说，立即闯进了老板的办公室，老板听简经理一说，痛心疾首，他赶紧亲自去找姜嫂，对她说：“以后你不用打卡了，放心，我不会辞退你，我已经错怪了一个刘嫂，不会再错怪一个姜嫂了……”

•第二个故事•

许厂长破案

其实，普通员工上班辛苦，当头儿的也辛苦，不过是辛苦的方式不同，员工出力、流汗，头儿用心、动脑。比方说机械厂的许厂长吧，这天下午一上班就碰上了麻烦事：安装车间的主任梁光明满头大汗地跑来告诉他：今天中午，“大机器”的大销子丢了！

梁主任所说的“大机器”，是局里耗资80万元、从意大利引进的设备，前天才托运到厂里的，要求他们在5天内——也就是后天安装好，到时候意方专家将到厂里来对设备进行调试，然后拉走，在全局内投入使用。大机器上有个大销子，有20千克重，靠它能将一辆解放牌汽车大小的大机器连接固定住。这种大销子，国内生产不了，没了这个大销子，大机器就算报废了！

许厂长听了大吃一惊，怎么办？要不要报警？如果一报警，这事情就闹大了，不仅年底全厂的奖金、评先进都要受到影响，而且因为大机器不能正常投入使用，全局工作都将受到严重影响！许厂长当机立断，吩咐梁主任：“你把老孙头他们全班8个人，全给我叫来！”

很快，安装车间的班长老孙头他们8个人被叫进了厂长办公室，许厂长笑容可掬，招呼他们在沙发上坐下，早有厂办的小姑娘沏上了茶，拿来了招待烟。这时，许厂长笑嘻嘻地说：“找你们来，是因为你们一年忙到头，非常辛苦，那大机器不是要求后天安装好吗？现在既然大销子丢了，你们的活没法干了，从今天一直到后天，你们都在我这休息就行了！”

老孙头从许厂长的话里闻出了火药味，便委屈地说：“可是我们确实不知道大销子是怎么丢的。”

许厂长叹了口气，说：“本来我是

要报警的，可一报警，性质就变了，我相信，警察一定能破案，可要是那样的话，咱们工人中，就要有人家破人亡了！”说完，许厂长望了望墙上的电子钟，说：“你们先在这坐，喝茶抽烟看看报纸，我去隔壁会议室开个会，等我回来我们再聊。”说着，他掏出钥匙，打开办公桌抽屉，拿出几封信，放进了包里。

许厂长的办公室有个门，直通隔壁的小会议室，许厂长通过这个门来到小会议室，接着便和正在外地出差的书记通了电话，说了厂里发生的事，并说了自己的想法，然后许厂长立刻叫来了厂办主任，让他马上通知有关人员来会议室开会，其中包括安装车间的梁主任。

人很快到齐了，有人起身要关通往厂长办公室的门，许厂长说：“天热，开着那扇门。”如此一来，会议室的声音，就会清清楚楚地传进厂长办公室。

会议一开始，许厂长便从包里拿出了几封信，这几封是举报信，举报的就是安装车间的梁主任，信后的署名是“几个工人”。许厂长瞟了一眼那几封举报信，厉声质问梁主任：“车间里的工人，不管病假还是事假，只要每月超过3天，就扣除当月全部工资奖金，这是谁规定的呀？这钱扣除后，工资报表上这工人还是满勤，这钱发下来后上哪去了？”

梁主任见许厂长突然发难，慌了，连忙解释说，他这也是为了加强劳动纪律，扣下的钱，作为车间的经费，比如给工人加班买个夜宵什么的。许厂长猛地一拍桌子，提高了嗓音，吼道：“你们车间老工人多，老工人为工厂辛辛苦苦了一辈子，如今年纪大了，身体不好，病假稍微多一天两天，你就这么非法克扣他们，你还有良心吗？”

说完，许厂长威严地扫视了一圈会场，最后将目光落到梁主任身上，说：“现在我宣布，撤销梁光明车间主任的职务，该职务暂由安装车间袁技术员代理。不同意的请举手——没有？一致通过！”

人们散去了，许厂长默默抽了支烟，才回到厂长办公室。老孙头他们不知什么时候全已经走了，办公桌上留了张字条，上面写着："许厂长，我们再回去找找，大销子也许能找到，保证不耽误大机器安装。”字迹歪歪扭扭的，大概是写的人当时情绪异常亢奋……

过了半小时，消息传来了：大销子找到了，就藏在安装车间窗子外几步远的排水沟的烂泥里！老孙头他们立即动手安装，还干了个通宵，一口气干到次日上午8点，提前一天半完成了大机器的安装任务，次日晚上7点，许厂长在厂招待所办了一桌酒席，为老孙头他们庆功。

酒至半酣，许厂长撂了句重话："老孙头，咱可讲好了，下不为例！今后，谁要是再拿生产上的事跟我儿戏，要挟我，我可真就报警了，谁爱蹲监狱谁就蹲去，我是不保了！”

老孙头感激地说道："许厂长你放心，哪个龟儿子再敢这么干，甭用你动手，我老孙头先拧下他脑袋来！”

酒宴一直持续到夜里10点，大家皆大欢喜。你看看，许厂长今天上班动了多少心思：追回了大销子，安抚了老孙头他们一批老工人，撤了梁主任，提了袁技术员，而这个袁技术员，他的父亲是市里的一个局长，也是许厂长大学时的同窗好友……

•第三个故事•

最后一次校对

马大河是县政府办公室抓文秘工作的副主任，为了筹备一年一度的县、乡、村三级干部会，马大河像往年一样忙活了两个多月，一篇洋洋两万余言的工作报告总算完成了，并征求了各方面的意见。

这天，马大河又熬了一个通宵，把征求意见后的工作报告又仔细修改后，给县长出了一份清样，县长看了后，拿起笔签上了“同意印发”四个字，说："大河呀，文印室排版时你可要盯着，千万要校对好。”

马大河连连点头，说"我是最后校对，最后把关，请县长放心。”

其实，也难怪马大河说得这么自信，他进政府办时，是个二十多岁的小伙子，如今已四十好几的人了。他干了五年秘书干事，干了五年秘书副科长，干了五年秘书科长，又干了五年分管秘书科的副主任。有一次，马大河喝醉了酒，说"这写材料真他妈不是人干的活，辛辛苦苦写成了，这个提一点，那个提两点，一个材料得修改几十次，等材料过关了，人也瘦

了一大圈，唉！”可他嘴上这么说，一有材料，仍然照写不误，不是吗，领导要讲话，你当秘书的不写行吗？当然，马大河也有怨气，他曾向领导提出到下面去“锻炼锻炼”，所谓“锻炼锻炼”，其实就是到乡、镇、局任个实职，但领导们说：“大河的材料水平全县独一无二，等培养出接班人再说吧。”马大河越想走，领导越不放他，这样一干就是二十多年。

你瞧瞧，工作越是做得好，你就越是走不了，你就还得忍气吞声、任劳任怨地写材料！这天晚上，也就是在县三级干部会前的那天夜里，马大河掂着半斤熟牛肉、一斤白酒，来到文印室。他披了件军大衣，坐在电脑前，吃着肉，喝着酒，吸着烟，两眼盯着电脑，进行最后一次校对，他连一个字、一个标点都不敢懈怠，直到凌晨三点多钟，总算校完，然后又交给文印员，安排激光排版、印刷、装订，于八点前将材料送到会场。

上午九点，县、乡、村三级干部会议在县礼堂如期召开，主持人宣布由县长做政府工作报告，县长满面红光地走上报告台，开始了演说。第一部分、第二部分……县长越讲越精神，越讲越激奋，台下不时响起雷鸣般的掌声，当念到第三部分时，县长说：“对城镇建设要结扎上环……”台下一片哗然，台上的领导们也你看我、我看你的，县长的额头上冒出了汗，他稳定了一下情绪，看着手上的材料，跳过一段又接着往下讲：“计划生育工作扎实有效，今年新建了三个广场和一条街道……”

会场大乱，议论纷纷……

会议结束后，县长铁青着脸，马上打马大河的手机，可马大河关机了，县长回到办公室，立即让值班员通知马大河见他，值班员说，马主任这一段时间劳累过度，住院了。

不久，县里调整干部，县长在常委会上说：“像马大河这样的干部，连个材料都校对不好，用着不放心，不适应在领导身边工作……”

领导们商量来商量去，觉得马大河这次校材料出错，也不是什么原则性问题，况且为筹备这次县三级干部会议又累得住了院，也够难为他、辛苦他了，给他安排个小单位吧，他是政府办正科级副主任；给他调整个大单位吧，他又刚刚出了差错。

大家这样议论着议论着却议论出了不少马大河的“好处”，有的说他在一个地方二十多年没动也毫无怨言，有的说他服务了六任县长，有的说他爱人下岗后工作一直没给安排，有的说他工作忙得顾不上管孩子，去年孩子没考上大学就到南方打工去了……说着说着，好几个领导的眼窝都有些红红的了，商量来商量去，最后决定让马大河到一个不大也不小的局当了局长。

宣布这次调整人员的任免名单时，马大河病还没好，仍住在医院里，组织部长到医院看望马大河，并和他谈了让他到新单位任职的事，马大河听了，哭得痛彻心肺，他对组织上的安排感激涕零，他越哭越伤心，弄得组织部长鼻子也一阵阵发酸。

转眼到了春节，马大河坐着新换的奥迪来到县政府大院，许多同事上前同他握手，“马局长”长“马局长”短地喊，马大河笑着和同事们握着手，不停地给大伙发烟。

马大河的老部下、秘书科长走上前来，边握手边捶肩，说：“马局长，办公室的兄弟们都很羡慕你，你现在车子有得坐，客人能招待，人员能安排，可是权倾一方的封疆大吏呀！”

马大河亲热地拍着秘书科长的肩膀说：“以后有私事用车不用客气，只管开口，我给兄弟们派；夜里加班写材料，别光啃个烧饼泡包方便面，时间长了伤身体，熬夜了，就领着兄弟们到饭店炒几个菜，弄点烟酒，整点牛肉汤，花个三百二百的，都记我账上。我知道咱办公室经济上紧张，兄弟们苦寒。”一席话说得同事们像见了亲人似的，心里热乎乎的。

马大河寒暄了一阵，便和大家道了别，大伙知道他得给县长拜年去了，看着马大河春风得意的样子，几个熟悉他的人暗自嘀咕开了：你说，像马大河这样老资格的秘书，又是校对县长在三级干部会上的工作报告，这么重要的文件，他怎么会出这样的差错？有人猜测是马大河精心设计的“金蝉脱壳”之计，事实到底如何，只有天知道了……

“公司天天要考勤”作者：许申高；“许厂长破案”作者：老　三；“最后一次校对”作者：魏丛枫。

（**题图**、**插图**：刘斌昆）

偏偏一个人住

□李 勇

宋老太太已过古稀之年，她一个人在小城里住着，唯一的儿子在大城市经商，儿子多次劝母亲去他那儿住，以方便照顾，宋老太太却执意不肯，没办法，儿子只能多抽出时间，常带一家人去看望母亲，多买些东西孝敬她，好在宋老太太的身子骨一直挺硬朗。

儿子怕母亲孤单，特地从大城市买来一些名贵的猫呀、狗呀、鹦鹉什么的，有了这些价钱不菲的宠物整天陪伴着，宋老太太还真是其乐无穷。

可是有一天，宋老太太到底还是出事了。这天晚上，一个歹徒不费吹灰之力就进入了宋老太太的家，他把宋老太太绑好后，竟悠然地踱步到卫生间，方便完后回到房间，这才开始不慌不忙地翻找起来……

就在这时，几名警察突然冲进了屋，几支枪同时对准了这名歹徒，他顿时吓得魂飞魄散，等他反应过来要掏匕首时，警察早已将他摁倒在地。

警察将歹徒铐上后，要带他走，歹徒请求道：“我可以问个问题吗？我想知道你们是怎么找到这儿的？”警察答道：“是这家人报的警。”

“可、可是，这家就老太太一个人，没法报警的呀？”歹徒正百思不得其解，宋老太太走到他跟前，不无得意地说“不奇怪，我有自动报警系统。”歹徒还想问什么，警察已经把他抓到了警车上。

转眼间，过年了，正月初六这天，宋老太太的儿子开着轿车，带着自己的老婆、儿子以及儿媳，来给宋老太太拜年。

看到大学毕业刚刚工作的孙子和孙媳妇来了，宋老太太高兴得不得了，非要亲自去菜市场买菜，没办法，儿子儿媳就陪她一同去。

孙子和孙媳妇这对新婚小夫妻，两个人在一起总是缠缠绵绵亲热得要命，现在，家里只有他俩，没别的人了，小两口对视了一下，会心一笑：岂能放过这大好的时机！

眨眼间，小两口已经抱在了一起，孙子干脆躺在沙发上，孙媳妇紧跟着就骑在他的上面，孙媳妇红润的小嘴马上就和他的嘴巴合到了一起。

这小两口正陶醉在长时间的亲吻里，忽然听见外面隐约有救护车的声音由远而近，不一会儿，好像救护车就停在了他们家门口。

小两口正疑惑着呢，突然，外面响起了急促的敲门声，他俩赶紧整理好头发和衣服，打开门一看，只见门外站着几个穿白大褂子的，一辆救护车停在门口。

救护人员焦急地问："人呢？病人呢？"小两口莫名其妙，睁大了眼睛问："什么病人？哪来的病人？"救护人员吃了一惊，说："不是你们打120，喊救人的吗？"小两口更奇怪了："没有呀，怎么会呢？好好的打什么120？"

救护人员仔细对了对地址，确定就是这家打的120，小两口百口莫辩，无奈地说："地址是没错……可、可我们没打过电话呀？"

既然没有要抢救的病人，救护人员只好离去了。没一会儿，宋老太太和儿子儿媳买菜回来了，当听到孙子讲完刚才的怪事后，宋老太太忍不住

笑了起来，她把孙子拉过来，轻声问他:“你仔细说说，刚才家里到底发生过什么事啊？”孙子脸红红的，不好意思说。

宋老太太佯装生气地说:“你不说我就解不开这个谜了。”没办法，孙子说了刚才在沙发上亲嘴的事儿，老太太听后看着孙子笑而不答，孙子一头雾水，催奶奶快告诉他怎么回事。

宋老太太指着围在自己身边转来转去的几个宠物说:“都是它们干的好事！”

原来宋老太太执意一个人住，又不同意雇保姆，儿子就特地为她买了价格昂贵的几个宠物，一来是陪伴老人，二来是关键时刻可以报警。这几个宠物里，数那只猫和鹦鹉最贵重。

宋老太太的儿子还专门请人训练了猫和鹦鹉，所以这只猫能将电话的话筒拿下来，还会识别简单的数字，会用爪子去摁“0、1、2”这三个键，鹦鹉就更不用说了，在危险的情况下，猫会拿起话筒，去摁“110”这三个数字键，然后，鹦鹉对着话筒报出家里的地址并说:“有危险，快救人！”如果看到老太太一直不起床生病了，在这种情况下，就会拨打120……

宋老太太开心地说:“上次歹徒进家，就是这两个小精灵鬼趁歹徒到卫生间去的时候，飞快地报了警，可招人爱呢！它们就是我的自动报警系统，呵呵。”

孙子和孙媳妇听到这，都惊讶万分，忽然孙子又想不通了，纳闷道:“奶奶，那，那刚才又是因为什么打120的呢？”

宋老太太瞅了瞅孙子和孙媳妇，忍不住笑了:“哎，最近几天看电视，有好几次都看到医生救人、做人工呼吸的镜头，这两个小精灵鬼都记住了，所以刚才看到你们那样，就……”儿子儿媳都在一旁笑了，而孙子和孙媳妇的脸顿时又红了起来。

（**题图、插图**：刘斌昆）

紧急营救

□杨　格

这是一只不可思议的老鼠，可能它只会存在于故事中，可故事的字里行间却凝结成了生活中的一份美丽情怀……

慌不择路的老鼠

市动物园有一头“市宝”级的海豚叫欢欢，智商极高，被专家测定为世界上最聪明的海豚。

这个周末，欢欢正滑稽地张着大嘴巴向游客们表演节目，突然一只肥大的老鼠不知从哪个角落里钻了出来，慌不择路地一头扎进了欢欢的大嘴巴里，欢欢感到势头不对，立刻闭上嘴巴，惊惶失措的老鼠顺着欢欢的食道一路前进，直抵欢欢的胃里。

欢欢惨叫一声，“扑通”栽到水池里。饲养员惊得目瞪口呆，游客们也吓得惊呼起来。

欢欢痛苦地在水里翻滚乱窜，水池里被搅得天翻地覆，抢救“市宝”欢欢刻不容缓。

不一会儿，医生、专家等有关人员都赶到动物园，大家七手八脚地将欢欢打捞上岸，医生将欢欢的嘴巴支开、固定，熟练地将胃镜插到欢欢的胃里，胃镜显示，老鼠正畏缩在欢欢的胃囊里，暂时没有动静，但老鼠的生命体征旺盛，暂时的安静意味着即将到来的更剧烈的动作，如果不及时将老鼠赶出来，欢欢将受到更为严重的折磨，甚至死亡。怎么才能将老鼠赶出来，这是当务之急。

有人提议不妨让一个身高手长的大个子，把手臂伸到欢欢的胃里，将老鼠抓出来，可是当大个子小心地将手伸进欢欢的胃里时，手指还是够不着老鼠，相反，伸进去的胳膊拉扯着欢欢的食道和胃，剧烈的疼痛又刺激着欢欢，使它再一次剧烈地痉挛起来。

欢欢的痉挛引发了老鼠的骚动，它在欢欢的胃囊里四处逃窜，欢欢的

痉挛一个接着一个。

又有人提议往欢欢的胃里发射麻醉弹，击昏老鼠，可专家说，麻醉枪当然可以击昏老鼠，但海豚的胃和人的胃一样，是身体最薄弱的组织器官之一，外力药物不但会破坏胃部，甚至可能危急生命。

有人问医院院长：能不能在欢欢的身体上注射麻醉剂，让它昏迷，然后剖开欢欢的肚皮，将老鼠抓出来。院长说："海豚的皮下脂肪太厚，开刀后，伤口很难在短时间里愈合，而且海豚又是生活在水里的动物，不可能长时间地呆在陆地上，伤口不愈合，再和生水接触，一定会发炎。"

就在大家七嘴八舌讨论方案时，饲养员突然惊叫起来："快把欢欢放到水里！"原来，欢欢长时间失水，已经出现脱水休克症状，大家只得又七手八脚将欢欢放入水池里。

欢欢入水后，肚子里的老鼠感觉到了变化，又在里面乱撞开来。欢欢再次被剧烈的疼痛折腾得死去活来，在水池里疯狂地翻滚搅动，一阵翻滚乱窜后，欢欢累了，翻不动了，水池里平静下来，但欢欢那硕大的身躯却歪歪斜斜地漂浮在水面上……

想法独到的女子

就在大家急得心急火燎、忙得焦头烂额的时候，一个年轻女子走过来小声说道："我能把老鼠抓出来，但是你们先要把那只老鼠的窝找出来。"五分钟后，声学研究院的院长跑过来说："我们利用超声波仪器，找到了一个老鼠洞。"

大家来到海豚馆的西北角，院长拨开众人，让年轻女子来到核心位置，在一个阴暗潮湿的角落，果然有一个黑乎乎的老鼠洞。

年轻女子跪下来，将手伸进去摸了摸，面露喜色地说："快！赶快把欢欢抓上来，再把它的嘴巴支开！"一批人快速离开去抓欢欢过来。

年轻女子左手伸进老鼠洞，一番摸索后，只见她左手掌心里蜷着一只没毛的小老鼠，大家愣愣地看着年轻女子，不知道她葫芦里卖的什么药。

这时，欢欢已经被打捞到岸上，几个身强力壮的小伙子控制着它，支开它的大嘴巴，在大家的注视中，只见年轻女子在欢欢的嘴巴前蹲下，摊开左手掌，再用右手掐了一下小老鼠的尾巴，小老鼠顿时吱吱叫起来……

在小老鼠吱吱的叫声里，人们看到一个黑乎乎粘乎乎的肉团从欢欢张开的嘴巴里冲了出来，老鼠出来了，欢欢得救了!

人们立刻把欢欢放入水中，又把年轻女子团团围住，大家急切地想知道她是怎么想到用这个方法的。年轻女子笑笑说："老鼠跑出来时，我就看出来它是一只正在哺乳期的老鼠妈妈，老鼠钻到欢欢的肚子后，我和大家一样慌乱，刚才平静下来，我才想到这个方法。其实人也好，老鼠也好，只要是妈妈，只要听见子女有动静，她都会奋不顾身冲到子女身边的。"

年轻女子的话音刚落，突然有人高声喊道："这里有没有电视台的同志啊？给这位姑娘作个专访吧！"

年轻女子赶紧摆摆手说"不、不用了，谢谢大家的好意，上午我是一个人偷跑出来的，家里还有孩子呢，这么长时间没有回去，小家伙该叫唤了，我得赶快回去喂奶。"原来她是一个正在哺乳的年轻妈妈。

（**题图**、**插图**：谢　颖）

人活于世，总希望有份安全感，能过得平平安安，稳稳当当。可安全感来自何处？像这故事中这份买来的安全感，绝不是“安全感”，真正的安全感是社会法制提供给我们的保障……

买份安全感

□李金鹏

小赵是个出租车司机。这天中午，他在一家小饭馆吃过饭，付了钱刚准备走，突然被店老板一把拉住，神神秘秘地对小赵说：“兄弟，借一步说话！”

小赵好奇地问道：“什么事？”店老板朝小赵挤挤眼，笑道：“你跟我来，我给你看样好东西！”说完硬拉着小赵就往后院走。

小赵瞪着牛眼问：“干啥啊？逼良为娼啊？我跟你说这可是违法的，你再不松手，我就报警了！”店老板赶忙堵住了小赵的嘴：“吵啥呢？什么娼啊娼的，多难听！我也是看着兄弟你跑出租不容易，才让你来看看，你想成啥了！”

小赵好奇地问：“那你要给我看什么好东西？”店老板意味深长地笑了笑，说：“你跟我到后院就知道了。”小赵心想：“去就去，怕什么，我生得虎背熊腰，还怕他这个瘦老头？”于是，他跟着店老板进了后院。

来到后院，店老板从一个不起眼的箱子里捣鼓出一个纸包，小心翼翼一层一层地打开，小赵看了不觉好笑：什么宝贝东西，还要这样左一层右一层地包着！突然，纸包的最后一层打开了，小赵一看，吓了一跳：天哪，黑漆漆的，一把枪啊！小赵吓得顿时变了脸色：“大……大哥，我刚跑出租没多久，也没挣几个钱……您就放过我吧！”

店老板看小赵吓成这副熊样，忍不住“扑哧”一声笑了，说：“兄弟，你这胆也太小了吧，我像谋财害命的坏人吗？看把你吓的，胆子比兔子还小，以后怎么在外面跑出租？所以，我才要把这好东西给你看，不瞒你说，这枪是从云南那里弄来的，绝对的真家伙。”

小赵还是有点害怕，他哆嗦着说：“大……大哥，你就放过我吧，私藏枪支是违法的啊，咱没这个胆……”

店老板叹了口气说：“是，私藏枪支是违法的，可是，如今江湖多有凶险，有这家伙可以防身啊，尤其是你们出租车师傅，说不定啥时候就遇到劫道儿的，好点的，抢了钱跑了，碰上哪个亡命之徒，他是钱、命都要啊！”

店老板顿了顿又说：“就拿我这饭馆来说吧，咱没后台，说不定哪天就有来砸我场子的，咱能咋办？可有这家伙，咱心里就有底了，咱不拿它做歹事，但谁要欺负咱，咱也拿出来吓唬吓唬他！也是买份安全感嘛！”

小赵转念一想，这话也对，跑出租确实又累又危险。

店老板似乎察觉出小赵动了念头，又趁热打铁地说“兄弟，车里有把这玩意儿，你跑出租跑到哪里，心里都有安全感啊！”说着店老板把枪递到小赵手里。

小赵小时候玩过木头手枪，可这时他手里拿的可是真玩意儿，他的手不禁有些哆嗦，小赵问道：“多……多少钱？”店老板咂咂嘴说：“这种枪准头足，又耐用，黑市能卖到八千甚至一万以上，我看你也是个实在人，就给五千吧。”

小赵有点为难了，说：“贵倒是不贵，可今天我只带了三百来块钱，一个跑出租的不可能带多少钱啊，你看这……”

店老板直摇头：“三百来块钱？别开玩笑了。”

小赵无奈地说“大哥，我们跑出租的也不容易，你看，能不能……再稍微便宜一点？”

店老板的脑袋摇得像只拨浪鼓：“这是最低价了，再让我就倒赔了！”

小赵咬咬牙：“行！成交！你在这等我一会儿，我去取钱！”

店老板比猴还精，他怕小赵耍什么花招“你这是上哪儿取钱去，该不会是去报警吧？”小赵尴尬地笑笑说：“大哥你想哪去了，我是去车上取钱，实话告诉你吧，我背着媳妇存了五千块钱藏在出租车里，她整天扒我的兜翻我的抽屉，我哪敢放在身上！”店老板笑了笑，他陪着小赵到

车上取了钱，小赵心疼地拿出私房钱交给了店老板："大哥，点个数吧！咱这钱可是实打实的真钱，不过，你这把枪……"店老板笑了，说："兄弟是不放心啊！"说着他带小赵走到后院一个笼子前，把上面的一层布掀了，里面有一只鸡，店老板指指笼子："喏，你验验货。"小赵拿着枪，不解地望着店老板。店老板拍了拍小赵的肩膀："没事，这枪已经安了消声器，外面不会听到。"小赵哆哆嗦嗦把枪举起，朝着笼子放了一枪，听见"砰"的一声，小赵吓得闭上了眼睛，等他睁眼一看，笼子里的鸡真的扑腾着挣扎几番，死了。

这把枪果然是真家伙，小赵便买下了这把枪。回到家后，小赵没敢把这事告诉老婆，他把枪小心地藏在家里的柜子里，出去跑车的时候再取出来。还别说，自从身边有了把真家伙，小赵出去拉客人再也不怕了，忒有安全感，以前他看到几个光头上车还执意不拉，现在他还怕个啥？

一天傍晚，小赵正在看NBA联赛，正看到兴头上，突然，传来"砰"的一声响，小赵吓了一跳。他想：是暖瓶爆了？到厨房一看，没事！小赵正纳闷，这时，儿子风风火火地跑进来说："爸爸，我把明明这个坏蛋打死了！"

儿子手里正拿着那把黑漆漆的手枪！小赵听完吓得差点尿了裤子，他发疯般地跑到院里，看到隔壁家的明明果然躺在了地上……小赵的脑袋"嗡"的一声，他想：完了完了，出了人命，而且还是用手枪，这次真栽了！

小赵抱起明明就往自己车上塞，一边又掏出手机打电话："120吗？这里……"这时候，车里的明明一下爬了出来，小赵吓了一跳，说："明明，你……你没事啊？"明明笑了，儿子也笑了，儿子扮了个鬼脸说："刚才我们在玩警察抓小偷的游戏呢，我当警察，刚才一枪把'小偷'给毙了！"儿子有些兴奋，扯着小赵的衣角说：“爸爸，你可真坏啊，给我买了枪，还不给我，不过，让我给翻出来了。”小赵抢过儿子手中的枪，翻出弹夹一看：少了一颗子弹！

小赵紧张地问儿子：“你打了明明一枪？扣动扳机了吗？”儿子点点头：“当然了，不开枪怎么能把坏蛋打死呢？”

小赵不相信，他把弹夹仔细地看了一遍，这里面的子弹红通通的，拿出来用手掂了掂，觉得比较轻。

小赵皱起了眉头，他冲着门外拴着的狗开了一枪，“砰”！狗“嗷”地叫了一声，小赵从地上捡回那颗打出去的“子弹”一看，嘴都气歪了，这颗子弹和没发射以前一个样！原来是把假枪。可小赵不明白了，他记得当时在饭馆后院试枪时，笼子里的那只鸡真的被击中了，难不成店老板做了手脚，把真枪换了？小赵气得不行：自己辛苦攒起来的五千块私房钱只换来一把玩具枪！

第二天，小赵就来到那家饭馆，一进门，小赵就抓住店老板的衣领说“你敢骗老子啊，拿把玩具枪糊弄老子！”

店老板使劲推开了小赵：“咋了？谁糊弄你了？”小赵一看这家伙还不承认，心里的火更大了：“你别装葱！这枪是假的！我开了一枪，人家都没哼一声疼！”店老板把头低下了，问：“这么说，你真的开了枪？”小赵嚷道：“废话！要不是老子开了枪，我还被蒙在鼓里呢。”店老板叹了口气：“作孽啊！你还真的开枪了？开枪多危险啊，我卖出了好几把枪，人家都没敢开枪，你咋胆子这么大呢？不错，这把枪确实是假的，可是它做得真啊，有几个司机师傅买了好几个月了，都没找过我！虽说是把假枪，可它能当真枪用啊，放在自己身边能给自己壮胆，你说是吧？”

小赵“呸”了一口说：“老子花了五千块钱买了把玩具枪，老子赔大了！”这时店老板开始耍赖了，说：“钱反正是不能退给你了，怎么着这些天你也花钱买了份‘安全感’吧？也值了！”

小赵气得腮帮子鼓鼓的，他问：“那、那天试枪的时候，我怎么真的把那只鸡打倒了？”店老板“嘿嘿”一笑说：“你来之前，我在鸡脖子上拉了一刀子，本来这鸡就胆小，又流了不少血，你拿枪一打它，光这响声就能把它吓得不行，何况还是有子弹的，它这一吓，就拼命扑腾，扑腾得血都流干了，不死还能咋地？别说你用枪打在它身上，你就是打个大喷嚏，说不定也能把它吓得扑腾死。”小赵一听脸都绿了，自己五千块私房钱就这样白白弄没了……

（题图、插图：魏忠善）

家有一老

□苏 克

地上凉吗？

在雨湖公园里，每天都会出现两个老人，一个是七十多岁的老爷子，一个是九十多岁的老太太，他们经常手牵手漫步在公园里，老太太还时不时大声喊着老爷子的小名："小来子！"公园里的一些年轻人听了，都觉得很有意思，跟着起哄，可老爷子并不理会这些年轻人的起哄声，只要老太太这么一叫，他就会大声答道："哎！妈！我在这儿呢！"老太太听了，脸上立刻露出满意的笑容。

原来，这就是老钱和他的老母亲。

俗话说：家里一老，如有一宝。可老太太实在是太老了，又患上了老年痴呆症，整天糊里糊涂的，儿孙们都嫌她、不要她，可老钱怎能不管他的老母亲呢！

虽然老钱腿脚不方便，又有心脏病，可老母亲是他这辈子最亲的人啊，是生他养他、为他操劳了一生的人！这些年来，老钱一直领着老母亲住在老屋里，虽然艰苦，但他仍十年如一日地照顾着老母亲。

日子一天一天过着，两位老人也越来越老。

老太太的身体倒还硬朗，老钱身体却越来越差，他不禁担心起来：万一自己哪天不行了，谁来照顾他这个老母亲？

这天，老钱又坐在老屋的院子里发愁，他看着在一旁照顾小猫的老母亲，老母亲的样子很天真，像个不懂事的孩子，老钱不禁哑着嗓子喊了一声："妈！"

"哎……"老太太答应着，她茫然地抬了抬头，看了老钱一眼，问道："小来子，你不舒服啊？你等着，妈这就给你去抓药。"说着老太太起身进了屋里，从她的零食柜子里抓出一把糖果塞给了老钱。老钱接过糖果，苦苦一笑说："谢谢妈。"

老太太见老钱露出了笑脸，似乎松了口气，又去照顾小猫了。老钱看在眼里，急在心里，万一自己真有个三长两短的，可该怎么办？

老钱正想着，屋里的电话铃响了，他忙起身去接电话，不料他这一起身，突然眼前一黑，一头栽倒在地失去了知觉，他手里拿着的糖果也撒了一地。

老太太见了，走过来把毛巾毯子盖在老钱的身上，嘴里喃喃地说："真让人操心，睡觉要记得盖被子呀，小心着凉了。"

屋里的电话还在执着地响着，老太太听了，皱了皱眉头过去接了，听筒里有人问："奶奶，我爸呢？"老太太莫名其妙地问："哦，你爸？你爸是谁呀？"

打电话的是老钱的儿子，他一听就知道奶奶又犯糊涂了，于是改口问道："你家小来子呢？喊他接个电话！"这样一说，老太太似乎明白了，她小声对着话筒说道："别吵！小来子刚睡着了。"说完，她"啪"的一声就把电话挂了。

老钱的儿子听了奶奶的话，还以为爸爸真的睡着了，也没在意就挂了电话。

老太太又跑到院子里，蹲在老钱身边打量着他，可能是担心地上凉，她试着想把儿子挪到躺椅上去，可她

毕竟年纪大了，哪里还挪得动？于是她对着猫儿喝道：“过来帮我把小来子抱到椅子上去！”猫儿看了看老太太，“喵”地叫了一声，蹿上了房顶不再理她。

我生气了！

老太太见猫儿不理她，便自言自语道：“也不知道这地上凉不凉？”仿佛是为了寻找答案，她干脆自己也躺到了地上，睡了一会儿，她感到好冷，就赶紧爬了起来：“小来子！快起来！地上凉！”见“小来子”并没理她，老太太急了，她大声喊道：“我生气了！我生气了！”

这是老太太经常用的“杀手锏”，不管在什么时候，只要她这样一喊，老钱就会对她百依百顺。可这一回，老太太喊了几声后，儿子依旧不理她，老太太有点急了，她想去找人帮忙，可刚走到院门口，却出不去，因为以前她总喜欢往外跑，丢过好几次，后来老钱也怕了，没事的时侯老钱总是紧锁着铁皮院门。

过了几分钟，老太太吃力地把椅子搬到院墙边，费劲地爬到了椅子上。

老太太双手扶着墙头，小心翼翼地望着外面，巴望着能看到一个熟悉的面孔。这时，刚好隔壁的田大婶买菜回来路过这里，她看到了墙头上探出的脑袋，不由吃了一惊，连忙喊道：“老太太，你这是怎么了？小心点！别摔着！老钱——不，你家小来子呢？”

老太太看见田大婶，浑浊的眼睛顿时一亮，她激动地喊道：“快来帮我把小来子抱到床上去！他一点都不乖，这么大的人还睡在地上，喊也喊不醒！”

田大婶听了老太太的话，觉得有些蹊跷，忙往门缝里看了看，果然，她看见了昏倒在地的老钱。田大婶急得扔掉了菜篮子，连忙跑去喊来一些街坊邻居，大伙一起砸开了老钱家的院门。此时老钱已经昏迷十多分钟了，过了一会，大家叫的救护车到了，老钱总算得救了。

看着大家准备把老钱弄上救护车，老太太急了，边哭边抱住老钱：“不要带走我家小来子啊，他平时很乖的，从不睡地上，你们不要带走他，我这就把他抱到床上去，他很乖的……”

田大婶赶紧拉住她说：“老太太！‘小来子’病了！他们是医生，是救他的人！是好人！你放心好了，过几天，等‘小来子’好了，他自己就能回来了。”老太太听了，这才放下心来，让车子开出了院子。

经过抢救，老钱的病情缓解了，知道老钱住院后，儿子带着孙子小米赶来看他，带来的营养品堆了满满一病房，老钱见了很开心，他趁机又提出由儿子来照顾老太太，可儿子摆出自己的各种难处，就是不愿意照顾老太太，老钱只好作罢。

她不见了！

这几天老太太一直都是田大婶帮忙照顾着，但听田大婶说，这几天老太太总在家里嚷着要来找她的“小来子”，田大婶一再向她解释“小来子”生病住院了，她便不断地把零食柜里的糖果挪出来，让田大婶带她一起把“药”送到医院给她的“小来子”。田大婶可不敢带她出门，怕把她弄丢了，但老太太不依，在家里一个劲地闹。

老钱知道后很担心老母亲，就打算提前出院。

但是祸不单行，就在老钱打算出院的第二天，他的孙子小米突然出车祸受了点伤，也住进了这家医院。这下儿子和儿媳心疼坏了，急得直掉眼泪，整天守在孩子的身边。

老钱出院那天，只有他的儿子一个人送他回家。出租车刚在门口停下，老钱远远地就高声喊道：“妈！我回来了！”他的话音刚落，却见田大婶从院子里慌慌张张地跑出来：“不好了，老太太不见了！我心里想着你反正就要出院了，刚才就没锁院门……可我就上了个厕所出来，老太太就不见了！刚才我和街坊们找了一圈也没有找到。”

老钱一听急坏了，拖着病体出去找。

大伙找了大半天也没找着老太太，眼看着天就快黑了，老钱急得心脏又有点难受了，但他忍着没作声，他只是在想：这么冷的天老母亲会跑到哪儿去呢？忽然，他想到了一个地方，连忙带着大伙赶了过去。

雨湖公园里，这么冷的天居然还有好多人挤在一处，似乎在看着什么

热闹。

老钱他们连忙拨开人群挤了进去，只见人群中心，竟然是失踪的老太太。只见老太太打扮得奇奇怪怪的，头上扎着一块方巾，脸上表情也很怪异，她的手里拖着一把很大的扫把，扫把上挂着一件小孩子穿的夹克衫。老太太一边拖着扫把在原地打着转，一边嘴里还念念有词，不知道在说些什么。周围的人看了，都说她是个疯子。

是谁病了？

老钱的儿子一见，知道奶奶准是又在给谁“叫魂”了。这“叫魂”是一种民间的迷信说法，说是由上了年纪的老人给生病的孩子叫，这样病了的孩子才能快点好起来。

老钱的儿子一想到这大半天时间就是因为找奶奶而浪费了，他不由得火冒三丈，冲过去一把抓住了奶奶的胳膊：“奶奶！谁让你在这儿丢人现眼了？我们为了找你，一直跑到现在，你倒好，跑到这儿来搞迷信活动！”

老太太听了孙子的呵斥，吓得闭上了嘴，不敢再说话。

老钱见了，生气地拉开儿子的手，冷冷地说道：“你想吓死她吗？放开，让她继续！”老钱的儿子听了，只得放开了手。

老太太一见到老钱，顿时一脸惊喜：“小来子，你回来了？你好了？”老钱连忙说道：“好了，妈，谢谢你给我叫魂了，都是你把我叫好的。”

听了老钱的话，老太太忽然不安地扭了扭头说“不是，我还没给你叫呢……”

老钱忙问：“那你这是给谁叫呢？还有谁病了？”老钱看了一眼扫把上的衣服，觉得有些眼熟，但又想不起是谁的。

这时，老太太想起了她还没做完的事，便一脸严肃地捡起了地上的扫把，继续转起了圈，嘴里喊着“小米，吓着了吧？吓着回来吃饭哟！小米，吓着了吧？吓着回来睡觉哟……”

大家一听，不由都愣住了，原来老太太这是在给受伤的曾孙子小米“叫魂”呢！再一看扫把上的衣服，那果然是小米小时候丢在老家的。

这时田大婶恍然大悟地说：“我说老太太这两天总是在家里翻箱倒柜呢，原来是这样！那天我只当她真的糊涂了，就多嘴把小米受伤的事告诉她了，没想到她还记着呢！”

田大婶的话，触动了大家的心，特别是老钱的儿子，他的眼眶红了……

（**题图、插图**：刘斌昆）

（本栏目欢迎来稿。来稿可从邮局寄发，也可从网上传递。如为电子邮件，请发以下信箱：keyin118@163.com）

奇怪的灯火

□圆　熟

林洁的父母双双下岗后，经常吵架，家里闹得鸡犬不宁。学校放假后，林洁带着10岁的弟弟偷偷离开了家。她想，自己都16岁了，完全有能力照顾好弟弟，与其在家闷着，还不如出去散散心。

林洁带弟弟来到大山里玩，姐弟俩扯着嗓门，对着大山忘情地呼喊，心里感觉到从未有过的惬意。

玩着玩着，天黑了，林洁他们辨不出回去的路，弟弟有些害怕了，林洁摸出小灵通，安慰弟弟说："别怕，有这个，我可以打电话。"但当林洁拿起小灵通一看，顿时傻眼了，在这大山里，小灵通早就没了信号！不过，林洁很快镇定了下来，她发现半山腰有一星灯光，有灯光应该就有人家，于是她带着弟弟朝这灯光走去，她打算在这户人家借宿一晚。

这是一间简易的住房，周围再没人家，林洁估计这是护林人住的。

弟弟正要开口喊人，却被林洁一把按住了嘴巴，说"嘘，这黑灯瞎火、荒山野岭的，你这一喊会吓着人家的！"

忽然一阵阴凉的山风吹来，林洁打了一个寒颤，她用手摸了摸弟弟的肩膀，给他紧了紧衣领上的扣子，缓了一口气，便慢慢抬手敲门。林洁听爸爸说过，敲门也有学问，不能乱敲一气，很有节奏地敲三下，是最为礼貌的。

"咚、咚、咚"，林洁敲了三声，可三声清脆的敲门声响过，屋里并没有

反应，于是弟弟也学姐姐那样，凑上去敲了三声，这下，屋里不但没有反应，连那唯一一星灯光也熄灭了。

林洁悄悄地对弟弟说：“你看吧，轻轻地敲门，都把人家给吓着了，要是你大声喊话，不把人家吓个半死才怪。”弟弟点点头。他俩又敲了好一阵，始终没有动静，总不能私闯民宅吧！没办法，姐弟俩见房檐下正好有晾干的衣物，就取下来，铺在房檐下的柴草上，他们盖上衣物，也不管蚊虫什么的，和衣而睡。

第二天姐弟俩醒来，太阳已经升得老高。见这户人家的房门仍然紧闭着，弟弟不由自主地用手一推，门居然“吱呀”一声开了，原来这房门没上闩。姐弟俩走进去一看，吓坏了，床上躺着一位白发苍苍的老婆婆，已经死了！

弟弟害怕极了，林洁用双手护着他出来，说：“别怕，我们得想办法报警。”林洁把小灵通拿给弟弟，给他指了个方向，叫他下山，往山外走，直到小灵通有信号或找到公用电话为止，迅速报警，她在这里守着现场。

不多时，弟弟带来了几个警察，其中一个高个警察告诉林洁：“昨天你们父母回家，见你们不在，打你小灵通又接不通，急坏了，他们找了一天，没半点结果，最后就报了警，昨晚正是我值班。这下好了，找到你们了，等做完口供我就送你们回家，十分感谢你们这次及时报案……”

姐弟俩都感到有些自豪，进山来无意中做了一件好事。

林洁姐弟俩被警察护送回到家，父母抱着两个孩子，喜极而泣，父母向孩子们保证，以后再也不吵架了，一家人和和睦睦地过日子，林洁和弟弟搂着爸爸妈妈幸福地笑了。

后来，警察告诉林洁他们，老婆婆是吃了山上的一种野果子，当晚中毒而死的。

让人震惊的是，老婆婆的胃里和

屋里，竟找不到一粒米。

这老婆婆到底是什么人？何以这般凄惨？原来，这老婆婆有两个儿子，但他们都互相推诿赡养母亲的义务，把老婆婆赶出了家，老婆婆无处可去，流落到大山里，她住在护林人住过的破房子里，靠找野菜野果子过日子，哪里料到这次竟吃到了有剧毒的野果子。

林洁知道后心里酸酸的，老婆婆实在太可怜了，她的儿子们太不应该了！林洁暗暗下了决心：等爸爸妈妈老了，她一定会好好照顾他们。

虽然案情水落石出了，但是林洁心底仍有个疑问，她清楚地记得：她第一次敲门时，屋里的灯火还是亮着的，可弟弟敲门时，灯火却熄灭了，这说明屋里的老婆婆当晚还是活着的，要不然怎么会有人把灯火吹灭呢？

那个死去的老婆婆，像幽灵一样缠绕着林洁，她经常从恶梦中醒来，吓得大汗淋漓。她不想跟父母说，连弟弟也没说，弟弟还太小。林洁的这个心结就这样一直埋在心底。

忽然有一天，林洁在网上无意中看到，当时她和弟弟去过的那座大山，山里人有个古老的风俗：山里人家晚上都是不闩门的，夜晚有人来串门，就大声喊主人开门，客人都会很尊重主人家，在没有得到主人回应前，客人是不会轻易推门进去的；若主人只是听到“咚、咚、咚”地敲三声，这可惨了，这是鬼敲门，因为前世的冤孽，今朝找主人来要债了。

看到这，林洁一回想当时的情景，她被自己的推断吓坏了：难道老婆婆是被他们姐弟俩的敲门声吓死的？真没想到，自己的礼貌行为竟招来如此大祸！

林洁有种深深的负罪感，她犹豫再三，终于鼓足勇气走进了公安局，找到了当时那个高个警察，高个警察显然也认出了她。

林洁向高个警察说出了自己犯下的错误，高个警察听了，不由一笑，说“小姑娘，那个老婆婆确实是吃了有毒的野果子当晚就死了，不关你们的事。”林洁眨巴着眼睛，不解地问：“那、那为什么屋里的灯火先是亮着的，后来我们敲门时才熄灭呢？”高个警察拍拍林洁的脑袋说：“原来你是这个心结啊！傻姑娘，你真的不要内疚，老婆婆的死不是因为你的举动造成的，灯火之所以后来熄灭了，是因为老婆婆床头的窗户破了一个大洞，灯火是被山风吹灭的。只要你们长大以后懂得好好孝敬父母，不让他们老有所失，那位老婆婆也死有所值了啊！”

走出公安局，林洁一身轻松，她飞快地跑回家，爸爸妈妈正等着她吃饭呢……

（题图、插图：安玉民）

·我的故事·

光阴带走了数载青春和相聚，多少奋斗在特殊岗位上的人，就这样默默无闻地为国为民鞠躬尽瘁。不知此时的您是否还记得这样一首歌，是否也曾经唱过这样一首歌：“说句心里话，我也想家，家中的老妈妈已是满头白发……”

母亲的声音

□曾　晖

魂牵梦绕的思念

我在国家的一个保密单位工作，一天，单位交给我一项任务，要我马上南下，去看望一下老秦的母亲，老秦是我们单位的高级工程师，也是国内顶尖的技术专家，目前正参与一项绝密研究，他是这个项目的核心骨干之一。

老秦已有五年没回家了，前些日子，他突然连夜连夜地做梦，梦到母亲病了，病得很重，这让他整天茶饭不思，直接影响了整个研究计划。因为我们是保密单位，不方便与当地政府联系，所以单位派我代替老秦回一趟家。

我出发前，去见了一次老秦，问他有什么话要带给他母亲，老秦心事重重地叹了口气，说：“五年前我曾给母亲捎过话，说国家看重我，要我去做一件非常重要的事情，等这件事情做完了，就马上回去看她。可现在……我还是不能回去看她啊，你就帮我多拍几张我母亲的照片吧。”于是我动身南下了，那时正好快到中秋节了，于是单位便借机发了电报，告诉老秦的母亲，她儿子单位将会派人下来慰问。

几天后，我来到了老秦的家，老秦的母亲秦大妈一个人在家，她身体虽然瘦弱，但精神还好。我向秦大妈转达了单位的问候，告诉她老秦一切都好，正在为国家做一件特别重要的事情。秦大妈连连点头，说："儿子现在是国家的人，我懂。"

聊了一会，我从包里掏出相机，要给老人照张相，哪知却被秦大妈拒绝了，她告诉我：他们这里有个说法，上了年纪的人不能照相，否则会折寿的。

我不能勉强秦大妈，便问她："那您还有什么话要带给儿子？"秦大妈知道我要走了，欲言又止，想了想，开始细细地嘱咐起来。趁秦大妈不注意，我把手伸进包里，按下了录音机的开关。没办法，这个糊涂的老秦，光想着让我给他母亲照几张相，却忘了这些禁忌，害得我只能出此下策了。

临走时，秦大妈拉着我的手，一再说自己身体还行，一年两年都能等，让老秦安心做事，别总惦着她。

回到单位后，我顾不得休息，便来到老秦的房间，把情况一五一十地告诉了他。

听说母亲还好，老秦喜出望外，细细地询问起母亲交待的每一句话，最后，等我说到秦大妈临别的嘱咐时，老秦眼圈红了，一个劲地点头答应。

说完后，我从包里拿出录音机，按下键，秦大妈苍老的声音传了出来。老秦屏住呼吸，或许是很久没听到母亲的声音了，听着听着，老秦终于忍不住哽咽起来。我从没见过老秦如此激动，他泪流满面，一边听着母亲的嘱咐，一边张着嘴，无声地喊着"妈"。

我陪在一旁，听着老秦拼命压抑着的哭泣声，心里真不是滋味。

埋在心底的悲痛

从这以后，老秦就像是换了一个人，整天郁郁寡欢、沉默寡言，没日没夜地呆在实验室里，有几次竟累得晕倒在工作台上。

我不知道老秦为何会变成这样，心想：老秦一定是太想家了，一个五年没有回家的儿子，肯定时刻记挂着自己的老母亲，想要早日圆满完成工作早日回去吧！

半年后，因为老秦的突出贡献，研究工作取得了重大进展，老秦受到通令嘉奖。当领导问他有什么要求时，他只提了一个，就是回家看望母亲。鉴于老秦身份的特殊性，经上级批准，由我陪同老秦回家探亲。

临出发前的一个晚上，我来找老秦，发现他正站在窗前发愣，我看到那张立功证书放在桌上，就说："老秦，这张证书可别忘了带回去，你母亲看到呀，肯定很高兴呢。"

老秦没说话，默默地拿起证书，轻轻抚摩着，忽然，一滴大大的眼泪

落了下来："对，这张证书是要带回去，我要烧在我母亲的坟前。"

啊！我大吃一惊，难以置信地问："她老人家去世了？什么时候呀？"老秦摇摇头说："我也不知道，应该就在半年前吧。"我跳了起来："不可能！这怎么可能！半年前我还见过她呀，你忘了？我还录下了你母亲的声音呀！"我说完后，见老秦总不吭声，急了，板起脸嚷道："老秦你开什么玩笑！到底怎么回事？"

老秦苦笑一声，从抽屉里拿出那盒录音带，说："其实，你上次看到的是我姨妈，姨妈的声音我听得出。我想，这一定是我母亲交待的，她知道我的工作非常重要，怕影响我，就让姨妈一直替她瞒着，上次，幸亏你偷偷录了音，我才知道我母亲不在了，其实，我母亲她、她一直都喜欢照相，我本来还想让你替她多照几张的……"老秦话没说完，已经哽咽得不成声了。

我如梦初醒，原来，老秦当初听到姨妈的声音时，他就已经猜到了真相，难怪那天他哭得那么揪心，唉，这个老秦啊，半年来废寝忘食地工作，可谁又知道，他心里竟隐藏着如此巨大的悲痛啊！

久别重逢的酸楚

几天后，我陪老秦赶到他家，老秦急匆匆地来到自家小院。推开门，姨妈正在做饭，老秦几步奔过去，"咕咚"一声跪倒在地"姨妈，我不孝啊，我母亲在哪，我要去看她一眼，我不孝啊！"

老秦的姨妈毫无思想准备，看看我，又看了看趴在地上的老秦，怔怔地问："孩子，是你吗，你回来了？"

老秦泪流满面，从包里掏出立功证书，哭着说："是我，姨妈，你看，我立功了，我立了一等功！我母亲在哪呀，我要让她也知道，我要把它烧在母亲的坟前。"

姨妈愣了愣，忽然，她扬起巴掌，重重地拍在老秦的头上："你这孩子，什么坟前坟后的，你咒你妈死呀，快去！你妈就在里屋，她整天都盼着见你一面呢。"

一听这话，我和老秦都惊呆了，几乎不敢相信自己的耳朵。

这时候，只听里屋的床板"咯吱"响了一声，一个苍老的声音急切地喊道："谁呀，谁来了？"

母亲的声音！千真万确是母亲的声音啊！老秦狂喜地大喊一声，起身扑了进去。

谢天谢地！原来，老秦的母亲还在人世啊！我又惊又喜，快步跟了过去。里屋的光线有点暗，床沿上，一个瘦削的老人已经翻身坐起。老秦一个箭步跪倒在地，紧紧抱住老人的双腿，一边叫着"妈"一边放声大哭。

秦大妈伸手扶起老秦的脸，仔细端详了一会，突然疑惑地问道："你是谁呀？你怎么哭了？"

我一愣，老秦也惊讶地抬起头："妈，你怎么了？我是秦儿呀，你好好看看，我是秦儿呀！"

秦大妈又眯起眼睛看了一会，连连摇头道："你不是秦儿，秦儿是我儿子呢，你不是他。"

老秦又惊又恐，哭着喊着抱住老人的腿，不停地摇晃。我正要上前相劝，老秦的姨妈却把我拉到外屋，抹着眼泪告诉我，原来，秦大妈几年前摔了一跤，脑部受了伤，后来伤虽然好了，人却渐渐迷糊起来，一年前就变成了现在这个样子。秦大妈在清醒的时候，曾经千叮咛万嘱咐，说儿子正在为国家做一件非常重要的事情，无论发生什么不好的事都绝不能让儿子知道，所以半年前，当得知老秦的单位要派人来看望秦大妈时，为了不让老秦担心，老秦的姨妈就替她接待了我。

听老秦的姨妈说完这些，我回头看了看埋头痛哭的老秦，无奈地叹了口气。老秦的姨妈接着告诉我，虽然秦大妈天天都在念着儿子，可这么多年来，她一直都没看到儿子啊，儿子在她记忆中还是曾经读大学时的模样，现在看到儿子，却已经认不出来了……

几天后，我和老秦必须回单位了，临行前，我拿出相机，要给秦大妈照张相，我答应她一定会带给她的"秦儿"看。听了这话，秦大妈顿时欢喜起来，她走进里屋，从柜子里找了身新衣服，又把头发梳得整整齐齐。

我端起相机，在按下快门的一刹那，不禁泪流满面，因为我看到秦大妈的眼里充满着期待，我知道，这或许是她最后一张照片了，这张照片，是要留给她唯一的儿子、她日夜思念的"秦儿"的……

（**题图、插图**：安玉民）

鼓舞

□余少镭

奇遇

刘刚的公司垮了，亏了整整一百万。一百万对大款们来说是小菜一碟，可对于刘刚来说，那是他一辈子都还不了的数目。万念俱灰的刘刚精心选了一条结实的尼龙绳子，带了一瓶二锅头进了山。这是一片人迹罕至的大林莽，要换了平时，刘刚是不敢进的，但现在不同了——人都要死了，还有什么可怕的呢？

近黄昏的时候，刘刚在一株参天大树前停住了脚步。他喝了几口二锅头，仔细打量着这棵大树。这么伟大的树，值！刘刚心里赌气地想：生意失败了，大家都劝我搞点别的，不要在一棵树上吊死，哼，我就偏偏要在一棵树上吊死！

刘刚又喝了几口酒，把瓶子一扔，走近那棵树……突然，他被什么绊了一下，身子朝前，扑了个嘴啃泥。

刘刚狼狈地爬起来，吐出嘴里的烂泥，低头看地上，绊倒他的是一个颜色黯淡的铜环，另一截还埋在土里。刘刚骂骂咧咧地朝那铜环踢了一脚，然后试着用手使劲一拔，整个铜环，包括它连着的东西便全都露出地面了——是一面鼓！

刘刚将那鼓抱起来，掸去上面的泥土，只见那鼓面仍完整无缺，鼓壁上的油漆也未见剥落，一端的鼓环上，塞着一对油光发亮的鼓槌。刘刚抱着鼓，想起小时候见过的老家出殡时那敲锣打鼓的场面，他不禁仰天长叹：莫非冥冥之中真有天意，怕我没人送终，要我在鼓声中死去？刘刚伤心地流下了两行泪，他抽出鼓槌，奋力击了一下鼓。奇怪的是，预想中的鼓声并没出现，只听到一声浑厚的男中音：“xie ——”空旷的森林中，回荡着一个“xie”音，刘刚目瞪口呆，以为自己听错了，再击一下，又是“xie”的一声！敢情这鼓一敲，发出的是人声！刘刚把心一横，反正都要死了，怕啥！他举起鼓槌，第三次击下，这时传出一声“ni ——”不是“xie”，而是“ni”！原来说的是谢谢你！

刘刚吓得丢了鼓槌，撒腿就跑。在莫名的恐惧中，他也不知朝着哪个方向跑了几百米。一停下喘气，那骇人的回音便跟了过来，再跑，再跟……绕了几个圈子，刘刚干脆不跑了，坐了下来，那声音也跟着消失了。原来人在要死之时，还是有恐惧感的！可是，有啥好怕的呢？反正是要死的人了！这么一想，刘刚站起来，索性往回跑去，去看个究竟。

没想到刘刚往回才跑了几步，那鼓就出现了，静静地在地上等着他。刘刚没有多想，又举起鼓槌，击了一连串鼓点。这一次，鼓说的话字字入耳：“谢谢你把我从千年的黑暗中解放出来！你是我的恩人，我将会尽一切力量帮助你！”

刘刚的恐惧感渐渐没了，取而代之的是好奇心，他问：“你是人是鬼？”

鼓默不作声。等了一会，刘刚恍然大悟：我没击它，它怎能说话呢！果然，鼓槌一击，鼓回答了：“我曾经是人，但现在也不是鬼，我是鼓神，千年的鼓神！我的鼓声有振奋万物之心的神奇作用。不信，你可以试试。击我时，必须手足同心，上下合力，方能发出振聋发聩之音。你将我对着那棵枯死的树，击一次。”

刘刚半信半疑，但仍按照鼓说的，双手一齐用力击下，只听得一声

雄浑深沉的鼓声向四周荡开，刘刚全身一震，只觉疲惫乏力的身体顿时充满了力量。他放眼四望，鼓声过处，如风动林梢，万木齐应，那棵枯树也重新长出嫩芽来。鼓说："看到了吧？这就是鼓舞的作用！万物消沉，哀莫大于心死。我埋于深山千年，尚思投效盛世。而你呢？不就生意失败了吗？不图东山再起，反有轻生之念，算什么男子汉？"

刘刚点点头，觉得自己那一死之念，是何等的愚蠢可笑！良久，刘刚向鼓深深一鞠躬："鼓兄，有你的鼓舞，我定奋发图强，重塑新生！"

鼓笑道"你是我恩人，我当然要帮你。但是，帮你的同时，我也想借你之手，震醒一些本该有所作为却意志消沉、悲观失望之人。很多人不趁着盛世之际有所作为，却觉前路茫然，醉生梦死，我此时不出山，更待何时？"此刻，万丈豪情在刘刚心中油然升起，他抱起鼓，激动地说："鼓兄放心，我一定不负所托！只是，不知该如何鼓舞世人？"

鼓说："我能帮你还清一百万债务，但须约法三章：一、不为奸人而鼓；二、不为暴利而鼓；三、每日一鼓，不得再击。你能做到？"刘刚意气飞扬："鼓兄，若违此约，人鼓共诛！"鼓说道："好，那我们就一同下山！现在，你手足同心，击我一下！"

刘刚奋臂一击，突见一条光明大道现于眼前！他一路鼓舞飞扬，一路大步迈进。星光下，一人一鼓奔向前方……

还 债

不久后，刘刚便开了一家"精神振奋中心"，他听从鼓的吩咐，不登广告，不事声张，只等灰心丧气者前来。

冷清了三天之后，终于有人找上门来了，刘刚一看，人都蔫了，来人是刘刚的债主，刘刚还欠他二十万呢！

债主一上门，刘刚头都大了，自己现在哪有钱还他啊！债主一见刘刚就说："我说兄弟啊，该还我钱了吧！我天天过着纸醉金迷的生活，开销大着呢！"

刘刚恳求他宽限些时日，债主却咄咄逼人，他环视着刘刚的"精神振奋中心"，不屑地说："我说你呀，整天就捣腾个破鼓，就算给你再多时间你也还不起这个钱！今天你怎么着也要把钱给我！"说罢，债主抓起鼓槌狠狠地敲了一下。

突然，债主全身一震，他的身体随着鼓声的余波微微地颤抖，眼球也在眼皮底下不停地转动，大约三分钟后，债主甩甩头，看着自己的双手，又看看全身，好像不认识自己似的。蓦地，他抓住刘刚，猛力摇着，说："老天，我这辈子怎么能就这么纸醉金迷地混着？谢谢你让我清醒过来，我要鼓起精神，铆足干劲做点有意义的事！”债主精神焕发地离去了，刘刚松了一口气。

自从有了这次意外的第一个成功案例后，不少精神不振的患者就接踵而来。就业艰难的大学生、垂头丧气的股民们都慕名而来，寻求精神鼓舞和生活信心。

随着“精神振奋中心”好口碑的扩散，“神鼓”的传说也越传越邪乎。

客源不绝，财源滚滚，但刘刚仍谨记和鼓的约定，一天只敲一次。不过，他为了更大地发挥鼓的神奇效应，总是将“患者”集中在阳气最盛的午时，让他们集体受“鼓舞”。刘刚在内室奋力一击，一人两千元的“鼓舞费”就流进了刘刚的口袋。

现在，刘刚睡觉也抱着鼓，做梦也梦着鼓。

一天，一个大腹便便的人一大早就神秘地走进了“精神振奋中心”，他对刘刚说：“听说你们这里有神奇的鼓声能让人增强自信，不知可否让我见识一番？”

刘刚问：“您哪方面缺乏自信，得对我明言，我方能对症击鼓。”

那人迟疑片刻，压低声音说“实不相瞒，市里换届在即，我对自己只有三成把握。我知道有了信心才能办好事，你若能让我充满自信，我上去了，还能忘了你吗？”

刘刚想了想，打开登记本瞄了一眼，今天已经有十二个人预约了，刘刚毫不犹豫地一一取消了他们的预约，决定今天只为这个大腹便便的人击鼓一次。

刘刚请这人躺在内室的床上，闭上眼睛，他将厚厚的窗帘拉上，焚香净手后，请出鼓，全身劲力集中于腕上，奋力一击——怪，那鼓一点动静也没有！连试几次都是如此！刘刚满头大汗，束手无策。

最后，这个大腹便便的人大骂一句：“骗子！”说罢悻悻而去。刘刚疑惑地问鼓，鼓说：“这种人越自信，百姓越遭殃！你以后要记住，不能再为这样的人破例了。”听得出来，鼓有点不悦，刘刚没赚到钱心里也有点不

满，但他曾经与鼓约法三章，只能把怨气埋在肚子里！没几天，刘刚也就释怀了，从各地前来“精神振奋中心”接受“鼓舞”的人越来越多，不到半年，刘刚所欠的一百万债全还清了。

缘 尽

一天深夜，刘刚与鼓促膝长谈。鼓说：“没想到，竟有这么多的国人需要鼓舞！”刘刚说：“是啊，我觉得，国人的精神得到鼓舞之后，我们不要忘了，世界上还有其他国家的人民处在萎靡不振的精神状况之中，我们是不是也得考虑去拯救他们？”

鼓说：“你是想赚美钞欧元了吧！”刘刚一听，赶紧辩解道：“不是不是，我只是想，我们不能只顾国人，也要有国际主义精神嘛！”鼓说：“以后再说吧，现在这里都忙不过来了。”刘刚只得作罢。

一天下午，一个未经预约的男人从奔驰车上跳下来，匆匆走进了“精神振奋中心”。那人一语不发，从皮包里拿出厚厚一沓现金，摆在刘刚面前。刘刚看着这么多钱，心怦怦直跳，问：“先生哪方面需要增强信心？”那男人盯着刘刚的脸说：“我要重振雄风。“刘刚沉吟半晌，说：“现在药物多的是，何必……”那男人一摆手：“男人的苦恼想必你也清楚，心理问题要是解决不了，药物再先进也没用。”说着又拿出一沓厚厚的钞票摆在刘刚面前，刘刚终于点头答应了。一通鼓声之后，那男的打了个颤，跑进了卫生间，一会儿又出来，欣喜地说：“效果真好，再给我来一次吧！”刘刚摇摇头：“不行，先生，我一天只击一次鼓。”那男人一听，又掏出更厚的一沓钱。刘刚瞄了一下，少说也有十来万，他的心狂跳起来，破例一次，应该没问题吧？刘刚心一横，又举起鼓槌……

这一次，那男人再从卫生间出来时满脸狐疑：“怎么这一次好像比原来差？不行，你得再给我来一次！”那男人掏出支票簿，刷刷一写，撕下给刘刚。刘刚又瞄了一下，天哪，一下子就一百万！有了这么多钱，还怕什么？他牙一咬，再次举起鼓槌击了下去，那男人全身一振，赶快跑进卫生间。一会儿，他慌慌张张地从里面跑出来，揪住刘刚的衣领说：“完全不行了！你赔我……”刘刚吓得不知所措。

突然，鼓发出了一种绝望的笑声：“哈哈哈，岂不闻‘一鼓作气，再而衰，三而竭’？荒淫过度必有报啊！唉，刘刚，我以为我能鼓舞人增强信心，没料到却也助长了你们的贪欲。罢罢罢，你欠的债也还了，咱俩缘尽于此吧！”说完，那鼓“嘭”的一声从中间爆裂，只见一缕青烟袅袅升起，顷刻消失于人世间……

（题图、插图：安玉民）

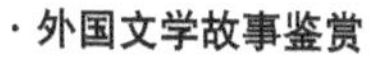

5点22分进站列车

[美]乔治·哈拉尔　□丁孜 改编

沃尔特是麻省理工大学的教授，一年多以来，他每周回家都要乘坐下午5点22分进站的那列火车到林肯站。每次，沃尔特总会在月台上遇见一个女人，他俩都是到林肯站下车。每次两人都会朝对方点点头，但从未说过一句话。沃尔特注意到，这个女人头上总围着一方彩巾，他觉得女人把彩巾围得很别致，宛如人们包扎一束鲜花。

一天下午，火车月台上一阵风吹过，女人的彩巾突然被吹得掀起来，一刹那，沃尔特看到，女人没有左耳。只见女人连忙扔下手提包和购物袋，笨拙地整理那被吹落下来的彩色头巾。她猛一抬头，却碰上沃尔特失礼的目光，沃尔特尴尬极了，忙把视线移到别处。

接着到来的星期一，女人没有在月台出现，沃尔特也没怎么在意，突然，他猛然想到，也许是因为女人失去一只耳朵的真相被自己看到了，所以今天才不露面。沃尔特想到这女人如此腼腆，不禁有点心动。他自己也是个脸皮很薄的人，尽管四十有七，也有意成家，却至今未娶，因为他缺乏果敢向前的精神。

接下来，一个星期、两个星期……那个女人一直没再出现过，沃尔特感到前所未有的惆怅。说实话，沃尔特并不觉得那女人特别诱人，因为沃尔特从未跟那女人说过话。如果真的对那女人有兴趣，他肯定会设法说一声“你好”或者“希望你今天过

得好”这类的搭讪语。不过，这些天没见到那女人，沃尔特开始强烈地想念她了。

时间一天天过去了，那个女人仍没露面，沃尔特开始担心起来：她会不会出什么意外了？沃尔特决定向列车员梅尔打听一下那个女人的事，因为梅尔这位列车员对每个乘客的情况都略知一二。

列车员来了，乘客们开始买票，当沃尔特从座位上抬起头，正打算向梅尔打听那个很久没露面的女人时，他吃惊地看到，是另外一个陌生的列车员。

沃尔特看了看这个新来的列车员身上的胸章，知道他叫爱德华。沃尔特给了他三块钱，简单地说了声“到林肯”，然后又问道：“怎么不见梅尔了呢？”

爱德华说：“梅尔？不认识。”沃尔特瞥了他一眼，说：“梅尔跑这趟车好多年了。”爱德华递给沃尔特车票，说：“嗯，怪不得，我才跑这趟车一天。”沃尔特问：“你是说你顶替了梅尔？”爱德华摇了摇头，说：“说不上，我没听说过梅尔。”沃尔特不再说话，除了梅尔之外，没有别的人可以打听到那个只有一只耳朵的女人了，沃尔特没有机会继续打听。

又一个星期一到了，沃尔特像平常一样上车坐着，等候列车员的到来。这一回，沃尔特决定非得把梅尔的事问个水落石出不可，因为只有找到梅尔，才好向他打听到那个女人的消息。

这时，列车员爱德华来到沃尔特身旁，一边哼着小调，问道：“上哪儿？”他眼神毫无相识的表示。

“林肯。”沃尔特不满地说，他想换作是梅尔第二天就记住了，根本不用再问。爱德华冷漠地说：“不停林肯站。”沃尔特很吃惊地说道：“这班列车一向都是停林肯站的。”

“我不知道什么一向，”爱德华说，“我就知道今天。今儿个这趟车不停林肯站——这是司机亲口对我说的。”

沃尔特无奈地下了车，他只好步行回家。他孤零零地走着，天色逐渐暗下来，他想：女人走了，梅尔走了，林肯站也走了——人世间还有什么会走掉？

一天下班后，沃尔特习惯性地来到月台上等火车，他抱着试试看的心情，希望5点22分这班列车会到林肯站，果然，列车准时进站了，这次确实是到林肯站，沃尔特高兴地上了车，坐在自己熟悉的座位上。

忽然沃尔特听到一个熟悉的声音："今天要送您到哪儿去，老朋友？"沃尔特几乎跳起来，他转过头，看到了梅尔，沃尔特激动地拉住梅尔问道："梅尔，你到哪儿去了？"

老列车员回答说："哦，我参加再培训去了，每隔几年他们就让我们学一次。你知道，西边有一列火车撞了，他们连忙叫每个人都参加紧急情况学习班。怎么了，你以为是怎么了？"

沃尔特摇摇头说："我说不好，你突然就那么失踪了。"梅尔笑着说："在铁路上干就是这样，他们从来不提前通知。你还是到林肯站吧，我想。"沃尔特激动地点点头。

列车快开动了，又有几个乘客挤上了车。沃尔特正准备问梅尔关于那个女人的事情，这时，他察觉有一个人正要坐到自己座椅的边缘，沃尔特转脸一看，不由惊喜万分，他看到的正是那个只有一只耳朵的女人，女人对他抱歉地一笑说："对不起，打扰您了！今天车太挤了。"

"不，没事儿，有空地呢。"沃尔特边说边把身子往里面挪，腾出一点位置给那女人。那女人把身子靠进来，沃尔特闻到了女人身上某种香水幽雅醉人的芬芳，他说："很高兴又见到您！"

那女人很和气地点点头，随后，她把手伸到下巴底下，开始解开彩色头巾的结，她要干什么呢？沃尔特赶紧把视线移到别处，免得再次瞅到她只有一只耳朵的隐秘。可是，沃尔特的余光却扫视到，那女人把丝巾从头上取下来，然后折叠得整整齐齐放在了腿上。

沃尔特忍不住看了看那女人：她脸庞左边是一只完完整整的粉红色耳朵，顶部是光滑圆润的曲线，底部是分岔得当的耳垂。

沃尔特觉得这耳朵真是神奇，仿佛是由一双微型的手缝上去的。只有那女人自己最清楚，这只耳朵是她特意去做整容手术补上的，是为了自己能自信地和沃尔特开始交往，其实她很早就爱上了沃尔特……

此时，那女人刻意地把几缕散落的头发捋到耳后，有意让沃尔特注意到她补好的耳朵，沃尔特对她这个动作报以微笑，女人也对沃尔特莞尔一笑，问道："您是在林肯车站下车吧？"沃尔特高兴地说："是的，要不……今天我们一起走吧？"

（题图、插图：佐　夫）

·阿P系列幽默故事·

阿P穿睡裙

□刘洪林

阿P头一次来上海玩，找了一处不起眼的招待所住了进去。

晚上，阿P从南京路逛街回来，心里喜滋滋的，他为老婆小兰买了一件粉红色的真丝吊带睡裙，听营业员介绍，这睡裙看着性感，穿着舒服。究竟舒服到什么程度，阿P想现在反正也没人看见，自己先试试，秀一把再说！阿P三下两下脱下背心短裤，拿起真丝睡裙套在身上，然后扭着腰对着镜子左照右照，正高兴时，突然门外传来钥匙开门的声音，不好，有人要住进来！

阿P这一惊非同小可，想脱下睡裙时，才发觉裙子太小，加上身上有汗，左扯右扯就是扒不下来，天哪！眼看着门就要开了，阿P来不及多想，一骨碌钻进了被子里。

进来的新房客是个胖子，他放下行李，抹了把汗，一扭头，看见有个人蒙头而卧，不由生出好奇心，挺关心地提醒道："兄弟，大热天捂这么严实，不怕中暑啊？"

阿P缩在被子里，答也不是，不答也不是，索性不响，装睡！胖子心眼还蛮好，见阿P不吱声，生怕他病了，又走到床前问："兄弟，没事吧？"一边说，一边准备撩被子。

情急之中，阿P忽然想起自己穿的是吊带裙，两只胳膊还是可以见人的，便伸出手臂摆了摆，含糊地说："没事没事，太困了。"说完，还不忘来了个大哈欠。

阿P好不容易挨到胖子睡下，灯

一灭，阿P终于松了口气，他又等了等，估摸着胖子已经睡着了，便摸黑起身，想换上自己的短裤背心。

阿P四处一摸，糟了，短裤背心刚才顺手扔在旁边床上，这时候，也不知被胖子搁哪儿去了。阿P没办法，穿着睡裙像瞎子似的东摸摸西摸摸，谁知，一个不小心，将桌上的茶杯碰到了地上，“咣当”一声，吓得阿P魂飞魄散，逃命似的窜回被窝里。

胖子似乎被惊醒了，他嘀咕几句，便又睡去了。阿P惊魂未定，想起自己穿着女人睡裙、东摸西摸的样子，如果被人看到，那真是跳到黄河也说洗不清。

过了一会儿，躲在被窝里的阿P刚有了点睡意，忽听到“啪”的一声脆响，随后房间灯一亮，传来胖子的声音：“蚊子，好大的蚊子！”阿P不理会胖子，翻过身闭上眼睛。

胖子爬起来打蚊子，两个巴掌拍得山响，他见阿P一动也不动，不禁埋怨起来：“我说兄弟，这么多蚊子咬，你也睡得着？”

阿P裹紧被子，生怕身上的睡裙走了光，没好气地说：“不就几个蚊子吗，打什么打呀，快睡吧！”胖子一赌气，也不打蚊子了，气呼呼地说：“俺打蚊子，也是为咱俩能好好睡觉不是，行啊行啊，你说不打俺就不打，不过话说在前头，到时候灯一灭，蚊子只咬你一人，你可别后悔。”

阿P一听，这什么话呀，凭什么蚊子只咬我一人？不过，阿P正巴不得早点关灯，一口应承道：“好好，我不怕蚊子咬，行了，关灯吧。”胖子还真听话，利落地关了灯。

黑暗中，阿P竖起耳朵，听到胖子像是拿出了几包东西，然后大口大口地嚼了起来，阿P鼻子一吸，嗅到一股面包加大蒜的味道，阿P觉得好笑：难道吃饱肚子蚊子就不咬你了？真是笨蛋。

胖子吃饱喝足后又呼呼大睡了，这时，蚊子们却真的改变了目标，集中“轰炸”起阿P来，原来刚才胖子吃了大蒜，蚊子怕熏，所以都掉转了枪头。

阿P躲在被窝里不敢出来，因为脑袋刚一露出来，脸上就一连被蚊子叮了好几口，但总不能一晚上都闷在被子里啊，会憋坏的！

阿P脑子一转，忽然想起给小兰买的一盒美白面膜，正好，袋子就在床边，阿P悄无声息地拿出面膜，拧开盖子，刷墙似的在脸上抹了厚厚一层，末了还不放心，索性连耳朵也不放过，里里外外地涂了个遍。

这下阿P终于安宁了，不仅蚊子叮不着，而且面膜很香，他整个人仿佛躺在醉人的花丛中，真是要多舒服有多舒服！没多久阿P就呼噜震天了。然而好景不长，睡到半夜，阿P忽然被一泡尿憋醒了，招待所的房间里没有厕所，阿P只好蹑手蹑脚拉开房门，飞也似的窜到过道里，过道里灯光昏暗，还好，厕所就在对面。

阿P上完厕所出来，冷不防从隔壁女厕所里走出个十多岁的小姑娘，小姑娘急急地拦住阿P，说：“阿姨，女厕所在这边呀！”

阿P愣了愣，忽然一下清醒过来，原来自己还穿着睡裙呢。正在尴尬之际，小姑娘又开口了：“阿姨，你的面膜好香呀，我妈妈也经常做面膜，可是她从来不涂到耳朵上。”

此刻，阿P不敢开口，半夜三更自己这副模样，一开口还不把人家小姑娘吓出毛病来，三十六计走为上，阿P一溜烟逃回房里去了。

经这么一折腾，阿P怎么也无法入睡，干瞪着眼睛盼天亮。

时间过得很慢，在天快亮的时候，忽然门外响起一阵嘈杂的脚步声，然后有人重重地拍门。阿P缩在被子里，竖起耳朵不敢回话，拍门声惊醒了胖子，胖子一边开灯，一边大声嚷嚷：“是谁呀？”门外传来粗粗的嗓门：“警察查房，快开门！”

是警察！阿P吃了一惊，来不及多想，趁胖子起身开门的当口，手忙脚乱地揭下面膜脱了睡裙，用被子裹紧身体。

门一开，果然涌进几个身穿制服的警察，让阿P尴尬的是，老板娘和服务员也跟了进来。警察一进门就东找西看，连柜子里和床底下也没放过。带队的警察见同伴一无所获，回头盯着阿P他们问：“快说，把人藏哪儿了？”

阿P他们莫名其妙：“什么人呀，你们找谁呀？”

警察冷笑一声：“装什么傻，我告诉你们，卖淫嫖娼是很严重的违法行为！”

卖淫嫖娼？阿P和胖子你看我，我看你，两人如坠云雾。一个警察不耐烦了，看阿P捂在床上不起身，便喝令阿P：“你，站起来！”

阿P万分尴尬，看了看房里的两个女人，嗫嚅着说：“我、我没穿裤子。”

2007年《〈故事会〉最有影响力的故事》征文启事

四大奖励措施　稿酬外追加千字1000元奖金

为鼓励多出优秀作品,《故事会》杂志社决定继续举办2007年“《故事会》最有影响力的故事”征文大赛，并对优秀作品实行四大奖励措施:

1. 入选作品除在杂志上发表外，还将收入《〈故事会〉2007年最有影响力的故事》一书。2. 入选作品可得两笔稿酬：在《故事会》杂志发表的作品，首发稿酬每千字400元；获“《故事会》最有影响力的故事”优秀作品奖，再追加每千字1000元。3. 入选作品均颁发奖励证书。4. 本刊将邀请有关作者参加年底的颁奖大会,所有费用均由编辑部承担。

征稿范围：1. 具有现实感、新鲜感且可读性强的中短篇（包括超短篇）原创作品；2. 故事性强、有口传性、能引起读者兴趣的推荐作品。

超短篇（如幽默故事）的字数一般在1500字以内，短篇（如中国新传说）的字数一般在5000字以内，中篇故事的字数一般在15000字以内。

来稿方法：1. 从邮局寄发，请在信封上注明“征文大赛”字样，本刊地址：上海市绍兴路74号《故事会》杂志社，邮编：200020。

2. 从网上传递，可寄以下信箱：wulun@vip.sohu.net，请在主题上注明“征文大赛”字样；也可直接与有关责任编辑联系，本期责任编辑的信箱是：keyin118@163.com。

警察一声令下：“少来这一套，给我站起来！”

阿P不敢违令，只得用被子紧紧包着身子，下床站好。

带队的警察眼睛一亮，上前拎起阿P床上的睡裙，得意地一抖：“这是什么，女人的睡裙，证据都留在这里了，还想抵赖？”胖子不可思议地瞪大了眼睛，对阿P说道：“兄弟，你既然敢做就要敢当啊！”

这误会可闹大了！原来，阿P先前在厕所门口碰到的小姑娘，正是服务员的女儿，小姑娘无意中说起，有一个穿睡裙的阿姨，半夜里走进了阿P他们住的房间，服务员警惕性极高，当即就叫来了警察。

阿P知道，这时再不说出实情，他真是跳到黄河也洗不清了，万般无奈，他只好把事情的经过前前后后都说了出来……

第二天，阿P坐车回家，邻座的旅客在看报纸，边看边笑个不停，阿P好奇地把头凑过去，天哪，昨晚的事情竟然登上报了，标题是“男子穿睡裙旅馆酣睡，警方接举报扫黄打非”。阿P一看，觉得挺难为情的，但过了一会，他也乐呵呵地笑起来：值，尽管没具体点名，但我阿P终究是上了报，做了一回“名人”啊！

（题图、插图：顾子易）

千鲤湖

□种豆人

你是我的梦中人

千鲤湖是京城最大的湖，以盛产鲤鱼而出名，阿九一家人就住在这千鲤湖畔。说起阿九，这一带没有人不知道的，她生在一个富足的商人家里，长得如花似玉不说，还是聪明绝顶的才女，更让人赞不绝口的是她有一副菩萨心肠，经常接济穷人。

一天，阿九看到街上有个病得奄奄一息的老婆婆，她便把老婆婆扶回家照顾。老婆婆很感激阿九，但当老婆婆得知阿九是九月初九这天出生的，不由皱起了眉头，病还没好就急着要离开，临走前，老婆婆留下一句话："姑娘本是一个大富大贵之人，但切记万不可与李姓人交往，否则必然福浅命薄，九死一生！"阿九听了，浅浅一笑，也没放在心上。

晚上，阿九在湖边水榭上抚琴，最近，她有了心事，因为几天来，她一直做着一个相同的梦，梦里有个英俊潇洒的少年公子与她花前月下，好不恩爱……

忽然，阿九听到有人在用箫声和她的琴声，她不由心中一动，便循着箫声找了过去。不一会儿，她在湖边的柳树下，看到了一个英俊潇洒的书生正在吹箫。这时，书生也看见了她，连忙抱拳施礼道："在下李诺，惊扰了妹妹的雅兴，实在是有罪！"

是他！想不到这个书生竟是阿九梦里见过的人儿，阿九情不自禁地靠在李诺的怀里，两人就这样紧紧相拥，也不说话。半晌，阿九笑问:“公子一定很爱吃鱼吧？身上一股鱼腥味！”李诺惊讶地说:“想不到妹妹的鼻子这么好，我中午吃了鱼，到现在你也能闻出来！”

李诺说他家就住在湖边，家道颇丰，尚未娶妻，因为常常听到阿九抚琴，便有了想见她的念头，特别是这些天，居然在梦里梦见了她的模样。阿九听了不由感叹不已，便将自己的梦也告诉了李诺。

那晚，他俩谈得太投机了，夜深时，李诺依依不舍地离开了，临走时他说明天就会托媒人上门来求亲，听得阿九含羞地低下了头。

李诺果然是个守信之人，第二天一早，他请的媒婆就上门来求亲了，但阿九的爹一听说是个姓李的，心里便有些不满，因为他还记得先前那个病老婆婆说的话，怕阿九会跳进了火坑。

阿九听说爹爹回绝了媒婆，万分失望，但父亲不同意，她又能说什么呢？于是阿九回屋闷闷不乐地躺下了，她这一躺就是三天，不吃也不喝，只管在梦里与李诺相见。

到了第四天，阿九她娘急了，和她爹吵了起来:“罢罢罢！由她去吧！既然她命里该灾，我们也没办法！总不能眼睁睁看着她饿死！你这就给我去找那媒婆！”阿九她爹虽然不放心，但也没办法，何况他也打听到李诺确实一表人才，也就同意了这桩婚事。

阿九出嫁那天，也是九月初九，这是李诺挑的日子，他说这是经神仙指点的日子。新婚的日子比蜜还甜，只是过得太快了，转眼到了三天回门的日子。

这天，小两口带了好多礼品回到了娘家。阿九她爹娘远远地就在门前迎接他们，阿九她娘见到女儿，吃了一惊，心疼地说:“阿九，才几天工夫你就瘦了一圈了！”阿九忙摸了摸自己的脸，也不说话，只是浅浅一笑，显得和娘有些生分了。

阿九小两口吃过午饭就回去了，爹娘也没怎么挽留，等他们走后，阿九她娘寒心地说:“都说嫁出去的女儿泼出去的水，我还不信呢，想不到这丫头竟然变得这样快！”阿九她爹听了也摇头叹气。

它是我们的孩子

一晃半年过去了，阿九这半年里一次也没回来过，倒是李诺偶尔还来坐坐。这天，李诺带来一个好消息，说是阿九怀孕好几个月了。爹娘一听乐坏了，当下便决定去看看阿九，李诺迟疑了一下，同意了。

李家的房子很大很漂亮，丫环奴仆一大群正在伺候阿九吃点心。阿九她娘看见女儿不由激动地喊了声:“阿九！”阿九闻声看了娘一眼，并不说话，那眼神很冷淡，也很陌生，这弄得阿九她娘站也不是坐也不是，十分尴尬，最后还是李诺附在阿九耳边说："父亲母亲来了，还不起来迎接？"阿九这才站起身走了过来。等阿九走近后，爹娘才看清她的脸，两老不由吃了一惊，只见女儿昔日那张光滑漂亮的脸蛋上布满了斑纹，从前那双好看传神的眼睛也变得呆滞了。

阿九她娘见了，不由悲从中来，抱住女儿哭了起来。阿九她爹气坏了，冲上前一把揪住李诺的衣领，怒声问："你到底是怎么待我们阿九的？她怎么变成了这副模样？"李诺并不反抗，他自责地说："都是我不好，她怀孕后就变成这样了，早知道我们不要孩子就好了！"

阿九她娘听了气虽消了些，但还是不放心，她硬要把女儿接回家住几天，李诺拗不过，只好同意了，但没想到阿九在娘家糊涂得更厉害了，连人都不认识了，爹娘只好又把她送回去。到这份上阿九的爹娘不由想起以前那个病老婆婆说的话，都难过地顿足道："她当初就不应该嫁给那个姓李的，她偏不听我们的，结果搞成这样！"

随着阿九的肚子越来越大，她也越来越痴呆，到最后吃喝拉撒都不知道了。阿九足足怀了十二个月，到了第二年的九月初九，她终于有了临盆的迹象。李诺请来了一个稳婆，可怜阿九从早上一直叫到夜里，经过一番痛苦的挣扎，才终于将胎儿娩出。

说来也怪，这孩子一出世，阿九的神智就清醒了，她挣扎着起身刚要看看孩子，却听到稳婆忽然发出了一声恐怖的惊叫，阿九不知道发生了什么可怕的事，连忙看过去，只见稳婆手里抱着的并不是什么孩子，而是一条硕大的金色鲤鱼！阿九尖着嗓子叫道："天哪！这是

怎么回事？我的孩子呢？”稳婆结结巴巴地说道：“这……就是……你的孩子……”阿九听了这话，不由惊呆了，那稳婆吓得将鱼儿放在地上，一溜烟逃出去了。

就在这当儿，李诺从外面走了进来，阿九见了他，忙喊：“相公！你来得正好！她偷走了我们的孩儿，却拿一条鱼来吓我！”不料李诺听了阿九的话并不吃惊，他怜爱地看了一眼地上的鱼儿，说道：“它就是我们的孩子，因为我就是一条鱼。”李诺向阿九说出了事情的原委。

威风凛凛的神龙

原来李诺是千鲤湖里一条修行多年的鲤鱼，但多年的修炼只能使他幻化为人形，却无法助他跳过龙门，因为只有借人腹所生出的鲤鱼才能轻而易举地跳过龙门，成为一条真正的龙，而且这人必须是九月初九出生的至阴至柔之身。李诺找到了阿九，为了自己的下一代能“鲤鱼越龙门”，他便导演了开始见面的那一幕……怀孕期间，阿九身上的灵气都被鱼孩吸去了，所以她才变成那般痴傻模样。

阿九好像明白了一点，她激动地喊着：“骗子！怪不得你身上总有一股鱼腥味！”可能是太激动了，她忽然感到血往上涌，一张嘴吐出了一摊鲜血，接着两眼一翻，可怜的阿九就这样香消玉殒了，这正是应了病老婆婆的预言——福浅命薄，九死一生。

李诺见状忙从嘴里吐出了一颗金丹，塞进阿九的嘴里，然后他亲自将阿九送回了娘家，他跪在门前给岳父岳母请罪，说他已用自己修行千年的金丹维持着阿九的肉身，请他们照看阿九三年。三年后，他和孩子会来救醒阿九，到时一家人就能团聚了。阿九的爹娘虽然悲伤，却也没办法，只得含泪点头。李诺这才放心地带着鱼孩消失在空气中，同时消失的，还有他的房子和奴仆。

说来也怪，这阿九虽说已经死了，但有了这金丹护体后，她的脸色竟然渐渐变好看了，并且面带笑容，就像睡着了一般。她的爹娘见了，心里才稍稍好过些，他们日夜守在阿九的身边，生怕有点闪失。

三年后的九月初九，因为是登高节，而且天气又好，人们都爬到高山上看风景。从高处看千鲤湖，就像一面巨大的镜子，十分好看。然而，就在这时，天地间突然变得黑压压的，霎时间狂风大作电闪雷鸣，千鲤湖平静的湖面上一下子变得波涛汹涌，紧接着湖面突然裂开，从里面蹿出一条巨大的龙来！

人们不由吓得尖叫连连，胆小的更是魂不附体。只见那巨龙在空中盘旋了一会，最后把头伸到了阿九的家里，开口问道：“我的母亲呢？孩儿这厢有礼了！”原来这正是阿九三年前产下的那个鱼孩，经过三年的修炼，它已成功地跳过了龙门，成为了一条龙。阿九的爹娘猛然看到这样一条威风凛凛的神龙，就是再有思想准备，此时也被吓坏了，躲在一边直哆嗦。

龙儿一伸头，看到了躺在床上的阿九，便张开了嘴，对着她喷了一口仙气，只见阿九片刻间便悠悠醒来。她见到龙儿也不知道害怕，只是问道：“你父亲呢？”龙儿听了，深深地叹了口气：“父亲他因为失去金丹日子太久，已经无法幻化为人形了，后来为助孩儿练功，又将仅有的一点功力传给了我，他现在只是一条普通的鱼。前些天，他一不小心，竟被一个渔夫打捞上了岸，只怕现在凶多吉少了。”

这时，阿九她娘忽然想起了什么，也顾不上害怕了，说道：“哎呀！我昨天在街上看见一个人卖鱼，我见那鱼身上的金鳞很好看，就把它买下来了，现在还养在水缸里呢！”

阿九听了，连忙翻身下床，奔到水缸边，她果然看到了缸里有一条金色的鲤鱼在游动。那鱼看见了阿九便不动了，定定地看着她，阿九问道：“是相公吗？”那鱼点点头，阿九一张嘴，便将体内的金丹吐了出来。那鱼吞了金丹，摇身一变，变成了当年的李诺。

这时，龙儿说话了：“父亲母亲，时辰不早了，咱们上天吧！”阿九洒泪拜别她的爹娘，和李诺一起骑上了龙儿的背，腾云驾雾上天去了。

这时，湖边的草丛里，走出了一位老婆婆，她正是当年被阿九救过的那个病老婆婆，她拄着一根拐杖，喃喃地说：“想不到他会把自己的金丹给阿九，更想不到他还真的成功了！当年我枉作小人了！善良的阿九真是福大命大啊！”说罢，老婆婆化作一只老乌龟，蹒跚着爬进了千鲤湖。

（题图、插图：黄全昌）

编读聊天室：众手浇开故事花

夏日的炎炎气息慢慢消散，秋分时节，中秋之际，您是否感觉到新一期的《故事会》给您带来的幸运？这可是整整第400期哦！

此刻，也许您与以下这位南京读者拥有同样一份心情吧：我们这里刚下过雨，雨过天晴后天空很美丽，我的心情也好多了，我喜爱的《故事会》每月都如期而至，每次读完里面的故事，字字句句仿佛“语过添情”，让我越来越依恋它。

是的，抒情一派的读者总是用很细腻很美妙的语句寄怀于《故事会》，豪放一派、务实一派……在这些可亲可爱的各派读者中，您是不是也找到了自己的身影？

您想对《故事会》说些什么、传递些什么，别犹豫，赶紧来编读聊天室，说出自己的心声吧！

读者丁中军：我很喜欢《绝对小孩》的漫画故事，充满童趣又富含生活真谛，读来很有味道，每期都觉得看不够。

编辑部：《绝对小孩》是朱德庸二十年来最好玩的一本书，这本全彩系列四格漫画书业已出版，畅销之势锐不可当。您如果喜欢这类漫画，不妨去购买一本，过把瘾。

读者蔡刚：我四年级就开始看《故事会》，今年已经读大学了，学的是英语专业，我翻译了一篇不错的外国故事，推荐给《故事会》，不知道编辑会不会看我的稿子啊，要多久才能收到编辑的回音呢？

编辑部：凡是《故事会》的来稿，编辑都会认真阅读，如果来稿达到《故事会》的选稿要求，编辑会在两个月内与您联系；如若两个月内未收到编辑的任何回复，您则可以将稿件另外处理。

同时您也可以登录“故事中国”网站进行在线投稿，编辑会及时给您回复。

读者王啸舟：我和妹妹都很喜欢看《故事会》，不过我比较偏爱悬疑推理类故事，妹妹更喜欢看民间故事，可是《故事会》上刊登的悬疑推理类故事并不多，民间故事也相对较少，不知《故事会》以后能否多增加些这方面的故事？

编辑部：悬疑推理类的故事和民间故事在《故事会》上都有相应的栏目，这方面的故事也发表过不少，其中不乏精彩之作。

这期《故事会》中，《千鲤湖》就是一篇不错的民间故事，您妹妹应该能从中获得阅读愉悦；您所喜爱的悬疑推理类故事，在这期中也有涉及。《故事会》在保持以往风格的基础上，会有新的视点和新的突破，希望能给您带来新的收获。

·传闻逸事·

岳王庙疑案

□暗　刃

惊现尸体

清初之际，京城附近的平远县来了个好县令，这个县令为人正直机警，将平远治理得井井有条，欣欣向荣。

这天县令正在家里吃午饭，突然有捕头急匆匆地来报，说城东岳王庙里发现一具尸体！

县令一惊，赶紧放下碗筷，随捕头疾走而去。

一帮人来到这个废弃的庙里，歪斜的匾额上依稀可见“岳王庙”三字，庙堂正中立着一座威武的雕像，而死者正侧卧在雕像前方一根柱子旁边，一把利刃直入心脏。

县令小心翼翼地翻过尸体，仔细查看后，不由心中一颤，死者正是八旗子弟纳兰德！此人常混迹于京城，名声素来不好，是个纨绔子弟，但何故惨死于此呢？

县令深知此案压力颇大，先不论人命案在平远县发生率极低，单是纳兰德的家世便足以让他穷于应付。

县令先命手下人不要声张，再让众衙役在周围搜捕可疑人物。

正当县令眉头紧锁之际，一个和尚径直走了进来，和尚一见地上的尸体，害怕得颤抖起来。

经过一番盘问，和尚说他自幼出家，法号元虚，他于兵荒马乱之际隐居在此庙，并在庙后种了一些蔬菜，平时早上外出化缘，中午便回来煮菜烧饭，没想到今日碰到了这个场面。

县令到庙后实地查看了和尚种的蔬菜，除了一些青菜和韭菜之外还有一些葱蒜，看来和尚所言非虚，但刚才和尚脸上那无法掩饰的慌乱神色，让县令仍隐隐感到疑惑。

正在此时，庙外传来一阵喧哗声，两个衙役带着一个中年汉子走了进来。一见此人，和尚显得更加慌乱了，县令看在眼里，面不改色地走了过去。

这个中年汉子说他叫陈三。当时，衙役在周围搜索可疑人物，发现陈三在一旁鬼鬼祟祟，盘查他时又吞吞吐吐，便把这个可疑人物带来给县令大人问话。

县令见陈三面露惧色，一副欲言又止的模样，遂将左右人等一律遣到庙外，然后对陈三说道:“现在只有你我二人，你不用害怕，知道什么情况尽管一一道来，本官为你做主！”

陈三吐出一口气，神色仍有点慌乱，他断断续续地答道:“禀报大人，小人曾亲眼目睹凶案发生的经过！”县令忙问详情，陈三道:“小人昨晚喝醉了，就地睡在了此庙的角落里，今晨卯时被人吵醒，这个人正是被害的纳兰德公子。当时他跪拜在岳王像前，口中念叨着一些保佑祈福之类的话，突然，门外悄悄潜进一个蒙面人，趁其不备，一刀捅在了纳兰德公子的胸口上……”

县令马上问道:“你可看清来人面目？”

陈三欲言又止，在县令追问之下，他才支吾道:“凶手蒙着面，但小人却记得那人头顶是光的！”

陈三想了想又说道:“住在此庙的元虚和尚，其实以前跟我是同乡，他还有个相好的，但在三年前却被一个有钱人买去做小妾，之后他才出了家，那个有钱人正是纳兰德公子！”

县令恍然大悟:“你的意思，凶手就是元虚？”

陈三忙道:“大人明鉴，小人只是据实以报，不敢枉自下定论。小人当时由于害怕跑了回去，之后静下来想了想，确实对这个元虚和尚起了疑心，因此现在特地赶过来看看能不能帮得上忙，还请大人恕小人知情不报之罪！”

追查真相

县令立刻令捕头将元虚和尚带上来对质，不料元虚和尚矢口否认自己认识陈三，并且坚称自己自幼出家，然后便口念经文，不再回话。

这时，县令的一名家丁找了过来，说知府大人要见县令，于是县令命人把元虚和尚等人先押回县衙，他

自己则赶去知府家里了。

这个知府大人跟县令私下是很好的朋友，这次如此急着找县令前来，是要告诉他京城那边刚刚下达的命令：尽快修复因为战乱而荒废的庙宇。

知府见县令心不在焉，便正色道：“此事朝廷极为重视，务必尽快实施，另外但凡岳王庙者皆更新为关帝庙！”

县令听到岳王庙三字，心里不由一紧，旋即问道：“为何要更新为关帝庙？这一带的百姓历来都是拜岳王的，很少有拜关公的啊！”

知府摆摆手说“上头交代的，我们照做就是，不论岳王还是关帝不都是英雄豪杰吗！”

知府说完，便从丫鬟的手中小心翼翼接过一碗素面。

县令好奇地问道：“大人如此小心却是为何？这碗面看起来也不是什么山珍海味，而且清淡得连颗葱都没有。”

知府听罢哈哈笑道：“这你就不懂了吧！这可是家母的斋饭，须我亲自给她老人家送去。葱可是五熏之首，拜佛的人怎么能吃那东西呢！”

县令一听大惊，立刻想到元虚和尚种的那些葱蒜，如果元虚真是自幼出家，怎会不知此戒？

县令立刻向知府请辞，急忙赶回了县衙。县令回到衙门，提审了元虚和尚。

在县令厉声质问下，元虚和尚承认自己撒了谎，他不但认识陈三，也确实因为心上人被纳兰德抢走而出了家，但元虚和尚坚持说自己没有杀害纳兰德，当初撒谎也是因为怕别人联想到他与死者的恩怨，而被误认为凶手。

如此一来，审讯无法进展下去，县令便先将元虚和尚暂时收押。

提审犯人

这天夜深人静时，县令仍在一堆典籍中翻阅，突然，他“啪”的一声，将手掌重重地拍在书上，信心十足地喊道：“升堂！”

烛火通明的大堂正中，提审的人不是元虚和尚，却是陈三！县令重击惊堂木：“陈三，你可知罪！”堂下陈三心虚地说道：“小人不知……”县令厉声打断了陈三的话：“当时你说纳兰德面向岳王像跪拜时被一蒙面人从后面偷袭致死，是不是？”陈三眼珠晃悠不止，显然不知道自己哪里出了纰漏，更不敢轻易作答。

“倘若如此，”县令接着道，“凶手既存杀人之心又不知你在一旁窥视，为何只蒙住脸，却不蒙住光头？既然是从背后偷袭，为何不从背后入刀，反而从前胸下手，这又是何道理？”

陈三仍想狡辩，县令喝令用刑，陈三害怕了，只得招供：原来，陈三是个小偷，那天深夜，他正巧看见一身锦衣的纳兰德招摇而过，知道此人必定钱财不少，趁着没人，陈三便准备下手，哪知刚把钱袋偷到手，却被纳兰德发现，大声呼叫，陈三情急之中杀了纳兰德，然后将尸体背到岳王庙，想嫁祸给元虚和尚，后来陈三又故意在庙附近出现，让官府发现，从而达到诬陷的目的！

县令虽然成功地破了此案，但捕头和众衙役都不太服，因为县令这次断案似乎有点蛮不讲理，他推断陈三是真凶欠缺过硬的理由。

县令也知道自己这次做得不能让大家心服口服，但他只是摇头苦笑，他怎么能在公堂上将真正的理由提出来呢：如今的朝廷，对岳王庙是有所忌讳的，所以才秘密地将关公搬上了庙堂，而身为八旗子弟的纳兰德根本不可能到岳王庙来跪拜，陈三说的话就不攻自破了。

（题图、插图：黄全昌）

（本栏目欢迎来稿。来稿可从邮局寄发，也可从网上传递。如为电子邮件，请发以下信箱：keyin118@163.com）

·中篇故事·

明代有座大寺庙叫报恩寺，藏于深山，宏伟壮丽，古柏掩映，本是诵经参谒的好佛地，但到了清乾隆年间，原本香火鼎盛的寺庙，突然间变得冷寂消停，成了一个没和尚的寺庙，究其缘由，是因为有人许下了一个“血愿”……

血愿

□安昌河

1. 血银

乾隆五十五年春的一个傍晚，报恩寺方丈三德大师正在禅房静心品尝好友“茶翁”赠送的岩茶，突然接到在前院值守的小和尚的禀报，说佛龛前又出现了几锭沾满鲜血的白银。

三德大师一听，倒吸了口凉气，因为这已经是在寺庙的佛龛前第二次发现鲜血淋漓的白银了。

三德大师召集众僧，将那些白银捧到他们面前。白银是成色很好的纹银，每锭五两，只是在这些白银上面沾满了鲜血。

大家看着这些鲜血淋漓的白银，个个面面相觑。

三德大师环视大家一眼，问道：“谁能猜得到为何有人要用这血银来供佛？”

一个和尚说：“方丈莫要紧张，我佛慈悲，灵验无比，这多半是那施主感念佛恩，所以才把银子涂上鲜血，敬奉我佛，以表虔诚……”

“怕是不至于这般简单啊！”三德大师叹息一声，挥挥手，叫他们各自散去了。

入夜，三德大师在佛堂诵念了一夜的经文，祈求佛祖护佑那敬奉血银的施主和众生平安，永保寺庙香火鼎盛……

第二天一大早，三德大师的好友“茶翁”拎着一只竹筒，笑呵呵的，一进寺庙就问三德老和尚哪里去了。有人指了指佛堂，说三德大师正在念佛诵经。

“这大清早的，不睡觉，不喝茶，念什么佛诵什么经啊！”茶翁边走边喊，“三德，三德，看我给你带什么好东西来了！”

原来是岩茶。这种茶出自千年老茶树，老树嫩芽，不仅耐泡，而且叶形完整，汤水清澈，茶味淡雅，犹如深山幽兰，午夜清风，但是这种岩茶却不好求得，因为老茶树往往是生长在悬崖峭壁上，要采茶就得爬上悬崖峭壁，稍有不慎就会掉下万丈深渊。

因此人们常以“岩茶一盏白银一万”来形容岩茶的珍贵。

茶翁是唯一不把这茶当回事的人。

据说茶翁是远游至此的高士，就是因为贪恋这里的岩茶，才在这里驻足久居。

每年开春，茶翁就上山，攀上悬崖峭壁去采摘那些刚刚出叶的嫩茶，然后亲手焙制。茶翁并不独享美味，不过这天下能吃到他的茶的，唯有三德大师，因为茶翁最喜欢听三德大师讲禅。

看到茶翁来了，三德大师轻叹一声，拿出那几锭沾满鲜血的白银，对茶翁说，自从看见这几锭血银后，自己就有一种不祥的预兆，感觉要有大祸降临了。

茶翁安慰道：“所谓大祸，莫过于生死。你既一心向佛，还有什么看不开的，还有什么畏惧的？”三德大师惨然一笑。

这天午后，三德大师突然接报，说在大雄宝殿发现了一个可疑人物。

那可疑人物是个老头，骨瘦如柴，神情枯槁，他长跪佛龛前，双手

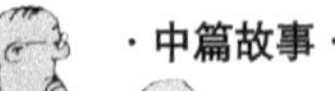

合十，双目紧闭，但是那眼泪却漫涌而出。老头双唇嚅动，无声地祈祷着。

许久，老头倚着脚下双拐，艰难起身，只见他从怀中摸出两锭红彤彤的东西，放在佛龛前，再次跪下，再次双手合十，落泪，祈祷……茶翁正要上前，被三德大师拦住了。只见老头拄着拐杖步履蹒跚地往门外走，没走两步，就轰然倒地。

茶翁和几个和尚慌忙上前去将老头扶起来，但是老头已经昏厥。在三德大师的指挥下，他们把老头抬进禅房。

三德大师在替老头把脉时，发现他胸前衣衫竟有鲜血渗出，扯开衣衫一看，不禁大骇。原来老头胸口有一道长长的创口，深得就如同沟壑，似乎都可以看见下面的骨头和骨头下面跳动的心脏。

茶翁见状，急切地问道:“他还有救吗？”

三德大师摇摇头，悄声告诉茶翁，老头这伤口差不多已将他身上的血液流尽了，他只怕活不长久，怕连三个时辰也熬不过去了。

“是谁造成他这般伤势的？他为何连性命都不顾要来拜佛……”茶翁连着提了一大堆问题。

三德大师看了看茶翁，缓缓说道:“倘若他能醒来，还能开口言语，一切就都解得开了。”

2. 血债

半个时辰后，老头醒了过来，但已奄奄一息。

面对三德大师和茶翁关切的目光，老头讲了自己的遭遇:老头姓李，家住距此三百里地的安州城，以榨油为生，人称他为老油匠。

老油匠中年丧妻，膝下有三个儿子，老油匠和他的儿子们辛勤劳作，奉公守法，日子过得也还殷实富足。

大儿子二儿子早已娶妻生子，三儿子也找到了称心的老婆，闺名雨娘。

雨娘不仅漂亮，而且温柔善良，对公公孝敬有加，待哥嫂温顺得礼，和丈夫更是恩恩爱爱。

这样一个漂亮贤淑的好儿媳，却让老油匠老是觉得心里惶惶的，担心有一天会突然祸从天降。老油匠告诫儿子们做事不准张扬，说话要低声，走路要慢行，穿衣要破烂，尽量要卑微不显眼，以免遭人家嫉妒，暗生事端。

可事情还是发生了。这天是龙舟节，雨娘在家中坐不住了，一再央求丈夫带她出去玩耍，于是他俩偷偷地溜出了门。

等老油匠发现雨娘和三儿子不见了，他叫声不好，赶紧让大儿子二儿子出去寻找。

没过多久，大儿子和二儿子带着雨娘哭哭啼啼回来了，说三弟被官府抓了，罪名是“通匪”。还没等大儿子他们把话说清楚，突然冲进来一队官兵，将这两个儿子也抓了，说他们三弟已经招供，这通匪的事，他的大哥和二哥也有份。

不到两个时辰，老油匠三个儿子都身陷囹圄。这通匪罪可不是小罪名，是要杀头的。

看着三个儿媳哭得死去活来，老油匠不禁悲叹起来。过了一阵，他要大儿媳和二儿媳都退下，他有话跟三儿媳雨娘说。

“今日之祸，皆由你起。”老油匠的话将雨娘吓了一跳。老油匠揩了把泪水，接着说道，“怪只怪这世道纷乱，怪只怪你啊……雨娘，怪只怪你美貌如花……”

“是不是只有我才能救出他们？”雨娘似有所悟。老油匠痛苦地闭上眼睛，点点头。

雨娘叫来轿子在门口候着，自己默默地回到房中，梳洗一番，打扮一番，然后乘上轿子。

轿子将雨娘抬到知府官邸，叫人通报说有人求见。

这知府生得獐头鼠目，一肚子的坏水。知府听说前来求见者是个美貌女子，不觉暗自得意，连忙起身前迎。

见了知府，雨娘连忙下跪，求他放过自己的丈夫和丈夫的两个胞兄。知府忙上前搀扶起雨娘，搂在怀中说：“小娘子莫要多礼。今日龙舟赛上见了小娘子，真个叫本官心旌摇曳，不能自已，恨不得立即抱着小娘子一亲芳泽。咳，奈何为人父母官，不敢任性，只得出此下策。好在小娘子聪慧过人，识得本官一片苦心，否则，真叫本官心碎了。”

第二天早晨，雨娘才回到家中，过了一阵，三儿子和他的两个哥哥也回到家中。虽然都是遍体鳞伤，却还欢声笑语，说那知府亲自向他们道了歉，说抓错人了，此外，还赔偿了他们纹银三十两。三儿子高兴地叫着雨娘，刚推开房门，却见雨娘悬在梁上，

等他们七手八脚抱下来，雨娘已气绝多时。

三儿子得知原由后，大叫一声，抓起一把菜刀就往知府官邸跑，等到他两个哥哥赶到，见三弟已被打得血肉飞溅，两个哥哥哪里见得这惨状，连忙上前想要救出弟弟，知府喝令衙役们将他俩也一并以匪徒论处，乱棍打死。

拼着最后一口气，三兄弟爬到一起，抱成一团……在他们身后，是长长的宽宽的三道血印。后来要将他们入殓，奈何怎么也分不开。

葬了三个儿子和雨娘，老油匠带着两个儿媳和两个孙儿踏上报仇雪冤的告状之路。谁知刚到衙门口，就从旁边窜出几个蒙面持刀的汉子，扑向他们，两个孙儿被当场砍死，两个儿媳拼死抱住行凶者的腿，老油匠这才得以逃脱……

老油匠说完，浑身哆嗦，缩成一团。他说，官府信不过，他只有把最后的希望寄托给菩萨，于是他变卖了所有房产，然后带着银子来到报恩寺，因为听说这里的菩萨最为灵验。

“我把银子在仇人给我留下的伤口里涂上鲜血，敬奉给菩萨，祈求菩萨睁开法眼，为我一家遭受的灭门惨祸申冤雪恨，惩治那凶狠恶毒之徒……”想起一家老小的惨死，老油匠顿觉悲愤难忍，圆瞪双眼，含恨而去。

3. 血案

看着老油匠死不瞑目的样子，围观的和尚们无不痛感悲切，义愤填膺。三德大师伸手要抚上老油匠的眼睛，每一抚上，手一离开，那眼睛就又睁开了……

茶翁看着三德大师，说“你得说句话，他的眼才合得上。”三德大师看着老油匠，幽幽地说：“老施主，你的祈愿菩萨都已听见了。所谓地不纳垢，天不藏奸，那凶狠恶毒之徒，菩萨自不会留他祸害人间！你只管放心去吧。”老油匠的眼睛慢慢合上了。见此情此景，茶翁不禁仰天长叹。

入夜，三德大师率领众弟子做了一场法会，超度被害死的老油匠一家人。法会完毕，众弟子还不肯离去，纷纷于佛前祷告，祈求佛祖开法眼，惩治凶顽，还众生一个清净世界，祷告一直持续了七天。

就在第八天，从知府衙门传来消息，知府一家被灭门！死者无一例外的都是喉管被撕裂，身上衣衫完整，他处并无伤痕，只是这些死的人个个神情恐怖，可能临死前受了巨大的惊吓。

究竟是谁有这么大的能耐，一夜之间轻而易举地就杀掉这么多人，而且其中还有几个武林高手。人们断言，必定是佛祖在惩罚知府，为民申冤，为民除害。

一时间，报恩寺佛祖大显神威的

消息就像三月春风一样，吹遍了所有可以到达的角落。这春风所到之处，民众无不欢欣鼓舞，认为这下有给自己撑腰做主的了。

那些受过官府欺压的，受过恶人迫害的，纷纷前往报恩寺，学着老油匠的做法，用鲜血涂抹银子敬献佛祖，祈求佛祖替自己主持公道，申冤报仇……果然，每次有人拿血银来申冤，被告状的官员、恶人们都被及时铲除了。这一下，前来报恩寺求佛的人更多了。

这样前前后后，知府、同知、通判……通共十八名官员，全被割了脑袋，一时间朝野震惊。

那些贪官污吏，那些为富不仁的，无不惶恐难安，而百姓们都欢欣雀跃，扬眉吐气，都说天不藏奸，佛法无边。

报恩寺里的和尚们，都为自己是报恩寺里的僧人感到骄傲，大家的功课做得勤了，礼佛也更加虔诚了。这本是好事，但是三德大师却突然召集众僧，要大家各自尽快散去，远离报恩寺。

众僧不解地问："这是为何？"

三德大师焦急地说："有大祸将降临报恩寺，大家快快散去吧！"

众僧说"如真有大祸降临，我等愿与寺庙共存亡！"

第二天一大早，和尚们早起做功课时，都感到奇怪：四周怎么如此清净呢？平时庙里庙外，早就涌满了前来争着向菩萨敬奉头香的信徒，但是今天，寺庙里里外外站满的却是持刀拿枪的官兵，将报恩寺围了个水泄不通。

和尚们吓得七魂悠悠，三魂渺渺，赶紧去向三德大师禀报。谁知道三德大师并不吃惊，慢条斯理地收拾着茶具。

率领官兵将报恩寺团团包围的是刑部有名的刽子手秦天，别号叫"莲花落"。

莲花落，本是一种乐器，把三两块竹板系在一起，打击时会发出清脆

悦耳的声响。这东西如果落在说唱艺人手里，就叫“竹板”，落在乞丐手里，才叫“莲花落”，也特指乞丐们为了乞讨，为了取悦人家而进行的一种说唱表演形式。

乞丐们时常在一个乞丐头子的带领下，来到有钱人家门口，排成一长溜，敲起莲花落，唱起莲花落：莲花落，两块牌，这边响，那边来，见婆婆，心欢喜，子富贵，孙儿乖……

秦天原本就是个乞丐头子，因为莲花落敲得好，唱得好，所以人家就干脆叫他“莲花落”。有一天刑部一个官员的母亲做寿，秦天带着一帮子乞丐前去乞讨，唱起了莲花落。唱的都是些吉庆好词，听得那官员的母亲十分高兴，把秦天叫到跟前赏赐，又见他生得眉清目秀，一表人才，心生怜爱，于是就将秦天留在府中，每日给那官员的母亲唱些莲花落，逗她开心。

秦天是个有心眼的人，对那官员的母亲伺候得十分殷勤，那官员的母亲死后，秦天哭得比孝子孝孙还动情，那官员看了心生感动，就将秦天送进了刑部当差。

秦天在刑部当的是刽子手。别看他文文弱弱，不到两年时间，秦天便成了“刑部第一刀”。就因为他肯下工夫，别的刽子手都是提着刀使蛮力，可他不，他弄了两具尸骨，仔细研究了人的骨骼皮肉，从哪里下手最利落省劲，从哪里下手最叫死囚痛苦……由此秦天名声大震。

有一年，朝廷抓了几个“叛党”，乾隆听说了秦天的名声，点他亲自动刑，还要他玩点花样，于是秦天上演了一场杀人好戏。

秦天先用银针封闭了几个“叛党”的穴位，松了绑，那几个“叛党”竟然泥塑似的一动不能动，连声也出不得。随后，他用一把小小的柳叶尖刀，将那些“叛党”的手脚一一卸掉，再将他们的心肝脾肺一一挖出来，像卖菜似的摆在他们面前。这些“叛党”眼睁睁地看着自己被肢解，剥离……

更叫乾隆吃惊的是，刑场居然没有看见一滴鲜血。乾隆大悦，称秦天是“斯斯文文、干干净净杀人之人”，并赐“天下第一刀”的名号。

而此刻，秦天闯进茶房的时候，三德大师正在品茶。

“这可真是好茶啊！”秦天嗅着淡雅的茶香，说道，“我也是善饮之人，这般茶香，还是第一次闻到，怕不是凡品。”

三德大师微微一笑，说“老和尚已给你准备了一盏，请！”秦天也不客气，上前坐下，捧起茶盏，啜了一口，赞不绝口：“能品尝到这样的茶，大师真是太有口福了！”

三德大师说“老和尚有一友，是制茶高手。这些茶，都是他不惜性命，从生长于悬崖峭壁上的千年老茶树上摘取，然后以秘法制作而成的。平常他送老和尚茶，老和尚与他讲佛……”

“我之所以好茶，缘起杀人。”秦天说，“每日杀人之后，我最爱清茶一壶，青叶绿水，可以让眼前飞溅的血光顿成云烟。此番前来报恩寺，我可准备了一囊上等好茶！”闻听此言，三德大师闭上双眼，念了声“阿弥陀佛”，不再言语。

秦天接着说：“有人说我的官印是鲜血凝结而成，这话不假。大师可想知道我最喜欢砍什么人的脑袋吗？和尚！和尚的脑袋光光生生，没有头发滋扰，一刀下去，咔嚓……简直爽利得很！”三德大师睁开双眼，看着秦天，说：“毋跟老和尚打哑谜，此番前来，你究竟想要怎么样？”

秦天一听这话勃然大怒，他质问三德大师，接连发生的数十起惊天命案，都跟报恩寺有关，为什么一有人到报恩寺诉冤，就会有人被杀，而且被杀的多是朝廷命官。

三德大师平静地说：“这都是菩萨灵验，佛法无边！”

秦天不屑地说：“佛曰不杀生！”

三德大师一笑，说：“恶人行凶，妄害无辜，菩萨岂会闭目不见？惩恶扬善，也是佛经大义。要让世间清净，菩萨必然会先将邪恶超度……”

“住口！一派胡言，休要拿我当三岁小儿糊弄！”秦天猛地一击桌子，“少年时候我路过庙宇，曾经三叩九拜祈求佛祖开恩，赐我饱饭三餐，却差点饿死路边！如若我不抢得别人半碗稀饭，怕早成了一堆朽骨！什么佛祖菩萨，不过一堆烂泥！”

“阿弥陀佛……”三德大师见秦天口出秽语亵渎佛祖，心中很是不忍。

“大师既然如此虔诚，好，咱们今天就来做个验证。你在里头求佛，我在外头砍和尚的头，如果这菩萨真的灵验，他必然会来阻挡我，他总该不会见死不救吧？”秦天大喝一声，叫士兵将报恩寺僧人全数拿下。

4. 血佛

秦天将报恩寺和尚全部披枷戴锁押到大殿前的空地上，和尚们口中念佛，并不畏惧。秦天拈了几根香，面向佛堂装模作样地躬身拜了几拜，说道：“菩萨，你若真的有灵，就立即现身，告诉我谁是杀害那些朝廷命官的凶手，并请将那杀人凶手送到我面前，让我回京复命！”

一个小和尚嗤笑道：“真是妄自尊大，佛祖怎么可能听你的！”

秦天回头看了那和尚一眼，冷笑一声，说道：“小和尚说得好！你既说佛祖不肯听我的，你整日与他为伴，和他熟识得很，那么你就帮我去问问他吧！”话音未落，只见秦天手一挥，一道寒光闪过，小和尚一脸惊愕，刚要扭脖子看站在一旁的三德大师，那脑袋却“扑通”一下掉在地上。和尚们吓得个个面无血色，乱成一团。

过了一阵，秦天说那小和尚去了多时，怕是被佛祖留在西天喝茶去了，他抓出一个和尚，要他去催催。三德大师见秦天又要行凶，厉声大喝：“住手！” 秦天冷眼看着三德大师：“大师难道有比这更好的办法，让佛祖告诉我谁是那杀害朝廷命官的人吗？”三德大师双手合十道“是老和尚我所为！”

“你？你一个老和尚，手无缚鸡之力，除了念得几卷经文，说些蒙昧人的屁话，还有何能耐？杀人？开什么玩笑？”秦天看着三德大师，冷笑一声，抓起身边的一个和尚，把手中尖刀一晃，对着大殿里的菩萨喝道，“菩萨，想必此刻这些和尚都在向你祷告，祈求你救救他们，救救我手里这个和尚。如果你真的善辨忠奸，真的灵验，就赶紧出来制止我！”就在秦天手起刀落之际，只听得“当”一声，他手中的刀断成了两截，随即听见一声大喝：“狗官，休要行凶！”

和尚们以为是菩萨显灵了，连忙跪下，那些官兵被吓得慌忙后退。只见从大殿里飞出一道黑影，那道黑影落地，原来是三德大师的好友——茶翁。

茶翁一袭黑衣，站在秦天面前，两眼就像寒光迸射的利剑。秦天并不惧怕他，微微一笑，说道：“你是谁？”

“我是来取你性命的人！”茶翁说着就要动手。

秦天说道：“且慢，你既要我死，也要我死得明白！你究竟是谁？”

“好，我就叫你死个明白！”茶翁住了手，说道，“我就是三十年前名震江湖的铁猴子！”

秦天怎么会不知道“铁猴子”呢？那时候他刚刚到刑部当差，一起连环大案将刑部闹腾得天翻地覆，制造这连环大案的，就是铁猴子。铁猴子是个杀手，武功高深莫测，下手利落狠毒，从来不留活口。为了缉拿铁猴子，刑部组织了一百多名金牌捕快，还悬下重赏，召集了三百多名武林高手合力抓捕，然而所有的努力仍都白费了。后来突然一夜之间，这铁猴子就销声匿迹了，从此江湖上再无他的传闻。

铁猴子说，当时他为了脱逃追捕，钻进了大山，后来在报恩寺遇到了方丈三德大师。在三德大师的点拨下，他决定放下屠刀，隐姓埋名，不问世事。后来他无意之间品尝到深山岩茶，欣喜无比，他决心亲手采制。因为他武功高强，攀岩越壁如履平地，所以总能采摘到许多上好的茶叶。于是一到春天，他就上山采茶，然后进行制作。等到空闲，就到报恩寺，一边听三德大师讲禅，一边品茗。

这样神仙般的日子一过就是三十年，直到三十年后的这个春天，铁猴子见到了血银，听了老油匠一家的悲惨遭遇。

铁猴子本以为自己听了三德大师这么多年的禅经，心中仇恨的火焰已经熄灭，杀念全无，却不承想，当他看到老油匠悲惨死去后，他感到浑身每一个毛孔都在往外喷射怒火，杀念顿起。

三德大师曾劝慰铁猴子，要他平心静气，否则这几十年的修行将前功尽弃，对于那作恶之人，菩萨自有法眼。铁猴子问三德大师这报应多久会来，三德大师却只说“终有时”。

铁猴子不听三德大师的劝解：“菩萨等得，那些被残害的冤魂却等不得啊！”于是，他开始杀人……三德大师要铁猴子不要再去杀人，不要再搞什么“替菩萨惩戒”，否则会给报恩寺带来灭顶之灾。因为当老百姓听说报恩寺菩萨灵验，必会成群结队前来祈拜，求菩萨申冤雪恨——这么多的冤仇，那么多的贪官污吏，铁猴子就算是有天大的本事，杀得过来吗？而这事必然引起朝廷的震怒，因为死的都是朝廷命官。一旦朝廷震怒，必然要迁怒报恩寺……但是铁猴子仍不肯听，一意孤行。

听完这些，秦天看着铁猴子，不无遗憾地叹息一声：“其实你真的早该听三德大师的话，否则也不会落得今日下场。”

铁猴子喝道：“什么下场？”

秦天说：“死路一条。”

“真是口出狂言！”铁猴子仰天大笑，“你我一步之遥，取你性命就像捻死一只蚂蚁一样容易！凭什么是我死路一条？”

“只怕你没那胆量杀我！”秦天给他指了指将寺院包围得水泄不通的兵士，“看见没有，这是我带来的三千精兵，个个强弓利箭，箭无虚发。你可以杀掉我，你也可以冲出包围，但是，这四百和尚呢？他们将会被当作妖孽和匪徒射杀，一个活口也不会留！你可知道我的靠山后台是谁？当朝皇帝！你可想想，这天下究竟是皇权大，还是佛法大！倘若我今日死在此地，皇帝必然怒上加怒，为了泄怒，他会怎样呢？你应该很清楚。”

“看来我今日不死是不行的了。”铁猴子走到三德大师跟前，深施一礼，道了歉意，然后问道，“老和尚，我有一事不明，还请点拨：世间真有佛？”三德大师指了指心口。铁猴子问：“佛真的明一切善恶？真的会让善恶有报？”三德大师双手合十，闭目不语。

铁猴子来到大殿前，给菩萨作了揖：“菩萨，铁猴子从来没有拜过你，今日一拜，只为一事求你，求你睁开法眼，张开法网，将那昏庸皇帝，贪官污吏，邪恶之徒，尽数收罗，打入十八层地狱！如能现世报应，现在报应，就大快人心了！”说完，他突然双足一顿，整个身子腾空而起，像一支利箭，射向大殿里的巨大的柏木柱子，只听轰然一声巨响，整个大殿一阵摇晃……

三德大师睁开双眼，两行清泪，潸然而下。铁猴子化作了一道血光，弥漫了整个大殿。大殿里的菩萨，在血光里一片通红。

5. 血茶

铁猴子死了，秦天并不放过三德大师和寺院里的和尚，但他有点犯愁了：“杀了和尚，烧毁寺庙，传出去又怕后人说我灭佛；不杀你们，不烧毁这寺庙，只怕还有那些愚昧百姓要前来祈拜，求什么菩萨为他们申冤报仇，咳，你们哪里知道，你们这座报恩寺，让好多官员心生恐惧，他们还真的以为菩萨灵验，要报应他们……三德大师你说说，怎么让他们安心？”

一个和尚哆哆嗦嗦地大着胆子问

道：“铁猴子已死，你还想怎么样？难道你真的就不相信这世上有佛，有报应？”秦天回头瞥了一眼那个和尚，和尚吓得赶紧埋下脑袋。

三德大师说道：“老和尚愿意以一死，换取众僧性命。你可以‘妖言惑众，妖术害人’治老和尚为‘妖僧’，一把火把老和尚烧了，这样就可以平息传言，让你的那些同僚们安心了。”

“这主意不错！”秦天说，“我就依你，放了这些和尚。”

三德大师要和尚尽快散去，走得越远越好，永远不得再回报恩寺。和尚们见三德大师舍身相救，想到他往日的教诲，不觉悲从心起，个个泪如雨下，于是纷纷要求和他一起赴难，与报恩寺共存亡。三德大师道：“老和尚之死，是为救众僧；众僧之生，是为普度众生！”众僧明白了三德大师的大义，这才叩拜而去。

三德大师问秦天：“我有一宝，可否与你换取这报恩寺的平安？”

秦天问：“什么宝贝？”

“血茶！”三德大师说。

秦天问：“血茶？血茶是什么茶？”

“此茶只应天上有。”三德大师说，在平武有座高山，名叫雪宝顶，终年积雪。有一年，铁猴子去寻岩茶，在一陡峭的悬崖边上意外地发现了一株奇怪的茶树，这茶树的树干漆黑坚硬如同玄铁，生长的茶叶却鲜红如同血染，但是鲜嫩无比。

三德大师是个渊博之人，知道这茶树就是传说中的“血茶”，只有树龄达到三千年以上的，生长出的树叶才可能是鲜红的。这种茶叶须夜间采摘，倘若在太阳下采摘，一旦离开树枝，不消片刻，血红的茶叶就成了黑色。饮用这血茶须取夜间喷涌的清泉水，以银壶煮开，缓慢冲泡，此刻可见满室红雾，如绸如纱，而且芳香四溢，沁人心脾。

“竟然如此神奇？”秦天问。三德大师说道：“更为神奇的是只消一盏茶水，就可让烦恼顿消，感觉大自在！”秦天大喜，叫三德大师拿出来给他看看。三德大师起身来到观音殿，从观音手中取下净瓶，递给秦天。

秦天从瓶中倒出茶叶，只见那茶叶形色如同金针，摊在手心里，不过百十枚。秦天问：“为何只有这么一点？”三德大师叹息说，当年铁猴子刚采摘了一茬血茶，就发生了崖崩，将整棵血茶树连根砸毁。秦天问：“如此珍贵，你们为何不喝掉？”三德大师说，这茶泡出来的汤水鲜红如血，而铁猴子因为杀戮太多，不忍再看见血样的东西；而他是出家之人，惧怕血样的东西。一个不肯喝，一个不敢喝，所以这茶才留存到现在。

秦天哈哈大笑道：“这么一点茶叶赚这么大一座寺庙，老和尚，你真会做买卖啊！”

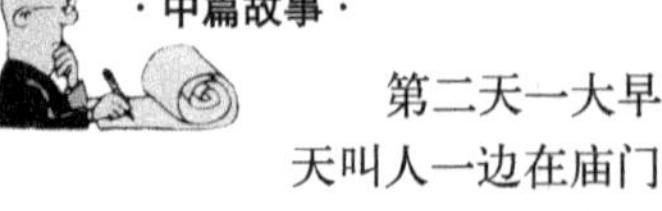

第二天一大早，秦天叫人一边在庙门口堆积柴火，一边将搜刮的钱财装车，只等烧了三德大师，就出发返京。

三德大师端坐蒲团，已经诵完了一卷经文。这时候秦天走过来，说柴火已经准备妥当，请三德大师上路。

三德大师坦然走上柴火堆，端正坐下，口诵经文。秦天将四方百姓押到庙门口，高声宣读了三德大师的“罪行”，说他“妖言惑众，妖术害人”，随着火光升起，四方百姓却一起跪下祈祷。熊熊火光中，三德大师端坐的姿势一点没变，还有诵经声从中传出……

秦天大骇，带着兵士，赶着车马，狼狈而去。回到京城，秦天自然得到了皇帝丰厚的犒赏，但是他却怎么也开心不起来。一天傍晚，他拿出那只净瓶，从中倒出几颗金针似的茶叶，想起当日三德大师给他说的关于这茶的种种神奇，便动了喝茶的念头。

秦天叫人趁着夜色，去打了泉水，然后用银壶烧煮开来，将那茶叶冲泡。神奇的事情果然发生了，那茶水慢慢地变得血红，升腾起来的水汽在屋子里袅绕弥漫，就像飘舞的丝绸一般，而且那阵阵芳香，沁人心脾，叫人沉醉，但是秦天却不敢贸然享用，他生怕茶中有毒，就叫来几个手下，要他们先尝尝。手下端起茶盏，看着那茶水鲜红如同血液，心生惧怕，畏缩许久，才喝了一口。茶水才一入口，那些手下就瞪大了双眼，浑身颤栗。秦天还以为他们中毒了，却不想手下跪下请求秦天再赏他们一口，说从来没喝过这么甘美的茶水。

秦天亲口一尝，果然觉得甘美无比，于是心中大喜，将手下得力干将统统叫来，说他们和自己出生入死，现在有了美味，自然要和他们共分享。

就在秦天和他的得力干将们欢欢喜喜品着香茗的时候，奇怪的事情发生了：他们一个个都感觉到燥热得很，发现流出来的不是汗水，而是血红的东西，是血又不像血，红彤彤的，黏糊糊的，很快就将衣衫打湿了，一个个成了“血人”。不只喝了那茶的秦天和他的得力干将，就连他家中的妻儿老小，丫鬟仆役，但凡闻过那香气的，无一不浑身往外冒“血汗”，从头到脚，整个被染得通红。

秦天四处求医，八方问药，却毫无效果。秦天郁郁寡欢，于三个月后死去。死时，浑身依旧有鲜红的东西不断往外渗出，乃至埋葬他的那片墓地都是血红一片。秦天的妻儿老小和丫鬟仆役，那“血汗病”三年后才痊愈。

此事被广为流传，说是因果报应。报恩寺虽不再有和尚，但是那名声却越来越大……

（**题图、插图**：杨宏富）

冷暖之间

冷言一句三春寒，好言一句三冬暖！我们每个人又何尝不曾体会过一些冷暖滋味？只不过你以你的方式，我以我的方式，那我们要讲的故事中的人又会以何种方式呢……

□童存云

扔掉孔雀石

陶春要去上海出差，老公忙着帮她收拾行李，并神秘地拿出一块美丽的孔雀石挂在了她的脖子上，嘱咐陶春一定要好好戴着，不许拿下来。

陶春见老公如此郑重，不由觉得好笑，但她还是点了点头，老公这才放心地把她送上了飞机，依依不舍地跟她告别。

陶春看着老公离去的身影，不由心里涌上了一股歉意。其实她到上海，一半是为了工作，一半却是为了见她的情人向俊生。

向俊生是陶春的大学同学，也是她当年的恋人，但向俊生毕业后一直混得不如意，连房子都租不起了，又不愿回老家。

上次向俊生在上海意外碰到了陶春，两人旧情复燃，但此时陶春已经有家室了，陶春见向俊生如此落魄，便出钱租了一套房子给他，自己偶尔来这里看望他。

飞机快到上海时，陶春内心对老公的那丝歉意被将要见到情人的喜悦取代了。

到了上海后，她匆匆交待完工作就直奔向俊生的“家”，她想给向俊生一个惊喜。

当陶春打开门，向俊生不在家，屋里空荡荡的，只剩一个床垫留在地板上。

天哪，这是怎么回事？陶春正纳闷，向俊生回来了，原来这个月他穷得把陶春给他买的家具家电都变卖光了！

陶春又恨又心疼，一甩手给了向俊生两万块钱，让他先花着。

向俊生乐坏了，为了讨陶春欢心，他主动提出陪陶春逛商店，还给陶春买了一根铂金项链，讨好地说：“你这么高贵的人怎么能戴这种破石头呢？我把它取下来扔了吧，来，我帮你戴上这个！”

陶春高兴坏了，这是向俊生第一次给她买礼物。

陶春瞥了一眼被向俊生扔掉的孔雀石，有点不舍，她弯腰去捡，不巧这时一辆汽车冲了过来，擦了陶春一下，她摔倒了，半天也没爬起来，她看到向俊生惊恐万状地看了看她，也不来扶她，却一溜烟跑了。

陶春气坏了，顾不得身上的伤痛便爬了起来，去追向俊生。

这时，陶春发现身后一片喧哗，围上了好多路人在看热闹，不知道发生了什么事情，但她顾不上许多，因为向俊生已经跑远了，她得去追。

拾回孔雀石

向俊生跑得可真快呀！不一会儿就跑进了家里。陶春也想进屋，可是刚走到门口，就被一股力量给挡了回来。

陶春顶着阻力，费力地来到门前，拿出钥匙打开门。

屋内的向俊生正在收拾东西，他一回头，看见了陶春，吓得眼珠子差点都掉了出来：“你、你不是死了吗？

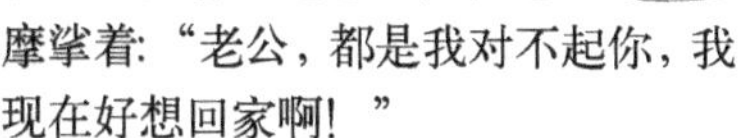

你回来想干什么？”陶春愣了愣“我死了？”

向俊生害怕得直哆嗦，说：“是……我亲眼看见你被车撞死了!七孔出血，死得好惨……但这不能怪我，是你自己不小心的！而且那司机赔偿的钱都会给你的家人，我不欠你任何东西，你……你不要缠着我！”

听了向俊生的话，陶春心里一紧，她想起了当时自己的身后确实一片喧哗，这么说她当时就出车祸死了？

陶春有些不甘心，她盯着向俊生的眼睛看过去，向俊生显然是吓坏了，惊恐万状地往后缩着。

看着这一切，陶春相信了：原来我已经死了！

想到这里，陶春不由万念俱灰，聚集在心中的一点人气渐渐散去，一瞬间，她的身体竟然一下散成了无数个小泡沫，渐渐消散……

不一会儿，陶春的身体就没有了，只剩下了一缕幽魂在飘荡。

陶春幽怨地看了向俊生一眼，他的冷漠让陶春感到无比心寒。

陶春现在还有一件心事未了，那就是要回去见见她的家人，但在见家人之前，她忽然想起自己丢了一样很重要的东西，那就是老公给她的那块孔雀石。

陶春来到了出事的地方，找了半天，才发现那枚孔雀石正静静地躺在路边的窨井旁，已被灰尘蒙住了。陶春捡起它，轻轻地摩挲着：“老公，都是我对不起你，我现在好想回家啊！”

陶春心里这样一想，一下子居然就已经到家门口了，她不由苦苦一笑，想不到做鬼竟然比做人还好，而且她意外地发现家里的门是开着的，于是她径直走了进去。

家里来了好多人，公公婆婆、小姑……甚至她的妈妈和弟弟都在，大家都低着头，表情很哀伤，大概在哀悼她的逝去吧。

陶春的妈妈哭得眼睛都肿了，她

嘶哑着喉咙说道：“我可怜的孩子！你年纪轻轻就这样撒手去了，让我白发人送黑发人，这比揪心还疼呀！妈妈真宁愿替你死……”

看见孔雀石

听到这儿，陶春的心里不由一暖，她又看见老公，抱着五岁的儿子坐在地上哀伤地哭着：“老婆啊，你舍得就这样丢下我们爷儿俩了？你不知道我和儿子是多么爱你，你怎么能死呢，你不能死呀……”

儿子一听，立刻哭着和爸爸吵了起来：“不！我妈妈没死！她还活着，我相信她一定会回来看我的！”

听了儿子的话，陶春不由感到既惭愧又温暖，她吸了吸鼻子憋住泪水，不禁感慨起来：拥有他们的时候不知道珍惜，现在才知道他们是多么重要！

不料陶春鼻子这一吸，惊动了她的儿子，儿子猛地一回头，却什么也没看到。

只见儿子狐疑地四下看看，见确实没什么，不由又号啕大哭起来：“妈妈！我听见妈妈的声音了！”

老公听了儿子的话，忙用眼光四处搜寻，这时，他看见了半空中有一块碧绿晶莹的孔雀石，明白真的是陶春回来了。

老公激动地对着孔雀石，用手指了指里屋，柔声说道：“上床。”

陶春吃了一惊，顺着老公手指的方向，她看见自己的肉身躺在那里，于是便飘了过去……

也不知过了多久，陶春悠悠醒来，她感到身上无比疼痛，原来是身上的伤口在隐隐作痛，她不由发出一声呻吟。

这时，陶春听到儿子拍手在笑：“妈妈醒了！妈妈醒了！”

“我活了？”陶春感到很惊奇，一时弄不清自己到底是生是死了，她低头看了看自己，简直不敢相信，自己还真的又有了鲜活的身体。

这时，老公温柔地拿出那枚孔雀石，给她重新戴上了：“下次可别再弄丢了!孔雀石是个吉祥的东西,可以保佑你出入平平安安，那次你出差，我特地给你准备的，它还代表着我对你的爱和挂念……”

陶春不由得热泪盈眶，说不出半句话来。本来她活生生的一个人去见向俊生，不想却被他无情的言行彻底摧毁；但现在，家人的深情却温暖了她，使她起死回生了！这真是冷言一句三春寒，好言一句三冬暖啊！想到这里，她不由深情地靠进了老公的怀里……

（**题图、插图**：安玉民）

（本栏目欢迎来稿。来稿可从邮局寄发，也可从网上传递。如为电子邮件，请发以下信箱：keyin118@163.com）

送片树叶给小鱼

闲居在家的爷爷买了一条小金鱼，在他的精心照料下，小金鱼整天在水盆里快活地游来游去。

一天，爷爷把一片宽大的梧桐叶放进了金鱼盆，孙子见了很好奇，想把树叶捞出来，爷爷连忙阻止说："别动树叶，那是我专门放进去的。金鱼怕光也怕吵，有片树叶就好了。你看看，它是不是躲在树叶下面了？"

孙子伸手把树叶拖到了水盆的另一边。果然，小金鱼摇着尾巴追了过来，依然躲到树叶下。对小金鱼来说，那片树叶，就是它最安宁的家园了。

其实，世上的每一条生命都是宝贵而脆弱的。对生命而言，世上最可贵的，就是一颗悲天悯人的爱心。唯有这样的爱心，才能将一腔慈悲的情怀化作甘露，洒向芸芸众生……爷爷送给小金鱼的那片树叶，正是对爱的最好诠释。

（**推荐者**：林宝贤）

放弃

老杨在玻璃柜里看中了一套精美的青花餐具，但价格昂贵，不过老杨实在是太喜欢这套餐具了，他请导购小姐把这套餐具拿出来给他仔细看看。导购小姐一边开柜一边热情地推销："这套餐具特别有档次，要再配上一套高档的餐桌椅，就更加高贵！"

哪知导购小姐这番热情的推销，一下浇灭了老杨想买的欲望。老杨说了声"对不起"，转身离去了。

老杨之所以放弃，并不是因为这套餐具有什么不好，而是因为导购小姐一番推销的话语提醒了老杨：这套餐具太好，还需要一套高档的餐桌椅相配，老杨家以前买的餐桌椅显然与它不是一个档次。

精美的餐具需要高档的餐桌椅来配，高档的餐桌椅又需要豪华的房屋来配……无穷尽的欲望，往往会给人带来一种负担。

（**推荐者**：宋智勇）

熊的经验

每当冬季猎人到森林里来猎熊时，大黑熊泰迪总能逃脱，于是，泰迪成了森林里的“名人”。

许多熊前来向泰迪求教，怎样才能逃脱猎人的捕杀。

泰迪笑了笑，对大家说：“你们都知道，根据这里的捕猎习惯，每到冬季，猎人们总是习惯带着几条猎狗，先将我们从树洞里赶出来，然后四面出击，一步步缩小包围圈……但你们是否听说过有哪头熊被猎狗咬伤的事情？”

大家想了想，竟发现森林里的熊大多是被猎人活捉的，没听说过有哪头熊被猎狗咬伤过。

猎狗们并不敢咬熊，因为它们不是熊的对手！

猎狗们只是围住熊狂吠，目的就是把熊吓懵，使其迷失方向，最终落入罗网——这就是猎人们猎熊的奥妙所在。

泰迪告诉众熊：“我们逃脱的秘诀就是：首先不要被吓晕，因为没有谁敢上前拦住一头熊，而我们所要做的就是让自己从冬眠的昏睡状态中清醒过来，然后辨清方向，一路跑下去。”

在竞争面前，我们一定要保持清醒的头脑，切忌自乱阵脚。

（**推荐者**：古　风）

猫头鹰和它的孩子

猫要去树林中捕鸟吃，猫头鹰知道后连忙请求猫，千万别伤害它的孩子。猫问：“那你的孩子长什么样？我一定注意，不吃它。”猫头鹰说：“我的孩子呀，长得最漂亮。”猫认真地点点头，猫头鹰放心地飞走了。

猫在树林中找来找去，发现鸟巢里尽是些漂亮的小鸟，猫生怕这些都是猫头鹰的孩子，所以一只也没敢吃，最后，猫发现一群长得非常难看的小鸟，猫大喜，放心地饱餐了一顿。

猫在回去的路上，又碰到了猫头鹰。猫热情地招呼道：“你放心吧，我吃的是最丑的鸟。”猫头鹰感激地点点头，飞回了自己的窝，一看，它的“漂亮”孩子一个都不见了，窝里只剩几根猫的胡须。

诚然，父母看自己的孩子都是最美最好的，但切忌对自己孩子的缺点视而不见，这样往往最终只会害了孩子，我们要谨防爱的误区。

（**推荐者**：范洪涛）

凭啥挨着局长坐

□陈 昕

黄平进局后，不久便发现每逢饭局，局长总爱将小张安排在他身边坐着，小张就像局长的贴心马甲似的，走哪带哪，黄平闹不明白了："人家领导吃饭时总爱叫漂亮姑娘陪同，我们局长怎么这么奇怪，偏偏喜欢叫一个大男人陪着？"

这天，又是一个饭局，黄平和小张都去了。酒店里开着空调，暖洋洋的，局长一招手，示意小张坐在他身边，这时黄平多了个心眼儿，一屁股坐在小张的旁边，他今天非要好好看看，小张究竟有什么秘密武器！

酒席开始没多久，只见小张将随身带着的皮包拿起来，手和包一起伸到桌子下面，黄平看不见了，因为圆形的餐桌上铺的是很大的桌布，桌布垂下来，快挨到地面了，遮住了桌子里的一切，这时，黄平只恨自己没长透视眼！

忽然，黄平灵机一动，手中的筷子"不慎"落地，他忙弯腰下去捡筷子，当看到桌子下面的一幕时，他顿时目瞪口呆，只见小张从包里拿出一双拖鞋，几乎是同时，那边的局长已经将脚上的皮鞋脱去，接着，小张准确无误地将拖鞋套在局长的双脚上。两人的动作十分娴熟，两人的配合也是十分默契。

让黄平惊讶的是，刚才的一番举动，一点儿也没影响酒席的正常进行，大家丝毫没有觉察。

饭局即将结束，黄平又弯腰去捡"不慎"掉落的汤勺，正如他想的那样，小张正在将局长刚刚换下的拖鞋，装进皮包里……原来，局长还有这样一个怪癖！

黄平这下真是心悦诚服了，小张这一招实在是无人能及、体贴入微！

（**本栏题图**：顾子易）

特殊考试

□赵娜娜

约翰生前是个大好人，要是以往，他死后升入天堂是没问题的，可今年天堂有了新规定：想升入天堂的人必须参加“入堂考试”，成绩达不到六十分只能去地狱。

约翰于是到书店买了本考试用的指定教材《入堂指南》，经过一个月的紧张学习，约翰已经能把《入堂指南》倒背如流了，他信心十足地参加了考试。

可成绩一公布，约翰吓傻了：自己只考了15分！约翰急忙找到上帝说：“您一定弄错了，我都是按教材内容复习的，我不可能考那么少的分！”上帝温和地说：“你看看你的答卷，错了很多啊！先来看这道题，天堂的大门朝哪开？”

约翰毫不犹豫地说：“朝北开啊！”上帝摇摇头：“是朝南开的。”约翰不信，上帝带他到了天堂的门前，约翰发现天堂的大门果然是朝南开。

上帝又指着另一道题问：“奶牛和山羊哪个个儿大？”约翰答道：“当然是奶牛！”上帝叫天使领来一头奶牛和一只山羊，约翰这才发现这里的奶牛个头还比不上山羊一半。

约翰咆哮起来：“你们都是骗子，教材上明明写的是奶牛个头大，你们在刁难人！”

上帝疑惑地说：“教材上写的是奶牛的个儿大吗？怎么可能呢？”约翰气愤地把教材甩给上帝，上帝看了看封面，又翻开书看了几页说：“虽然这本书名字也叫《入堂指南》，可这本不是我们编写的，你看看封面的下方。”约翰发现书的封面下方有几个不起眼的小字：地狱出版社荣誉发行。上帝叹了口气说：“我可怜的孩子，你买的是盗版书……”

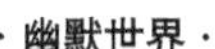

□区志光

披肩惹的祸

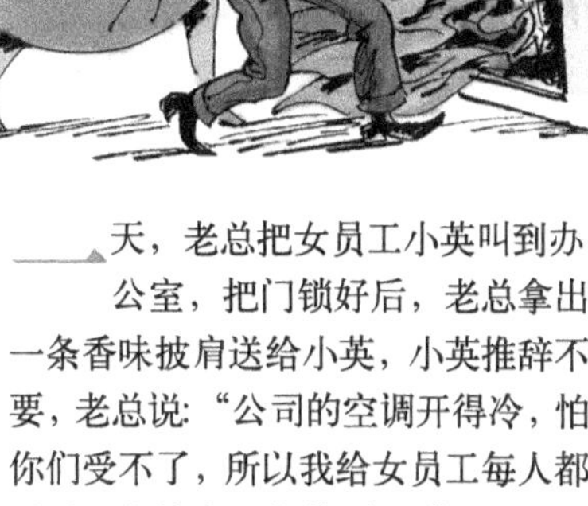

一天，老总把女员工小英叫到办公室，把门锁好后，老总拿出一条香味披肩送给小英，小英推辞不要，老总说：“公司的空调开得冷，怕你们受不了，所以我给女员工每人都买了一条披肩，你收下吧。”

这时，小英忍不住打了个大喷嚏，她吸了一下鼻子，说“谢谢老总，可我有鼻炎，对香味过敏啊！”

没想到老总一听，紧紧握住小英的手说：“哎呀，我们真是同病相怜啊！这都怨我老婆！公司里女员工多，我老婆怕夏天你们穿得少让我看花了眼，特意买进了一批披肩，逼着我给你们每人发一条，还是有香味的，让我都不敢接近，我也有鼻炎哪！阿嚏……岂有此理！”

小英明白了事情原委，她同情地看着喷嚏连天的老总，无奈地摇摇头，小英也受不住这香味披肩的刺激，喷嚏是一个接一个……

正在这时，门外传来老总夫人的声音：“老公，开门！”老总闻声脸色一变，连忙把披肩塞到小英手里，示意她赶紧钻进墙边的大柜子里躲一躲。老总夫人进来了，她怒气冲冲地喝道：“你一个男人，大白天锁着门鬼鬼祟祟在干什么？”

老总堆着笑，正要解释，忽然一声“阿——嚏！”伴着这地动山摇的喷嚏，柜门被撞开了，老总夫人一见柜子里竟出来个年轻女子，立即火冒三丈，她拧着丈夫的耳朵跳骂起来：“好啊，你真是色胆包天啊，要你发的披肩不去发，竟然躲在办公室里会起情人来！”小英苦笑道：“老总，这不怨我，没想到这柜子里的香味更浓，我实在憋不住了！”

老总一听，顿时傻了眼，咳，他竟忘了柜子里还放着十几条没发完的香味披肩呢，怎么能让小英躲到那里面去呢！

顾客就是上帝

□石学文

一天，周毅和女友来到一家餐馆吃饭。周毅带着女友刚走到餐馆门口，迎宾小姐突然打了个大喷嚏，唾沫溅了周毅一脸一身。

周毅正要发火，迎宾小姐窘得脸红到了脖子根，不停地道歉。这时，只见一群服务员立马围了上来，有的送毛巾，有的端热水……一个挨着一个给周毅擦脸上的唾液。周毅一惊，摆摆手说：“还是我自己来吧！”服务员齐声道：“顾客就是上帝，让我们来为您服务吧！”便接着替周毅擦脸。

好不容易，周毅和女友坐定了，服务员满面笑容地走了过来说：“先生您好，我是专职为您提供席间服务的。请问两位喝茶还是喝饮料？您不用担心，这是完全免费的。如果喝茶，我们有菊花茶、竹叶茶……”周毅没耐心听完，直接点了菊花茶。

茶水很快就端上来了。周毅和女友一喝，“呀！这么烫啊？”服务员一听，二话没说，拿起两人的茶杯凑到嘴边左一下、右一下地小心吹起气来，然后重新拿来两个杯子，将两杯水分别倒进去，抿了抿，觉得水温合适，这才递给周毅他们。这一幕，直看得周毅两人目瞪口呆！

饭菜上来后，周毅吃着吃着，突然被一根鱼刺卡住了喉咙眼，他怎么也弄不出来，脸憋得通红……这时，只见服务员走上前来，猛地捧起周毅的下巴，俯身把嘴紧紧地贴在了他的嘴唇上，狠狠地吸了一口，只听“噗”的一下，周毅喉咙间的鱼刺终于从嘴里喷射而出……

周毅和女友仓皇逃出餐馆，忍不住感叹道：“看来顾客还真是上帝啊！”身后传来迎宾小姐温柔的声音：“欢迎两位下次光临！”

整容

□陈龙江

阿昆是个彩票迷，他大部分的业余时间都在研究彩票，他把老婆给的零花钱也全都投资在了彩票上，但是好几年过去了，阿昆一直与大奖无缘。

这天，阿昆从电视中得知本城又出了一位大奖得主，经过多方打听，他终于知道了这位大奖得主的地址。这天晚上，阿昆提着两瓶好酒前去取经，这位大奖得主倒也好客，把阿昆让进了家门。这人同阿昆交流了很多彩票经，最后还与阿昆合了个影。

阿昆回去之后，向老婆炫耀道：“今天，我同一个大奖得主交流了很多心得体会，很快我就能中大奖了。”

老婆对阿昆沉迷于彩票本来就不满，于是嘲笑道：“看你那副嘴脸，就没长着中奖的样儿！”一句话提醒了阿昆。

第二天，阿昆拿着合影马上跑到一家整容院，对医生说：“快，按照这人的样子给我整容。”经过几次整容手术之后，阿昆从镜子中看到了一个崭新的自己，他想：这下自己终于有了富贵相，该中大奖了吧！

阿昆更加用心研究彩票，又连续买了一年，仍没中奖。阿昆气得头发倒竖，他再一次去那位大奖得主那儿，那人一见阿昆，吓了一跳，以为从天上掉下一个双胞胎弟弟来。

阿昆掏出两人的合影，说：“大哥，你别紧张，我就是一年前向你取经的阿昆，我看你一脸富贵，还中过大奖，我也是中大奖心切，便按照你的样子整了容。可整容之后，别说大奖，就连小奖也没中过一次，你说这是咋回事呢？”

那人听了，连忙从里屋拿出另一张照片，递给阿昆看，说：“兄弟，不瞒你说，其实这才是真实的我，两年前，我也是为了能够中大奖，参照外省一位大奖得主的面孔整了容。兄弟你说，这同一张脸，多次重复使用，它还能灵吗？”

老牛送报表

□张金初

一大早，村主任老牛就来到乡政府，把一套报表递交给乡长。这是一套关于适龄青少年在读和辍学的情况调查表格，要求男和女分别统计清楚。

乡长接过报表看了看，摇了摇头，不满地对老牛说："你们村的高中辍学率怎么这么高，男生56%，女生86%？"老牛听了也不说话，把报表拿了过来，折叠整齐揣进口袋里。乡长愣住了：这个老牛，搞什么鬼？

只见老牛默默地从口袋里掏出另一套报表，递了过来。乡长好奇地问："这是什么？"老牛说："你看看，合适不合适？"原来这是老牛精心准备的第二套报表，不过报表上所统计的辍学率很低，男生只有18%，女生只有28%。

乡长看了后，又摇了摇头说："不可能！辍学率怎么可能这么低？据我掌握的情况，你们村几乎没有人读高中，都进城打工去了，是不是？"老牛点点头说："乡长英明，事实上的确如此。其实我给您的第一套报表数据是完全准确的，不过我怕辍学率太高了，您看了万一不满意，所以我就做了这第二套报表。我从村里赶到乡政府，这来一趟可不容易，准备好这两套报表，您随便选一套都行，也免得我来回走冤枉路。"

乡长皮笑肉不笑地夸奖老牛工作成熟老辣、有经验，接着话锋一转，说道："回去重新做份报表，辍学率男生30%，女生40%。"

老牛把第二套报表拿过来揣进口袋，不一会儿，他竟然又掏出一套报表，喜笑颜开地递给乡长说："太巧了，太巧了，我准备的第三套报表，和乡长您要的辍学率正好一模一样！哈哈，总算过关了！总算过关了！"

401
2007
SEMIMONTHLY
下半月刊
10月

欢迎登录本刊主办的“故事中国网”（www.storychina.cn）

故事会
STORIES
2007 年 10 月
下半月刊·绿版

主　编：何承伟
常务副主编：吴　伦
副主编：姚自豪（上半月·红版）
副主编：夏一鸣（下半月·绿版）
本期责任编辑：邢　悦
电子邮箱：simyyue@126.com
绿版发稿编辑：
夏一鸣　王雅静　朱　虹　杭　帆（见习）
特约编辑：
范大宇　崔新三　申之珉
美术编辑：李宝强
电脑制作：郭瑾玮
通　　联：归依玲
本社办公室电话：021-64375030
上半月刊编辑部电话：021-64332325
下半月刊编辑部电话：021-64336469
（上海市绍兴路 74 号 邮编：200020）
主管、主办：上海文艺出版总社

制作、发行总监：张　凯
电话：021-64313938
广告业务：上海故事会文化传媒有限公司
广告总监：张　淮
广告业务：021-34010383
广告投诉：021-64333738
广告经营许可证
沪工商广字 3100320050022 号
发行：中国图书进出口上海公司

·笑话·

照相

双休日，大刚带着儿子小刚回农村老家玩。看着爷爷果园里种的苹果树，小刚兴奋极了，立马爬上树去摘苹果，还强烈要求拍张摘苹果的照片。只见他站在苹果树上，摆好姿势，大声叫着："茄子！"

照完相，爷爷把大刚拉到一旁，说："孩子从小在城里长大，分不清五谷杂粮情有可原，可你必须告诉他，这树上的不是茄子，是苹果，两样差别大了去了！"

（李长亮）

（本栏插图：包丰一）

卖弟弟

小丽有一个一岁的弟弟，妈妈问小丽："你喜欢弟弟吗？"

小丽吃醋地说"不喜欢，因为你一直抱着他！不抱我。"

妈妈开玩笑说："那把弟弟卖掉好吗？"小丽嘟着嘴说："不好！"

妈妈心里一喜，心想毕竟姐姐疼弟弟啊，便试探着问："为什么啊？"

小丽一本正经地说："等他长大一点，就可以卖更多的钱了！"

（李长亮）

天使和上帝

飞机上，一个旅客对一名乘务员傲慢地命令道："小姐，把我的行李放上去！"

那名乘务员微笑地回答："先生，对不起，我一个人没有办法，我们一起来抬上去，好吗？"旅客马上讥笑说："你不是天使吗？天使还放不上去？"

乘务员依然微笑地回答道："先生，您是我们的上帝，连您都放不上去，我一个天使怎能放上去？"

（木　木）

生日

一个牧师问参加礼拜的信徒："你们当中有谁正好今天过生日啊？"

杰克欣喜地举起了手。

牧师冲他点了点头，道："很好，礼拜结束后麻烦你把这些蜡烛吹灭吧！"

（陈晓雨）

送别讲话

一位牧师在教区服务了二十五年，在他退休的时候，人们为他举办了一个送别晚宴，并邀请了本地一名政客发表讲话。

结果，政客迟迟未到，牧师便决定自己先讲几句："我来这个教区后，听到的第一个人的忏悔让我至今记忆犹新。这个人告诉我他偷了一台电视机，并对警察撒了谎；他还偷父母的钱，盗用老板的钱，和老板的妻子有染，而且吸毒。我当时听了很惊骇，以为自己被派到了一个可怕的地方。但过了一段时间，我发现这里的居民并不都像那样，而是很善良，并且很有爱心。"

牧师刚讲完，那名政客就到了。他向大家发表了讲话："我从来没有忘记牧师来我们教区的第一天，"政客说，"事实上，我是第一个去找他忏悔的人，并且以此为荣。"

（李荷卿）

灭蚊灯

小丽向同事小晴诉苦，说住的地方蚊子太多。小晴给她支招，让她买一盏电子灭蚊灯，一插上电就能灭蚊，不仅安全，而且环保，并拍着胸脯保证说："我一直用，效果不错。"

第二天早上，小丽哈欠连天地来上班，说昨天晚上被蚊子骚扰，又没睡好，小晴忙关切地问道："怎么了，灭蚊灯不管用吗？"

"哎，别提了，"小丽沮丧地说道，"开始用得挺好的，我觉得天太热就把门窗都敞开了，心想反正有灭蚊灯，就让它们进来送死吧。可是没想到，半夜里停电了……"

（叶　丹）

·笑话·

谁 强

杀虫剂和花露水碰到了一块，开始争论究竟谁的能力强。最后杀虫剂清了一下嗓子，喷出一口浊气，说：“事实胜于雄辩，你能灭蚊吗？”正说着，几只蚊子刚巧飞过，碰上了杀虫剂的那口浊气，纷纷坠地而亡。

“能！”说完，花露水摇头晃脑不停地狂喷，果然，房间里剩余的蚊子也全都落了下来。

“看见了没，我的药效更强吧！”花露水这下可得意了。

这时，地上一只垂死挣扎的蚊子答道：“我们是被淹死的。”

（周大海）

土豆和洋葱

土豆和洋葱是一对好朋友，可是洋葱老是取笑土豆。一天洋葱对土豆说：“小土豆呀，小土豆，你不光长得土气，连名字都带个土字。”

土豆生气了，好几天都不理洋葱。洋葱不知道原因，见到土豆就忙喊它：“小土豆！小土豆！”

小土豆一噘嘴，答道：“我不叫土豆了，我姓洋，叫洋芋！”（陈晓雨）

给公牛看名片

一个骄傲自大的公路局职员来到一个农场。他告诉一个老农：“我们正在计划修建一条新马路，因此，我要考察一下你的农场。”

老农说：“行，不过你不要到西南角的那块地去。”

公路局职员说：“我有公路局的授权，想去哪儿就去哪儿。看到这张卡片了吗？它授予了我去任何田地的权力。”他说着扬了扬手中的卡片。

看到公路局职员趾高气扬的样子，老农没再说话，自顾自地干活儿去了。

没过多久，老农就听到有人大声尖叫，一抬头，就看到那名职员向篱笆这边跑来，后面紧紧跟着一头公牛。眼看公牛就要追上那名职员了，老农大声叫道：“快把你的卡片给它看看！”（李荷卿）

什么饭

英语补习班上，老师正在讲一篇关于囚犯的课文，他指着黑板上的一个单词说："这个词的意思是嫌犯。"这时，他留意到第一排有个同学听课特别认真，便用眼瞟了瞟那个同学的笔记本，似乎发现有些不妥，马上又解释了一句，"我说的嫌犯，是指嫌疑犯。"他又低头看了看那个同学，只见那同学更认真地在本子上记了一笔。

老师终于忍不住了，指着那个同学的本子，对他说："请你听清楚，我说的是嫌疑犯，不是咸鱼饭！"

（佚　名）

爸爸的职业

沃尔顿一家邀请他们的新邻居到家里吃晚饭。吃饭的时候，邻居问沃尔顿从事什么职业。沃尔顿的小儿子插嘴说"我爸爸是一个渔夫！"

听到这话，沃尔顿夫人忙纠正道"儿子，你为什么那样说？你爸爸是一个股票经纪人，不是渔夫。"

沃尔顿的小儿子坚持说"不，妈妈。我们每一次去单位找爸爸，他挂断电话的时候都会一边大笑一边搓着双手说'我刚刚又钓到了一条鱼'。"

（佚　名）

专　长

公司经理正在面试一个应聘者，问她有何专长。

应聘者回答说自己曾多次赢得填字游戏和广告语征集比赛的奖项。

经理点了点头，说："很不错，说明你很聪明，但我们需要的是一个在办公时间里反应机敏的人。"

"太好了！"应聘者说，"那些比赛都是我在办公时间里进行的！"

（小　苏）

（本栏目欢迎来稿。来稿可从邮局寄发，也可从网上传递。如为电子邮件，请发以下信箱：simyyue@126.com）

车到山前自有路

□ 童树梅

这天还没到晚饭时间，我走进一家叫“客来饭店”的小饭馆，要了一盘拍黄瓜、一碟花生米，当然，一瓶三块半的当地产白酒是断断不能少的，看看服务员的脸色不好看，就又狠狠心要了一份麻婆豆腐，反正少了这点钱坏不了事，多了这点钱也成不了事。

俗话说，一人不喝酒，两人不赌钱。我酒量本来就不大，再加上一个人喝闷酒，才二两下肚，头就开始晕了，抬头四下看看，整个饭馆里空荡荡的。就在这时，相邻的桌子边坐下一个人。

那是个跟我差不多年纪的中年人，头发却白得比我还厉害，一身洗得发白的衣裳皱巴巴地裹在身上。我左手支着桌子，右手拿着酒杯，瓮声瓮气地朝他说：“老哥，过来喝一杯？”

花白头发听见了，朝我一摆手：“不，谢啦！”

我苦笑一声，一扬脖子把杯中的酒倒进嘴里……

过了一会儿，忽见那花白头发走到我面前，轻声慢语地开了口：“打扰一下，我能跟您说件事吗？”

我一时酒往上涌，眼都斜了，问“什么事？”

花白头发的脸红得像块红布一样，青筋暴突的手一刻不停地搓着，说“是这样的，我想借你这几个菜用一下，就一下，你放心，我不会动一筷子的。”

我一听奇怪了：还有借菜的？看看面前，三盘菜差不多见底了，便点点头说："行，你拿去吧。"

花白头发一边忙不迭地感谢，一边手忙脚乱地端过那三只残汤剩水的盘碟，然后坐下来满意地看着。

我看酒瓶里还剩大半瓶酒，开玩笑似的说："我这酒喝不了啦，要不，一起借给你好了，要不要？"

谁知话一出口，那花白头发却一骨碌站起来，连连说："那，那太感谢你了！不，不瞒你说，我正想跟你借酒哩，可又说不出口，你看我这人，光麻烦人，真是太不好意思了！"

他还真的借酒了，我一时哭笑不得，心里忽然生出一个念头：这人莫不是骗子吧？又是借菜又是借酒的，是不是在一步步给我下套？不过，反正口袋里也没有多少钱，我一个男子汉光天化日之下还怕见鬼不成？这么一想，就点了点头。

花白头发没想到这么顺利，高兴坏了，当即拿过酒来，端端正正地坐下。

我假装醉了，伏下头偷眼看他到底想玩什么花样，只见花白头发不住地看表，又抬头朝外张望，像是在等什么人，就在这时，怪事真的发生了：花白头发好像突然想起了什么似的，左手拽起衣裳领子，右手抓起酒瓶就往怀里倒，接着又"咕咚咕咚"喝了几大口！

这是干什么？我惊得差点叫出声来。忽然，小饭馆外吵吵嚷嚷拥进来几个人，一见花白头发便兴奋地大喊起来："我说老伙计，你还是蛮守信用的嘛，果然在这家小饭馆等我们，唔，酒气这么浓，你先喝上了？"

其中有一个大男孩高高瘦瘦的，看上去长得跟花白头发很像，上前说："爸、爸，叔叔们来了，你怎么不等人家一起吃啊？"

花白头发转过脸，却见他眼也斜了，嘴也歪了，舌头也打着结："伙计们，我可是等了你们好久了，可你们

倒好，一个也不来，我只好先……先喝上了，不好意思……”说罢，头一耷拉，“砰”的一声重重撞在桌子上，震得几个空空的盘碟一阵乱跳，再一看他，竟然鼾声大起，睡着了！

那几个人一见这副阵势个个失望极了，相互看看，然后一脸无奈地说：“这家伙也太不够意思了，看这样子酒喝得不少，看，半瓶酒都没了，要不，咱下回再让他请客吧，走走走，真扫兴！”

其中一个人说：“那咱凑的钱怎么办？”

“就给咱大侄子吧！”一个年纪稍大的人说，“我说大侄子，你考上大学了，本来哩，我们哥几个是无论如何也该帮衬你一把的，可咱们各人的日子……不说了，不说了，唉，咱老哥几个就只能凑这么点钱了，两千块，你不要嫌少，拿着！”一边说一边掏出一个厚厚的旧信封递给那大男孩。

那大男孩一见慌了手脚，嘴里直说：“叔叔、叔叔，这不能……”

可那人早把信封塞进了男孩的口袋里，又说：“我们和你爸，哥几个已有好长时间没在一起好好喝顿酒了，本来是想借你考上大学的机会大醉一场的。孩子，你考上大学是你家的喜事，也是我们的喜事，不醉一场能说得过去吗？当然我们也说好了，不会让你爸掏钱请客的，你家的钱必须用在刀口上，不想你爸这个馋猫先喝了，扫兴！下次再说吧。另外告诉你爸一声，别再一天到晚发愁了，车到山前自有路，一切都会好起来的。”说着用力拍拍那大男孩的肩膀，摆了摆手，几个人就一起转身走了。

那男孩张张嘴想说什么，忽又硬生生低下头，我从侧面看过去，只见那大男孩的喉头一上一下地颤动着。

那几个人走了好久，花白头发还在桌上趴着，我在一旁冷眼看着，终于看出一点名堂了，这人喝酒装醉，是不想请客，原来是个小气鬼！这么一想，我便朝他冷冷地说：“哥们儿，别装了，人都走了！”

花白头发慢慢抬起头来，眼里竟然含着泪！他用粗糙的大手一抹眼睛，一脸难为情地说：“你笑我小气了是不是？唉，实际上刚才那几位都是我最要好的伙计，我儿子考上了大学，他们一直闹着要请客，本来这也是应该的，我没办法拒绝，口头上就答应了，可我……实在拿不出钱啊，孩子的学费还没凑齐哩……”

这时那大男孩跑过来轻声责怪道：“爸，你干什么呀，让叔叔们白跑了一趟，叔叔们都生气了。”

花白头发摇摇头，说“他们不会生我气的，永远不会，你还小，不知道友情是咋回事……咱们回家吧！”

花白头发摇晃着身子站起来，扶着儿子刚走到小饭馆门口，忽然想起了什么，连忙转身走到我面前，说：“你看我这人，忘性太大了，我没动你的菜，可是动了你的酒哩，我给你钱……”说着，就从口袋里掏钱。

我一把按住花白头发的手，诚恳地说“一点酒你就不要太客气了，你儿子考上大学了，我该祝贺你啊！”

那爷儿俩一听脸上就乐开了花，连声说“谢谢”，花白头发又紧紧拉住我的手，一脸诚恳地说：“老弟，你可别怪我多嘴，实际上我看得出你也有一点发愁的样子，是啊，像咱们这个年纪，上有老，下有小，烦心的事确实很多，不过，借用老伙计们刚才的一句话劝劝你：别发愁，一切都会好起来的。”说完，花白头发又重重地摇了摇我的手，然后爷儿俩相互搀扶着走了。

我目送着他们一步一步地走远，直至看不见了才收回目光，然后结了账，紧一步慢一步地往家赶。

好一会儿，才回到家，我没精打采地推开门，发现妻子正在煮着鱼汤。

她见我回来，笑吟吟地迎上来，一边手脚轻快地给我舀上满满一大碗鱼汤，一边高兴地说：“告诉你一个好消息，我找到工作了，在一家鱼市专门剖鱼，这些鱼就是那个老板见我做事利索便宜卖给我的，怎么样，香吧？”

妻子顿了顿，又说：“我知道这段时间把你愁坏了，以后千万别借酒浇愁了，我能找到事做，你身强力壮的，还愁找不到？即使一时半会儿找不到也别急，车到山前自有路，这世上没有过不去的坎，一切都会慢慢好起来的，是不是？”

此时此刻，我紧锁的眉头慢慢舒展开来了，是的，那花白头发说得对，妻子也说得对，这世上没有过不去的坎，一切都会好起来的。

（**题图、插图**：安玉民）

（本栏目欢迎来稿。来稿可从邮局寄发，也可从网上传递。如为电子邮件，请发以下信箱：simyyue@126.com）

·第一推荐·

请为我守住这个秘密

□张怿男

一天下午，杜克中学的教务主任领着一批孩子，走进了学校的理发厅。根据校方的新规定：每个新生在参加军训前，都要统一理成短发，体验一下真正的军队生活。

理发厅里，孩子们唧唧喳喳地叫着，兴奋得仿佛自己明天就要上战场了。最受孩子们欢迎的理发师，是高大英俊的比克，大家围在他的身边，希望他能为自己理发。只有一个叫拉娜的姑娘，默不作声地躲在一个角落。她有一头可爱的及肩红色卷发，可她似乎舍不得剪掉它们，深蓝的眼睛里蓄满了委屈的泪水，看起来很不开心。

但是比克偏偏看中了她，他吹了一声响亮的口哨，向她招招手："小天使，能让我为你效劳吗？"姑娘身边的同学开始起哄了，都把羡慕的眼光投向了她，可是拉娜却往后退了一步，冷冷地说："谢谢你！我恐怕不怎么相信你的手艺！"

她这句话把店里的人都逗笑了，比克则显得有些尴尬，但为了找回面子，他还是打算再努力一下。他走向拉娜，说道："小天使，这样拒绝别人可不太礼貌。"说着伸出手去摸拉娜的头发，谁知小女孩猛地发出一声尖叫，一下子跳开了，双手死死捂着头发，惊恐地看着比克。比克被吓了一跳，呆呆地愣在了那里。

其他的孩子们开始抱怨，说女孩拖延了大家的时间，教务主任也走过去要她听话。此时，站在一旁的老理发师山姆似乎看出了什么，他慢慢地走过去，把比克挡在了自己身后，对拉娜说："孩子，别怕，让我来照顾你的头发吧，什么样的头发我都能应付，我保证你会很开心的。”他友善地伸出了自己的手，这次拉娜认真地看了山姆很久，犹豫了一下，终于把手羞怯地伸了过去。

洗头发的时候，拉娜的肩膀有些微微发抖。山姆一只手轻轻按着女孩的头发，另一只手小心地淋水、挤洗发膏。最后，山姆给女孩湿漉漉的头发包上了一条宽大的毛巾，并冲她笑了笑：“哦，好漂亮的小宝贝。”

其他的孩子陆续地剪完了，有些女孩跑到拉娜跟前，看着山姆给她剪头发。拉娜似乎被看得有些不太自在，她让伙伴们先回去，不要等她。山姆笑着对那些好奇的小女孩说：“你们总围在旁边，万一我弄伤了拉娜怎么办？”孩子们听了这话，都乖乖地站到一边去了。

山姆开始小心翼翼地给拉娜理发，一缕缕红色的发卷从剪刀下飞落，像一只只美丽的蜻蜓。他这次似乎格外有耐心，用了整整一个半小时，给这个十四岁的姑娘剪了一个简单的齐耳短发。当短头发的拉娜出现在理发厅的镜子里时，所有同学都说，她变得更漂亮了。

拉娜跳下转椅站到镜子面前，欣喜地看着老理发师，似乎有话想对他说。直到孩子们快走出门口时，拉娜才似乎下了很大决心，跑了回去，凑到他的耳边，怯怯地说：“你能、你能帮我……守住这个秘密吗？”山姆看着她，轻轻地和她拉了拉勾。

这之后的几年中，拉娜经常会陪她的同学来学校的理发厅剪头发。几年中，她一直是一头可爱美丽的红色短发，永远那么长，永远那么美丽。

转眼，拉娜就要毕业了，离开学校的前一天，她来到理发店，向山姆告别：“谢谢你山姆大叔，因为你成全了我完美快乐的中学时光。”

山姆拍了拍她的肩，说：“无论今后遇到多少困难，一定要相信你自己是独一无二的。”

时光渐渐过去，山姆离开了理发厅，儿子继承了他的事业。一天，儿子转交给他一个来自巴黎的包裹。山姆打开一看，是巴黎的一本时尚杂志，封面是一个美丽的光头模特。杂志里有一篇访谈，标题是：《拉娜：光头模特的美丽人生传奇》。如今，拉娜已是巴黎有名的模特。在这篇访谈里，她说：“上中学的时候，医生告诉我，我不可能再长出头发了，只能天天戴着假发套。那时，有位善良的山姆大叔保护了我这个虚伪的小秘密。而当我真正愿意以光头示人，并且因此成名时，我最想感谢的仍然是您，亲爱的山姆大叔，是您让我认识到，每个人都会有独一无二的美丽。”

（**推荐者**：王进国）

（**题图**：安玉民）

本期游戏难度指数：★★★★☆

福尔摩伍的问题

地铁站里的嫌疑犯

一个冬天的夜里，福尔摩伍和查理警官正在回警局的路上，突然发现前面有个歹徒正在拦路抢劫，便冲上去想抓住他。歹徒一看见他们，掉头就跑，跑了好长一段路，一直跑进了地铁站，福尔摩伍和查理警官紧跟着也追了进去。此时，地铁站上只有六个人，体形和歹徒都很像。

一个人正在和管理人员争吵，吵得很凶；第二个人在一旁津津有味地看热闹；第三个人正在看一张报纸，报纸把脸遮住了，看不清面目；第四个人正在原地跑步取暖，大口大口地喘着气；第五个人一边等地铁，一边不停地看手表，显得很着急；第六个人裹着大衣坐在座位上，冷得直发抖。

福尔摩伍观察了一下，指着其中一个人对查理警官说："他就是嫌疑犯！"你知道他指的是哪个人吗？

世界500强面试题

过　河

一个晚上，四个人想要通过桥过河去，A通过桥最快要10分钟，B要5分钟，C要2分钟，D要1分钟，可是他们只有一个手电筒，每次最多只能有两个人一起过河，要在17分钟内过河，该怎么过呢？

超级视觉

自来水流啊流

好好看看那些蓝色的线，是不是很像自来水啊，它们竟然还在流。赶紧把水龙头关上吧，要节约用水。

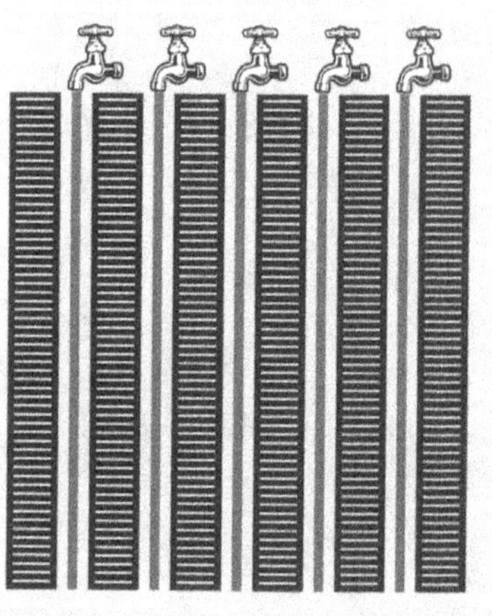

答案

福尔摩伍的问题

第四个人。因为福尔摩伍想到嫌疑犯跑了很长一段路，一定气喘吁吁，而这六个人中，只有第四个人在大口大口地喘气，并试图用跑步取暖来掩饰，因此可以判断这个人就是嫌疑犯。

世界500强面试题

先让C和D一起过河，花去了2分钟；然后让D携手电筒带回，用去了1分钟；接着让B和A一起过河，用去了10分钟；让C携手电筒带回，用去了2分钟；最后C和D一起过河，用去2分钟。总共用去了2+1+10+2+2=17分钟。

·中国新传说·

这是一个父亲所做的最后一件事……

被拿走的希望

□唐雪嫣

失踪

最近，晚报刊登的一则寻人启事，吸引了众人的注意。被寻找的人叫刘传才，他的独生子小刚今年十三岁，因患白血病，已经在医院里住了两个多月了。刘传才是个工人，他老婆韩桂云在饭店打零工，家里没什么存款，如今已经没钱支付小刚的医药费了。在这关键时刻，刘传才突然失踪，丢下了小刚，那可怎么办？大家不由得为小刚担心起来。刘传才到底在哪里？大家纷纷猜测。

报社记者杨凯对这对不幸的母子十分同情，也更关注刘传才的下落，更重要的一点，他前几天去看他们母子时，韩桂云像是有什么话要对他说，可又总是欲言又止。杨凯凭直觉断定，刘传才的失踪另有隐情，里面一定藏着一个大新闻，记者的本能使他下了决心，一定要挖出刘传才失踪的幕后真相。

所以，杨凯这些天经常去医院看小刚，顺便做一些采访。这天，杨凯刚来到病房不远处，就听到从小刚的病房里传来一阵歇斯底里的嚎哭声。他急忙快步赶去，病房门前已经围了不少人。他拨开人群，只见韩桂云搂着小刚放声大哭，小刚吓坏了，只知道一声声地喊妈妈。

杨凯和护士都劝韩桂云，可韩桂云却越哭越厉害，突然头一歪，晕了过去。

杨凯和护士急忙把她抬到床上，用力掐她的人中，韩桂云这才慢慢地醒过来，这回她不哭了，失神地望着小刚，喃喃地说："儿子，我不能再瞒着你了。你不是一直问你爸到哪儿去了吗？我告诉你，你爸不要咱了，他跑了，他把卖房子的钱全拿走了。"

杨凯大吃一惊，再看小刚，小刚的脸上已经全无血色，他怔怔地看着妈妈。韩桂云从口袋里掏出一张纸，递给小刚。杨凯站在小刚旁边，只见纸上写着：

桂云，对不起，请原谅我不辞而别。医生说过，小刚这种病没有十几万，根本就治不好，这五万多块钱屁都不顶。谁让咱是穷人？就认命吧。房子卖了，以后还能卖啥？与其把钱白白扔在医院里，还不如我拿着这钱过些好日子。你要是听我的，也不要再管小刚了，多为自己打算吧。别怪我狠心，给你留下一千块钱，保重。

——刘传才

韩桂云哭哭啼啼跟小刚说，前些日子，刘传才和她商量，说把家里的房子卖了，好给小刚治病。头一天收了五万一千块房款，第二天一大早，刘传才就不见了。枕头下的五万一千块钱就剩下一千块，还有这封信。

韩桂云不相信丈夫会这样一走了之，心想他可能只是一时想不开，所以她找到报社，请他们帮忙寻找，但这几天过去后，她终于意识到，刘传才是真的把她和儿子甩了，她真正绝望了，所以一时控制不住情绪，爆发了出来。

小刚的脸色变得惨白，好半天，才说"妈妈，他不愿意给我治病只是借口，你知道他走的真正原因吗？"

杨凯精神一振，原来其中还有曲折。只听小刚恨恨地说"有一件事情我一直没跟你说，他在外面还有一个女人。"

这话如石破天惊，韩桂云惊讶地张大了嘴，说不出话来。

小刚告诉她说，半年之前的一天，他提前放学回家，看见刘传才和一个女人在一起，那女人年轻漂亮，被他撞破后，女人慌慌张张地走了，刘传才再三警告他，不让他把这事告诉韩桂云，小刚怕妈妈伤心，所以一直也没说。这次刘传才拿了钱跑掉，十有八九是找那个女人去了。

韩桂云不由得破口大骂起来，骂了半天，又啼哭不已。小刚紧握着两只拳头对韩桂云说："妈妈，你别难过了，他不要我这个儿子，我也不要这样的爸爸，我知道咱家已经没钱了，我不治病了，咱们回家。"

小刚的眼睛里有绝望，还有坚强，更有深深的仇恨。韩桂云紧紧搂住他说"不，儿子，妈妈就是去卖血，也要治好你的病。"

"我能帮你们，"杨凯大声对韩桂云说，"大姐，我要把这件事写出来，让大家谴责刘传才，呼吁社会向你们伸出援助之手，放心吧，世上还是好人多。"

重见

杨凯当记者多年，还从来没遇到如此绝情冷酷的人，人说虎毒不食子，可这个当爸爸的连儿子的救命钱都拿，真是禽兽不如。他带着胸中一股抑郁之气，回到报社，一篇大稿一挥而就，第二天这篇报道被发在了晚报的头版。正如他所料，见报的当天，就不断有人打电话到报社来，询问小刚的情况。还有人在电话里气得大骂刘传才不是人。

很多人给报社寄来钱，请报社转交给小刚，最大一笔捐助竟然达一万元之多。这天，杨凯到医院去看小刚，韩桂云拉着小刚，扑通一声给他跪了下去，慌得杨凯急忙扶起他们。韩桂云哽咽着说："杨记者，要是没有你，小刚就只能出院等死了，现在我们已经收到了十多万的捐款，小刚他有救了。"

看到这母子俩的样子，杨凯打心眼里替他们高兴，他说："我不过做了我该做的而已，你们不用谢我。以后，我还要对你们进行追踪报道呢，你们能支持我就行了。"

在随后的两个月里，杨凯一直关注着小刚的病情，小刚有了社会的援助，病情也得到了控制，并逐渐好转。这天，杨凯突然接到韩桂云打来的电话，她语气很激动，说有事情请他去一趟。

杨凯急忙赶到医院，见韩桂云和小刚一脸愤恨之色。原来，刚才韩桂云接到一个电话，说刘传才现在在邻市的医院里，身受重伤，快不行了。希望韩桂云能去一趟。杨凯很兴奋，终于有了刘传才的消息，他问电话是谁打来的。韩桂云咬牙切齿地说："是一个女人，说是刘传才的朋友。什么朋友？就是跟刘传才跑的那女人，她还敢给我打电话？没等她说完，我就把电话摔了。"

杨凯皱起了眉头，他想的可比韩桂云多，刘传才快死了，那个女人想抛下他，所以打电话找韩桂云。只听韩桂云继续说："杨记者，你帮了我们这么大忙，我们也没啥回报的，刘传才的事估计能算是新闻吧？你跟我一起去，看看这个无情无义的家伙到底怎么了。"

杨凯当然不会拒绝，正如韩桂云所说，这是个绝好的新闻。于是他跟韩桂云火速赶到邻市医院。找到刘传才的病房，杨凯首先看见病床边的那个女人，四十多岁，脸色憔悴，穿着一身旧衣裳。可韩桂云却直勾勾地盯着病床上的刘传才，刘传才肚子上缠满了纱布，身上插了许多管子，双眼紧闭。韩桂云蓦地扑上去，跪在床前哭了起来，边哭边喊："孩子他爸，你咋了？咋弄成这样啊？呜呜……"

看到这一幕，杨凯不知道心里是啥滋味，来之前，韩桂云对刘传才还恨之入骨，见了面却是这样子，真是一夜夫妻百日恩啊。这时，那个女人说："妹子，你就是桂云吧？俺叫王芬，刘传才昏迷很长时间了……"

韩桂云转过头，这才看到了王芬，她突然跳起来，大叫着："你这个狐狸精，让你勾引我老公……"叫骂声中，她突然伸手向王芬脸上抓去，杨凯眼疾手快急忙一把拦住她，王芬吓得脸色煞白，躲到一边喊"俺是跟刘传才一起干活的，是工地派俺来照顾他，俺们没任何关系啊。"

杨凯已经看出了不对劲，大声说："桂云，你弄错了，这个女人不是那个女人。"

话虽说得含混不清，但韩桂云明白了，小刚告诉她说，跟刘传才的那个女人年轻漂亮，绝对不可能是眼前这个女人。她一腔怒火扑了个空，正不知如何是好，病床上的刘传才动了动，用微弱的声音说："是桂云吗？"

王芬对韩桂云说"他醒了，有啥

话赶紧说吧，大夫说他随时都可能死。”

韩桂云重又扑回床边，刘传才脸上掠过一丝红晕，吃力地说：“桂云，辛苦你了，儿子怎么样了？”

一听到儿子，韩桂云一下子想起刘传才所做的事，她控制不住地大声道：“托你的福，儿子还没死——你还有脸问儿子？你配做他的爸爸吗？”

刘传才愣了愣，突然间眼泪就流了出来，他哽咽着说：“对不起，桂云，我伤了你的心，伤了孩子的心，可是……可是我没办法了，只能这么做啊。我……那些单据呢？”

王芬急忙伸手到他的枕头下，掏出几张薄薄的单据，递给韩桂云。杨凯探头过去，看到那是一些汇款的回执单，其中一张赫然是一万元，其他的几张加起来，是四万二千五百元，总数比卖房款还多了不少。

韩桂云怔住了，问刘传才：“你，你不是拿了钱，跟一个女人……”

刘传才羞愧地闭上眼睛，叹了一口气说：“是儿子告诉你的吧？那是我一时糊涂，自从儿子得病之后，我就再没找过她。我自己拿走了那些钱，又把它们寄了回去。”

韩桂云紧紧攥着这些单据，疑惑地问道：“你为什么要这样做？”

刘传才脸上露出一丝无奈，道：“我拿了钱溜掉，只是一个计划，目的就是想让人们给咱儿子捐款，让大伙帮忙救咱的儿子。除了这招，我还有啥办法？那几天其实我一直偷偷跟着你，直到整件事见了报，我才敢放心离开。我到这个城市一直拼命打工赚钱，都是……都是为了你们啊。”

告 别

他的声音虽小，听在杨凯耳朵里，却像一个炸雷。没想到他全心全意帮忙的这件事，却是一个骗局。这一瞬间，他完全明白了事情经过，有一种被愚弄的感觉，但他不忍心刺激刘传才，趁刘传才还没注意到他，悄悄地退开了几步，避开刘传才视线。

韩桂云却没反应过来，她傻傻地问：“你想让别人捐款，你可以直接找报社向社会呼吁啊？不是一样有人能帮咱们吗？为什么一定要这样做？”

“你不懂，”刘传才脸色红得吓人，大口大口地喘着气，露出一丝无奈之色，“只有这样做，才能引起大家的注意，才能帮小刚。我这样做，都是为了救小刚，只要儿子能治好，我……我让人家戳脊梁骨也认了。”

说到最后，他的声音已经非常微弱了，好像用尽了全身的力气，随时都可能晕死过去。韩桂云意识到不妙，大喊：“快，快叫大夫来。”

杨凯忙跑了出去，刘传才不知哪里来的力气，竟然一把抓住了韩桂云的手，嘴唇嚅动，韩桂云急忙把耳朵

凑过去，只听刘传才用游丝一般的声音说“苦了你了，老婆，照顾好咱们的儿子。”

他脸上的红晕迅速消退，他还想说什么，张大了嘴，却什么也没说出来，眼睛慢慢地闭上。在那一瞬间，一大滴眼泪滚落下来。

韩桂云拉着丈夫的手，大声叫着他的名字。大夫跟在杨凯后面冲进病房，迅速进行抢救，但是已经回天乏术，刘传才停止了呼吸。

韩桂云扑在他身上大哭起来，突然，她想起了一个关键的问题，刘传才怎么会受了这样的致命伤呢？王芬长叹一声：“俺们工地分白班和夜班，夜班挣得多，但特别辛苦，他坚持要去上夜班，白天只睡一上午，下午就出去捡破烂。那个时候，俺们就问他干吗这样拼命，他说，他儿子病了，家里借了很多钱，他要把这钱赚回来，早点还给人家。这不，两个月下来，他的身体垮了，前天他走在一座小桥上，走路的时候就睡着了，结果摔到了桥下，他的肝和脾都摔裂了，能撑到现在已经是奇迹了。”

走着路就睡着了？他把自己累成了啥样啊？

这个时候，一个医生走进来，把一张纸递给韩桂云：“大嫂，刘传才入院后，要求在他死后捐献他的器官，您是他的家属，请您签个字。”

韩桂云大吃一惊，捐献器官？只听得王芬哽咽着说：“刘传才说，为了给儿子看病，他欺骗了这个社会，但他也实在是没有办法。他让很多人为了他的儿子伸出了援助之手，他有愧，无以回报，如果他死了，他希望有人能够用得上他的器官，要是能帮到一些人，他死而无憾了。”

杨凯接过医生的纸笔，塞进韩桂云的手里，沉痛地说：“签吧，这是一个父亲，为了儿子所做的最后一件事。”

韩桂云拿起笔，热泪一滴滴落在纸上……

（**题图、插图**：刘斌昆）

闷声发大财

□张长公

中了大奖

赖家村的赖三举是个彩票迷，迷到什么程度？不但买福彩、足彩、体彩，就连小贩卖的儿童彩票都买过，日思夜想一夜暴富。这次，福利彩票开奖了，他居然中了个头等奖：500万。赖三举眼里顿时铺天盖地都是钱，身上的血往头上涌，脸涨得通红，颤抖着声音说："中奖、中奖，我赖三举中大奖啦！"

他一路如痴如狂地奔着，叫着，突然，斜刺里冲出一个人，一把将他的衣袖抓住，拖到一个没人的地方，赖三举这下总算醒了，挥着胳膊，扬起拳头说："你，你想干什么？"

那人冲他一笑，嘲讽道："中了奖，有你这么叫的吗？"

赖三举上下打量眼前这个人：西瓜脸，塌鼻梁，戴着一副眼镜，人很斯文，不像是拦路抢劫的主儿，就问："你是什么人？"

那人又一笑，说："自我介绍一下吧，立早章，名克彪。看你是个老实人，没见过世面，怕你吃亏。"

赖三举大着嗓门说："我买的彩票中奖了，吃什么亏？"

"嘿嘿嘿，"那个叫章克彪的冷笑三声，然后尖声细气地说，"你中了大奖，这么张扬，难道就不怕小偷偷你、强盗抢你？"

"哎呀，是这个道理！"赖三举一拍脑袋，转怒为喜地说，"我高兴过头了，谢谢你的提醒。"

章克彪退后一步，望着赖三举，

问:“你是做什么的?”

赖三举咧着嘴不好意思地说:“我老婆种菜,我在工厂里烧大炉。”

“烧大炉的?”章克彪嘘了口气,“朋友,你一个烧大炉的,凭空中这么大的奖,麻烦可大啦。告诉你,我认识一个人,买足球彩票中了50万元,你说是喜事吧,可没想到,第二天就有要请客的、借钱的、拉赞助的……家里电话铃声不断,把个人都逼疯了。你想,你中了500万,家里还能太平?”

这下赖三举急了,他抓耳挠腮,忙问:“章大哥,我该怎么办?”

“只要你信得过我,我就能帮你,”章克彪拍拍他的肩膀说,“亲戚朋友上门要钱还算好的,碰上绑架敲诈勒索,你倒大霉了。钱能通神,也能通鬼,你懂吗?”

赖三举越听越怕,儿子就在镇上的中学里读书,路上来回要走十多里路,还要翻过村南的一个山岗,山岗上长满了杂树茅草,前不久发生过抢劫杀人案,要是坏人绑架儿子怎么办?想到此,他忙说:“我相信你,章大哥,你要帮我呀!”

卖出彩票

章克彪却显得很镇静,对赖三举摆摆手说:“相信我就对了。不过,这里不是说话的地方,你跟我走。”说着,掏出手机叫来一辆轿车,把赖三举拉进车内,一会儿,小车就在九龙宾馆门口停下了。赖三举跟着章克彪进了一间包房,服务员斟上茶水,递上菜单,章克彪说:“你喜欢吃什么就点什么。”赖三举一头雾水,眨巴着眼睛,问:“你这是做什么?”章克彪说:“你不是要我帮你吗?”赖三举更糊涂了,说:“你帮我,该我请你,怎么你请我?”

章克彪摸出一张名片,在赖三举眼前扬了一下,说:“你知道我是做什么的？”赖三举看着那名片烫金的，很漂亮，刚看见名片上“金属公司董事长”几个字，章克彪就把名片插进口袋里了，说：“我是做钢材生意的，一笔生意就好几百万。”赖三举听得目瞪口呆，原来是大老板。章克彪说：“你中了大奖，怕招惹是非，要是我中了大奖，和我做生意的人会越来越多。”赖三举听不明白，问：“为什么？”

“咦，”章克彪说，“这你也不懂？钱越多，诚信度越高，生意就越好做。”哦，赖三举这下才听明白了，说“你的意思是要我把中奖的彩票卖给你？”

“对对对，”章克彪说，“我把彩票中奖的钱给你，你再把中奖的彩票给我。你神不知鬼不觉，闷声发大财。我买了你中奖的彩票，等于给我做广告，我们是互助互惠，双赢！”赖三举同意了，章克彪点了一桌子菜，还开了一瓶五粮液，两人推杯换盏痛饮起来。

第二天，章克彪就把钱给了赖三举，好几百万呀，一手交钱，一手交票，赖三举立即把中奖彩票交给章克彪。真是风水轮流转，今年到我家，他赖三举万万没想到，中了大奖，还会遇到贵人相助。回到家，赖三举把事情经过说了一下，然后对老婆说：“闷声发大财，千万不能让人知道我买彩票中了大奖。”

老婆想得更深，出主意说：“可也不能让钱在家里躺着。儿子在镇上的中学里读书，我们到镇上买套房子，省得儿子起早摸黑，来来回回跑了。”赖三举连连点头，儿子每天起早摸黑跑十多里路，书还能读得好？他当机立断，第二天就和老婆一起赶到镇上，买了一套三室二厅的现房。赖三举老婆高兴得不得了，从这个房间走到那个房间，不住地说：“三举，等儿子结了婚，有了孩子，这么大的房子，也够我们一家人住了。快，快去学校通知儿子，叫他放了学过来看看。”

嫌疑罪犯

赖三举的儿子得知父亲在镇上买了房子，忍不住告诉自己的小哥儿们，没多久，就一传十十传百，传到了同村的同学金富耳里。那金富一回到家，就像小喇叭播新闻似的讲给父亲金四宝听。金四宝是个有心人，他听到这条消息，没有吱声，马上陷入沉思之中：一个烧大炉的，咋买得起那么大的房子？想想自己，承包鱼塘好多年，也买不起房子，这赖三举哪来的钱？

他猛地想起前不久，村南山岗上发生过一桩抢劫杀人案，到现在还没破案。警方发了协查令，提供线索奖励 2 万元。这赖三举一下子有这么多钱买房子，里面一定有鬼。想到此，金

四宝连晚饭也顾不上吃，火速赶到派出所报案。

第二天一早，警察来到赖三举家，开门见山就问赖三举最近是不是买了房子，赖三举心里一惊，思忖道：村上没人知道买房子这回事啊，警察怎么会知道？难道自己的一举一动引起警察注意了？难道犯事了？一急之下，头上的汗也冒出来了，他结结巴巴地承认自己刚在镇上买了房子。

警察接着问他买房子哪来的钱，赖三举就说是买福利彩票中了大奖。警察要他拿出证据来，赖三举像热锅上的蚂蚁，抓头摸耳，不知怎么办才好。这彩票不记名不挂失，他的彩票已经卖给一个姓章的做钢材生意的大老板了，哪来的证据呀？

警察对他说：找到那个章老板，立即通知派出所。

怎么找章老板呢？赖三举也是个粗中有细的人，他想，上次章老板把自己拉到九龙宾馆吃饭，看来那个地方常来常往。证明自己是清白的顶顶重要，这么一想，赖三举锅炉也不烧了，天天到九龙宾馆大厅泡着。可等了两天，也没见章老板的影子，赖三举急得双脚跳，警察怀疑自己抢劫杀人了，再不把钱的来路说清楚，捉进监狱，枪毙了，见了阎王也说不清了。那章老板说自己闷声发大财，简直是放屁！呸！

赖三举在九龙宾馆找不到章老板，又想出了一个主意，就开了助动车，县城满大街乱转。这天，他转着转着，只见大街边上，一个西瓜脸、塌鼻梁、戴眼镜的人从车内出来，赖三举眼前一亮，叫起来了：“章老板，章老板你可要救我呀！”

大祸临头

那人正是章克彪。章克彪冷不防听到有人叫他，一回头，见是赖三举，就问出什么事了。只听赖三举哭丧着脸说：“我们那里发生了抢劫杀人案，我买了房子，警察怀疑上我了，章老板，你可要帮我说清楚呀！”

章克彪说：“你不偷不抢，怕什么？”

“可是警察找过我了，要我把钱的来路说清楚。”

“就这点小事把你急的，”章克彪不以为意地说，“你们那里的派出所所长我认识，我给他挂个电话就是了。”

“不行，不行，”赖三举连连摇头说，“章老板，这事电话里说不清的，你今天无论如何要跟我一起到派出所去说清楚。”

章克彪沉吟半晌，说：“今天时间不早了，明天你在派出所门口等我。”赖三举这才如释重负地点起头来。章克彪说：“你呀，真是个老实人，这点小事就把你吓得六神无主了，来来来，我请你喝两杯，压压惊。”说着，不由分说地把赖三举拉进了酒店。

从酒店里出来，天色已晚，街上的灯都亮了，章克彪把赖三举送上路，拍拍他的肩膀，说：“你放心，我明天一定帮你说清楚。”

章老板要给自己说清楚，他赖三举这下可放心了，跨上助动车，一路往家里赶，迎面风一吹，肚里的酒翻江倒海，浑身开始燥热起来，正要解开胸前的纽扣，只听到“砰”的一声，赖三举被撞得飞起来，惨叫一声，什么也不知道了……

却说金四宝正在公路旁的鱼塘边喂鱼食，先是听到撞击声，接着又是人的惨叫声，就见一辆轿车把一辆助动车撞进了鱼塘，轿车停也不停，扬长而去。他见骑助动车的人跌进了鱼塘，就忙下去救人，拉上来一看，居然是赖三举，他见赖三举伤得不轻，就立即把他送进了医院。

赖三举在医院里昏睡了三天，醒过来，见头上手上都包着纱布，老婆坐在一旁不住地落泪。他急着问：“我福利彩票中奖了，章老板给我到派出所说清楚了没有？”

“呸，”老婆啐了一口说，“什么章老板，那是人人咒骂的贪官，拿你中奖的彩票为自己洗钱呀！”

原来章克彪不是什么做生意的，而是县里管土地的局长，平日里贪污了不少钱，这次与赖三举做交易，只不过是要把贪污得来的“黑钱”换成“白钱”。没想到，半路上杀出要他到派出所说清楚彩票中奖的事，弄得他左右为难。他想：如真的去派出所证明，自己受贿的事必败露无疑，于是，就起了歹意。从酒店里出来，他悄悄地开车跟在赖三举的后面，到了公路转弯处，见路旁有一片鱼塘，他想，赖三举喝了那么多酒，把他撞进鱼塘，撞不死也会淹死……

派出所接到金四宝报告后，当晚就破了案。金四宝也因此得到派出所的一笔奖励。

（**题图、插图**：魏忠善）

这个洞不好钻

□刘克升

二赖子在城关镇中心小学旁开了一个小卖部，小卖部的后墙就是学校的前院墙。守着学校，二赖子生意还算红火。可让他发愁的是，每天上课铃打响之后，学校的大门就关上了。学生们出不来，货自然少卖很多。

这天，二赖子发现小卖部的后墙，有一块砖头松动了。他轻轻一顶，那块砖头竟掉了下来，露出了巴掌大的一个小洞。这墙正是学校的前院墙，二赖子探头一看，嘿，这简直是通向学校的小窗口嘛，此时恰好是课外活动时间，孩子们在校园里玩耍的情景看得一清二楚。

二赖子再一打量，小洞一人多高，外面恰好有一棵小树挡着，若不细看，根本发现不了这个小洞，二赖子不禁乐了起来。这时，一个男同学晃悠到了小树旁边，二赖子急忙从小洞向外喊了一声:“喂！小同学，想买东西吗？”

男同学听到声音，吓了一跳，仔细一看，这才发现小洞。

二赖子笑嘻嘻地问道:“买东西吗？”

男同学正口渴得厉害，一看这里能买零食，马上从口袋里摸出一把零钱，从小洞塞过去说:“我买一个冰淇淋！”

打那以后，小洞的秘密悄悄传开了，买东西的同学也越来越多。二赖子嫌那个小洞太小，就又想办法弄掉了几块砖头，把小洞扩大了好几圈。这样一来，同学们买东西更方便了。

一天下午，上课铃刚刚打响，一个小瘦子悄悄地来到了小树下。二赖子正要问小瘦子买什么东西，就见那小瘦子迅速向四周张望了一下，突然伸出双手，抓住树干，身子向前一荡，两腿离地，“嗖”地一下就伸进了小洞，小瘦子又顺势一推，把手从树干上松开，攀着小洞外缘，“哧溜”一下钻进了小卖部。二赖子吓了一跳：“你、你这是干什么？”

小瘦子“嘿嘿”一笑，掏出一元钱扔在柜台上，做了个鬼脸说道：“这都看不出来，当然是逃学啊！这一元钱算是借用你小洞的报酬，千万不要报告老师啊！”说完就一溜烟跑出了小卖部。

二赖子望着小瘦子的背影，好半天才回过神来，喜滋滋地说道：“这下有得赚了！”二赖子找出一块小黑板，挥笔写上“逃学：一元钱”，摆在小洞旁边。慢慢地，逃学的学生也多了起来。二赖子看着小洞不禁得意起来，这可真是个“发财洞”啊！

这天，一个小胖子偷偷来到小树下，递给二赖子一元钱，说：“这是逃学费，我这是第一次钻小洞，你可要接着我呦！”

二赖子嘿嘿一笑说：“你就放心爬过来好了。”小胖子点点头，便爬到了树上，将腿伸进了洞里，二赖子抱着小胖子的两条腿正要往后拽，只听小胖子“唉哟”大喊一声：“我，我的屁股卡住了……”

二赖子一听，急忙说：“好好，我再拽拽！”说着就抱着小胖子的双腿试着向里拽，又试着向外推，可小胖子的身子就是一动不动。小胖子双手抓在小树上，带着哭腔喊：“你快想想办法啊……”

这下，二赖子慌了，他知道：如果小胖子就这样卡在小洞里，很快会被学校的老师发现，这样的话，小洞肯定要被堵住，断了自己的财路不说，如果事情张扬出去，让学生家长知道可就麻烦了，弄不好自己的小卖部都得关掉。

他慌忙安慰小胖子道：“好好，别哭别哭，我就不信这点屁事能难倒我！”说着，他转身把小卖部的门关紧了，又赶忙跑回来抱起小胖子的双腿，“嗨”的一声，猛地一用力，打算把小胖子从小洞里硬拽出来。谁知小胖子疼得“哎哟”一声，双脚在二赖子的胸口乱踹了起来。

二赖子正着急得满地打转，就听墙那边有人在喊：“在这里！在这里！”原来小胖子的班主任王老师发现小胖子不见了，就发动几个老师一起找了过来。

小胖子一看自己被发现了，吓得哇哇大哭：“老师，我，我错了，我下次不敢了！”王老师顾不上批评小胖

子，心想先把小胖子弄出来。可几个老师忙活了好一阵，小胖子就是拔不出来。这下怎么办，王老师急忙叫来了校长。

校长沉思片刻，说："看来，只好找人把这个小卖部拆掉了！小卖部的屋顶是石棉瓦搭建的，把石棉瓦揭掉后，再从上面开始，把这面墙壁上的砖头，一块一块地拆掉，一直拆到孩子身边，就能把孩子救出来！"

二赖子在墙壁那边，听到这话，脸"刷"地一下白了，他想：这小卖部一拆，我的生意不是全完了吗？不行，一定要保全小卖部！干脆就在孩子旁边再开一个洞，把孩子掏出来就行。这么一想，二赖子找来一把錾子，錾子下端紧紧地顶在墙壁上，另一手举着一把铁锤，不停地击打着錾子上端。只听"当——当"几声，砖头碎沫四下飞散了起来。不一会儿就砸下一块砖。

校长在墙这边一看，大吃一惊，他知道这堵墙是面老墙，哪里经得起这样折腾，弄不好会塌掉，校长着急地冲墙那边喊道："二赖子，快住手！这面墙是老墙，你这样砸会砸塌的！"

二赖子才不管那么多，他只想保全自己的小店，转眼间，几块砖头又被二赖子捣了出来，新开的小洞变得越来越大。校长正要跑到墙那边制止二赖子，耳边突然传来了"啪啪啪"的响声，抬头一看，墙壁自下而上出现了一道裂纹。不好，墙要塌了！校长大惊失色，纵身向小胖子扑了过去。只听"轰隆"一声，墙壁向学校这边倒了下来。

大家惊得目瞪口呆，马上跑过去救人。庆幸的是，小洞外面那棵小树的枝干，牢牢地撑住了墙壁的一角，校长只是受了一些皮外伤。大家把校

2007年《〈故事会〉最有影响力的故事》征文启事

四大奖励措施　稿酬外追加千字1000元奖金

为鼓励多出优秀作品,《故事会》杂志社决定继续举办2007年“《故事会》最有影响力的故事”征文大赛，并对优秀作品实行四大奖励措施:

1. 入选作品除在杂志上发表外，还将收入《〈故事会〉2007年最有影响力的故事》一书。2. 入选作品可得两笔稿酬: 在《故事会》杂志发表的作品，首发稿酬每千字400元; 获“《故事会》最有影响力的故事”优秀作品奖，再追加每千字1000元。3. 入选作品均颁发奖励证书。4. 本刊将邀请有关作者参加年底的颁奖大会,所有费用均由编辑部承担。

征稿范围: 1. 具有现实感、新鲜感且可读性强的中短篇（包括超短篇）原创作品; 2. 故事性强、有口传性、能引起读者兴趣的推荐作品。

超短篇（如幽默故事）的字数一般在1500字以内，短篇（如中国新传说）的字数一般在5000字以内，中篇故事的字数一般在15000字以内。

来稿方法: 1. 从邮局寄发，请在信封上注明“征文大赛”字样，本刊地址: 上海市绍兴路74号《故事会》杂志社，邮编: 200020。

2. 从网上传递，可寄以下信箱: wulun@vip.sohu.net，请在主题上注明“征文大赛”字样; 也可直接与有关责任编辑联系，本期责任编辑的信箱是: simyyue@126.com。

长扶了起来，发现卡住小胖子的那个小洞，形状并没有发生太大的变化，只不过，里面空荡荡的，不见了小胖子的身影。

大家焦急地寻找着，再一细看，小胖子居然躲在了柜台下面。原来，在墙壁倒塌的一瞬间，卡住小胖子的那个小洞出现了一道裂纹，小胖子觉得身体一阵轻松，向下一用力，居然挣脱了小洞的束缚，一下钻进了小卖部，躲到了柜台下面。

真是有惊无险啊，大家如释重负，长长地松了一口气。这时，又有人高声喊道:“二赖子呢？二赖子哪里去了？”

喊声刚过，就听见墙角那儿发出了“扑通”一声闷响，积压在那里的碎砖头和石棉瓦，纷纷向四周抖落开来。没多会儿，从里面钻出了一个灰头土脸，手里还拎着一块小黑板的泥人来。这个泥人不是别人，正是二赖子。危急时刻，他把小黑板顶在头上，躲过了一劫。

二赖子头昏脑涨地站起身来，眨眨眼，见大家都盯着自己手上的小黑板，赶紧伸出手去，想挡住黑板上的字。可是，太迟了，只见校长怒目圆睁，指着黑板上的字说:“‘逃学: 一元钱’，行啊，你，这样的馊主意都能想出来，走，跟我去派出所……”这下，二赖子的腿彻底软了。

（题图、插图: 刘斌昆）

·中国新传说·

看看谁能赢

□张春雨

周云是公交分公司的出纳员，一直负责整理钞票。这天，眼看下班时间要到了，可周云面前还摆着十几沓各班车次交上的营业款。周云有点着急了，索性用起了平时练成的绝活。

只见她随手拿起一摞一元钞票，在手里一摊，用眼睛一扫，心里就算出了个数字，然后直接上了账。接着，她又顺手抓起一把一元硬币，用手掂了几下，马上又得出了个数字。正在她美滋滋地数着时，突然发现，公司的李经理不知道何时已经站在了她身后，他阴着脸说道："周云呀，这钱虽小，可也得数准了才行。"

"我能数准。"周云回了一声。李经理惊异地说："好！那我就考考你，数准了则罢，数不准我扣你的奖金。"说完，他从桌上随手拿了一沓纸币递过去。

周云二话没说，把钱放在手掌里摊开，眼睛扫了一下，马上抬头笑道："290元整。"李经理忙接过钱一张张地数了起来。果然是290元，一分不少。李经理又让周云数了一把硬币，仍是准确无误。李经理的脸由阴转晴，称赞道："嗯，不错，咱们公交公司正要举办一次点钞大赛，第一名有机会去省里培训，机会不错啊，你好好准备准备吧。"

不久，周云果然被公司选派去参加了总公司的比赛。比赛中，周云凭借自己的绝活，率先闯进了决赛。而另一组的竞争也是异常激烈，最后，新来的总公司出纳员刘畅脱颖而出，要和周云争夺冠军。

决赛当天，现场坐满了人。比赛

分为三轮，第一轮，每人面前放着一沓一元旧钞和一堆硬币，看谁数得又快又准。周云一上手就用起绝活，数完纸币掂硬币，1秒、2秒……随着时间推移，只听两声“好”几乎同时叫响，两人数得都准，而周云以一秒的优势赢得了首轮。

回到休息室，周云稍稍放松一下心神，准备下一轮比赛。李经理微笑着走了进来，夸了她几句，然后语气一转，意味深长地说道：“周云呀！你知道吗？这个刘畅是金融院校的高才生，也是咱们董事长的侄女啊！”

“哦！”周云满脸疑问地看着李经理，李经理接着说出了自己的心思。他让周云在后两轮比赛中主动放水，因为刘畅的胜败关系着董事长的脸面。周云只觉得脑袋轰的一声，自己好不容易走到现在，而且还有到省里培训的机会，难道就这样轻易地放弃。她思忖了良久，毅然说道：“不行！李经理，我不管她是不是董事长的侄女，单凭这总公司出纳的职位，就有必要用真本事来赢取胜利。”“你……”李经理脸色一变，生气地说道，“别不识好歹，后两轮比赛，你也不一定能赢！”说完，恨恨地摔门而去。

第二轮比赛开始了，一上台，周云愣了一下，比赛的两张桌上竟然各放着一摞百元钞票。这可是赛程从未出现过的。主持人宣布了规则：清点钞票的同时，还要将夹在里面的假币数出来。一声开始，周云毫不犹豫地运用起了自己的绝活，数目很快数完，可挑假币，周云就不是行家了，只是靠常识的积累进行确认，才挑出几张，只听旁边的刘畅喊了一声：“好！”。

这一轮，周云输了。她不由地叹了口气，唉!自己数钱是快，可其他方面还是不如对手啊。突然，周云想起了刚才李经理的那句话“这比赛，你也不一定能赢”，一下子，她就明白了，自己这轮输的原因并不简单，是有人设了局，刘畅是科班出身，识别假钞本来就是她的特长。

周云心想：哼，不想让我赢，我偏要赢下来给你们看看。

第三轮比赛开始了。走上前台，周云留心观察起局势来，还好，两桌上各有三个盒子，盒子里各有一沓一元纸币，厚薄几乎相同，每沓估计在两百元左右。这轮两人依次进行，要求由观众从盒中拿出一部分钱来，供选手比赛。

比赛由刘畅开始。第一名观众从钞票中抽出了薄薄的一叠，刘畅很快数完，66元。接着第二个和第三个观众上台，也都只抽了薄薄的一叠。最后，刘畅用了不到15秒就结束了比赛。

轮到周云了。第一名观众走上台，果然不出周云所料，观众都是有

意安排的，他从周云的盒中拿出了一大摞钱。周云暗暗生气，但看盒中的钱本就不多，心想多点就多点吧，也一定要赢。随着一声开始，周云运用自己的绝活很快数完，112元，虽然比刘畅多了46元，可时间还是少了半秒钟。周云露出了得意的微笑。这时，主持人走了过来，报完时间，开始验证数额，他没有去数周云手中的钱，而是将盒里剩下的钱举了起来，对着观众大声数道:“1元，2元……88元。总共是112元，周云数得完全正确。”“原来盒里果真是200元。”周云为自己上场前的推断感到高兴。

第二个观众上来了，他拿出的钱更多，但这次周云发挥超常，还是少了半秒钟，主持人又一次上前验证数额，这次，周云自己早已留意剩下的钱，没错，两个数字加起来正好200元。观众都报以热烈的掌声，这时刘畅不知何时走了上来，她用力握了握周云的手，高兴地说道:“周姐，你真棒！加油呀！”说完，从比赛桌旁一闪，走下了台……

第三个观众上台了，这次，几乎拿了盒中所有的钱。毕竟是关键一局了，周云的心难免有些紧张，她不自觉地看向了桌上的第三个纸盒，五张纸币零乱地躺在那里。随着一声开始，周云数了起来，可刚才那无意的一扫，让周云的心不平静起来，她勉勉强强数完后，发现只有194元。

不对呀，周云心头一紧，脑门渗出了汗水，盒中剩了五块钱，自己手中应该是195元才对呀？怎么是194呢？数错了？重数显然来不及，该报哪个数字呢？就在那一瞬间，两个数字在周云脑子里反复了无数遍。194元！最后，周云坚定了自己的数额。主持人上台验证数额，看看周云，看看盒中的五元钱，竟然满脸惊疑，摇了摇头，周云看着主持人，更是满头汗水。主持人拿过周云手中的钞票，仔细地点了一遍，194元，结果完全正确。可遗憾的是，刚才的一个犹豫，让周云比刘畅慢了1秒钟。

怎么会是这样呢？结束后，周云还是想着刚才的比赛。突然，她猛然想起来，数最后一盒前刘畅曾上台和她握手，下去的时候是从台子边上走下去的。

“对，一定是她偷拿了一张。”一下子，刘畅的模样在周云的脑子里变得丑陋起来。

离开赛场的路上，刘畅喊着周云的名字追了上来，喘着粗气道：“周姐，对不起，这个第一应该属于你。”

周云苦涩地笑了笑道：“你是冠军，属于你才对！”

“不，周姐。”刘畅正色道，“你的绝活我比不了。”

周云冷笑了一下：“为这场比赛付出那么多心思，你的‘绝活’可更不简单啊。”

刘畅顿时脸一红，委屈地说道：“周姐你误会我了。”

“误会？”周云一听来了气，大声斥责道，“难道不是你从我的钱币中拿走一张的吗？”刘畅急忙辩解道：“是，是我拿的，可是……可是，我那是为了帮你。”

“帮我？暗中作弊也是帮我？”

刘畅急得快哭了：“周姐，你听我说啊。”接着她把事情的经过原原本本说了一遍。

刘畅是专业出身，数钱更是她强项，这次点钞大赛，她一心想表现一下自己。果然，这一路过关斩将，刘畅没有遇到对手，直到决赛遇到周云。通过第一轮较量，她心中已经有数，自己不是周云的对手。可没想到第二轮她却赢了，她仔细思量，也发现了这轮比赛规则似乎有意偏袒自己，她怀疑是当董事长的叔叔背后做了安排。

休息时，她去找叔叔想问个究竟，却无意间听到，董事长的助理正在给工作人员交待任务，要那些安排好的观众在第三轮时，给刘畅少拿一些，给周云多拿一些。同时，还刻意安排主持人表演了验证数额的戏，让周云第一次就明白盒中装的是200元，当第二次结束后，周云一定对此深信不疑了，而第三盒中，他们偷偷地多放了一张，如此关键的一局，没有人会抑制住自己，不偷看盒中剩下的钱。如果走捷径，肯定会错；就是不走捷径，也会犹豫一下，自然就慢了……刘畅当时一听，心里也很生气，心想这样就算赢了也不光彩。可她没有直接挑明，而是想好了挽救的

·快乐辞典·

万能的课本

几年的校园生活，我深切地体会到课本的极大用处，为此我要向所有的学生发出宇宙间最大声的呼吁："要爱护课本!"

◆ 上课打瞌睡时，竖起的课本是最好的防御工事，可以抵挡住老师的视线和粉笔头的攻势。

◆ 课本的边缝，既是记电话号码的便签，还可以当作未来动漫高手的习作本。

◆ 晚上睡觉时，把课本卷起撑在鞋里，鞋子不容易走样。课桌不平的时候，塞一本课本就搞定了，而且厚薄很容易调整。

◆ 小雨时，课本是伞；地上脏时，课本是凳子；蚊子打扰时，课本是拍子；到食堂打饭时，饭盒下垫一本课本就不会烫着手。

◆ 男同学还可以故意在MM前不经意地遗失课本，当然，课本里有详细的联系方式以及写满剽窃来的对她的赞美和思念的诗句。

◆ 期末把成绩单带回家，课本垫在屁股上，然后开心地听鞭子抽打的声音……

◆ 当然，课本重要的段落一定要折叠，必要时剪下，以备考试之所需。

◆ 可以在对低年级的学弟、学妹们的报告会上，高举使用多年已残破不堪的课本，气宇轩昂地朗诵："读书破万卷……"

就算到这时也不能扔掉我们心爱的课本，最后在毕业之际，把这些课本卖给收破烂的小贩，万一回家的路费不够就全靠它了。

（**推荐者**：路边找虫）

办法。到比赛时，她知道自己的钱币少，每次点完后，总是停一下才报。而等到周云上场时，到了关键的第三盒，她主动跑了上去，和周云握手，在下台时偷偷从第三盒中拿出一张，是想通过这样，使第三盒的数目仍保持200元。

听刘畅这么一说，周云哈哈大笑起来："故事好精彩啊！可事实是我的盒子里真的少了一张，你说我会相信你吗？"

"我说的都是真的，我也不知道怎么会这样？"

这时，她们身后传来一个声音："刘畅说的都是真的。"

两个人一惊，转头一看竟然是主持人。只听他对周云说道："当时，他们让我那么做，我是一百个不愿意，可是毕竟我是他们找来的，得服从他们的安排。直到最后一刻，我实在不想如此精彩的比赛失去公平，所以我并没有多放那一元钱。你数完那一刻，我也很惊讶，以为你数错了，临时决定验证你手中的钱，结果没错。现在我明白了，原来是这么回事。"

（**题图、插图**：刘斌昆）

最后的征服

□川　子

李原是个近乎狂热的登山爱好者，凭着过人的毅力和体力，他征服了一座又一座高峰。这天，当李原从珠穆朗玛峰下来的时候，心里突然觉得空虚和茫然：下一个征服的目标在哪里？这个世界上，还有值得自己去征服的高峰吗？

一个队友看出了李原的心思，就说：“你听说过梅贡雪山吗？它的海拔并不算高，可是上山的道路是最艰险的，迄今为止，还没有任何一个人登上梅贡雪山那个壮美的峰顶，那是登山爱好者最后的圣地呀！”

李原二话没说，独自一人赶到了梅贡雪山脚下。对他来说，这可能是最后也是最重要的一次征服，所以他的心情非常激动。

登山前，他想为自己找一位熟悉情况的向导，可一连找了好几个当地人，都被婉言谢绝了。原来当地人视梅贡雪山为神山，再加上山势险峻，上山的人发生意外的很多，所以关于这座山有许多神秘的传说，据说还有神秘的野兽出没，当地人大多不愿上山。

最后有个人对李原说：“你去找顿珠做向导吧。这个人常在山上转悠，听说他肯给登山的人带路，不过要收钱。”那人的表情里带着明显的轻蔑，显然对顿珠的人品不以为然。不过听说有人肯带路，李原还是喜出望外。

李原在山脚的草场找到了顿珠。这是一个肤色黝黑的康巴汉子。李原

说明来意，顿珠却说：“还是不要去了吧，这座山很危险的，有的人把命都丢在山上了，我也轻易不给人带路……”

顿珠看起来一脸的诚恳，李原心里却暗暗好笑：这家伙，还跟我玩欲擒故纵那套，不就是想多要点钱吗？

李原说：“咱们打开天窗说亮话吧！我呢，是下定了决心要征服这座山，什么困难也吓不退我。你要多少钱，直说吧！”顿珠狡黠地一笑，伸出三个指头。“三千？好，我答应你！”“不，我说的是三万，一分钱也不能少！”“什么？”李原差点跳了起来，这不是漫天要价吗？

“嫌贵？嫌贵就别去。”顿珠冷冷地一笑。“好，我答应你，”李原略一思考，咬咬牙答应了，毕竟，这是最后的征服，无论付出多大的代价都要完成，“不过，我身上没那么多现钱，等我回去后，再想办法邮寄给你吧。”“不行，我要现钱，一分钱也不能少。”顿珠冷冷地说。

这个顿珠，原来这么贪婪，难怪那人说到他的时候，口气那么不屑了！

“不去拉倒！”李原一赌气，自己一个人走上了登山的路。他知道这样风险很大，不过，这座山目前还没有人登顶，如果他成功了，就是征服梅贡雪山的第一人！如果错过这次机会，则很可能被别人抢了先。为了这次征服，即使冒一点险也是值得的！

但攀登的路远比李原预想的要艰难，上到雪线后，几乎就无路可走，每向前一步，都要付出很大的努力。而且，他隐隐地感到，似乎总有一双眼睛在死死盯着他，让他静不下心来，也影响了他前进的节奏。

前面的路越来越险了，李原只得给自己减负，轻装前进。对登山运动员来说，这是一个非常痛苦的抉择。因为背囊里的每一件东西都是出发前精心准备的，甚至连食物的多少都是经过计算的，每丢弃一件东西，都有可能是在减少自己活下来的机会。

经过三次减负，李原离峰顶越来越近了。胜利触手可及，但天气也越来越坏，风夹着雪花和冰雹砸在身上，似乎连站立都困难，能见度也很低。

就在这时，李原吃惊地发现有人跟上来了！风雪中看不清那人的面目，但李原可以肯定，这是另一名想征服梅贡雪山的登山者！因为除了专业运动员，不可能有人攀登到如此的高度！

那人的步伐非常稳健，看得出，即使到了这样的高度，他的体力似乎还游刃有余，这让李原暗暗吃惊：登山界何时出了这样一个实力超群的人？

这是一个强劲对手！李原迅速作出了决定，自己必须加快步伐，不能让那人夺去了征服梅贡雪山的荣誉！

由于打乱了节奏，李原的体力消耗得很快，但值得庆幸的是，那人的身影渐渐消失在漫天风雪中。看来，总算甩掉他了！可正当李原准备停下来吸几口氧气再前进的时候，却发现那人又在身后几十米远的地方出现了，仍然是不紧不慢。

李原大惊之下，再一次加快了脚步。不一会儿，那人的身影又消失了。

前面就是峰顶。队友没有说错，梅贡雪山的峰顶是最壮丽的，任何一个热爱登山运动的人见了，都会激发出一种强烈的冲动：不顾一切攀上去，在那个壮丽峰顶庆祝胜利，享受征服的快感！

可是，在李原和峰顶之间，却隔着一段光溜溜的山脊。山顶所有的地方都覆盖着厚厚的积雪，唯独这段山脊没有，黑色的岩石裸露着，显得非常诡异。

李原明白，这段不同寻常的山脊一定潜藏着某种巨大的危险。可是，到了这里，他已经无法放弃了！他下意识地回头一看，那人又追上来了！而且距离越来越近！李原不再犹豫，他必须冒险。那段裸露的岩石像一柄刀口朝上的弯刀，横在他和峰顶之间。李原几乎是纵身跳到了“刀刃”上，奋力向峰顶攀登，出乎意料的是，岩石上除了因为有些薄冰而比较滑外，并无异样。

“趴下，趴下！”后面那人突然大叫起来，声音在群山之间回荡。李原愣了一下，随即明白过来：这可能是对手的伎俩，他想减慢自己的速度，以便超越自己！

李原轻蔑地一笑，到了这个时候，已经没有人可以阻止他征服梅贡雪山了！

他索性站起来，准备来一次大胆的冲刺！

就在这时，一股巨大的力量突然从侧面袭来，李原在一瞬间失去了平衡，直摔了出去！

求生的本能和丰富的经验发挥了作用。就在失去平衡的一刹那，李原挥出了登山镐，钩住了石缝。他紧紧地抓住了镐柄，由于山顶的气流非常强烈，他的身体在空中摇晃着，随时都有可能坠入万丈深渊。这时，他突然明白了，为什么这段山脊的岩石会裸露在外面——因为这里经常有非常强烈的气流袭来，把积雪都吹得干干净净！难怪刚才那人会叫自己“趴下”！

李原渐渐支持不住了。就在他滑向深渊的那一瞬间，一只强有力的手抓住了他的胳膊，把他从鬼门关上拉了回来！

让李原吃惊的是，救他的竟然是顿珠！一直跟在后面的竟然是他！

李原紧紧趴在岩石上，喘息了好一阵，才向顿珠道谢。顿珠嘿嘿一笑“这儿是风口，风吹得很古怪，有好几个登山的人在这丧了命！我叫你趴下，你没听见，还好我赶上了！”

李原诚恳地说：“我会付钱给你的。”顿珠却摇了摇头：“你误会了，我不要钱。我漫天要价，不过是不想让人登上梅贡雪山。”

李原愣了一下，往旁边挪了挪：“那么你走前面吧，您比我更有资格征服这座山！”

顿珠爽朗地笑了：“你弄错了，我不是来登山的，我是来捡垃圾的。”“捡垃圾？”李原瞪大了眼睛。“是的，”顿珠拍了拍自己鼓鼓囊囊的背包，“这里面还有你丢下的东西呢！罐头盒、帐篷……我没记错的话，你一共分三次扔下了这些东西。”李原只觉得自己的脸在发烧。其实，多数登山者都有一定的环保意识，可是在高寒缺氧的条件下，或者出于“保命”的需要，或者只顾着征服的目的，就常常顾不得许多了，自己又何尝不是如此？可是，仔细想想，如果每个登山者都为征服而给这座雪山留下一点垃圾，那后果……

顿珠表情凝重地说：“我只是个

普通的牧民，在山下的草场放牧我的牛羊。和所有的牧民一样，我对梅贡雪山敬若神明。这些年，来这儿登山的人越来越多，他们留下来很多垃圾，起初我只是觉得痛心，直到有一天，我有三头牦牛不明不白地死了，我剖开牛肚子，里面竟然是一包包塑料袋！从那一天起，我决定要保护梅贡雪山！一方面，我用高价吓退登山者；另一方面，我坚持上山捡垃圾，多年坚持下来，我熟悉了这座山上的一切，已经可以轻松地攀登到这一带。因为我要高价，又把一些捡来的垃圾卖给收废品的，所以好多人认为我见钱眼开，看不起我。"

停了停，顿珠又诚恳地说道："据我所知，还没有人登上过峰顶。这次跟下来，我发现你是条汉子，我佩服你，来吧，我帮你登上峰顶！"

李原抬头望了望矗立在不远处的峰顶，不由得感慨万分，眼前这段山脊虽然艰险，但有顿珠帮忙，一定能成功登顶，完成这伟大的征服，可是——李原摇了摇头，平静地说："不，登不登顶，对我来说已经不重要了，我本来是来征服梅贡雪山的，没想到，现在我却被征服了。"

顿珠不解地问："被什么征服了？雪山？"

李原诚恳地说"不，我是被你征服了，因为你有一颗比所有山峰都要高远的心灵！"

打那以后，梅贡雪山上，又多了一个拾垃圾的人，这个人，就是李原。

（**题图、插图**：魏忠善）

一份炒面

□齐　山

这天晚上，王力下班回来已经有些晚了，就准备到楼下小吃摊买一份炒饭回来吃。他走到小摊前，发现摊主不在，只有他七八岁的儿子在那儿守着。王力便问道："小朋友，怎么就你一个人在这儿？你爸爸呢？"

见有顾客上门，小家伙连忙热情地招呼开了："我爸爸回屋去了，马上回来。叔叔，你想吃点什么？炒饭、炒面，还有炒河粉……"

王力见这小家伙还挺机灵的，笑着对他说道："来份炒饭吧，帮我打包，我拿回去吃。"

小男孩招呼王力坐下，又一溜烟似的跑去把他爸爸叫了回来。很快，王力就听见厨房里起锅的声音，接着摊主掀开帘子从厨房走出来，把一个包好的饭盒递给他，笑吟吟地说"您的炒面，请拿好。"炒面？王力有些纳闷，赶紧打开饭盒一看，果然是满满一盒炒面!

摊主不明就里，还满脸堆笑地对他说道："正宗北方炒面，味道好劲道足，保您吃了一回还想二回。"

王力不太喜欢吃面食，所以任凭摊主说得那么好，他还是摇摇头道："不好意思，我刚才点的是炒饭。"

摊主的笑容僵在脸上，磕磕巴巴地问道："怎么，弄错了吗？"

"是呀，我明明对你儿子说要一份炒饭的。"王力的语气里也显出一丝不快与委屈。

摊主的脸色一下变得很难看，他转过头朝身后的儿子厉声问道：“你是怎么搞的，为什么对我说叔叔要一份炒面？”

他儿子被他这副神情吓坏了，怯生生地答道：“我听错了。”

摊主一听，立刻就发火了：“你这个混小子，我教过你多少遍了，你还是这么粗心大意！”他扬起手就要朝儿子扇去，吓得儿子直往王力身后躲。

王力连忙劝道：“大哥别这样，这‘饭’和‘面’发音相近，别说小孩，就算是大人，稍不注意也会听岔，怨不得他。再说这也不是多大个事儿，犯不着发那么大火。”

摊主的手无力地垂了下去，他看着儿子惊慌可怜的表情，重重地叹了一口气，从王力手中接过饭盒，让他稍等一会儿，自己马上去重新给他炒一份炒饭来。摊主转身一边朝厨房走去，一边对儿子念叨起来：“这面肯定没人要了，今天又要少赚几块钱，你说说，这样什么时候才能把你的学费攒齐啊！”这时候王力才弄明白为什么摊主会那么生气，心里顿时一片感动。

饭很快炒好了，王力付了钱拿着它回到家，心里却沉甸甸的。心想这店主也怪不容易的，辛辛苦苦为了孩子攒学费，本来这小本生意也赚不了几个钱，没想到今天还因为自己浪费了一份炒面。王力越想心里越不安，寻思着是不是自己当时没说清楚，让那孩子听错了，后悔自己不该那么挑剔，炒面就炒面呗，就算自己不喜欢，也总比这样让别人难过好吧？

想着想着，最后王力决定干脆再去一次，去把那份炒面买回来。反正也就几块钱的事，这样既能让父子俩不受损失，自己也不用再自责了，岂不两全其美？王力“噔噔噔”地又跑下楼，朝小吃摊快步走去。这时天已经黑了，父子俩还守在摊前，盼着有生意上门。

王力走过去大声问道：“老板，刚才那份炒面卖出去了吗？”摊主摇摇头。

“那好，帮我热热，我要了。刚才我女朋友回来，说她还没有吃饭，正好她又想吃炒面。”王力编了个理由。

摊主脸上露出惊喜的神色：“好，好，您等等，我马上去给您热热。”说着兴冲冲地跑进厨房开始忙活起来。

王力坐到他儿子身边，正想和这孩子说说话，谁知小孩却狠狠瞪了王力一眼，把身子扭向一边。“怎么了，小朋友，在生我的气呀？”王力问道。

见孩子不说话，王力又哄他道：“是不是怪叔叔让你挨了骂？那现在叔叔将功补过，把面买下了，你还不高兴吗？”

可小男孩却一点儿也不领情，还

呛了王力一句："谁让你买的，讨厌！"他的声音中带着哭腔，眼里也蓄满了泪水。

见自己一片好意却没得个好脸色，王力暗骂自己是自讨苦吃。摊主的儿子见王力不说话了，偷偷瞅了他一眼，又回头看了看在厨房里忙碌的父亲，好像想对王力说什么，又一直没开口。眼见他爸爸就要把面热好了，他仿佛终于下定决心，拉着王力的手央求道："叔叔，你可不可以不买那份炒面？"

王力听了不禁很奇怪："说好的怎么能又变卦呢？再说你爸爸已经给我热好了。"

孩子一听，更加着急了，泪水"扑扑"直往下落："求求你，叔叔，你就别买那份炒面吧，那是我想给爸爸今天过生日吃的。"

王力心中一动，忙叫孩子说个明白。小家伙哽咽着告诉王力："叔叔，其实我听清了你要的是炒饭，我是故意给爸爸说错的。"他回头看见父亲就要出来了，加快语速说道，"因为今天是爸爸的生日，我想让他吃一份炒面。为了给我攒学费，他平时都吃得很差，还很节省，如果直接跟他说，他一定不会同意。所以我才故意说错，让他多做一份炒面。到最后卖不出去，就可以留下来给他了。"

听了小男孩的话，王力心中一阵翻涌。他感叹这么小的孩子就如此懂事孝顺，实在是难得，就冲着这份孝心，自己也应该帮他完成这个心愿。王力想了想，对小男孩说道："放心，孩子，叔叔一定让你爸爸吃上炒面！"

摊主捧着那份炒面出来了，王力不动声色地接过来付了钱，慢慢走上了楼。停了一会儿，又下楼回到摊前，对摊主说道"哎呀，不好意思，老板。我女朋友刚刚接到她妈妈的电话，回去吃大餐了，这份炒面又没人吃了。"

摊主以为他又不想要了，一脸紧张地盯着王力。王力连忙笑着解释道："别误会，我不是要退给你，我是想别把它浪费了。你们如果不嫌弃，就拿去吃吧。反正这面谁都没有动过。"

摊主的儿子高兴地拍手叫起来："好，好！爸爸，今天是你生日，这下你就可以吃面了！"王力故作惊讶地说道："原来今天是你生日啊！正好，就把它当寿面吧。"

摊主不好意思地接过炒面，一个劲儿地向王力道谢。王力笑了笑说："快和你儿子一起趁热把面吃了吧。"临走，王力摸摸摊主儿子的头，两人会心一笑。

王力回到家，打开窗户，远远地看着父子俩把炒面分成两份，高高兴兴地吃了起来。心想：这份炒面，应该是全天下最香的吧！

（题图：安玉民）

鹩哥，也叫秦吉了，经过训练能模仿人的声音。

鹩哥

□田　原

那年中秋节的前夕，在部队当排长的儿子张强从西北大漠回城里探家，一进门就高兴地对母亲说:“妈，我给你带回一件礼物，你看是啥！”说着，就把手里的东西递到母亲面前。

母亲一看，咧嘴笑了。原来，儿子带给她的礼物是一只用竹子编制的鸟笼，笼子里有一只可爱的小鸟，正欢快地跳来跳去，十分讨人喜欢。

母亲一面欢喜地接过鸟笼，一面嗔怪道:“回来看看妈就挺好，怎么想着花钱买这个？”

张强连忙摇头给母亲解释说:“妈，我没花钱，这是我们班一个老兵复员时特地送给我的。这只鸟可有灵性了，它什么都懂。妈，我在那么远的地方当兵，以后就让它代替我每天陪着你，和你说说话，解解闷。以后啊，你就叫它‘鹩哥’吧！”

张强是个独生子，从小就失去了父亲，是母亲含辛茹苦把他养大。他多么想能早日尽自己的一份孝心，可军人天职在身，他军校毕业后就被分配去西北大漠驻守边防，实在难以忠孝两全。打从老兵送了这只鹩哥给他之后，每天执勤下哨，他总要到鸟笼前站一会儿，看看，想想，把自己想象成了一只鸟儿，张开翅膀一下就飞过千山万水，来到母亲身边。他对着鹩哥喃喃道:“妈，你好吗？”“妈，我是张强！”“妈，儿子陪你在身边。”

而每当这个时候，这只鹩哥总在笼子里出神地看着他，仿佛像听懂了他说的话似的。于是张强灵机一动：我何不把这只鹩哥带回去给妈妈呢？妈一个人在家一定很寂寞，就让鹩哥陪着妈，代替自己给妈做个伴儿吧！于是，张强这次探家，就把鹩哥带了回来。

再过几天就是中秋节了，难得一次正好能在节日陪伴母亲，于是张强和母亲说好，节日里他要陪母亲去逛街，给母亲买一身最好看的新衣服，带母亲去城里最豪华的饭店，好好享用一次美味佳肴。可让他没料到，中秋节还差一天呢，部队来了一份电令，由于要执行特殊任务，所有休假军官必须即日返回。

张强不得不依依不舍地与母亲告别，临走前，他来到鹩哥面前，说“鹩哥啊，我妈就拜托给你啦，你可得好好代替我陪着她呵！”

母亲在一边听着不由得笑了，对张强点点头说：“放心吧，儿子，妈不会有事的，以后妈看到鹩哥，就像看到了你一样。快回去吧，安心在部队，好好干，别老惦记着妈。”

话是这么说，可毕竟“儿行千里母担忧”啊！中秋节的晚上，母亲站在窗前，抬头望着天上的明月，对鹩哥喃喃道：“鹩哥啊鹩哥，你真要是张强该多好呀，咱娘儿俩现在就团圆啦……”

母亲正自言自语着，突然听见房间里一声喊：“妈，你好吗？”母亲吃了一惊，下意识地回头一看，房间里静悄悄的，哪里有张强的影子？

一阵寂寞涌上母亲的心头。突然，房间里又是一声喊：“妈，我是张强。”母亲突然醒悟过来了：是鹩哥在和自己说话哩！只见鹩哥在鸟笼里，亮着眼睛，十分专注地看着母亲。

母亲问：“鹩哥，是你在说话

吗？”鹩哥在鸟笼里欢快地跳了跳，说：“妈，儿子在家陪你。”

母亲眼睛里的泪水顿时夺眶而出，儿子张强仿佛一下子就站在了自己眼前。她不由双手捧起鸟笼，无限感慨地说：“张强，你真是妈的好儿子！有你在家，妈一点儿都不孤单。”

从那以后，母亲真就把鹩哥当成儿子张强一般，天天带着它一起去公园散步，一起去河边踏青，看着鹩哥，就感觉张强真就像时时在自己身边一样，心里暖暖的，精神足足的。远在万里之外的张强知道这一切后，心里也觉得安慰了不少。

但这样平静的日子并没有过得太久，这一年的冬天，母亲在带着鹩哥去公园散步的时候，心脏病突然发作，被送进了医院。医生下了病危通知，张强从部队赶了回来。

母亲拉着张强的手，断断续续地说：“儿子啊，我、我要去见你爸啦！你好好在部队干，鹩哥……鹩哥你还是带回去，好好……好好养着它，你看到它，就像……就像看到妈……一样，它太懂事……太懂事了，妈……妈要谢谢它啊……”

母亲说走就真的走了！

料理完母亲的后事，张强带着鹩哥赶回部队。一路上，张强发现鹩哥一句话也不说了。他不忍心鹩哥如此伤感，回到部队后，便将它放飞了。

可谁知，一个月之后的一个早上，一名战士在值勤时发现鹩哥又飞了回来！值勤战士立即去报告张强，张强简直不敢相信，跑去仔细一看，果然是自己那只放飞了的鹩哥，只是羽毛凌乱，神情疲惫。“快拿水来！”张强吩咐。

一个战士取来一杯清水，鹩哥立刻低下头，一口接一口地猛喝起来。

张强心疼地说“鹩哥，你去哪儿了？是回老家了吗？”鹩哥在张强手里跳了跳。张强心里一顿“你去找我妈了？”鹩哥又跳了跳。

然后，不等张强再问，鹩哥说话了：“张强，我是妈妈！”张强愣住了。就在张强愣神的当儿，鹩哥又张口了：“张强，妈想你！”张强的眼圈红了，眼睛湿湿的。鹩哥的声音更响了：“张强，你要好好干！”

原来，在思念儿子的日日夜夜里，张强的母亲每天都将思念之情倾诉给了陪伴她的鹩哥。一个月前，当这只通晓人性的鹩哥被张强放飞后，它就从边关大漠飞回了张强的老家，在张强家的老房子上空转了一圈之后，又飞了回来，它要将母亲对儿子永远的思念带回给驻守在大漠的儿子……

“妈——”张强的眼泪再也忍不住了，“哗”地涌出来。此时在他的身后，不知什么时候已站着一群边关男儿，他们的眼睛里同样泪花闪闪……

（**题图、插图**：谭海彦）

眼睛盯在目标上

一个男人邀请三个小男孩在雪地上玩一个游戏："我呆会儿站在雪地的那一边，等我发出信号后，你们就开始跑。谁留在雪地上的脚印最直，谁就是这场比赛的胜利者，可以拿到奖品。"

比赛开始了。第一个小男孩从迈出的第一步开始，眼光就紧紧地盯着自己的双脚，以确保自己的脚印更直。第二个小男孩一直在左顾右盼，观察着同伴是如何做的。第三个小男孩最终赢得了这场比赛，他的眼睛一直盯着站在对面的那个男人，更确切地说，是一直盯着他手中拿着的奖品。

只有将眼光坚定不移地聚焦在人生目标上的人，才会少走弯路，与成功的距离也会大大缩短。

（**编译**：尹玉生；**推荐者**：邓伟明）

幸运抽奖

考特公司的年庆活动中有一个传统的抽奖游戏叫"幸运波多黎各"。参与活动的员工，每人拿出十美元作为奖金，并把自己的名字写在小纸条上放进一个空玻璃缸里，再由嘉宾从里面摸出一个幸运者的名字，被抽中的人就可以用这笔奖金在波多黎各享受两周的假期。

今年的庆祝会如期举行，唯一不同的是，今天也是看门人维利·琼斯退休的日子，他已经在公司当了四十多年的门卫了。他患有小儿麻痹症，但性格很开朗。上下班的时候，人们都能看见老维利在轮椅上微笑招手。想到这次将是维利最后一次参加新年庆祝会，大家心里不免有些失落。

庆祝会快结束的时候，主持人让迈克上台负责摸纸条。迈克把手伸进玻璃缸，在一群小纸团中间摸索了半天。因为在刚才写纸条的时候，他没有写自己的名字，而是写上了"维利·

琼斯”，希望能给这个可爱的老人多一份机会。最后，迈克拣出一个跟他的纸团手感最接近的纸团递给主持人。主持人展开纸条，大声念出上面的名字：“维利·琼斯！”

迈克简直不相信自己的耳朵，没想到摸到的果真是自己的纸条，实在太幸运了。这时台下也一片欢呼雀跃，全体员工都拥向维利，大声祝贺他，跟他握手拥抱。每个人都异常兴奋，比他们自己中了奖还高兴。迈克突然意识到了什么，把手再次伸进玻璃缸，悄悄抓出四五个小纸团，展开以后，发现每张纸条上都有不同的笔迹，但却写着同一个名字——“维利·琼斯”。

迈克终于明白大家为什么这么开心，每个人都以为自己的纸条被抽中了。得到免费旅游固然值得高兴，但能送给维利一个惊喜更令人激动。

（**作者**：佚　名；**推荐者**：冯国伟）

30秒的回报

在夜市里，有两个卖面的摊位，互相挨着。每个摊位都有8个座位。两家的生意都十分红火，常常座无虚席。一年下来，李家靠卖面的利润挣了一栋房子，可是张家仍然无力购房。原因是什么呢？答案很简单。

张家的生意不错，但刚煮的面很烫，顾客往往是一边吃一边吹气。所以平均一个顾客吃下来，大约要15分钟。以此推算，8个座位每小时最多能接待32个客人。而李家摊位为了提高顾客的周转率，在把刚出锅的面端给顾客之前，先在冰水里浸泡30秒，顾客吃起来温度刚刚合适，既可口又容易下咽。所以，李家的摊位上每小时能接待48个客人。

一样的经营条件和环境，在别人没想到的地方动一下脑筋，得到的回报自然不一样。

（**作者**：南　华；**推荐者**：公秀峰）

把普通做到极致

森井是个日本小零售商的儿子，大学毕业后一直没能找到合适的工作，只好回家帮助父亲打理生意，可因为种种原因，生意一直没有起色，他很着急。

有一天，小店里来了一个客人，要买含气矿泉水，森井想也不想，递过一瓶普通矿泉水。

客人连连摇头，又扫一眼货架，说："罢了，这样普通的小店怎么会有含气矿泉水呢。"

森井既惭愧又好奇，拦住客人请教，方才知道，原来，法国有一种矿泉水，因为水源位于火山爆发后的地层深处，所以含有天然的气泡。

法国商人先把水中的天然气泡抽出；同时对水进行净化处理，使其所含的各种矿物质达到最佳比例；最后，把储存的气泡打回处理过的水中。

如此大费周章的"天然"矿泉水非常畅销，很多人都把喝这种含气矿泉水当作享受。

客人还告诉他，这种矿泉水日本的顶级商场才有出售，很难买到。

客人走了，森井却如醍醐灌顶一般呆立了许久。

他明白，自己终于找到了经营目标——开一家专门卖水的小店。

他极快地行动起来，用了半年的时间去四处学习和采样。经过精心的准备，他的"水吧"开张了。

整个小店布置得如同一个盛水的器皿，卖的都是各种精心调制过的水和来自世界各地的高档矿泉水。这些水都各有用途：含矿物质多的水对身体有好处；含氧的水则适宜老人和孕妇……他甚至调制出了一种能量水，是特意选在月圆之夜从地底抽出并立即装瓶的矿泉水，据说具有最高的能量，是专门为练气功的人准备的。

对他的水吧，人们先是惊愕，继而好奇，并很快接受了这一新鲜的消费观念，都把到水吧喝水并买些特制的水回去当成了时尚，他的生意因此异常红火。

寡淡无味的清水，在旁人看来，除了解渴外再普通不过了，但他却敏锐地发现了蕴藏在水里的机会，并将其开发出来，成为了自己人生的新起点。

（**作者**：佚　名；**推荐者**：冯国伟）

（**本栏插图**：安玉民）

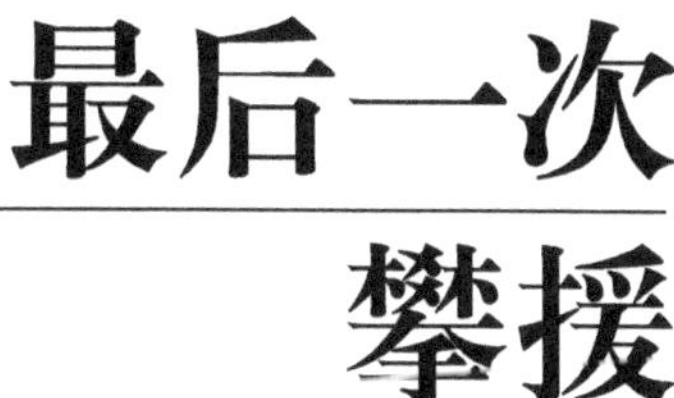

最后一次攀援

□西　瓜

约翰是个攀援高手，也是一个惯偷。这天晚上，他准备潜入一幢四十层大楼的顶楼行窃。虽然这幢楼对他来说并不算高，但为了以防万一，他还是提前来到这里踩点。

当约翰正在考虑如何爬上这幢楼时，他的手机突然响了，是儿子打来的，儿子在电话里说："爸爸，我想你！"听到儿子的声音，约翰突然觉得自己是个很不称职的爸爸，妻子离开他后，他一直把儿子交给母亲照看，他已经很久没有陪儿子了。约翰决定去陪儿子一天。他对自己说："就推迟一天吧，这幢大楼每晚都会在的。"

约翰来到了母亲家里，儿子看到爸爸来了，高兴得跳了起来。约翰告诉母亲，今晚他们父子俩住自己家，便带着儿子出了门。他们在街上玩得很开心。儿子兴奋得不想回家，等到他伏在约翰的怀里睡着时，已经过了半夜了。

约翰拦了一辆出租车，正准备上车，忽然被一个过路的人轻轻撞了一下，接着那人很快地跑开了。约翰马上一摸自己的口袋，钱包果然不见了。可他不想惊醒怀里的孩子，只好眼睁睁看着那个人离开，幸好钱包里没有多少钱。

约翰抱着儿子乘出租车回到了家，用另一只口袋里的钱付了车费。他走到自己家的楼下，一摸口袋，才发现除钱包外，自己的钥匙和手机也

全都不见了。

约翰在母亲家也留了一套备用钥匙。可是时间太晚了，约翰不忍打扰她。但现在自己又能去哪里呢？如果在外面呆上一夜，儿子会着凉的。看来现在只有一个办法了。

约翰绕到楼房的另一面，把儿子轻轻放在自己的腿上。然后他脱下衬衣，把儿子捆在自己的背后。小家伙睡得太熟了，一直都没醒。约翰看看四下无人，便抓着防盗窗栏杆，慢慢地爬了上去。

约翰的家在十五楼，只要能到达自己家的阳台，就成功了。尽管他背着儿子，但这个任务对他来说并不难。他沿着突出楼壁的窗台、排水管、空调架，一步一步往上爬，在他上到五楼的时候，儿子醒了。

"爸爸，"小家伙揉揉眼睛，懒洋洋地问，"我们是在哪里？"

"嘘！"约翰停下来，"不要吵醒邻居，我们这是秘密行动！"

儿子看了看四周，又仰头看了看天，感到很兴奋："我们是在楼壁上！爸爸，你是蜘蛛侠吗？"

约翰愣了一下。他想到自己只是一个窃贼，这和儿子心目中的形象相差太远了。当父亲以来，他第一次真切地感受到了儿子带来的压力。"不，不是。"他轻声对儿子说，他不想对儿子说谎。

"那你是蝙蝠侠？"父亲不是现在最流行的蜘蛛侠，儿子有些失望，但仍然满怀希望地问道。

约翰冲儿子笑了笑："等你看到爸爸戴上面具，你就知道了。"这时，一个念头在他心里产生了：为了儿子，永远不再戴上那个行窃时用的面具。

突然儿子小声对爸爸说："爸爸，快看！"约翰一抬头，只见离他们仅有十几米的楼壁上，还有一个身影，正在慢慢地向上爬行。

儿子问："那是什么，是小偷吗？"

"是小偷。"约翰看了一眼以后，对儿子说。约翰自己也是这样起家的，先从普通居民偷起，然后是富人的房子、珠宝行的大楼、银行。

儿子压低了声音对父亲说："你能打败他的，是吧？"

"是的。"约翰不想让儿子失望，使了使劲儿，迅速向那个人爬过去。

那个人也看见了约翰，也向他爬过来，停在了离他不到五米的地方，天很黑，谁也没法看清对方的脸。那人轻轻地笑了一声，说道："兄弟，做这行还背着孩子，不简单啊！"

"这一带的安全由我负责，你最好束手就擒！"为了让儿子高兴，约翰模仿起了电影里卡通英雄的语调。

小偷嘿嘿笑了起来："看在你也是攀援高手的份上，我不坏你的好事，我自己也有事忙呢！"

"但是我会坏你的好事！"约翰往前爬了两步，一拳打了过去。

小偷的身手也很灵活，闪身躲过了这一拳。"我还有急事，一会儿再回来找你！"小偷转身往上爬去。

"爸爸，追！"儿子在背后给父亲打气。听到儿子的鼓励，约翰精神一振，向上追去。看来这小偷身手的确高明，攀爬速度很快。约翰心想：如果先回到家，把儿子放下来，那么就能容易些了。他正想着，突然发现小偷前进的方向，也是他家的阳台。

夜色下，两个身影在楼壁上追逐。他们全都不再说话，只是专心地攀援着。十分钟后，小偷首先到达了约翰家的阳台。他从怀里摸出一件东西，扔了进去，然后继续往前爬。

约翰觉得很奇怪，跟在后面也上了自己家的阳台。他把儿子从背后解下来，轻轻放在地上。此时，那个小偷竟然又折了回来，一纵身跳上了阳台，对约翰说道："嘿，兄弟，你偷别家可以，这一家不行。"

约翰随口问道："为什么？"边问边打开了阳台的灯。

"你是约翰！"小偷叫了起来，"你怎么会走这条路回家的，我还以为你是小偷！"

约翰看清了小偷的脸，是一个很精神的小伙子，表情显得很兴奋。

"我的钥匙被偷了，所以只能走这条路回家。"约翰解释了一下，然后问道，"你是谁？你怎么认识我？你怎么知道我住在这里？还有，刚才你往我的阳台里扔了什么？"

小伙子忙拿出自己的证件："我叫强尼，《攀援报》的记者，攀援爱好者，也是你的粉丝，今年你徒手爬上都市第一楼的表现，真是太棒了！"

"你到底要做什么？"约翰的脸色稍稍放松了一点，看来这个小伙子没有什么恶意。

"我是来送报纸的，"强尼微笑着说，"作为你的粉丝，我想出了这样送报纸的方式，想让你大吃一惊。"

约翰低下头，从地上捡起强尼刚

编读往来：你的问题我来答

江苏读者马刚：我的儿子是个中学生，前段时间他喜欢上了《故事会》，后来我发现他的作文越写越好了，他说都是因为看《故事会》的缘故，看故事和写作文之间真的有关系吗？

绿版编辑部：两者之间是有关系的。读故事有几个好处：首先，能提高人的语言表达能力；其次，能增强人的逻辑表述能力；第三，哲理性的故事能丰富学生观察事物的角度，故事本身也能作为例证被引用到作文中去。这些对学生作文的提高都是很有好处的。近年来，有一些高考满分作文是直接引用《故事会》上的故事，也说明了这个道理。

河北读者苏小雪：我在今年8月下绿版《故事会》上看到一个叫《家有宝贝》的故事，里面提到“最敬业家电”的比赛，觉得很有趣，这种比赛真的有吗？

绿版编辑部：很高兴地告诉您，这个比赛真的举行过。据英国《每日邮报》报道，英国举行过一次“使用时间最长电器评比”，获胜的是一台使用了71年，并且仍在工作的老式吸尘器。这个“爷爷级”吸尘器的持有者名叫卡梅伦，已经78岁了。1936年，他的妈妈从一个上门推销的小贩手里买了这个吸尘器，一直用到现在，其间只换了一条背带和两个按钮。

（本栏目欢迎读者提供新鲜活泼、有代表性的问题，一经采用，即致薄酬。）

才扔的东西，的确是一张《攀援报》。他看了一下报纸日期：“4月1号？”

“没错，今天是愚人节啊，你不会忘了吧！”强尼笑起来，“你看上面这一条，这可是我出的主意，上面写，今天你死了，哈哈！你不会生气吧……”

顺着强尼的手指，约翰也看到了那条愚人节新闻：“著名徒手攀援专家约翰，因为要进入一幢四十层的大楼行窃，不慎失足落下摔死……”

强尼得意地说“不过，那幢大楼里的人可上当了，以为是你行动前透漏了消息。四十层楼的那家公司专门请了十几个保安，埋伏在那里，等着抓你。他们绝对不会想到，此时你约翰正在爬自己家的楼，哈哈。”

冷汗从约翰的额头落了下来：如果不是因为儿子，他现在极有可能就在通向陷阱的路上，这条新闻也就可能变成事实。他蹲下身去，轻轻地抱起了儿子。

“我不会生气的，”约翰对强尼说，“就当约翰真的死了吧，这是他最后一次攀援。”

（**题图、插图**：佐　夫）

蚁戏

□老刀把子

山道遇劫

苍松岭上盘踞着一伙强盗，为首的叫哮天虎。这伙强盗心狠手辣，四处劫掠，扰得山下的百姓不得安宁。官府曾多次派兵围剿，可都没有成功。

这天午后，一个独臂男子骑着小毛驴，沿着山道缓缓而行。毛驴的两侧，各挂了三个粗粗圆圆的大竹筒。再看这男子脸上横七竖八地划着十几道刀痕，脸上的肌肉已经扭曲，看上去十分恐怖。

突然，路边草丛中有人大喝一声“站住”，就见几个大汉闪了出来，挡在了独臂男子前面，这男子想掉转毛驴，从原路逃走，哪知来路也被堵死了。只听其中一个胖子骂道：“晦气，等了这么长时间，只等了这么头瘦羊。”说着，举刀就要劈下去。

独臂男子慌忙从毛驴上滚了下来，躲过钢刀,趴在地上大喊：“好汉饶命，好汉饶命……且听小人一言。”

几个大汉看他的样子实在窝囊，哈哈大笑起来。胖子把刀架在男子的脖子上，说：“遇到爷爷，算你倒霉，你长得这副德性，还有什么舍不得死吗？”

男子战战兢兢地说：“小人又丑又蠢，好汉杀了小人，岂不弄脏了你们的刀？小人包里，倒也有积攒下的几锭银子，愿意孝敬好汉。小人是走江湖卖艺的，有一手小玩意儿能让好汉们一笑，千万请手下留情啊。”

听他这样一说，胖子来了兴致，收起钢刀,说：“好，先留你一条狗命，倒要看看你有什么玩意儿能让大爷一笑。”

男子爬起来，从包袱里取出一只

黝黑的大碗和一根铁筷，又从毛驴身上的布袋里取下两只竹筒，拔掉上面的塞子，摆放在地上，他自己则盘腿坐在地下。

只见竹筒里爬出无数只蚂蚁，那些蚂蚁颜色金黄，体型巨大，足有黄豆大小，快速向四周爬去。男子也不着急，将手中铁筷轻轻在碗上一敲。只听“当”的一声，那些蚂蚁就像听到命令一样，纷纷爬回来，聚集在他面前。男子又有节奏地敲击大黑碗，只见蚂蚁开始动起来，不一会，竟然整整齐齐地排列成两个方阵，昂首挺胸，仿佛站立的士兵，头部微微颤动

的触须，就像士兵手中的长矛。而两个方阵前，各有一只更大的蚂蚁，如同领队的将军，带着方阵随着敲击声或前进或后退。

几个强盗看得目瞪口呆，好半天才回过神来，拍手叫好。胖子兴高采烈地说：“真是精彩啊。看在这些蚂蚁的分上，就先留你一条小命。你叫什么名字？”男子急忙作揖说道：“小的叫石头。谢谢好汉不杀之恩。”

胖子摸摸光光的脑袋说：“再过两天，就是我们大王哮天虎的生日，老子正愁弄点什么做贺礼呢，你来得正好，去给我们大王表演。要是表演得好，不光你这小命保下了，说不定还有赏呢！”

石头点点头，当下收起蚂蚁，随着这伙人上了山。

美人一笑

到了山寨，胖子将石头带到哮天虎面前，恭恭敬敬地说：“大王，小的给您带来一样礼物！”

哮天虎瞥了石头一眼，皱皱眉说：“什么礼物，不会是这个丑八怪吧？”

胖子急忙解释道：“大王，您别看他丑，他却有一身绝活，绝对会给您的寿宴添彩！”说罢，就命石头再表演一次。

石头取出竹筒，放出蚂蚁，一群蚂蚁在他的指挥下，就好像是训练有

素的军队，跟随敲击声摆出不同的阵势。哮天虎哪里见过这种奇技，乐得大叫："去，去把夫人小娟叫来，看了这玩意儿，我不信她不笑。"

不一会儿，一个年轻的女人来到大堂。这女子面容秀丽，只是双目无神，神情抑郁。哮天虎一把拉过她，兴奋地叫道："美人快看这地上的蚂蚁，好玩吗？"

小娟扫了一眼，依旧是面无表情，将头扭向一边，丝毫都不感兴趣。哮天虎大怒，骂道："贱货，老子给你好吃好穿，你却整天拉着张死脸！惹火了老子，哪天老子一刀劈了你！"

小娟冷冷地看了哮天虎一眼，依然不语。哮天虎骂了几句，突然叹了口气，挥手命她退下。石头在一旁偷偷注视着这一切，他见小娟退下，马上上前几步，指指小娟问："大王，夫人她……"哮天虎愁眉苦脸地说："这个贱人，自从做了我的压寨夫人后，就从来没笑过，可气死我了。"

石头眼睛一亮，嘿嘿笑了起来："大王，小人有办法让夫人笑起来。"

哮天虎疑惑地看看石头："真的？什么办法？"

"只要大王带着夫人和小人同吃一顿酒就行，到时您看小人的好了。"

晚上，哮天虎在内室摆上了一桌酒席，与石头在火炕上对坐而饮。小娟跪坐在旁，为他们斟酒。刚喝了一会儿，突然，小娟斟酒的手一抖，竟咯咯地笑出声来。这一笑，妩媚百生，直看得哮天虎目瞪口呆。

小娟一边笑，一边转头去看自己的脚。哮天虎这才发现，在小娟的两只脚上，各趴着一只大蚂蚁，蚂蚁的触须，已经钻进小娟的布袜内。原来，是蚂蚁在用触须拨弄小娟的脚心，这才让她笑了出来。

小娟伸手就要去捉蚂蚁，石头慌忙喊道："夫人手下留情，蚂蚁虽小，也是条性命啊，看在它们能博夫人一笑的分上，饶了它们吧。"

小娟闻言，身子不由得一震，停下手，瞪着石头。只见石头拿着吃饭的筷子，在火炕上敲了两下，那两只蚂蚁便迅速爬下来，顺着石头的裤管上去，转眼便没了踪影。

哮天虎拍案大叫："太神了，石头，你果然有两下子。几年了，我还从来没见夫人笑得这么漂亮呢。来，喝酒，今天咱俩一醉方休。"

深夜除匪

从此，石头成了哮天虎眼前的红人，其他匪徒也对石头毕恭毕敬。转眼到了哮天虎大寿之日，整个山寨一片欢腾，匪徒们纷纷给哮天虎祝寿。石头也不例外，指挥蚂蚁表演，这次他格外卖力，蚂蚁的表演也十分精彩，赢得匪徒们一阵又一阵的喝彩。小娟似乎也被这种热烈的气氛感染，

脸上居然也带着一丝淡淡的笑。哮天虎见状更加高兴，频频举杯和大家喝酒。

待到日落，匪徒们已喝得东倒西歪。就在这时，石头举起酒杯大喊："大王，小人还有一个绝技，是这两天专为大王准备的寿礼。"说着，将那六只竹筒都拿了出来。金色的蚂蚁涌出来，烛光照耀下，像是一条条金龙。石头有节奏地敲击着那只大碗，只见蚂蚁循着各自的路线快速地爬动，不一会儿，便摆成一个金色的大字。

坐在旁边的一个匪徒看清了，大叫起来："寿，是寿字啊。"哮天虎吃力地张开醉眼，打量地上的蚂蚁，可不是一个大大的"寿"字？匪徒们都欢呼起来，纷纷再次向哮天虎敬酒。

也不知道又喝了多少酒，到了后来，除了几个放哨的，所有的人都烂醉如泥。眼见已到了午夜，石头悄悄地绕过大厅，来到后面哮天虎的房间，只听里面传来哮天虎如雷的鼾声。石头打开门偷偷潜进去，烛光之下，哮天虎仰卧在火炕上，睡得正死，而小娟坐在哮天虎的旁边，见了石头，也不喊叫，只是小心地从被子下抽出一把雪亮的匕首。

石头上前接过匕首，咬牙切齿骂道："王八蛋，去死吧。"说着，向哮天虎的胸口插去。哪知，哮天虎一个翻身，石头这一刀刺在哮天虎的肩膀上，哮天虎痛得一声惊叫。

玉石俱焚

小娟见状，赶忙用枕头捂住哮天虎的嘴，但已经晚了，声音在寂静的夜里远远地传出去。石头拔出匕首又连刺几刀，哮天虎蹬了蹬脚，不动了。小娟朝哮天虎的尸体唾了一口，说："他们定听到叫声，马上会追来，你赶紧走。"

石头着急地说："我就是来救你的！我们一起走！"说着，一把拉起小娟冲到后院，将她扶上毛驴，牵着毛驴，向山下逃去。两人不敢走山路，只得在林中逃命，也不知跑了多久，实在跑不动了，这才停了下来。石头抱着小娟，痛哭起来，好半天他才哽咽着

说：“小娟，我终于救出你了。”

原来，这石头真名叫秦得石，与小娟本是夫妻。三年前，秦得石陪小娟回娘家的时候，被哮天虎截住，哮天虎见小娟貌美，便把小娟抢走。秦得石冲上去拼命，却被砍断了胳膊，身上也连中数刀。哮天虎以为他死了，便带着小娟上山。哪知石头命大，竟没有死掉。他为了报仇，远走他乡，学得驭蚁奇技后才回来，混到山上，准备伺机报仇救人。因为担心被匪徒认出，更怕小娟见了他，惊喜之下露出破绽，他不惜在自己脸上划了十几刀，将一张脸毁得面目全非。那天，他令蚂蚁爬上小娟的脚心，固然是想让小娟一笑，借此讨好哮天虎。但更重要的是，他想让小娟知道他就是秦得石。

原来，有一次小娟生气了，秦得石为了逗她一笑，便捉了蚂蚁放在她脚心，小娟要用手按死蚂蚁，秦得石说：“夫人手下留情，蚂蚁虽小，也是条性命啊，看在它们能博夫人一笑的分上，饶了它们吧。”所以小娟当时听了这句话，想起了当年的情景，立刻猜出了眼前的石头便是她的丈夫。虽然两人没有谈话的机会，但小娟却明白秦得石的心意，寿宴之后，她一直在等着他。

两人正互相倾诉着思念之情，就听见不远处传来匪徒叫嚷的声音，他们终于追上来了。小娟突然推开秦得石说：“你一个人跑吧，我们没办法甩开他们的。”秦得石吃了一惊：“我怎么能抛下你一个人走呢？这些年，我日日夜夜惦记着你，我做的一切就是为了救你出来……”没等他说完，小娟已倒了下去，胸口插着一把匕首，衣服被鲜血染红了一大片。秦得石惊呆了，抱住小娟，哭着大喊：“你……”

小娟捂住他的嘴，小声说：“我的身子已经被哮天虎所污，本想一死了之，但我一直牵挂着你。我相信你没有死，我盼着再见你的一天，可是……可是我不配和你在一起了……你……你快跑吧……”

匪徒们顺着声音找到时，见秦得石用他的独臂搂着小娟的身体，正嚎啕大哭。他们正要冲上去时，一个匪徒惊叫一声：“蚂蚁！”

借着火把的光芒，匪徒们看清了，毛驴身上的大竹筒已经被拔出了塞子，蚂蚁们正涌上秦得石和小娟的身上。秦得石喃喃地说：“小娟，在我心里，你永远是纯洁的，你死了，我活着还有什么意义？我们一起去另一个世界，永不分开，我绝不让这些混蛋再碰你一下……”

说话间，蚂蚁已爬遍他们的全身，不一会儿，两人不见了……

匪徒们一个个张大了嘴，惊得目瞪口呆。等他们回过神的时候，这群蚂蚁已经包围了他们……

（**题图、插图**：黄全昌）

· 东方夜谈 ·

有两个想发财的年轻人，他们约定一旦有钱就开着宝马去看对方。这天，宝马出现了……

你想开宝马吗

□宾 炜

阿力和阿勇是一对好搭档，也是一对同病相怜的穷光蛋。他们的老婆孩子都在农村，一家几口就指望着他们那丁点儿工资。两人是保安公司的押钞员，每天看着自己押送的整箱整箱钞票，到自己手上的就只有那么寥寥几张，心里都憋着一口气。他们做梦都想有朝一日过上开名车、住别墅的日子。

这一天，两人下班后进了一家小饭店，几样小菜，两瓶老白干，一人抓一瓶就对吹起来。酒瓶见底，他们也喝得脸红脖子粗，有了七八分醉意。突然，阿勇抓起空瓶，猛地往地上一摔："老子决定了，明天就南下！"阿力一听，吓一跳："兄弟，你说啥？"阿勇瞪着血红的眼说："老子受够了这穷日子，我明天就去南方闯它一闯，饿死了就算，饿不死，别让我碰上狗屎财发一笔，嘿嘿！"

阿力知道他已下了决心了，所以也没劝他，想了想说："勇哥，哪天你发了财，可别忘了兄弟我啊！"

"放心吧，咱俩是啥关系？"阿勇拍着胸膛道，"兄弟，哪天我发了财，一定开着宝马回来找你，咱就在这城里转他一转，此话不算，天诛地灭！"

阿力顿时来了劲，一拍桌子嚷道："好，如果哪天我不小心也发了，我也开宝马去南方找你！"两人哈哈大笑，伸出手掌连击三下。

第二天，阿勇果然辞了职，义无反顾地坐火车南下了。阿勇走后，阿力又换了个新搭档，他的胆子没阿勇的大，舍不得丢掉这份工作。

一眨眼的工夫，两人已经分别了三年。刚开始一年两年，他们还保持着联系，阿力问阿勇在南方干啥，阿勇只说他现在过得很好，至于具体咋好法，每回都是含糊过去。渐渐地，两人的通信就变少了，不知是因为忙还是别的原因，阿勇再也没有主动打来过电话，有时阿力打给他，不是忙音，就是不通，最后干脆没有这个号了。阿力掐指一算，他和阿勇失去联系整整有一年了。

有一天，阿力接到老婆的电话，说老丈人家建房子，她三个姐妹，每个都奉献了一万，如果自己跟不上，以后就没面子回娘家了。阿力听着听着，暴躁起来，对着话筒吼道："老子现在只有一百块，要不要？"说完就"啪"地摔下电话。

晚上，他一个人走到阿勇去南方前两人喝酒的那个小饭店，一个人喝起了闷酒。不一会儿，他就喝醉了，瞪着对面那个空座位，咬牙道："阿勇啊阿勇，我知道你现在发财了，就躲着我了，真不愧是我的好兄弟呀！嘿嘿，你不用躲我这个穷兄弟，过两天，老子也要发了，可老子说过的话一定算数，一定开着宝马去找你，哈哈！"

说罢，"当"的一声，也像阿勇那样把一个空酒瓶狠狠摔在地上。他像当初阿勇一样，下了决心，不过他并不想去南方，那样发财太慢了，他迫不及待地要开着宝马车去找阿勇，恨不得明天就开着宝马给老丈人送去十万，风风光光出回脸。所以，他打算赌一把，铤而走险劫自己押送的运钞车。其实早在半个月前，阿力的头脑中就冒出了这个计划，经过这十多天的周密考虑，他已经把能想到的一切都理顺了，可谓万事俱备，只等决心。

下了决心后，阿力睡了一个好觉。第二天上班前，他照例检查了自己的手枪，不过这次他比以前任何一次都要认真仔细，并且脑子里反复地把自己的计划运转了好几遍。

运钞车停在了银行门前，他的搭档很快跳了下去，车里只剩下阿力和一个司机。阿力偷偷摸出了手枪，悄悄打开保险，从前排两个座位的空隙间对准了司机的后背，扣动了扳机。

然而意外出现了，枪并没有响。阿力又扣了一下，还是没响。第三下，枪仍然哑火。阿力的额头顿时冒出了豆大的汗珠，后背也湿了一大块，握枪的手不禁激烈地颤抖起来。他简直忘了自己在干什么，心中大喊：天啊，难道这是天意？老天爷注定要我一辈子受穷！

突然，他听到后面开车门的响声，猛然回过神来，最佳的时机已经过去了。阿力飞快地收好枪，伸手抹了一把汗，然后跳下了车。

脚刚落地，就见前面一辆耀眼刺目的红色宝马车直向他冲来。他一惊，正要躲避，宝马贴着他的脚悄无声息地停下了，车门打开，里面一个人冲他哈哈大笑。

阿力定睛一瞧，失声惊叫："阿勇，你回来了！"

坐在宝马车里的，果然正是阿勇。这家伙已是今非夕比了，一身名牌西服，戴一条花领带，脸上罩着一副墨镜，活脱脱一个大富豪。阿勇把阿力一拉道："上车，咱哥俩先转一圈！"便载着阿力，满大街跑了起来。

阿力兴奋不已，不停地说："阿勇，我还以为你小子不回来了呢？我知道你发了，想躲着兄弟我哩！没想到，你还记得咱这个穷哥们……"

阿勇只顾听着他说，脸上微微笑着，样子酷毙了。足足转了两个小时，把这个城市的主要街道都跑了一遍，阿勇这才把车停下，别过脸对他笑道："兄弟，我说过的话一定会算数的，你看，我没骗你吧？"

阿力激动地点点头："我知道你不会忘了我的！兄弟，告诉我，这几年你到底怎么过的？"

问到这个，阿勇顿时有点不堪回首的味道，说他刚到南方时，活得跟街头的乞丐差不多，啥活累啥活苦，他就干啥活，经常饿肚子不说，还老受人家欺负。不过俗话说得好，石头也有翻身日，北风总有回南时啊，老天开眼，总算让他熬出了头。

阿力听得神往不已，问道："那，现在你到底发了多大？"

"你自己看吧！"阿勇撸起两只袖子，阿力一瞧，只见他两只手密密麻麻，竟戴了七八个劳力士金表，十根手指也都戴着戒指。阿勇又解开领带，扯开衣领，脖子上金光闪闪，挂着十来条金项链。他又拍拍方向盘，"这样的车，家里还有五辆！带花园游泳池的别墅，有三个！"

阿力听得眼珠子都快掉下来了：

"兄弟，你这也太嚣张了吧？你就不怕强盗见了有气？"阿勇呵呵一笑，拍拍他肩膀道："兄弟，我这些算不了什么，将来，你也会有的，真的，我向你保证！"阿力愣了愣："将来我要有你的百分之一，我就满足了！"

阿勇笑着摇摇头："肯定会有的，要什么有什么，不过，你现在还不到时候。"阿力苦闷地想，不知道自己的狗屎运什么时候才来。阿勇见他怔怔地出神，又拍拍他肩膀道："你的时候还没到，但总有这一天的！现在，你什么都不要想，尤其不要打什么歪主意，好好干着这份活吧！"说着，他意味深长地冲阿力眨眨眼。

阿力一怔，想起自己刚才的计划，脚底不禁升起一股寒气，阿勇说得对呀，该来的总会来的，自己的财运还没到哩！如果刚才不是枪哑火，枪一响，自己势必要走上一条不归路，后果真是不堪设想。可是，枪居然鬼使神差地哑火了。他脱口说道："天意，天意啊！兄弟，我差点就见不到你了！"接着，后怕不已地把自己的计划说了出来。

阿勇点头道："我知道你的想法，所以我才在今天来找你的。""你知道？""你看看你的弹匣。"

阿力疑惑地拔出枪，一查弹匣，怪事，刚才连开三枪，明明枪没有响，可弹匣里却少了三枚子弹。阿勇缓缓道："那三枪，我都替那个可怜蛋挡着呢！"手在胸前一摸，伸到阿力面前，手心里竟然躺着三个弹头。

阿力吃惊地瞪着他："兄弟，你……"阿勇道："我这次来找你，一是为了履行咱们的约定，二是阻止你的计划，另外，我还想劝你两句话。好好过日子，比开什么宝马，住什么别墅都强。"说着，他举起双手，看着两只闪闪发光的手，苦笑道，"你看我，以前最喜欢这些东西，可一个也没有，现在有了，不想要，也得戴着。兄弟，听我的话，踏踏实实过日子！"说罢，拉开车门走了下去。

过了半晌，阿力回过神来，跳下车一看，已经不见阿勇了，转身一拉车门，不料竟把车门拉下来一块。这车是什么做的？他把拉下来的车把手轻轻一捏，手心里却只有一把灰……

阿力恍然大悟，流着泪，哽咽着冲远处拜了几拜。

后来，阿力找到阿勇的老家，才知道阿勇因为抢劫银行被抓，早在半年前就被执行了死刑。他老婆知道阿勇生前一心想过上大富豪的日子，就给他烧了很多东西：宝马汽车、花园别墅、劳力士金表……从阿勇家回来后，阿力马上给老婆打了个电话："我手头现在有五千，明天我就汇回去给你娘家建房子，咱是穷人，别和人家比，知道吗？"

（**题图、插图**：谭海彦）

玫瑰弯刀

□ 尤培坚

这一年，许多武林高手齐聚京城切磋武艺，刀剑铺一下子生意兴隆起来。其中一家冶刀铺，名字起得很温柔，叫“玫瑰刀铺”。铺内有一文弱的冶刀匠，名叫潘英藏，他专卖一种刀柄上刻有玫瑰花的弯刀。此刀薄而轻，看样子经不起大力士的使唤，大家都笑称这种刀叫“绣花刀”，意思是说买这种刀的，只能是一些练花拳绣腿的人。

这天，潘英藏正打造他的玫瑰刀，突然店里来了个穿着气派，但相貌丑陋的男子。只见他长着一对青蛙眼，嘴角有一颗硕大的黑痣，走起路来一瘸一拐的。潘英藏认得此人，他就是长安城最有名的“安居阁”棺材铺的老板马青安。

潘英藏见马青安闷闷不乐的样子，就关心地问他：“马老板，你似乎有什么不快啊！我这里除了卖绣花刀外，还卖一些特别的东西。”马青安苦笑了一下：“我这个老单身汉了，还图个什么？”说完，他买了一把绣花刀就走了。看着马青安蹒跚的背影，潘英藏暗暗地笑了。

晚上，月黑风高，马青安正坐在屋内喝闷酒，突然有个黑影晃了进来，他吓了一跳，连忙站了起来，定睛一看，来人正是“玫瑰刀铺”的店主潘英藏。只见潘英藏拔出一把玫瑰弯刀，使劲地往桌子上一插，然后逼近马青安说道：“马老板，你不要害怕，今晚我来是给你推销一种新刀的。只要你拥有了这把刀，你所有的愿望都会心想事成的！”

马青安看着玫瑰弯刀锋利的刀口，在灯光的照射下闪着可怕的白光，不禁脖子发凉，他战战兢兢地问道：“我……我现在就缺一个老婆了，你这刀能给我带来老婆吗？”

潘英藏看着瑟瑟发抖的马青安，暗暗发笑，他瞥了一眼马青安说道：“实话实说，我这把刀，就是传说中的夺情刀，只要你买了这把刀，就会如你所愿！”

说完，潘英藏站了起来，把手一伸，说道：“因为我想开一家京城最大的刀铺，资金不足，所以我不得不把我这把祖传的夺情刀卖给你！你想我相貌英俊，这刀对我来说简直就是一把废铁，但对你来说，它可就是无价之宝啊！这样吧，你给我一千两银子，我就卖给你！”

马青安知道，今晚这银子如果不给潘英藏，自己的命就悬了。他只好颤抖着从身上取出一张一千两的银票，递给了潘英藏。

潘英藏哈哈大笑，他告诉马青安，只要把这把刀对准他所心仪的女子，然后按动手柄上的按钮，这把夺情刀就会发出浓郁的玫瑰花香，这个女子闻了之后，就会在不知不觉中爱上他。说完，潘英藏拿着银票就消失了。

过了几天，马青安叫人挑着一担美酒佳肴，来到了玫瑰刀铺。他叫下人摆上酒席，然后恭恭敬敬地给潘英藏敬了一杯酒，激动地说：“潘公子，真是谢谢你，你那把玫瑰夺情刀真是太奇妙了，我看上了一个美丽的女子，只在她面前使用了一次，她果然对我有了好感，以前，她可是连看也不会看我一眼的啊！但是，这刀的夺情药力好像还不够，你能不能想个办法把这把刀的药力给我增加上去啊？”

潘英藏叹了口气道：“其实，我也知道，你先前以为我是胁迫你买的，现在你知道它的妙处了吧，要不是我急着用钱……”潘英藏话还没说完，马青安就把一张两千两的银票放在潘英藏的面前。潘英藏看了看银票，满意地点点头道：“好吧，我就再帮你一次吧！”

又过了几天，潘英藏决定到棺材铺去看看马青安。谁知，他刚到棺材铺，就见马青安从屋里出来了。

马青安手里捧着一枚耀眼的玫瑰玉佩，见到潘英藏，他竟然“扑通”一声跪了下来，嚎啕大哭：“潘公子，求求你把夺情刀的用药方法全部告诉我吧，现在，我已经离不开那个女子了，我愿意把我的这枚玫瑰玉佩送给你……”

潘英藏的嘴角闪过一丝得意的微笑，他知道，自己的目的已经实现了，他就要得到这个梦寐以求的稀世之宝了。

于是，他装作同情的样子对马青安点了点头，接过那枚玫瑰玉佩，把自己身上一块写有夺情刀用药方法的绢布递给了马青安。

然而，没有人知道潘英藏的真实身份。他其实是大飞贼潘苍。此人相貌英俊，武功高强，但常常滥杀无辜。一次，他偷偷潜伏到京城京安钱庄，杀死了钱庄的老板，并夺走了藏宝洞地图和作为藏宝洞钥匙的两枚玫瑰玉佩。为了躲避官兵的搜捕，他藏在了马青安的棺材铺里。可从棺材铺出来后，他却发现一枚玫瑰玉佩落在了棺材铺里。没有了这枚玫瑰玉佩，那藏宝洞就无法打开了。

为了不打草惊蛇，他就潜伏下来开了家玫瑰刀铺，并利用夺情刀把棺材铺老板马青安的玫瑰玉佩给引了出来。

就在刚刚去棺材铺之前，他已经和京城胡都大药店的女老板唐小殷约好了在雀梅林相会。现在，他不但有了这两枚玫瑰玉佩，而且还能带着美人到关外逍遥自在，他能不开心吗？

可当潘苍来到雀梅林的时候，他却惊呆了。他看到那个青蛙眼的跛子搂着的，竟是他的心上人唐小殷。潘苍万万想不到，他给马青安的夺情刀竟然用在了自己心上人的身上。这还了得！潘苍拔出长刀，一把架在了马青安的脖子上："你这青蛙眼，你知道我是谁？竟敢勾引我心仪的女子，你不想活了？"

马青安吓得瑟瑟发抖，他颤声问

道："你……你……你究竟是谁？"潘苍哈哈大笑："实话告诉你，我就是潘苍！现在，我就送你上西天吧！"说时迟，那时快，正当他要举刀砍向马青安时，一把锋利的长剑已压在了他的脖子上。

潘苍一看，愣住了，拿剑的不是别人，正是唐小殷！只见唐小殷冷冷一笑，说道："你这飞贼，害得我找得好苦啊，我跟踪你，知道你利用情花迷药胁迫马青安交出玫瑰玉佩，我为了找到玉佩，只能故意配合你，和这个恶心的青蛙眼搂搂抱抱，演了这场戏。你那普通的情花迷药，怎能奈何得了我堂堂胡都药店的老板？"潘苍吃惊地问道："你……你……你怎么会武功？"

唐小殷从潘苍身上掏出两枚玫瑰玉佩，微微一笑："好，告诉你，让你做个明白鬼吧！其实，我不是什么药店老板，我是女捕快秦小烟，是刑部派我出来查京安钱庄命案的！"

秦小烟说罢，手上用劲，想一剑结果了潘苍的性命，可潘苍却脖子一缩，闪跳开去，接着从他左手"哧"一声飞出一道金光，直向秦小烟的面门飞去。眼看秦小烟性命不保，突见一道白光闪过，那道金光便闪落地下，接着传来"啊"的一声，潘苍直挺挺地躺了下去，他的胸前插着一把玫瑰弯刀。

救人和杀人的不是别人，正是那个长着青蛙眼的瘸子马青安。

在秦小烟吃惊的目光中，马青安一把拉下了套在他脸上的人皮面具，站在秦小烟面前的，是一个相貌英俊的翩翩美男子！

"你是谁？"秦小烟吃惊地问。

"我就是京安钱庄老板的儿子京奎，我从少林寺学艺归来，却发现自己的父亲惨死在钱庄内。在钱庄的一个角落，我发现了潘苍的一枚玫瑰针。于是，我四处寻找潘苍杀人的证据。我查出马青安这个棺材铺老板身上竟然有一枚钱庄的玫瑰玉佩，而那天官兵追捕潘苍的时候，他曾躲在棺材铺内。于是，我给了马青安一笔钱，让他赶快离开京城，我就乔装打扮成马青安的样子，隐藏下来。我知道，潘苍没有第二枚玫瑰玉佩，光有地图，是打不开藏宝洞的，他一定会来找我……"

三日后，两匹好马拉着一辆装有银两的马车，悄悄地向江南方向行进。天上，大雪纷飞；雪中，却有笑声不断传来……

（**题图、插图**：黄全昌）

绿版编辑部各编辑邮箱：

夏一鸣：gshxym@163.com

邢　悦：simyyue@126.com

王雅静：wyjing833@sohu.com

朱　虹：zhong98305@sina.com

杭　帆：hangfan1102@126.com

·中篇故事·

在异国他乡，他的生活中闯入了一个神秘的年轻女子，这一切是爱情还是陷阱，是艳遇还是阴谋……

闯入爱情

□韦 宣

1. 艳遇

赵勇是中国东北人，他到莫斯科经商已经三年了。每当他忙完了一天的生意，总要来到距市场不远的伊兹麦洛夫文化公园转一转，听一位俄罗斯老人拉手风琴，听了之后，便轻轻松松地开着他那辆二手拉达车回家。

这天，天下着小雨，赵勇估计拉琴的老人不会来了，就径自开车上了莫斯科环城道。就在他一边开着车一边哼着歌时，突然，从交叉路口冲出一个女子，赵勇一见，惊得马上猛踩刹车，但还是撞上了女子。他赶紧跳下车，把那女子抱上车，朝最近的医院开去。幸好女子伤得不重，加上抢救及时，经上药、包扎后就由他扶着出院了。

出了医院，上了车，赵勇用俄语问道:“你住哪儿?我送你回去。”他见那女子不答话，又问了一遍。可是让他没想到的是，那女子居然说出了一句中国话:“看样子你是中国人吧？”赵勇好奇地扭头仔细看看那女子，只见她大约二十多岁，长得清秀端正，正瞪着一双乌黑的大眼睛在打量自己。

赵勇这才回过神来，忙问:“怎

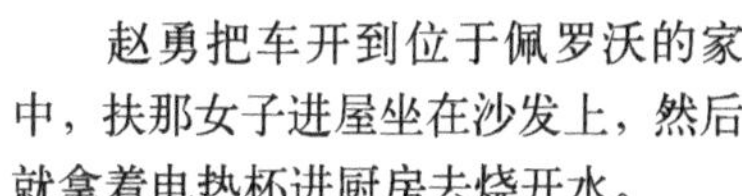

么，你也是中国人?”

“什么也是，我本来就是。”

“哇！”赵勇一听故作夸张地叫了一声，“真是不撞不相识，一撞撞了个自家人！请问小姐，你要去哪里?你是求学的，还是做生意的?我们可以交个朋友吗?”赵勇一连串地问了好几个问题，问得女子噘起小嘴说：“没见过你这种人，撞了别人还幸灾乐祸问个没完。”

“不，不，我是太激动了。对不起!不过你总得说到哪儿吧?不然我把车朝哪开呢?”“你不是想和我交朋友吗?那就开到你那里去吧。”

“啊！”赵勇一听吃了一惊，不由又扭过头来看着她。女子说：“啊什么啊？是不方便还是不愿意啊？”赵勇赶忙解释：“你看你说哪去了，我孤身一人，光棍一根，有什么方便不方便。只不过觉得有些突然，我说的交朋友不是那个意思。”“那你是觉得我太轻浮了吗？”“那倒也不是。我看你还是先回家，我们以后再慢慢交往。医药费的事我绝对负责到底，这个请你放心。”女子说：“这点小伤用不着你负什么责。既然你的话都说到这份上了，那就随你开，想在哪把我扔下都行，因为我目前根本没有住的地方。”赵勇说：“喂，小姐，你怎么能这样说呢？你不知道国内流行的《东北人都是活雷锋》吗？真是！那就先上我那儿去吧，只要你不嫌弃。”“随你便。”那女子板着脸，冷冷地说了一声，就闭上眼再也不开腔了。

赵勇把车开到位于佩罗沃的家中，扶那女子进屋坐在沙发上，然后就拿着电热杯进厨房去烧开水。

那女子看了看屋子，这是老式住房，除了卫生间和厨房，就一个大间。接着她就自我介绍道：“我叫刘丽。”顿了顿，又问，“你真的没有妻子吗？”“有，在国内。”赵勇边回答边低着头在冰箱内翻吃的。

“为什么不带出来呢？”

“来过，又走了。水开了，你还是先把药吃了吧。”赵勇一边取药一边对刘丽说，“我这里就这样，你也看见了。等你腿好了我就送你回去。要不先给家人或朋友打个电话告诉他们一下？”

“怎么，刚坐下你又要赶我走?你还是不相信我没有家。”刘丽说着说着眼泪就掉了下来。

赵勇一见慌了：“哎，哎，你别哭哇，我最怕女人哭了。不走就不走，先把伤养好再说，好吗？”刘丽点了点头，用手擦了擦泪水，问：“你车都买得起，干吗住这么简单的地方？”

“咋，我一个大老爷们住这还小哇？再说有钱也不该花在这上呀，又不在这干一辈子，你说是不？”

“你倒真会算计，怪不得那么小心眼，一点也不像个男人。”

“随你怎么说，我可要出去买点东西，家里实在没什么可招待你的。你自己先看看电视，我一会儿就回来。”赵勇说罢就出门了。

过了大约两小时，只见赵勇拎着大包小包“吭哧吭哧”回来了。刘丽不解地看着他问道：“你这是干什么？”“干什么？你难道不换衣服吗？不吃不喝吗？你以为我想花这些冤枉钱？”

刘丽嘴一撇：“要怪就怪你自己，谁请你撞我的？”她说罢就翻着新买的衣服，边翻边说着，“还算有品位，样式很适合我，质地也不差。嘻嘻，看不出你还挺会给女人买衣服的嘛！”

赵勇说：“得，得，我也不跟你费口舌。吃饭，我可饿了。”赵勇说完就把买来的熟食打开，先吃了起来。吃完饭，他三下两下收拾好房间。坐在沙发上对着刘丽说：“我们是不是该好好地谈谈了，你都住到我家里来了，我对你却一无所知。”刘丽说“如果你觉得有这个必要的话，我什么都告诉你。”

原来，刘丽是沈阳人，刚大学毕业，由朋友介绍来到莫斯科。打算先学习一下语言，然后再到大学攻读研究生。不料今天刚下飞机，朋友却没来接她，她只得自己打的来到市区。由于语言不通，司机也不知道她要去什么地方，只得把她拉到了地铁站。可更糟糕的是，当她好不容易找到个电话亭，在打电话的时候，来了一帮光头年轻人，抢了她的行李，搜光了她身上的现金，任她大声呼救也没人来帮她。远在异国他乡，她身无分文，语言又不通，就连护照都没了。她漫无目的地乱走，实在走不动了，又累又饿就想到了死……

赵勇听到这儿，打断了她的话说：“于是，你就来撞我的车？”他接着说，“你是遇到了光头党，他们专门骚扰中国人。”“也是老天可怜我，撞上你这个大好人，要是撞上别人也许我就死定了。”刘丽看了赵勇一眼，“还真得感谢你救了我一命。”赵勇说：“也别这样说，你也够倒霉的了，等找到你朋友我要帮你好好教训他一顿。”说完赵勇起身，把床上的床单、枕巾全换成了新买的，然后又把旧的床单铺到了地板上，说，“女士优先，你睡床，我睡地上。”

刘丽默默地看着没有吱声，直到她见赵勇铺好地铺直起身来，就轻轻拍了他一下，问：“你能抱我上床吗？”说完这话，她脸红了，抬眼望着赵勇，目光充满着期盼。赵勇二话没说，就弯下腰帮她把鞋脱了，然后把她抱到了床上。刘丽当着他的面开始脱衣服，一直脱到身上仅剩内衣和短裤，转过身来柔声问道：“你真的要睡在地上吗？”赵勇点了点头，然后和衣朝地上一躺，拉过被子蒙头睡了。

两人就这样同室而居过了整整一星期。不过，在一个星期之内，赵勇也只有三天回家打地铺，其余的时间他都借口生意忙没回家，而是住在市场附近的小旅馆里。

刘丽的腿伤日渐好转，就帮他做些家务，有时做好晚餐等他回家一起吃。赵勇问了她几次朋友的电话和地址，她都说电话本丢了，要慢慢回忆。但她却没有走的意思，赵勇也不好开口，两人就这样平平静静地过着。

2. 相爱

这天，赵勇一进家门却发现刘丽不在房里。床上的床单和枕巾又换回了他原来用的，屋子也收拾得干干净净，就连他给刘丽买的换洗衣服都洗好晾在窗外。赵勇找遍全屋，也没发现她留有字条。他赶紧开着车，把佩罗沃转了个遍也没找到刘丽。

说来也怪，人在的时候一心盼着她早点走，可当她真的走了他又觉得心里怅然若失。这天，他倒在床上翻来覆去一夜没睡着，一直等到天亮也没见刘丽回来。整整一个白天，赵勇像丢了魂似的无精打采，连每天要去俄罗斯老人那里听手风琴的固定节目也取消了，急急开车回家，可是赶到家，仍然不见刘丽的踪影。

就这样，一连几天，市场一关门，赵勇就忙着开车往家赶。到了刘丽失踪后的第四天，赵勇照样急匆匆赶回家。就在他掏出钥匙准备开门时，房门却突然打开了，只见刘丽笑吟吟地站在门口。赵勇一见，惊喜得真想上前紧紧把她搂在怀里，但他没敢这么做，他只是“嘿嘿”傻笑着:“你，你回来了？”刘丽一把将他拉进房里:“你看我给你带什么来了。”赵勇这才朝屋内一看，顿时呆了。只见所有的家具都换成了新的，就连厨房用具和冰箱都换了，整个房间布置得跟新房一样。刘丽摇着赵勇的手说:“怎么样，这可是我花了大半天的时间才布置好的，你可要奖励我

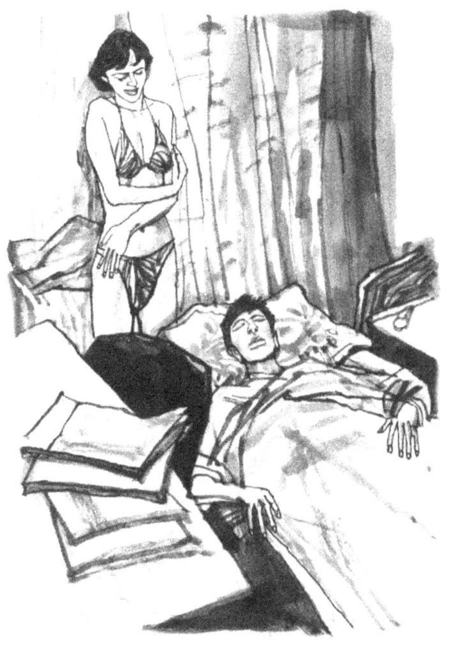

哟。”

“买来这么多东西，你是打算在这里住一辈子呀？”赵勇边挨着个儿摸着家具，边开玩笑地说。刘丽低着头小声说：“你不高兴吗？我想你救了我，我总得报答报答吧。再说我自己也要用，所以就买了。”赵勇不解地问：“那你一下哪来的这么多钱？”刘丽兴奋地说：“我想起了我朋友的电话，找到了他，他借给我的，还答应帮我弄个新护照。”赵勇疑惑地问：“你那朋友是干什么的？来多久了？有这么大的本事，连护照也能弄？”刘丽说“具体的我也不清楚，反正他来俄罗斯好几年了，认识很多人。怎么，有问题吗？你是不放心他，还是不放心我？”赵勇赶紧笑着说：“我不是这个意思。你回来了我高兴还来不及，哪有不放心的。”

嘴上这么说，但他心里总感到有点怪怪的不舒服，刘丽把赵勇拉到餐桌前坐下，嘴里说着：“来，尝尝我的手艺。”随手打开了扣在菜盘上的碗，一股香味扑面而来。“嗯，香，真的好香。”“那我就天天做菜给你吃，不走了，行吗？”“行，怎么不行！”赵勇边吃边说。

吃完饭两个人看着电视。刘丽问：“我走了你想我吗？”“想，怎么不想。我每天下班就往家里跑，不就是想看看你回来没有。”“那你今晚还睡地上吗？”“这个……”赵勇低下了头。“什么这个那个的，你倒是说呀。”刘丽抓住他的手摇着，有点撒娇地问。赵勇沉思了好一会儿说：“还是暂时就那么睡吧，啊？”一听他这么说，刘丽松开了手，站起身，打开衣柜拿出一条新床单铺在地板上，又从床上取下一个新枕头放好。自己转身进了卫生间，洗漱完毕一声不吭地上了床，将被子拉到了脸上。

赵勇照样和衣躺到了地铺上。过了一会儿，他听到了轻轻的抽泣声，不由一惊，赶忙坐起来，拉亮了灯，只见盖在刘丽身上的被子在轻微地抖动。赵勇问：“怎么了？”刘丽没有回答，哭泣声却越来越大。

这下赵勇慌了，赶忙爬起来，走到床边，想拉开被子看看，安慰安慰她，但又迟迟不敢动手。刘丽仍在哭。他试探性地伸手轻轻拍了拍被子，“别哭了，有什么委屈就跟我说，啊！”哭泣声停止了，但她的肩膀仍在抽动。赵勇坐到床边，俯下身子，轻轻抚摸着刘丽。刘丽猛地掀开被子，把头紧紧地靠在赵勇胸前又哭了起来。赵勇抚摸着她赤裸的脊背：“不要哭，不要哭了。”刘丽推开了他的手，一下坐了起来，看着他哽咽着问：“你嫌弃我是吧？”“我怎么会嫌弃你呢？”赵勇说着替她抹去脸上的泪痕。

“你就是嫌弃我。因为我没打招呼就离开了你，才几天就有了这么多钱。你当然怀疑了，以为我去做了什么见不得人的事，对吗？”“你不都说清楚了嘛，我怎么还会再乱怀疑你呢。”赵勇摇着头说，“没有，绝对没有。”

“你如果不是嫌弃我，为什么到现在还睡地上呢？”

赵勇一时无言以对。他开始觉得自己是不是过于拘泥了，以致辜负了刘丽的一番情意。他慢慢地抬起身，和刘丽面对面坐着，双手按在她的肩上一字一句地说：“我比你大十来岁，又结过婚，这日子是长不了的，我怕害了你呀！”“这些都是借口，关键是你心里根本没有我。你一直都不爱我，都是我在自作多情，对不对？”刘丽朝他大声喊着，眼泪又流了出来。“谁说我不爱你？”赵勇一把把她抱在怀里，两人的脸紧紧贴在一起倒在了床上。当赵勇的嘴唇慢慢地往刘丽脸上移动时，刘丽已主动地将她那柔软的小嘴压在了赵勇的唇上……

这真是天上掉下个林妹妹，幸福就这么突然地来到了赵勇的身边，让他不得不相信世界上的确有“缘分”二字。在与刘丽同居的这段日子里，赵勇感到非常愉快，浑身有使不完的劲。但是，刘丽的某些表现也让赵勇困惑不解。这次刘丽回来，几乎是足不出户，家里吃的用的，全由赵勇捎回来。大白天，她一个人在家，总是门窗紧闭，把那厚厚的窗帘拉得严严实实。有时赵勇生意忙不过来，想让她帮他招呼招呼客人，她不去。赵勇要带她到伊兹麦洛夫文化公园去转一转，听一听那俄罗斯老人拉的手风琴，她也不去。更让赵勇感到奇怪的是，刘丽从来不在他面前提她的那个朋友，赵勇问了几次她都不答话。但她却像个贤妻，侍候赵勇，关爱赵勇，使赵勇越来越觉得离不开刘丽了。

3. 思念

这天晚上两人亲热后，刘丽把头靠在赵勇的胸上，说：“老公，我还是想去读书。我们不能老做这样的小生意，我们得开一家像模像样的公司。”赵勇用手轻轻抚摸着她的秀发说：“好呀，一切都由老婆做主，那我得抽空帮你补习补习俄语。”刘丽说：“这多影响生意呀。现在正是需要加紧挣钱的时候，我没帮你什么忙，哪能再拖累你呢？我的朋友已经给我联系了一家私人语言补习学校，就在伏尔加格勒大街。只是离家较远要住校，我准备明天就过去。我们俩得暂时分开一些日子了，老公，你同意吗？”

赵勇一听她提到她那朋友，就老大不高兴，感到酸酸的，心想：又是她朋友，平时不见人，提都不让提，关键时候就突然冒出来了。但表面上他还得迎合她，他觉得现在两个人虽然老公老婆不离口，但人家毕竟还不是

你老婆，你管得着吗？

他知道迟早都会有这么一天，只是来得有些突然，真是应了“来也匆匆，去也匆匆”这句老话。于是他满脸堆笑说：“行啊，我倒省事了。话又说回来，我的俄语其实也不怎么样。”刘丽抬头看着他说：“你半天不吭声，我还以为你不同意呢。在想什么？你如果不同意我不去就是了。”赵勇说：“你来俄罗斯不就是读书的吗？我已耽误了你这么长的时间，怎能再不让你去呢。明天我送你！”

第二天一早，赵勇拿出自己的大行李箱把刘丽的东西全都装了进去，又将厨房内她新买的几件炊具装到另外一只袋子里。刘丽瞪大眼睛不解地看着他说：“怎么，你这是要把我扫地出门，不准再回来了吗？”赵勇忙说：“不，不。这语言学校一去就是几个月，这些东西都有用，何必又去买呢。反正我又用不上，你学完再带回来就是。打个电话，我就来接你。”他嘴里说着却低头避开了刘丽的目光。刘丽扔下手中的行李，扑上来亲吻着他：“你对我这么好，我真的不愿离开你！”刘丽的声音颤抖起来，但她极力克制住自己没让眼泪流出来。赵勇抚摸着她的头，安慰道：“为了今后，短期分开一下嘛，没什么大不了的。”

到了那家语言学校，赵勇就看见一个穿黑色西服戴着大墨镜的年轻人在冲着刘丽招手。赵勇把行李搬下了车，默默地注视着刘丽。刘丽伸出手和他握了握，说：“我会回来的。”说这话时她眼里闪着泪花。赵勇和那男子连招呼也没打，转身上车就走，远远地看见刘丽还站在那里向他挥手。

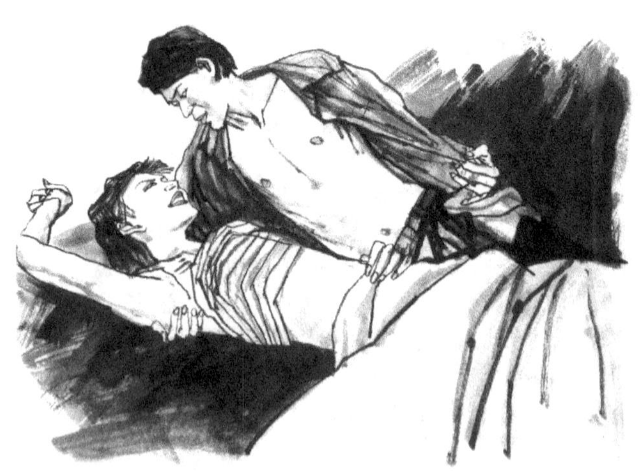

刘丽走了，赵勇又开始了他的独居生活。虽然不再像上次那样无所适从，但心情却憋闷得慌。一种强烈的失落感使他不能自已。每天，他总是尽量减少在家里呆的时间。下班后虽然仍去文化公园听琴，但往往等那拉琴老人都走了他还呆呆地坐在那里。他成了佩罗沃一带小酒馆的常客，每次几乎要喝得醉醺醺的才回家，一进屋倒头便睡，什么也不做，什么都不想。

虽然他知道刘丽的地址，很想去看看她，可一想到她那神秘的朋友他就放弃了。

这天赵勇和往常一样喝得醉眼蒙眬，摇摇晃晃走进家门，却看见刘丽坐在床上看电视，见了他却不像以前那样激动，只是淡淡地问了一句:“回来啦?”赵勇点了点头，就歪倒在沙发上迷迷糊糊地睡着了。

第二天早上，赵勇一觉醒来看见刘丽坐在沙发边上靠着自己睡得正香。他惊喜地赶紧把她摇醒，问道:“什么时候回来的，今天不上课吗?”刘丽小声嘀咕道:“昨天就回来了，你又不理我只顾自己睡了。”赵勇说:“噢。生意上有个应酬，喝多了点。”刘丽说:“你骗人！我看到车都在，说明你是回家后才出去的。你这么做都是因为我，是吗?”赵勇只是盯着她看没回答。“你说呀，是不是?”赵勇还是不开腔。刘丽的眼圈慢慢红了，她轻轻地抚摸着赵勇:“都是我不好才害你成这样，你骂我吧，打我吧。”说完她抓着赵勇的手就往自己的脸上打。赵勇赶紧拉住她，说:“这哪能怪你呢，真的是有应酬，你不要想得太多。为什么昨天回来，你还没有回答我呢。”

这时，刘丽的脸色突然发生了变化，她转过身，轻声说:“我不想上学了。”“为什么?”“不想再回那学校。”“学校又怎么了，有谁欺负你啦?你的行李呢?”“你就不要再问了，我就想和你在一起。”说完刘丽倒在赵勇怀里抽泣起来。

赵勇又惊又急:“到底发生了什么事?你一定要告诉我。”刘丽哭道:“我那朋友他不是人！”赵勇说:“我早就有预感，看着他就不顺眼，他欺负了你吗?”“他要和我在一起，我不干，他就逼我还钱，还说我是‘黑户’要把我交给警察。”赵勇急道:“你为啥不早点回来找我呀，我去还他。”刘丽顿了一下，说:“我怕进警察局只得依了他。”

赵勇气得双拳紧攥，咬着牙听她继续说。“从那以后，每天晚上他都来。想方设法折磨我，还拍了我的裸照，我不顺从的话他就打我，拧我，还用烟头烫我。”说着她拉起了袖子，手臂上果然有乌青和烫伤的疤痕。“混账东西！他现在在哪儿?我去找他算账！”“你打不过他的，他们有很多人。后来他不让我上课，要我去卖淫来还他给我的钱。”刘丽终于忍不住大哭起来。“简直不是人！”赵勇怒火中烧，腾地一下站起身来，“噔噔噔”冲进厨房，拿了把菜刀往腰上一别，拉着刘丽就去开门:“走，带我去找他，我要跟他拼了。”刘丽死死拽住赵

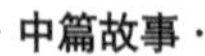

勇求道:“老公,我看还是算了吧,你不是他的对手,打不过他的。”“打不过也得打!自己的女人被欺负了,还不敢去报仇,我还是男人吗!”赵勇说罢,就像一头愤怒的狮子,一把推开刘丽就冲了出去。刘丽顿了一下,转身走进厨房,也拿了一把小刀跟着跑了出去。

4. 惊魂

赵勇把车开到伏尔加格勒大街的那家语言学校门前停下,正要下车,刘丽却对他说:“他白天不在这里,晚上才来。”“那他白天在哪?”“我也不知道,好像就住在你经常去的公园附近。”赵勇又将车开到伊兹麦洛夫文化公园,在附近的街道转了几圈也没看见那家伙。

这时,刘丽对赵勇说:“老公你还没吃早饭,这都快中午了,你在这里呆着,我去给你买点吃的。”“我吃不下!”赵勇气呼呼地说。“吃不下也要吃,不然呆会儿哪来的劲呢?”见赵勇没再反对,刘丽跳下车,跑着出了公园大门。

一个多小时后,刘丽带着两份快餐回来了。就在赵勇吃饭的时候,刘丽突然叫了起来:“老公快看,他在那儿。”顺着她手指的方向,赵勇果然看到了她那朋友。还是那身打扮,正站在拉手风琴的老人旁边东张西望,像在找人。这真叫仇人见面,分外眼红。赵勇一见此人,血腾地一下冲到了头顶,两眼喷火,“啪”扔下饭盒,一个箭步,冲到那人面前,照着他的鼻梁就是一拳,骂道:“狗杂种!来呀,打呀。竟敢欺负老子的女人!”那家伙被打得“噔噔”后退几步,抚摸着流血的鼻子,愣怔怔地用日语冲赵勇喊道:“喂,你为什么打我?”

气昏了头的赵勇也不管他在说什么,上前一步,又是一记老拳打过去,那家伙抱着头躲到了刘丽身后,一边指着赵勇,一边仍用日语对刘丽说着什么。赵勇追到跟前问刘丽:“他对你说什么?”刘丽惊慌地说:“他,他,他说如果我不阻止你的话,他就要杀了我。”“他敢,”赵勇抽出腰间的菜刀高高举起,吼道,“老子先宰了他,看他怎么杀你!”他边说边一把推开刘丽,挥刀就砍。那家伙侧身闪过,东闪西躲之后,趁机一脚踢在赵勇裆下。赵勇当下痛得“啊”惨叫一声,就弯腰蹲在了地上,菜刀也掉了。那家伙趁机就往人群中逃跑。赵勇看到刘丽仍在追赶着,他怕刘丽吃亏,忍痛站了起来,也追了上去。那家伙见刘丽只身跑来,就停下脚步,站在那里等她,等刘丽跑到他跟前,他拉着刘丽的手又继续跑。

可是刘丽却一转身,对赵勇大声喊道:“老公我抓住他了,快点来呀!”“你让开,我来教训他。”赵勇飞身就扑了上去。“啊！”只见那家伙惨叫一声，慢慢地朝后倒在地上，他的胸前插了一把尖刀，鲜血汩汩直往外涌。

赵勇一见愣了，不知所措地张开双手，呆呆地站在那里。这时刘丽挤到他身边小声说：“还不快把刀拿走，跑呀。”

赵勇昏头昏脑地弯下腰拔出刀子。围观的人见他手里拿着的刀还在滴血，一脸凶相，吓得一哄而散，他也昏头昏脑地随着人群飞跑，他迷糊中听到身后传来一个非常熟悉的女人哭声。他也顾不得细想，只顾逃命。可是没容他跑出公园，就被追上来的几个公园保安给围住了。他们朝他喊着：“放下刀子，抱头蹲下。”赵勇低头一看，这才发现手上果然握着一把带血的刀，他赶紧扔了出去。

直到这时，他的神志才清醒过来，急得摊开双手，用俄语对那几个保安说：“人不是我杀的，真的我没杀人，我愿意跟你们去警察局。”但是大家都看到是他扑上去那个人才倒下的，看到他拔出刀子后逃跑的，根本没人相信他的话。

这时两辆警车停在了那家伙身边，他们问了问情况就在刘丽的带领下朝赵勇走来。赵勇一见刘丽激动地喊起来：“刘丽，你来得正好，快告诉他们人不是我杀的。”然而令他万万没想到的是，刘丽竟跑过来一把抓住他，又打又抓，边哭边对警察说着他一句也听不懂的话。两个警察当即过来，拉开刘丽，掏出手铐把赵勇的手铐住，然后很严肃地对他说：“是这位日本女子报的警，她说你杀死了她的丈夫，请跟我们到警察局去。”

赵勇一听，大吃一惊，指着刘丽问铐他的警察：“什么，你说她是日本人？我杀死了她丈夫？”

警察说：“先生，是的，确实是这样。”

赵勇气急败坏地对刘丽大叫大喊道：“刘丽，你不是中国人吗，怎么成了日本人？我才是你老公啊，你气糊涂了吗？我没有杀人呀！”他边喊边要朝刘丽冲去，却被两个警察紧紧地架住了。

这时的刘丽就像变了个人似的，冷冷地看了他一眼，拿出一本日本护照对着他晃了晃，又翻开首页指着照片和名字给他看。赵勇一看，大叫道：“山田惠子？呸！假的，她的护照是假的！她是中国人，护照丢了。”赵勇一急，竟朝着两个警察说起了中国话。那两个警察耸耸肩又摇了摇头对他说：“先生，我们不知道你在说什么。还是请你合作一下，跟我们走吧。”接着警察一招手，又过来几个警察连推带拽把他塞进了警车。

就在警车要开动时，一位俄罗斯老人挡在了车前。赵勇抬头一看，是那位拉手风琴的老人。

老人对车上的警察说了一个名字，那警察赶紧下车和他交谈了起来。谈了一会儿，那警察就带着刘丽上了另一辆警车，一起朝警察局开去。

到了警察局，赵勇就被关进了审讯室。过了一会儿，进来三个警察，他们问赵勇为什么要在光天化日之下杀死那个日本人。赵勇一个劲儿地辩解他没杀人。于是，警察就向他出示了装在塑料袋里印有他指纹的带血的尖刀，以及一些现场目击者的证词，要他交代认罪。

此时，赵勇怎么也想不明白，温柔多情的中国女子刘丽，怎么突然变成了冷酷无情的日本女人山田惠子，而且还指控他杀了她的丈夫。那个日本人到底怎么死在他面前的，连他自己都不明白。现在糊里糊涂地成了杀人犯，他怎能甘心呀？但是现在所有的证据都证明人是他杀的，无论他怎样辩解都说不清。他一筹莫展，急得一会儿中文，一会儿俄语，絮絮叨叨，嘀咕个没完，但他始终坚持自己没杀人。弄得那三个警察也不知他在说些什么，审来审去也没审出个名堂，只好将他关在那里。

不知过了多久，那三个警察陪着一个警官来到审讯室，跟在他们身后进来的还有几个中国人和那个俄罗斯老人。

那位老人走到他面前，抚摸着他的头用中文对他说：“孩子，中文我懂。我听见那女人对你说的话，也看见是她先杀了那个男人。那个男人也是那女人带来的，我们几个都看到的，我们给你作证。”说完他拉过那个警官，说，“这是我儿子，他是这儿的局长，他会办好这件事的。”

那位警察局长冲赵勇敬了个礼，说：“你暂时还不能走，我们正在调查那女的，等结果出来你才能离开。”赵勇不停地说谢谢。这时，那个中国人走到他面前对他说：“我是俄中友协的，你得好好感谢这位老人。有他的帮助，你的罪名很快就会洗清。但是你要引以为戒，以后在个人生活方面可要注意哟。”赵勇红着脸一个劲地点头。

第二天，那位局长带了几个警察来到拘留室，打开了赵勇的手铐，对他说：“你可以走了，山田惠子全交代了。”赵勇摸着手腕，边往外走边问那局长：“我可不可以见见那个叫山田惠子的日本女人？”“什么，你要见她？是她害你差点坐牢呀！”赵勇有些激动地说：“正是因为这样我才要见她，我要问她为什么要害我，而且花这么长的时间，设计了这么一个温柔的陷阱。”局长问：“有这个必要吗？”“有！不然的话我死不瞑目。”赵勇坚定地回答。“那好吧。”他挥了挥手对几个警察说，“你们带他过去看看，可不能闹出什么事来。”赵勇点点头，跟着那几个警察朝另一间拘留室走去。

5. 痛心

在另一间拘留室，山田惠子低着头靠墙坐着。赵勇抓着门上小窗的铁栅栏对她喊道：“刘丽，刘丽。看着我！”山田惠子吃惊地抬起头，看了他一眼又低下了头。赵勇说：“不管你现在爱我也好，恨我也罢。毕竟我们朝夕相处了一段时间，你能不能告诉我这是为什么？你为什么要设计害我，难道我对你还不好吗？”山田惠子还是不出声。赵勇摇着小窗铁栅栏问：“刘丽，你说呀，这到底是为什么？”

山田惠子终于开口了：“该说的我都对警察说了，既然你已经出来了，就走吧，走得越远越好。回去好好做你的生意，忘了我，就当是做了一场梦！”赵勇动情地说：“忘了？说得轻巧！你能忘，而我永远忘不了，刻骨铭心哪！”他顿了一顿说，“中国有句俗话，一夜夫妻百日恩，百日夫妻似海深。你说说我们做了多少日子的夫妻，有多少日子的恩情。这能说忘了就忘了吗？可你对这些不管不顾，设计陷害我，要置我于死地，你于心何忍？”

“好了。”山田惠子一下站了起来，走到铁窗前对赵勇说，“不要再说了，我的心里也不好受呀，你知道吗？其实，我并不是一开始就有意要害你的，我也是被逼得没办法才这么做的呀。”说完她哭了，哭了一阵后，就原原本本地把事情的真相告诉了赵勇。

原来那个被杀的日本男人叫小林光夫，真的是惠子的未婚夫。惠子在日本大学毕业后就到中国沈阳的一所大学边教日语，边学习中文，在中国已经呆了两年了。由于光夫要到俄罗斯学习油画，一定要惠子陪他，她只好跟他来到俄罗斯。

可惠子怎么也没想到，到俄罗斯

不久，光夫就被俄罗斯女人迷住了，成天同她们在一起喝酒鬼混。惠子劝他他不听，说他他不理，后来他又沾上了赌博，成天泡在赌场里，把从日本带来的钱输得个一干二净，钱输光了，就去借高利贷，还不起竟逼惠子卖淫。

那天惠子实在受不了那个男人的折磨，才从酒店跑了出来，慌乱中撞上了赵勇的车。她不敢回去，又见赵勇心地善良，就编了一套谎话骗他。在他那儿躲了几天后，满以为光夫会回心转意不再逼她，可一回去光夫又将她包给了另一个商人。她趁那商人不注意，偷了些钱又跑到赵勇那里关门闭户躲起来。

这时，她对光夫已失去了信心，她本想跟赵勇过上一辈子，彻底摆脱光夫的魔爪。可光夫还是发现了她的行踪，还想借此狠狠敲诈赵勇。她不想连累赵勇，只得以学语言为名离开赵勇，回到光夫身边。光夫见她回来，更加变本加厉折磨她。这时惠子想着光夫的种种恶行和自己所受的非人折磨，她越想越心寒、害怕，她觉得要想彻底摆脱，除非把他杀掉。这时，她想到他们在日本国内都买有人身保险，一旦光夫意外身亡，她还可以得到一大笔赔偿金，足以保证她下半辈子衣食无忧。

不过要达到这个目的，就得借助于他人之手杀死光夫。

找谁呢？惠子想到真正对她好，她又可以利用的人就是赵勇。但一想到要失去赵勇，她又于心不忍。可不除掉光夫，不但她和赵勇不可能在一起，她自己也得受一辈子罪。一时间，她陷入了左右为难的矛盾中。

经过反复思索之后，为了保全自已，她就设计将光夫骗到伊兹麦洛夫文化公园，让赵勇把他杀死。不料赵勇却被光夫踢倒在地，眼看光夫跑掉，她只得亲自冲上去抓住光夫。趁赵勇扑上来之前将尖刀刺进光夫的胸膛，然后再嫁祸给赵勇，没想到却被那位拉琴老人看见了。这下不但赔偿金得不到，自己还要受到法律的制裁……

（题图、插图：杨宏富）

·悬念故事·

大明星的鼓点

□薛 猛

一架坐满乘客的飞机正在空中飞行。忽然，一位身材高大的乘客，一头从座位上栽倒下来，随即伏在地板上，大口大口地喘着粗气。乘客们听到动静，都站起身来，想看看究竟发生了什么事。空中小姐也快步走了过来，蹲下去问乘客怎么了。

乘客扶着胸口，挣扎着回答："胸口，我的胸口疼得厉害……"

空中小姐找来了机组的医务人员。医务人员仔细检查了乘客的身体，然后抬起头疑惑地说道："真奇怪，他很正常啊，从数据上看他壮得像头公牛，可他怎么会感到不舒服呢？"

这时，一个二十几岁的小伙子走了过来。他长得有些瘦弱，提着一只与身材不太相称的大皮箱。他说，他有最先进的体检仪器，也许能帮得上忙。

"你是医生？"医务人员问道。

小伙子没吭声，默默打开皮箱，从里面一件件地取出很多小型的仪器，开始熟练地帮乘客检查身体。他一边检查，一边回答刚才的问题。他说自己不是医生，而是一个病人，从六岁起，他就得了严重的心脏病，一直没有完全根治。

说着，小伙子指了指自己的仪器："我离不开这些东西，我随时要为自己的心脏做出诊断。"

医务人员仔细打量着这些仪器，心里暗暗琢磨：这套仪器如果在市场上出售，大概要值几百万的美金。这个数目，绝对不是一个普通人所能负担的。他到底是什么人呢？

小伙子盯着仪器上的几个显示屏，看了一会，苦笑着对医务人员说："对不起，我也无能为力，因为根据我的诊断，他比公牛还壮。"

说完，小伙子开始收拾自己的东西，忽然，有一根棒状的东西从包里掉了出来。

"这是什么仪器，怎么从来没见过？"医务人员问。

"这不是仪器，这是一根敲鼓用的鼓槌。"这时候，两人之间突然冒出了另一个声音，"谢谢你们的合作。"

小伙子和医务人员全都愣住了：说话的不是别人，正是那个生病的乘客。

乘客腾地从地上跳了起来，拍了拍自己的衣服，说道："你们都没错，我本来就壮得像头公牛。"说着像变魔术一样，不知道从哪里摸出了一把手枪，握在手里。

就在这时，飞机猛烈地颠簸了一下，有几位女乘客大声尖叫起来。然后从前舱跑进了几个彪形大汉，每个人都端着一把冲锋枪。

飞机被劫持了。没有人知道他们是怎么混上飞机的，但是所有人都看出来，那个装病的乘客就是他们的"头儿"。原来，他们是一伙劫匪，匪首的外号就叫公牛。他们一夜之间抢了数家珠宝行，准备劫机逃往国外。

此时，飞机上的油料不够飞出国境。于是，公牛命令把飞机迫降在一座小城。他们直接向警方联系，要求得到足够的燃油。作为交换条件，他们劫持了飞机上的几十名乘客。

警方并没有立刻答复他，双方陷入了僵局。

时间一点一点地过去了，公牛终于失去了耐心，宣布要先杀掉一名空姐，以帮助警方下定决心。公牛抓住空姐的头发，把她拖到窗口。所有的乘客都看着这一幕，胆小的已经低声哭泣起来。

就在公牛的手枪抵住空姐太阳穴的时候，忽然听到背后有人说道："请等一等！"公牛停下了手，回过头去，看看是谁这么大胆。一看，正是刚才为他检查身体的小伙子。公牛放开了空姐，向小伙子走去。

"你有什么意见吗？"公牛问道。

小伙子强压着内心的恐惧，说话的声音有些颤抖："也许，我可以帮你。警方不能为你准备的，我能。只要你不杀这些人。"

"你能？"公牛哼了一声，冷冷地说，"我们需要的是飞机专用油料，你能弄来吗？在这个国家，飞机专用的油料是受到管制的，只有警察才能弄来。"

"也许能。我有钱……而且，我可以发动一些人，给警察施加压力，让他们更加重视人质的生命。"

公牛沉默了一会，觉得这个小伙

子不太寻常，他看了看小伙子：“告诉我，你是谁？”

“头儿，我认出他了！”一名拿着冲锋枪的劫匪忽然说，接着他的手脚有规律地抖动起来，像个摇滚歌手，他周围的人都不自觉地后退了一步，生怕他手里的枪走火，“他是阿穆，是米格乐队的阿穆，鼓手阿穆啊！”

飞机上所有的人，都向小伙子看过来。米格乐队，是这个国家首屈一指的摇滚乐队。这个乐队最大的特色是，它的焦点不是主唱，而是眼前的这位鼓手阿穆。作为一名摇滚乐队的鼓手，阿穆的鼓槌，敲出来的声音能让每个听过的人都无法忘记。国内的音乐迷有一大半都是阿穆的支持者，而且不管他们是否喜爱摇滚。可是他们从没有这么近距离地看到过阿穆本人，怪不得一下子没认出来。

“原来是个大明星啊，怪不得有这么大的口气！”公牛一副恍然大悟的神情，“好吧，有你在，就不用那么麻烦了——你一个人，就抵得上所有的人质！”

“那么，可以把他们放了吗？我留下来。”阿穆向公牛提出了他的建议。

“让我考虑一下。”公牛说完，闭上了眼睛，像在想着什么。

飞机上所有的人，都盯着公牛的脸。他的下一句话，可能会让很多人自由，也可能会让他们绝望。

公牛没有让他们等得太久。他猛地站起来，一把抓住阿穆，直把他推到窗口，把他的脸按在窗户上，然后大声吼叫起来：“外面的警察你们看清楚，米格乐队的鼓手阿穆就在这架飞机上，如果你们十分钟内不能满足我的要求，我第一个要杀的就是他！”

这时，通话设备里传来了警察的声音，让公牛不要冲动。公牛没有回答，一枪打碎了通话设备。

接下来的，就是沉默。阿穆靠着窗户边坐下来，正好和刚才的空姐坐在一起。空姐悲伤地看着他，也不知道如何是好。

大约过了七八分钟，看来外面的警察不会再做什么了。飞机上所有的人，看阿穆的眼神都像是在看一个死人。阿穆忽然抬起了头，对公牛说了一句话“看来我就要死了。死前可以让我再敲一次鼓吗？”

公牛饶有兴致地看着阿穆。“好啊，别说我不尊重音乐艺术，你可以敲着鼓死。”他看了看时间，“你还有一分钟五十四秒。”

阿穆站了起来，那副神色完全不像一个等死的人，完全是大明星的派头。阿穆走回自己的座位，打开了皮箱，从里面翻找了一会儿，取出一根鼓槌和一只小鼓，轻轻地拂了拂鼓面。在场的所有人都屏住了呼吸，一些米格乐队的歌迷还流下了眼泪，他们都意识到，这将是这个大明星最后的演出，明天就再也没有一个叫阿穆的鼓手了。谢幕的演出，马上就要开始了。

阿穆深深吸了一口气，用手缓缓举起了鼓槌，在空中停顿了一秒钟，鼓槌骤然落了下去。小鼓发出“咚”的一声。接着，鼓点就像密集的炒豆一样响了起来，阿穆似乎想在自己死前多敲几下。没有人能听明白他的节奏，这声音和他平时的演出大不相同。大家都感到很疑惑“阿穆是不是疯了？”

阿穆的鼓，大约敲了有一分多钟。忽然他停了下来，长舒了口气，轻松地说了一句：“时间到了。”

人们这才从阿穆的鼓声中缓过神来，他们回过头看公牛，却发现，公牛已经死了。他的双眼几乎凸出了眼眶外，眼睛里满是恐惧。

飞机里出奇的安静，不论是乘客、机组人员还是劫机的匪徒，所有的人都呆住了。

阿穆扬了扬手里的鼓槌，向着失去首领的匪徒们说了一句话：“放下你们的枪，否则我一槌下去，你们会死得和公牛一样难看！”

莫非阿穆手里的鼓槌是有魔力的？匪徒们全都犹豫起来。

这时就听见嗵的一声，飞机舱门被从外面炸开，十几位全副武装的特警冲了进来。匪徒们看到大势已去，全都放弃了抵抗。

阿穆“咚”的一声瘫坐在地上——他太紧张了。

后来，在做笔录的时候，阿穆告诉警察 他自幼患有心脏病。后来，一位颇有创意的医生教他使用鼓槌，通过敲击模拟心脏的频率，进行自救。阿穆成功地掌握了这种方法，并且成为一名鼓手。在给装病的公牛检查身体时，阿穆记住了他的心脏频率，于是用鼓点使它产生了共振。这个假装胸口痛的匪徒，最终的死因是：心脏跳动异常。

（**题图、插图**：安玉民）

学一学蚂蚁

□马凤文

比尔有四个可爱而又十分顽皮的儿子，比尔特别喜欢他们，还常常寻找机会，教他们为人处世的道理。

这天，比尔扛着一个袋子从外面回来，累得气喘吁吁，正好碰见四个儿子在观察蚂蚁搬虫子。

比尔觉得机会决不能错过，便放下袋子，笑着问四个儿子："你们知道小小的蚂蚁为什么能搬动这些虫子吗？你们看，它们比蚂蚁要大好多倍呢。"

四个儿子十分聪明，几乎异口同声地回答："因为蚂蚁很团结！"

比尔十分高兴，说："不错，只要团结，喜马拉雅山都能被扔进太平洋的。难道你们就不想学一学蚂蚁的精神吗？"

四个儿子互相看了一眼，心领神会，只见他们一齐动手，把父亲抬了起来，一下扔进了旁边的游泳池里。

看着落汤鸡似的父亲，四个儿子乐得前仰后合。比尔爬上岸，十分生气，刚要发作，可转念一想，对孩子应该有耐心才对，便擦了擦水，微笑着说："你们刚才做得很出色，只是用错了对象，你们就没发现一个更适合你们表现的东西吗？"

四个儿子四下张望了一下，发现了比尔的大袋子，抬起头齐声回答："看见了！"比尔十分满意。只见四个儿子抬起地上的袋子，一用力，呼地一声，又扔进了游泳池里。

比尔心疼得一拍脑门，凄凉地说："噢，上帝呀，我的意思是让你们替我把盐抬回家去！"

“恐怖”行动

□李志栋

这天早上，小城火车站里来了一个奇怪的人。

这个人看起来三十多岁，从小城火车站下车后就一直呆在站里面，沿着小站里的铁轨反反复复地来回走着，又仔仔细细地查看着，神情专注，又有点紧张。

车站里的人不由得纷纷猜测这个人是干什么的，上班路过这儿的人也时不时向那男人望上一眼，希望能够从中找到答案。

也有人忍不住好奇，直接上前去问个究竟。可那个人始终是支支吾吾、遮遮掩掩的样子：“没啥、没啥，我就是看看，嘿嘿，随便看看。”

这可气坏了小站的站长：好啊，你把我这儿当什么啦？公园？还是大马路？万一火车一来，你往车头前一跳，我这儿可就有的忙乎了。于是，站长一声令下，几名托运工就把那男子“请”到了车站外面。

可是没过多久，人们又发现那名男子买了张最便宜的火车票混进站来，却又不上车，跳下站台，在站内沿着铁轨溜达，一旦发现有工作人员过来，就急忙跑出站去，过了会儿又买票进来。

几次下来站长又坐不住了：看样子这男人不是来寻短见的，他一定有什么特殊的目的。甚至有人猜，该男子没准儿是什么恐怖组织的成员，来这儿搞破坏活动的！站长开始也不相信，可那人这么奇怪地在火车站里面转来转去，也不禁担心起来，赶紧向派出所报了案。

警察很快就赶到了，将男子带走讯问。小站上很多人都很好奇，他们要看一看这“恐怖组织成员”究竟是

丈夫的私房钱

□刘六良

这天下午，亚丽把屋子彻底收拾了一遍，收拾出来的旧本子、老杂志都当作废品卖掉了。

丈夫宋文下班一回家，亚丽得意地说："老公，怎么样，这屋子跟往常不一样了吧。这可是老婆我一下午的功劳。"谁料宋文一句夸奖的话都没有，反倒紧张起来，换好鞋，一头扎进书房，挨个抽屉翻起来，一边翻还一边问："我那本小学数学竞赛的获奖证书放到哪里去了？"亚丽觉得纳闷："那本证书啊，我当废品卖了，十

个什么来头，也紧紧地跟在后边。

姓名、性别、年龄等等常规问题问过之后，突然，警察话锋一转："你在车站来来回回地溜达有什么目的？"

"嘿嘿，没事儿。"男子敷衍着，仍然妄图蒙混过关。警察一拍桌子："老实交代！"男子被吓得浑身发抖，哆哆嗦嗦地说："我说，我说，其实是我坐火车时不小心，把手机从厕所里掉了出去，那时候火车刚巧打这个站过。我连忙又乘了火车回来，想试着找找，看能不能找得到。"

"哦？这理由可新鲜。即便你说的是真的，"警察看了一眼旁听的车站站长，"那为什么车站的人问你时，你不告诉他们呢？你这不是给大家添麻烦吗？"

"哎呀，我的警察同志，您想想看，我要是早早地把这事儿说出去，那我的手机还不让别人捡了去？"那男子表情严肃地说。

几年了，你还留着干什么？”一听证书卖了，宋文更着急了：“啊呀，你怎么卖了？那里面有……”话还没出口，宋文就硬生生咽了回去。

亚丽一听，觉得这里面有问题，忙问里面有什么。宋文被逼问得没办法，只好承认，证书里夹着五百块钱。亚丽大吃一惊，她在经济上一直实施“收光、交光、搜光”的“三光政策”，规定宋文手中的钱最多不能超过一百元，这五百元是从哪里来的呢？在她的追问下，宋文这才交代说，这五百元钱是不久前单位发的奖金，他没有上缴，自己截留作私房钱了。他怕被亚丽发现充公，就偷偷塞到那本证书的塑料夹层中放到抽屉里面，以为这下保险了，却不料被亚丽当作废品卖掉了。

那收废品的今天来明天走，要找也找不到了，只能吃个哑巴亏。亚丽一边埋怨丈夫自作聪明藏私房钱导致家庭财产流失，一边继续追问是不是还有私房钱，让他赶紧交出来，宋文指天发誓说没有了，这五百元是他唯一的私有财产，不想现在也飞了。

从这以后，亚丽暗地对丈夫开展了专项调查，时不时翻找可疑之处，看宋文有没有藏了私房钱，但一直没有战果。

这天中午，亚丽回家见宋文正在冲凉，脱下的衣服扔在沙发上，亚丽的警惕性上来了，拿起宋文的衣服翻找起来看。没想到，这一查还真发现问题了，亚丽发现宋文的皮带是新买的，好像还有夹层！她拉开皮带夹缝中隐藏的拉链，果然见有几张叠起的钞票！数了数，六百元，好你个宋文，真是屡教不改，这私房钱可藏得够深的。

亚丽把钱放进自己口袋里，心想等宋文出来后对他“实施打击”，可转念一想，现在要问他，他肯定会编个理由，如果说钱是从别人那儿借来的，那就没法“没收”了。还是自己先装糊涂，等他发现钱没了，再审问他也不迟。

所以亚丽就装出一副若无其事的样子，啥都没跟宋文说。

下午，亚丽突然接到宋文电话，只听得电话里，宋文焦急地说：“老婆，快来，我被人扣留起来了，在建材商店。”亚丽慌慌张张地赶过去，一见面，店主就说宋文想骗他们的货。亚丽一听生气了，转过脸问宋文：“怎么，骗老婆还不够，现在上这儿骗人来了？”

“我冤枉死了，我们单位装修房子，今天领导让我拿上六百元钱买几样建材，可我到这里把东西挑好了装上车后才发现钱丢了！”宋文苦着脸说，“我为了安全，专门借了条有暗扣的皮带，把钱都塞到皮带的夹层里，没想到还是被小偷得手了！”

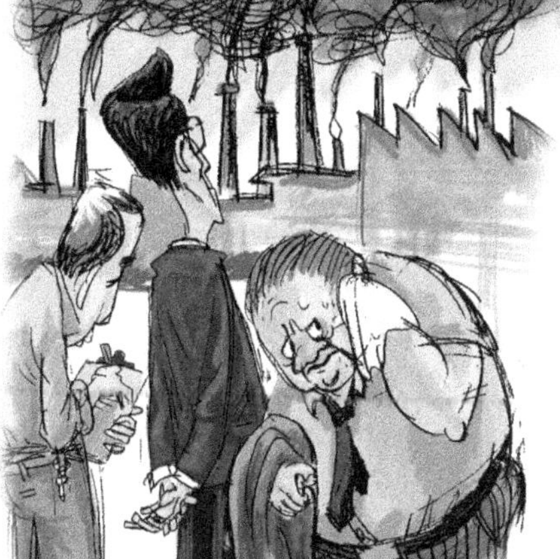

这份报告写得好

□文　刃

市里的王局长到临春县检查环保工作，还点名要先去桃花乡，说看了他们送来的报告，觉得成果很好，可以让大家学习学习。

桃花乡的陶乡长听见这话，头上直冒汗——他心里清楚，这可不是他治理得好，而是这份报告写得好。谁知道，领导真的来检查了，陶乡长没有办法，只能硬着头皮带大家一起去。

还没走到桃花乡，王局长远远地就看到了数不清的烟囱，一个劲地往外冒黑烟，再向前一走，鼻子里都是怪味。

他拿出那份桃花乡的报告翻了又翻，指着那些烟囱问道："咱没来错地方吧？你看看，这份报告开头就写着，这里的'空气纯正'啊？"

陶乡长的心都跳到了嗓子眼，结结巴巴地说："是……是很纯正啊……空气是纯正的……您闻到的那……那些是空气以外的东西……"

王局长听完皱了皱眉，只说了句"继续往前走吧"，就再没说什么了。其他人听到王局长的话都有些蒙了，只好跟着走。

往前走不远就是桃花河，王局长俯身看了看，又翻了翻手里的报告："这水里怎么什么都没有啊？"

陶乡长咽了口唾沫，抖着手指着报告，说道："这，这报告上不是写着'水清'吗？"

"可是这河里怎么连条鱼都没有啊？"

陶乡长低下头，战战兢兢地答道"领导您知识渊博啊，有句古话说'水至清则无鱼'，这，这您知道吧。"

王局长的脸上突然没了表情，一句话都没说，继续向前走。

在河的尽头，大家看到了一大堆黑糊糊的东西，仔细一看才看清，原来是工业和建筑垃圾。

王局长再次把手里的报告展开，瞪着眼问："这是……"

陶乡长的声音更低了："这，这，这就是报告里面说的'高科技的产物'和'建筑工业的衍生品'。"

王局长哼了一声，把手里的纸往陶乡长手里一摔："你待会儿到办公室来一下，我们单独谈谈。"

听见领导要和自己单独谈，陶乡长仿佛接到了病危通知书。他迈着沉重的步伐跟在领导后面。

其他乡长都松了一口气，有陶乡长顶着，自己乡的那点污染还算什么呢？

陶乡长低着头和王局长进了办公室，王局长狠狠拍了一下桌子，说道："你呀，你真是……"

陶乡长身子抖了一下，应声道："是是是，我是……"

王局长回过头来，点着头说"你真是人才啊。"

"啊？"陶乡长吃了一惊，抬起头来愣愣地看着王局长。

只见王局长笑呵呵地问道："你说说，你这个报告是怎么写出来的。"

陶乡长猜不出王局长葫芦里卖的什么药，只好说："不瞒您说，这报告是我儿子写的，他今年刚从大学毕业，还没找到工作，待在家里，我就让他帮我写了份报告。"

王局长晃着脑袋叹道："人才难得啊，这样吧，你让他到我那里当秘书吧，明天就去报到，别耽误了，"他压低了声音，"你回去告诉他，这两天我要向上级写份工作报告，先让他想想这报告该怎么写。"

（**本栏题图、插图**：顾子易　王　俭　包丰一）

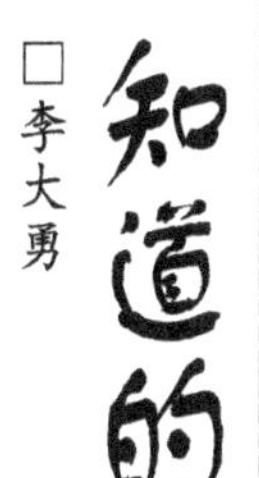

你怎么知道的

□李大勇

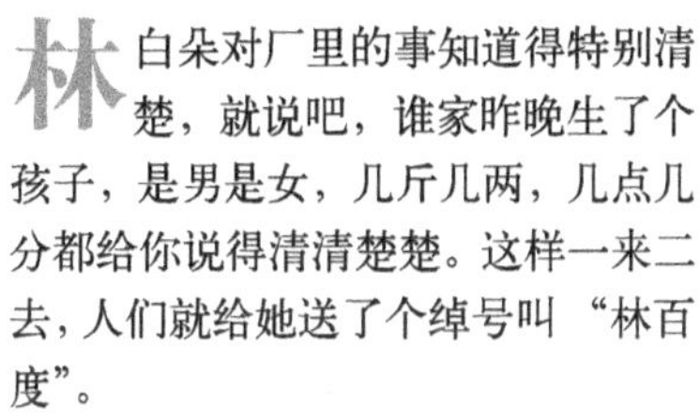

林白朵对厂里的事知道得特别清楚，就说吧，谁家昨晚生了个孩子，是男是女，几斤几两，几点几分都给你说得清清楚楚。这样一来二去，人们就给她送了个绰号叫“林百度”。

这天，百度从外地出差回来，刚到办公室门口，就有一个小姑娘冲她打招呼：“你是林姐吧，我是刘小静。今天刚来报到的。”百度早就打听到单位要新来一个小姑娘，忙走上前热情地招呼。两人说着就进了办公室，百度把包一放，就到科长那里汇报出差的工作情况。

等百度汇报回来，一到办公室的门口，就听屋里的小张和刘小静在说话呢。只听刘小静说：“这厂里的齐莲昨晚死了，急救车送到医院，抢救无效。”

百度心里一惊，齐莲是谁？在单位这么长时间，怎么没听说过这个名字，再说了，死人的事可是个大事，她百度怎么能没听说呢？这个小刘是新来的，她怎么知道得这么清楚？

就听里面的小张急切地问：“那齐莲她妈呢？”小刘又说：“齐莲她妈一听独生姑娘死了，精神受到刺激，心脏病犯了，今晚也送到医院了。”

百度在门口越听越纳闷，自己不知道齐莲是谁倒也罢了，怎么她们连今天晚上发生的事情都知道，她这“百度”当得也太不合格了。她迫不及待地进了屋：“小刘，你怎么知道她妈今天晚上被送进了医院？”百度脸上挂着一百个不信地问道。

看着百度这副模样，刘小静忍不住笑了，小张更是大笑不止。再看看百度一头的雾水，刘小静不好意思再笑了，拿起桌上的报纸脱口说道：“百度姐，电视报上都登着呢，电视剧的剧情介绍，你不知道呀？我们刚才正讨论昨天那场戏里的齐莲呢。”

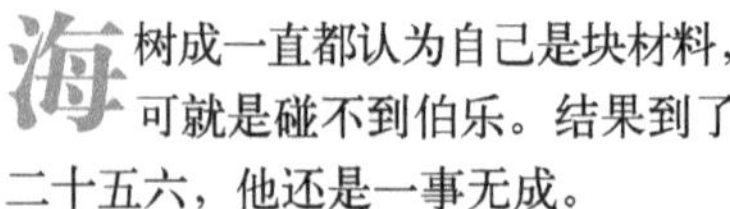

一手好字

□崔 陟

海树成一直都认为自己是块材料，可就是碰不到伯乐。结果到了二十五六，他还是一事无成。

父母看在眼里，急在心里，在市场里租了个柜台，批发了点日用品让他卖。海树成心说，这还不容易，只要一出摊就等着点票子吧，哪知道晾了整整一上午，也没有开张。

他不着急，找来一块纸板，“刷、刷、刷”写了两个字，那个利落劲儿就别提了。哪两个字？“自选”。他写字一不临帖，二不拜师，全仗着自学成才。他歪头看看自己的字，还挺得意：“差不多，就是王羲之活着不过也就这样了！”

欣赏完自己的墨宝，他忽然感到一阵瞌睡，就坐在纸箱子上打起盹了。刚睡着，他就做开梦了，梦见自己摊位前来了一大堆人，这个挑东，那个选西，不一会儿货全卖了，他一边点钱一边咧嘴笑，愣把自己给笑醒了。他睁眼一看，啊，摊上空空的，一件也没有了，赶紧把钱箱子拿过来，打开来翻来覆去地检查，一个硬币都没发现。这下海树成急了，大喊一声：“谁把我的东西全拿走了？”

市场管理员过来问：“喊什么，你喊什么啊？”海树成急得快哭了：“我刚才打了个盹儿，不知道是谁把我的东西都拿走了！”管理员说：“什么拿啊？那不你白送的吗？”

海树成跺着脚说：“谁白……送啦？”管理员指着纸板说：“一开始有人说你白送，我不信，可过来一看，还真是那么回事儿。要不是我在这儿管事，我也拿呢！”

“我写的是自选……”海树成说到这儿拿起纸板一看，顿时没声儿了。原来，他那字太有个性了，“自”字怎么看也少一横，“选”字多长个耳朵，右腿也没有打弯儿。哪是什么“自选”啊，分明就是“白送”！

www.ingramcontent.com/pod-product-compliance
Lightning Source LLC
Chambersburg PA
CBHW051932220626
47052CB00004B/655